Jean d'Aillon est né en 1948 et vit à Aix-en-Provence.

Docteur d'État en sciences économiques, il a fait une grande partie de sa carrière à l'université en tant qu'enseignant en histoire économique et en macro-économie, puis dans l'administration des Finances.

Il a été responsable durant plusieurs années de projets de recherche en économie, en statistique et en intelligence artificielle au sein de la Commission européenne.

Il a publié une vingtaine de romans historiques autour d'intrigues criminelles. Il a démissionné de l'administration des Finances en 2007 pour se consacrer à l'écriture.

Ses romans sont traduits en tchèque, russe et espagnol.

Les aventures de Guilhem d'Ussel, chevalier troubadour

Londres, 1200

JEAN
d'AILLON

Les aventures de Guilhem d'Ussel, chevalier troubadour
Londres, 1200

ROMAN

Sur son lit de mort, Richard Cœur de Lion avait désigné comme successeur son frère Jean. En mai 1199, celui-ci fut effectivement élu roi d'Angleterre par une grande assemblée de barons, malgré l'opposition des seigneurs de l'Anjou qui choisirent son jeune neveu Arthur, duc de Bretagne, conformément à un testament que Richard avait fait quelques années plus tôt, mais qui avait disparu.

Or, à la fin de l'année 1199, Philippe Auguste apprit que ce testament avait été conservé par le chambellan de Richard passé au service de Jean, et qu'il était conservé à Londres, dans la grande tour blanche construite à Londres par Guillaume le Conquérant.

Pour le roi de France, seul Guilhem d'Ussel, qui lui avait déjà sauvé la vie, était capable de ramener le précieux testament.

Guilhem abandonne donc son fief pour se rendre en Angleterre, accompagné de son ami Robert de Locksley, ennemi juré du prince Jean quand il était le hors-la-loi Robin Hood, Robin au Capuchon.

Parviendra-t-il à pénétrer dans la Tour de Londres ? Sera-t-il capable de triompher d'Étienne de Dinant, l'âme damnée du roi Jean, celui qui a déjà tenté d'assassiner le roi de France ? Pourra-t-il échapper aux recherches du grand justicier d'Angleterre ? Et surtout va-t-il découvrir le félon glissé parmi ses compagnons et qui a déjà tué plusieurs fois ?

Chapitre 1

Juin 1199

Richard Cœur de Lion avait disparu depuis seulement trois mois et le chaos régnait désormais de la Normandie à l'Aquitaine. À l'agonie, et contre toute attente, le roi d'Angleterre avait désigné pour lui succéder Jean, comte de Mortain, son troisième frère, qui pourtant lui avait toujours porté préjudice.

Or, quelques années plus tôt, Richard avait choisi comme héritier son neveu Arthur, né de son frère cadet Geoffroi et de Constance, duchesse de Bretagne. Geoffroi avait été l'ami du roi de France ; aussi, apprenant la disparition de Cœur de Lion, Philippe Auguste avait fait entrer son armée en Normandie, puis avait pris Évreux et rejoint Le Mans où Arthur, bien qu'il n'ait que douze ans, lui avait prêté hommage et juré fidélité.

Ensuite, Arthur, à la tête d'une armée de Bretons conduite par un baron fidèle, Guillaume des Roches, avait envahi l'Anjou et marché sur Angers où le gouverneur, Thomas de Furnais, lui avait livré la ville et le château dont il avait la garde. Le jour de Pâques[1], les seigneurs et les bourgeois de la ville avaient prêté hommage au jeune garçon comme comte d'Anjou, du

---

1. 18 avril 1199.

Maine et de Touraine en déclarant : *La coutume suivie dans nos pays veut qu'Arthur, fils de Geoffroi, frère aîné de Jean, succède à son père dans son patrimoine, et jouisse de l'héritage que celui-ci aurait eu s'il avait survécu à son frère le roi Richard d'Angleterre.*

Mais, dès le lendemain, la ville avait été reprise et dévastée par l'armée d'Aliénor et de Mercadier, le capitaine des routiers au service des Plantagenêts. Arthur était parvenu à fuir vers Le Mans, protégé par les troupes de Philippe Auguste qui en avaient chassé le prince Jean.

Peu après, dans l'octave de Pâques, Jean sans Terre avait reçu l'épée ducale de Normandie de l'évêque de Rouen. Un mois plus tard, il avait été élu roi d'Angleterre à Westminster par le conseil national des barons, sous l'autorité de l'archevêque de Cantorbéry[1].

Depuis, Le Mans était à nouveau occupé par les troupes de Jean. L'Anjou et la Touraine n'étaient plus que des champs de bataille disputés par les barons du Poitou ayant fait allégeance à Jean et les partisans d'Arthur soutenus par le roi de France.

Les motivations de chaque parti étaient diverses. Nombre de barons fidèles à Arthur étaient guidés par la loyauté ; d'autres par leur aversion envers la lâcheté et les débauches le roi Jean ; d'autres encore par le désir de s'affranchir du joug des Plantagenêts. Chez les partisans de Jean, il y avait l'intérêt d'être du côté du roi d'Angleterre mais aussi la fidélité à la mémoire de Richard. Ceux-là avaient souvent été convaincus par la duchesse Aliénor, l'épouse répudiée du père du roi de France, qui craignait que les riches comtés d'Aquitaine ne tombent dans l'escarcelle de Philippe de France.

La guerre civile divisait les familles. Ainsi, Robert de Turnham, le sénéchal d'Anjou et shérif du Surrey,

---

1. Le 23 mai 1199.

un des plus fidèles serviteurs de Richard, avait choisi John Lackland[1] à la demande d'Aliénor. Il avait remis au nouveau roi le château de Chinon ainsi que le trésor de son frère. Or, Turnham était l'oncle de Thomas de Furnais qui avait livré Angers à Arthur de Bretagne.

En ce mois de juin, les villes de Chinon, Loches, La Rochelle, Saint-Jean-d'Angély et Cognac avaient rejoint la cause de Jean, tandis que Tours était aux mains d'Arthur et de Philippe Auguste. Quant aux campagnes, elles étaient livrées à la soldatesque de tous bords.

Avec la présence de la cour d'Aliénor et des grands barons du Poitou venus prêter allégeance à la duchesse d'Aquitaine, une foule immense et bigarrée se pressait dans la grand-rue de Poitiers. En ce début d'après-midi, le vacarme était infernal. Toute une badautaille s'agglutinait devant les échoppes, car ceux qui avaient accompagné les barons en profitaient pour acheter les belles marchandises qu'on ne trouvait qu'ici : draps de Rouen, rubans de soie, coiffes en dentelles, bijoux en or et en argent ou armes venues d'Espagne.

Sur son robuste palefroi pommelé, revêtu d'une casaque de cuir écarlate fermée par des aiguillettes de fer et de heuses de la même couleur, Guilhem d'Ussel se frayait lentement un chemin tandis que son écuyer Bartolomeo écartait les animaux errants, les colporteurs, les réfugiés et les frocards de tous ordres.

Ancien chef de mercenaires et vassal du comte de Toulouse, Guilhem avait la tête haute et le maintien hardi de ceux qui ont affronté et vaincu les épreuves les plus redoutables. Bien que Poitiers soit grouillant

---

1. Jean sans Terre, surnom que lui avait donné son père Henri II.

de chevaliers et d'hommes en armes, tout le monde se retournait sur son passage tant il avait un je-ne-sais-quoi de différent des autres ; un attirant mélange de rudesse et de générosité, d'habileté et de franchise. L'épaisse barbe noire qui lui masquait une partie du visage rendait son âge incertain quoiqu'il eût les traits d'un homme jeune. Son nez busqué lui donnait un air d'oiseau de proie et l'assurance de son regard révélait le capitaine capable de conduire de vastes entreprises. La fine cicatrice qui disparaissait dans sa courte chevelure témoignait des combats qu'il avait menés. La lourde épée qui pendait à sa taille par un double baudrier, la hache, le casque à nasal et la rondache attachée à sa selle, les éperons de fer à ses soliers laissaient entendre qu'il était chevalier, même s'il n'avait ni camail ni haubert.

Près de lui se tenait son écuyer, Bartolomeo Ubaldi, jeune garçon craintif et parfois irrésolu, mais agile et redoutable quand il était contraint de se battre, surtout avec un couteau ou une épée en main. Bartolomeo était aussi fin jongleur et talentueux ventriloque.

Les deux hommes revenaient du palais des ducs d'Aquitaine où ils avaient laissé leur ami Robert de Locksley et son épouse, la belle Anna Maria, la sœur de Bartolomeo.

Guilhem songeait au voyage qu'ils allaient entreprendre. Après ce qu'il venait d'apprendre au palais, c'était certainement le plus mauvais moment pour se rendre à Toulouse. Traverser le Limousin, le Quercy et le Périgord soumis à des guerres entre barons et ravagés par des bandes de routiers serait une expédition périlleuse, surtout avec des femmes, des enfants et des hommes refusant de se battre.

L'immense territoire de sauvages vallons et d'épaisses forêts qu'ils allaient franchir pour rejoindre Albi et Toulouse, Guilhem le connaissait bien. Il l'avait ravagé pour Richard Cœur de Lion, quand il n'était qu'un routier au service de Mercadier. Mais chaque fois qu'il l'avait parcouru, il était avec une troupe de brutes ivres de pillage, jamais avec des femmes et des enfantelets.

Venant de l'abbaye de Fontevrault où Robert de Locksley avait retrouvé ses écuyers et les archers saxons qui l'attendaient depuis le mois d'avril, leur convoi était arrivé la veille à Poitiers[1], trois jours après la Fête-Dieu[2].

Ces hommes d'armes rassuraient Guilhem, car s'ils avaient échappé aux bandes de pillards depuis leur départ de Paris, leur troupe n'avait jusque-là compté que trois combattants : lui-même, Locksley et Bartolomeo. Les autres n'étaient que des marchands et des tisserands. Non seulement ils ne connaissaient rien à l'art de la guerre, mais ils refusaient de se battre et même de se défendre.

C'étaient des cathares.

Les cathares, qui se nommaient aussi *bons hommes*, tisserands ou ariens, et qu'on appelait parfois bogomiles, étaient persuadés que le monde était partagé en deux principes : le Bien et le Mal.

Le Mal, créé par le Démon, était le monde matériel, tandis que le Bien, création divine, était le monde immatériel, celui de l'âme. Les hommes vivaient donc dans un univers démoniaque organisé par l'Église de Rome, une puissance au service de Satan. Les cathares rejetaient donc ce qui était matériel ; refusaient la chair des animaux, car les âmes pouvaient se réincarner ; ne mentaient ni ne juraient, puisque les Évangiles l'interdisaient ; réprouvaient la violence, forcément satanique, et condamnaient le mariage,

---

1. Les événements auxquels il est fait allusion sont racontés dans : *Paris, 1199*, même auteur, même éditeur.
2. Le dimanche 20 juin. En 1199, la Fête-Dieu était le jeudi 17 juin.

qui provoquait la naissance d'enfants qui vivraient dans le monde du Démon.

Mais les bons hommes admettaient qu'il était difficile de respecter de si dures lois. Seuls les plus forts y parvenaient. Ceux-là méritaient le baptême du Saint-Esprit qu'ils appelaient le *consolamentum*, l'union du corps et de l'esprit. Dans la troupe que conduisait Guilhem, seul Enguerrand l'avait reçu. Il était un parfait et Guilhem aimait sa fille Sanceline.

Sanceline était facilement devenue sa maîtresse, car le péché de chair n'était pas grave pour les cathares. Elle l'avait cependant prévenu qu'elle ne l'épouserait jamais. Comme son père, elle deviendrait Parfaite et suivait la règle de saint Luc : *Ceux qui seront jugés dignes d'avoir part au siècle à venir et à la résurrection des morts, ne se marieront point*. Elle lui répétait d'ailleurs que le mariage n'était qu'une forme autorisée de la lubricité. En revanche, disait-elle, la luxure préservait la sauvegarde de l'âme. C'est pourquoi, quand ils se retrouvaient sur une couche, elle lui murmurait :

— La chair ne peut pécher puisqu'elle est déjà péché.

Tout avait commencé au printemps. Venu en France avec son épouse Anna Maria afin d'obtenir l'intercession de la duchesse Aliénor pour une réduction des impôts écrasants qui frappaient son domaine de Huntington – une manœuvre du prince Jean, contre lui –, Robert de Locksley avait accompagné à Châlus la mère de Richard Cœur de Lion près de son fils mourant, atteint d'un carreau d'arbalète.

Mais là-bas, celui qui avait si durement combattu le prince Jean et ses suppôts dans la forêt de Sherwood sous le surnom de Robin Hood, avait été injustement accusé de vol et avait dû s'enfuir pour échapper à la mort. Anna Maria était alors partie à

Toulouse chercher Guilhem et son frère Bartolomeo. Tous trois avaient fait route pour Paris à la recherche de Robert. Ils l'avaient retrouvé, protégé par des tisserands cathares, et avaient découvert que la mort de Richard Cœur de Lion n'était que le prélude d'un plus vaste complot ourdi par des templiers à la solde du prince Jean qui préparaient aussi l'assassinat de Philippe Auguste.

Guilhem et Robert étaient parvenus à sauver la vie du roi de France, mais les tisserands avaient été arrêtés comme hérétiques. Guilhem avait pourtant obtenu leur grâce en s'engageant à les conduire dans le comté de Toulouse, où leur foi n'était pas persécutée.

Ils étaient vingt-six cathares, en comptant les épouses, les servantes, les enfants et les nourrissons. Ils n'avaient presque rien emporté, sinon quelques vêtements, des pièces d'étoffe, de quoi cuisiner et leur literie. Outre Sanceline et son père Enguerrand, il y avait sept familles dont quatre de tisserands : Jehan le Flamand, colosse roux, qui, malgré sa foi avait accepté de porter broigne maclée et épieu, le gros Bertaut, Noël de Champeaux et ses fils, et enfin Estienne, le gendre de Bertaut. Les autres étaient Thomas le cordonnier, Geoffroi le tavernier, qui avait abandonné son cabaret, et enfin Aignan le libraire qui, avec sa femme et ses deux grands garçons, tenait une boutique de parchemins.

Le chef de leur communauté était le Parfait Enguerrand, ancien syndic de la Guilde des tisserands du Monceau-Saint-Gervais. Parmi les femmes, outre Sanceline, il y avait trois servantes, la femme de Jehan le Flamand – aussi rousse que lui –, celle du gros Bertaut – aussi grosse que son mari –, la fille de Bertaut, qui serait bientôt aussi dodue que ses parents, la sœur de Thomas – bonne couturière –, et enfin l'épouse d'Aignan qui savait lire, comme Sanceline.

Bien sûr, la seule cathare qui comptait pour Guilhem était la fille d'Enguerrand. C'était uniquement pour elle qu'il s'était engagé à conduire la petite communauté dans le pays albigeois.

Ce matin-là, Guilhem et Robert de Locksley, accompagnés d'Anna Maria, de Bartolomeo et de Ranulphe de Beaujame, l'un des deux écuyers de Locksley, s'étaient rendus au palais des ducs d'Aquitaine, une massive construction érigée sur l'ancienne muraille romaine.

Comme tous les vassaux d'Aliénor, ils avaient attendu dans la grande salle – la plus grande de la chrétienté – décorée de colonnettes avec des têtes grimaçantes. Enfin la duchesse d'Aquitaine était arrivée. À soixante-quinze ans, l'ancienne religieuse de Fontevrault avait pris l'habit d'un chef de guerre impitoyable.

Aliénor avait convoqué le ban de ses vassaux pour qu'ils lui renouvellent l'hommage féodal. En ces temps anciens, l'hommage n'était pas seulement une cérémonie. Il marquait l'engagement de celui qui se donnait à un suzerain auquel il promettait service et fidélité. En échange, le suzerain offrait sa protection et concédait parfois un fief. Tous les vassaux d'Aquitaine avaient prêté hommage à Richard après la mort de son père Henri II, l'époux d'Aliénor, et maintenant que le Cœur de Lion était mort, Aliénor exigeait qu'ils renouvellent ce serment pour conserver les fiefs concédés par son fils[1].

À tour de rôle, le grand chambellan avait appelé les vassaux qui s'avançaient et s'agenouillaient devant la duchesse, plaçant leurs mains jointes dans celles,

---

1. Elle-même en juillet, à Tours, fera hommage au roi de France pour le comté de Poitiers.

ridées, de la vieille femme en déclarant d'une voix forte :

— Dame Aliénor, je suis votre homme et je m'engage en ma foi à vous être fidèle.

La cérémonie s'interrompait par moments, quand la duchesse voulait recevoir en privé les plus puissants de ses hommes liges. C'est lors d'une de ces interruptions que Guilhem d'Ussel et Robert de Locksley avaient interrogé le grand vicaire de l'évêché sur les périls qui les attendraient sur la route de Limoges.

Le grand vicaire avait un nez camus et de larges mains calleuses, plus habituées à tenir l'épée ou le fléau d'armes que le bréviaire. Ayant appris que Locksley avait été proche du roi Richard, il avait répondu franchement à leurs questions, tout en restant sur une prudente réserve.

Guilhem avait cependant deviné qu'il regrettait qu'Arthur n'ait pas été choisi comme roi d'Angleterre et duc d'Aquitaine. Même si Jean et sa mère avaient repris plusieurs villes rebelles et étaient désormais maîtres de la Normandie, de l'Angoumois, du Poitou et de l'Aquitaine, la situation était des plus confuses, avait-il expliqué en grimaçant.

Nombre de vassaux de Richard, tel Adhémar de Limoges, penchaient depuis longtemps pour le roi de France, surtout pour gagner leur indépendance, et ne laissaient plus entrer les troupes anglaises dans la vicomté. En vérité, du Poitou à l'Aquitaine, le pays était partagé en deux partis avec deux chefs : Guillaume des Roches rassemblait les barons favorables à Arthur de Bretagne, tandis que Robert de Turnham, fidèle à Aliénor, soutenait le roi Jean.

Mais, en prenant le pouvoir, Jean avait aussi écarté nombre de fidèles de Richard pour les remplacer par ses serviteurs et, désormais, une sourde querelle l'opposait à sa mère qui l'empêchait d'agir à sa guise en Aquitaine, duché lui appartenant en propre.

Seulement Aliénor n'avait pas suffisamment d'hommes liges pour conduire la politique qu'elle aurait désirée, voilà pourquoi elle avait exigé que ses vassaux lui renouvellent l'hommage.

— Nous aurons un sauf-conduit de dame Aliénor pour traverser le Limousin et le Périgord, avait assuré Guilhem au grand vicaire. Nous avons aussi un laissez-passer du roi de France pour nous rendre à Toulouse.

— Croyez-vous qu'un passeport vous protégera de la sauvagerie de Brandin ? avait rétorqué le vicaire, avec une pointe de raillerie.

— Mais Brandin est en Normandie ! avait objecté Guilhem.

Comme Mercadier, Brandin était un capitaine de routiers, mais à la différence du chef brabançon qui avait donné sa foi à Richard avant de passer au service d'Aliénor, Brandin était un fidèle du roi Jean.

— Jean s'appuie désormais sur ses propres féaux, avait expliqué le vicaire, et comme il se méfie de Mercadier, il l'a envoyé en Aquitaine s'occuper de ceux qui affirment leur allégeance envers le roi de France. Mais là-bas, Mercadier s'est allié à Morève de Malemort, le frère de l'archevêque de Bordeaux. Morève est le chef d'une armée de trente mille hommes jusquelà au service de Jean. Ensemble, ils ont mis le duché en coupe réglée, pillant monastères et églises pour s'enrichir.

— Dame Aliénor laisse faire ? s'était étonné Locksley.

— Dame Aliénor n'a pas d'armée, seigneur, avait répondu le vicaire, désabusé. Quant à Brandin, il avait été nommé gouverneur du Mans après que la ville eut été prise et pillée pour s'être ralliée à Arthur. Depuis, riche de ses exactions, il est en route pour le Périgord avec ses bandes. On dit qu'il veut en devenir sénéchal, au détriment de Mercadier qui y possède ses fiefs. Sur son chemin, ses hommes mettent le pays à sac, ravageant les cultures, pillant et incendiant maisons fortes et villages. Aucune femme ou fille n'échappe à leur souillure. Ils pendent vieillards et enfants, ne gardant vivants que ceux qui acceptent de servir dans leur piétaille ou qui peuvent payer rançon.

Le vicaire s'était signé après avoir prononcé ces sinistres révélations.

Robert de Locksley et Guilhem d'Ussel avaient échangé des regards inquiets. Ils savaient qu'ils traverseraient un pays en désordre, mais ne pensaient pas croiser la route des armées de Brandin. Comment pourraient-ils se défendre face à des hordes de routiers ivres de pillage et de meurtres ?

Entre-temps, Aliénor était revenue et le vicaire était retourné dans la salle. Ensuite les hommages s'étaient poursuivis jusqu'au moment où le chambellan avait appelé Robert de Locksley pour un entretien privé. Il s'y était rendu avec Anna Maria, tenant à la main le sac contenant la statuette d'or, enjeu du siège de Châlus où Richard avait trouvé la mort. Cette statuette qu'il avait été accusé d'avoir volée, et qu'il avait retrouvée.

Guilhem était alors retourné à leur auberge avec Bartolomeo. Son ami rentrerait plus tard avec Anna Maria, son écuyer et ses quatre archers.

La veille, quand ils étaient arrivés, ils avaient découvert une ville grouillant de réfugiés et d'hommes en armes. À cette foultitude s'ajoutaient la cour d'Aliénor et les vassaux qui arrivaient de tout le Poitou, avec leur suite.

Appliquant l'ancestral droit de gîte attribué aux seigneurs, le grand chambellan de la cour avait réquisitionné les meilleures maisons pour les chevaliers de la duchesse, puisque le palais ducal et le donjon de la tour Maubergeon n'auraient pu héberger tout ce monde. Les barons venus prêter allégeance occupaient les hôtelleries et les hommes d'armes étaient installés chez l'habitant où ils pratiquaient les exactions habituelles de la soldatesque : pillage, forcements et violences. Quant aux réfugiés, il ne leur restait que la paille des écuries ou des campements de fortune, huttes de branches ou de toile, dressés dans les rues ou sur les places.

À prix d'or, Guilhem avait obtenu deux chambres dans une auberge qui se trouvait le long de la muraille construite par Aliénor d'Aquitaine[1]. Les femmes et les enfants étaient dans une des pièces, tandis que Locksley, ses écuyers, Guilhem, Bartolomeo et les archers avaient pris l'autre. Chaque chambre avait deux vastes lits où l'on pouvait dormir à huit. Quant à ceux qui n'avaient pu trouver place à l'intérieur, il leur restait les granges et les écuries.

Arrivé à l'auberge, Guilhem découvrit Thomas le cordonnier et Geoffroi le tavernier qui, aidés d'un charron, remplaçaient une roue du chariot, tandis que Jehan le Flamand s'entraînait à l'arc sur une cible de paille, sous le regard critique de Regun Eldorman, le second des deux écuyers de Locksley.

Guilhem descendit de cheval.

— Le moyeu était fendu ? demanda-t-il aux deux hommes.

— Oui, seigneur. D'après le charron, elle aurait pu tenir jusqu'à Albi, mais nous avons suivi vos conseils.

— Vous avez eu raison. Là où nous allons, il n'y aura pas de charron. Si un moyeu de charrette s'élargit ou si un longeron cède, vous n'aurez plus qu'à en porter le contenu sur votre dos. Où sont les autres ?

— Les femmes, Bertaut et Noël sont au marché pour faire des provisions d'orge, d'épeautre et de fèves, seigneur.

---

1. Aliénor mourra à Poitiers en avril 1204, et la ville sera prise par Philippe Auguste en août de la même année.

— Bartolomeo, trouve deux mules supplémentaires et deux solides mulets qui remplaceront le bœuf de la charrette ! ordonna Guilhem à son écuyer.

Pendant qu'ils parlaient, Jehan le Flamand et Regun Eldorman s'étaient approchés. Jehan le Flamand était roux avec des épaules de lutteur et un cou de taureau. Tisserand cathare, refusant jusqu'alors de se battre comme l'exigeait sa religion, il avait quand même accepté de porter un épieu. Puis il avait découvert qu'il était un archer adroit et Guilhem se rendait compte qu'il était attiré par le métier des armes. Quant à Regun, brun et court sur pattes, la vingtaine, c'était un Saxon pauvre vaguement parent de Locksley, tout comme Ranulphe de Beaujame, son cousin.

— Ami Regun, lui dit Guilhem, nous manquons d'armes. Or, même si ceux que je conduis à Albi ne souhaitent pas se battre, ils y seront peut-être contraints. Prends cette poignée d'écus (il ouvrit l'escarcelle attachée à côté de sa dague). Trouve deux arbalètes pas trop lourdes, des carreaux ainsi que cinq ou six piques ou guisarmes et quelques rondaches. Emmène Jehan pour qu'il apprenne comment les choisir. Si tu vois des cuirasses, ou même des haubergeons à un prix intéressant, ainsi que des chapels de fer, achète de quoi équiper trois ou quatre hommes.

Ayant donné ses ordres, Guilhem entra dans l'auberge, traversa la grande salle et monta dans la chambre des femmes.

Chapitre 2

Sanceline faisait la lecture des saints Évangiles à son père.

— Sire Guilhem, dit le Parfait avec un chaleureux sourire quand il le vit entrer, quand partons-nous ? J'ai hâte d'arriver au pays de Canaan.

— J'ignore si ce sera la Terre promise, Enguerrand, en revanche je peux vous prédire que les épreuves ne vont pas manquer. Pour vous répondre, nous partirons demain.

— Dieu m'a dit : *Va-t'en de ton pays vers le pays que Je te montrerai*, murmura Enguerrand en fermant les paupières.

Guilhem ne releva pas les contradictions du vieil homme. Pour les cathares, l'Ancien Testament était œuvre du diable, la quête de la terre de Canaan devait donc l'être aussi. Ce serait peut-être, hélas, la vérité. Après ce que lui avait dit le grand vicaire, nul doute qu'ils allaient pénétrer dans un territoire voué au Malin.

Il se tourna vers Sanceline qui lui offrit son plus doux sourire et son cœur se serra en songeant aux périls qu'il allait lui faire courir.

Même si elle avait cédé à son amour et qu'ils vivaient comme mari et femme depuis leur départ de Paris, la passion qu'il éprouvait pour elle ne s'était pas éteinte. Le sauvage guerrier qu'il était s'interrogeait toujours sur les raisons de cet amour qui le dominait. Était-il dû seulement aux charmes de la jeune femme ? De petite taille, brune aux yeux verts avec de longs cils, elle avait des traits fins, des lèvres bien dessinées et des dents comme des perles. Sanceline était certainement jolie, mais il avait connu de plus belles femmes, telles Amicie de Villemur ou Constance Mont-Laurier. Le parfum du romarin qu'elle utilisait pour sa toilette envahit ses sens. L'avait-elle ensorcelé ? Il lui fit signe de le rejoindre dans sa chambre.

— Jusqu'à Albi, nous n'aurons plus beaucoup l'occasion d'être seuls ensemble, Sanceline, lui chuchota-t-il en l'enlaçant.

C'était leur premier moment d'intimité depuis leur arrivée à Poitiers.

Elle se lova contre lui sans réserve. Mais même si ses sentiments envers Guilhem la dominaient, elle s'était promis que tout serait terminé entre eux quand ils arriveraient à Albi. Comme il cherchait sa bouche, son désir devint supplice et elle s'abandonna.

Quand il se rhabilla, elle lui demanda pourquoi il restait soucieux.

— Je ne veux pas te perdre, Sanceline. Pourtant je vais te faire traverser l'enfer. S'il devait t'arriver malheur, je crois que j'en mourrais.

— Avec toi, je ne crains rien, lui dit-elle, le cœur serré en songeant qu'à la fin de ce voyage ils se quitteraient définitivement.

C'est à cet instant de leur conversation qu'ils entendirent la troupe de Robert de Locksley entrant dans la cour. Guilhem l'aida à relacer sa robe et ils les rejoignirent.

À peine Anna Maria vit-elle Sanceline qu'elle l'entraîna pour lui raconter sa matinée à la cour pendant que Guilhem et Locksley s'éloignaient vers un petit jardin, de telle sorte qu'on ne puisse les entendre.

— Dame Aliénor a changé, dit Locksley à son ami d'un ton désabusé. Peut-être est-ce la mort de Richard, à moins que ce ne soit la fréquentation de Mercadier, mais je n'ai pas reconnu la pieuse femme que j'admirais. Elle est décidée à mettre le monde à feu et à sang pour que son petit-fils Arthur soit écrasé.

— L'important est que tu lui aies rendu la statuette d'or. Il aurait été dommage qu'on nous la vole. Maintenant, tu es quitte de tout envers elle, fit Guilhem qui n'éprouvait rien pour la duchesse d'Aquitaine.

— J'ai dit à Aliénor que tu avais châtié l'un de ceux qui avaient assassiné son fils. Pour te remercier, et pour avoir retrouvé la statuette, elle m'a fait remettre cinq cents pièces d'or. La moitié est à toi.

Il lui montra la lourde bourse de cuir attachée à son baudrier.

— Garde tout ! répliqua Guilhem. Avec cet or, tu pourrais t'établir à Poitiers, mon ami. Je n'ai rien de bon à te proposer, sinon de parcourir quelques centaines de lieues à travers des forêts sauvages dans un pays en guerre, puis à Lamaguère – si nous y arrivons –, de te faire passer un hiver glacial dans un château en ruine !

Ce château en ruine, il l'avait obtenu peu de temps avant de partir à Paris pour aider son ami. C'était un fief longtemps disputé entre le comte Bernard d'Armagnac et son beau-frère, l'archevêque d'Auch. Armagnac possédait la terre en nue-propriété et l'archevêque en avait le domaine utile, c'est-à-dire l'usufruit, mais il assurait avoir acheté le château. La querelle avait pris des proportions telles que le comte d'Armagnac avait incendié la petite forteresse après que l'archevêque y eut installé des gens à lui. Le conflit avait duré des années jusqu'à ce que les protagonistes soient prêts à une conciliation.

Raymond de Saint-Gilles avait alors proposé de laisser le château en apanage à l'un de ses chevaliers, ce qui lui permettrait de disposer d'un poste avancé pour protéger son comté du côté de l'Aquitaine, car Lamaguère était à douze lieues de sa capitale. Mais Armagnac avait exigé mille sous d'or et l'archevêque un bénéfice de dix marcs d'argent chaque année. Il avait fallu des années à Raymond de Toulouse pour trouver quelqu'un acceptant ces conditions. Entre-temps, les deux beaux-frères étaient morts et tant le fils du comte d'Armagnac que le nouvel archevêque ne s'intéressaient plus à cette vieille querelle. Ussel possédant les mille sous d'or, c'est finalement lui qui était devenu seigneur de ce fief.

— Rassure-toi, Guilhem, vivre là-bas ne m'inquiète pas. Je suis né dans une cabane à Sherwood et j'ai longtemps vécu comme un fugitif, n'ayant habité mon domaine de Huntington que durant peu d'années. Là où sera Anna Maria, je serai heureux. Elle est si contente de passer quelque temps avec son frère. Nous resterons à Lamaguère jusqu'au printemps, ensuite j'aviserai. Cet après-midi, je rencontrerai l'abbé du Pin[1] avec un notaire de la duchesse qui préparera un acte mandatant l'évêque de Hereford afin qu'il vende une partie de mes biens. L'abbé est homme de confiance et je sais qu'il me fera parvenir mon argent. Quand je l'aurai reçu, je déciderai de rentrer en Angleterre, si Jean me laisse tranquille, ou de m'installer près de Paris comme le roi Philippe me l'a proposé.

Guilhem hocha la tête, satisfait de voyager avec son ami et son escorte.

---

1. Pierre Milon, abbé de l'abbaye cistercienne du Pin en Poitou et homme de grande valeur morale, avait accompagné Richard en croisade et était devenu son aumônier.

— Es-tu d'accord pour partir demain ? demanda-t-il.

— Oui, si nous sommes prêts. Aliénor m'a remis un sauf-conduit.

— Les chariots regorgent de provisions et de fourrage, Bartolomeo est allé acheter des mules et Regun nous apportera quelques armes de plus. Prions le Seigneur pour que ce soit suffisant, car nous ne sommes pas nombreux.

— Avec mes archers et mes écuyers, nous pouvons tenir tête à une troupe autrement plus considérable que la nôtre, mon ami, le rassura Locksley en le prenant par l'épaule. Ne t'inquiète pas !

Le convoi quitta Poitiers le lendemain, veille de la Nativité de saint Jean Baptiste.

Guilhem chevauchait en tête avec Ranulphe de Beaujame et Bartolomeo. Robert de Locksley restait en arrière-garde avec Regun Eldorman, son second écuyer, et Jehan le Flamand qui possédait désormais un arc.

Au milieu, les quatre archers escortaient les charrettes et le gros chariot. Tous étaient à cheval, sauf Jehan. Locksley avait aussi deux chevaux de bât, de solides roussins transportant ses bagages et ceux d'Anna Maria dans de gros coffres.

Les cathares, hommes et femmes, avançaient à pied, sauf Geoffroi le tavernier qui conduisait son chariot sur lequel se reposaient les plus jeunes enfants. Comme Jehan le Flamand, Thomas le cordonnier, Estienne – le gendre de Bertaut – et Geoffroi portaient cuirasse ou broigne, chapel et pique. Sur les chariots, les rondaches étaient à portée de main. Au milieu du convoi, les femmes papotaient. Il faisait beau, mais la chaleur allait bientôt les fatiguer, et la route serait longue.

Ils avaient parcouru les quatre-vingt-dix lieues entre Paris et Poitiers en trois semaines, mais la nourriture et le fourrage abondaient dans les fermes qu'ils rencontraient. De surcroît, les chemins étaient autrement plus larges que celui qu'ils empruntaient maintenant. Le lourd chariot aux grosses roues de bois qui transportait tout ce que Geoffroi avait pu emporter de sa taverne avançait lentement, tout comme les charrettes tirées par des mulets et des bardots. À la moindre côte, et il y en avait souvent, chacun devait aider les bêtes en tirant ou en poussant.

Ils ne rencontrèrent ni marchands ni colporteurs mais croisèrent beaucoup de miséreux qui se dirigeaient vers Poitiers. C'étaient des hommes seuls, souvent meurtris et affamés. Guilhem les interrogeait, et leurs réponses, quand ils parvenaient à parler, étaient toujours les mêmes, brèves et désespérées. Leur village avait été brûlé, leur maison pillée, leur famille assassinée après avoir subi les plus atroces sévices.

Le soleil étant au zénith, ils firent halte dans une prairie près d'une rivière pour se reposer, se nourrir et se désaltérer. L'un des chariots transportait du fourrage, mais il y en avait seulement pour deux jours, aussi laissèrent-ils les animaux en pâture libre. Leur dîner fut très simple : du pain pour tous, un peu de jambon et du vin tiré des tonneaux de Geoffroi. Une boisson qui tournait à la piquette.

C'est ce que remarqua Cédric, l'un des archers saxons.

— Par saint Dunstan[1], quel vinaigre ! s'exclama-t-il en vidant son pot. J'échangerai volontiers tous ces maudits tonneaux pour un bon hanap d'ale anglaise !

---

1. Saint Dunstan archevêque de Cantorbéry autour de l'an mil. Dunstan avait eu l'occasion de rencontrer le Diable et de l'enchaîner. Il avait alors obtenu de lui le serment qu'il ne pénétrerait jamais dans les maisons dont la porte d'entrée serait surmontée d'un fer à cheval.

— Tu dis ça parce que tu n'es jamais venu au Lièvre Cornu boire mon vin frais d'Auxerre, l'ami ! Celui-ci a tourné parce qu'il a été transporté depuis un mois en plein soleil, répliqua Geoffroi.

— Et c'est quoi, le Lièvre Cornu, compaing ? demanda Gilbert, un autre archer saxon.

— La meilleure taverne de Paris ! assura Jehan le Flamand.

— En partant, je l'ai laissée à mon beau-frère, fit Geoffroi dans un soupir inquiet. Pourvu qu'il ne gâche pas ma réputation !

— Peu t'importe ! laissa tomber Aignan avec un brin de nostalgie, puisque nous n'y retournerons jamais. J'ai laissé mon échoppe de parchemins à un jeune clerc et je me moque de ce qu'il en fera.

Guilhem avait fait ranger les voitures côte à côte le long du cours d'eau. Ce fut une précaution utile. En effet, ils s'apprêtaient à repartir quand une troupe de cavaliers apparut sur le chemin. Trois chevaliers en haubert et une poignée d'hommes d'armes en broigne, équipés de piques, de haches, de maillets de plomb et de marteaux d'armes à la pointe tranchante.

Sur les écus et sur leur bannière qui flottait au vent, Guilhem reconnut le blason du seigneur du Breuil. Femmes et enfants s'abritèrent derrière les charrettes, pendant que les hommes rassemblaient chevaux et mules, et que Robert de Locksley plaçait ses archers et ses écuyers sur des branches de chêne.

Celui qui commandait la troupe s'approcha.

— Où allez-vous ? lança-t-il avec insolence dans un patois limougeaud.

— Et toi, Aymar ? rétorqua Guilhem, le tenant en joue de son arbalète.

L'autre balaya le campement du regard avant de découvrir les archers. Il jugea finalement les voyageurs trop nombreux et trop bien armés aussi ; sans une autre parole, il fit faire demi-tour à sa monture et rejoignit la troupe qui s'éloigna.

Quand ils furent loin, les hommes poussèrent un hourra de soulagement.

— Tu le connaissais ? demanda Robert de Locksley à Guilhem.

— Aymar du Breuil ! Sans doute allait-il prêter hommage à dame Aliénor. Comme la plupart des seigneurs d'ici, il nous aurait pillés s'il avait jugé pouvoir le faire sans dommage pour lui et ses gens.

Ils repartirent et ne firent pas d'autres mauvaises rencontres jusqu'à la halte du soir, quelques heures avant le coucher du soleil. Cette fois, Guilhem choisit une butte permettant de surveiller les alentours et disposant d'une belle pâture pour les animaux. Il y avait aussi un ruisseau à proximité.

Avant de partir chasser avec ses écuyers, Locksley commanda à ses archers de monter la garde.

Ces saxons étaient des hommes frustes et violents. Locksley les avait choisis pour leur adresse à l'arc et leur fidélité, et non pour leur caractère. Deux d'entre eux, Cédric et Gilbert, ne cherchaient qu'à paillarder. À Poitiers, ils avaient passé la nuit avec des puterelles et ils lorgnaient sans cesse les femmes de la troupe auxquelles ils faisaient peur. Gilbert était petit, roux, avec un bel embonpoint et un gros nez cassé. Cédric avait le menton en galoche et, s'il était haut de taille, son nez camus et sa tête de furet avec de grandes incisives jaunes n'inspiraient pas l'affection. C'était un joueur effréné, et Guilhem avait observé qu'il trichait sans vergogne pour rapiner ses compagnons.

Henry, le troisième archer, un sottard au tempérament sanguin, large d'épaules avec un cou de taureau et un mufle bestial, demeurait toujours près de Ranulphe de Beaujame, tel un molosse fidèle.

Seul Godefroi, le plus âgé d'entre eux, était un peu plus avenant. Il parlait le français et le normand quand les autres ne s'exprimaient que dans leur dialecte. Il était même courtois avec les femmes, ayant un faible pour la servante de Jehan le Flamand.

Mais malgré leur rudesse, Guilhem appréciait la tolérance dont ils faisaient preuve à l'égard des cathares. Aucun ne les avait offensés ou maltraités. Bien au contraire, quand Enguerrand rompait le pain en autant de morceaux qu'il y avait de convives, prononçant les paroles rituelles :

— Bénissez-moi, Seigneur.

Ils prenaient leur portion en déclarant comme les autres cathares :

— Dieu vous bénisse.

Que le Diable ait créé le monde ne choquait pas les Saxons, en revanche ils n'étaient pas prêts à renoncer aux viandes et ils firent bonne chère du daim que Ranulphe de Beaujame ramena ce soir-là.

Le reste du souper ne fut qu'une bouillie d'orge et de seigle que les femmes avaient préparée avec leurs moulins à main, des boîtes de bois contenant une petite meule de pierre sur laquelle on versait lentement les graines en faisant tourner la roue. La meule frottait alors une pierre plate et la farine et le son tombaient au fond.

La nuit venue, chacun s'installa autour du feu. Les enfants et les servantes avaient coupé de l'herbe à la faucille pour faire des couches à ceux qui ne transportaient pas leur literie, quelques cathares ayant emporté leur matelas dans les charrettes.

Guilhem s'apprêtait à s'éloigner avec Sanceline quand Enguerrand s'adressa à lui.

— Je ne cesse de penser à Albi, lui dit le Parfait. J'ai une telle hâte de rencontrer notre évêque ! Le seul évêque de notre religion à qui j'aie parlé était venu en grand secret à Paris. C'est lui qui m'a donné le *consolamentum* dans la crypte de la tour du Pet au Diable. Il avait connu le saint homme Nicétas.

Ce n'était pas la première fois qu'Enguerrand lui parlait de Nicétas, cet évêque bogomile de Constantinople venu dans le Lauragais, trente ans plus tôt. Seulement Guilhem ne pouvait rien lui dire sur lui, car il ne s'était jamais intéressé aux cathares. D'ailleurs il ne s'était jamais intéressé à Dieu.

— Je me suis remémoré cette nuit que cet évêque m'avait parlé d'un lieu où s'était rendu Nicétas pour prier, le mont Salvat, dans le comté de Toulouse. Est-ce loin d'Albi ?

— Je l'ignore, répondit Guilhem après un instant de réflexion. Je connais seulement les montagnes des Salvatches, près de Foix. Il y a là-bas un endroit appelé Montségur, un lieu sauvage et inhabité.

— J'essaierai de m'y rendre, murmura le vieil homme.

La nuit fut douce et calme et ils repartirent à l'aube crevant.

Chapitre 3

Le jour suivant, ils ne firent aucune rencontre de la matinée. Les champs étaient en friche et la campagne paraissait abandonnée. Ils comprirent pourquoi quand, vers midi, ils découvrirent le village incendié.

Brandin, ou un de ses capitaines, était passé et avait chanté la *Messe des lances*, comme le disaient les routiers en se moquant de ceux qu'ils massacraient. Les manants et les laboureurs, qui avaient cru que la palissade entourant leur village serait suffisante et qui n'avaient pas fui pour se réfugier dans une place forte ou un château, étaient pendus aux arbres, sans mains ni pieds. Femmes et enfants, éventrés et démembrés, couvraient le sol. Aucun d'eux n'avait imaginé la sauvagerie des démoniaques Cottereaux.

Guilhem et ses compagnons rassemblèrent les corps meurtris et torturés dans une fosse qu'ils recouvrirent de pierres avant de quitter au plus vite ce lieu maudit.

Deux autres jours s'écoulèrent à l'identique à travers des paysages désolés et inhabités. Ils aperçurent pourtant plusieurs fois sur les coteaux des troupes d'hommes en armes. Les cavaliers n'étaient jamais plus d'une douzaine et si certains s'approchèrent, ils firent demi-tour en découvrant des voyageurs bien armés.

Une bande fut cependant plus audacieuse et les chargea en hurlant, épée et hache en main. À trois cents pieds, la première volée de flèches des Saxons en fit tomber plusieurs. La seconde volée anéantit le reste. Capables de lancer jusqu'à seize flèches par minute, les archers auraient pu triompher d'une troupe plus nombreuse.

Après avoir achevé leurs assaillants, Locksley et les gens les dépouillèrent de leurs armes, vêtements et hauberts. Un seul palefroi avait été blessé, aussi, désormais, les tisserands pourraient voyager à cheval, avec un second cavalier, femme ou enfant, en croupe. Le convoi n'irait pas plus vite, car leur allure demeurerait celle des mules et des charrettes sur le chemin défoncé, mais la fatigue serait moindre.

Guilhem aurait dû être satisfait de leur victoire, et pourtant elle l'inquiétait, comme il s'en expliqua à Locksley.

— D'ici peu, on retrouvera les corps de ces marauds, et leurs amis voudront les venger. Ils n'auront aucun mal à nous retrouver.

Le soir venu, il augmenta les sentinelles et organisa un tour de garde. Le lendemain, il demanda aux cathares, y compris aux femmes, de porter l'armement de ceux qu'ils avaient vaincus : broigne, casque, épée et hache, de telle sorte qu'en les apercevant, on soit persuadé qu'il s'agissait d'une troupe de soldats. Bien qu'avec réticence, Aignan le libraire et sa femme, le gros Bertaut et la sienne ainsi que Noël de Champeaux acceptèrent. Seul Enguerrand refusa. Les trois servantes trouvèrent même cela amusant et Perrine, la domestique de Noël de Champeaux, fit toutes sortes de minauderies après avoir revêtu sa cuirasse, ce qui provoqua des remarques salaces de Cédric et de Gilbert. Même si ces réflexions étaient faites en saxon, tout le monde comprit que les deux hommes lui proposaient de s'escambiller.

Quant à Anna Maria, elle revêtit à nouveau l'équipement qu'elle portait en se rendant à Paris : une robe de voyage protégée par une broigne maclée et un camail. À sa taille, elle attacha la miséricorde que lui avait donnée un chevalier d'Aliénor et, comme les guerriers, elle se couvrit la tête d'un heaume à nasal.

Le surlendemain, ils furent en vue de Lussac. Pain, blé, fourrage manquaient et la veille ils n'avaient dîné que de gibier, aussi ceux parmi les cathares qui refusaient la viande avaient le ventre vide.

La Vienne étant basse, ils auraient pu la franchir au gué de la Biche, évitant ainsi l'octroi du pont. Guilhem connaissait ce passage où Clovis avait fait traverser son armée après qu'une biche de grande taille lui eut montré le gué. Mais ils leur fallait des provisions et Enguerrand réclamait du pain. De plus, les cathares espéraient acheter du poisson de la rivière.

Lussac était entourée d'une enceinte et ses portes bien fermées. À la barbacane, Guilhem présenta le sauf-conduit de Philippe Auguste avec son grand sceau rouge, car il savait le seigneur de Lussac vassal du comte de La Marche qui soutenait les droits d'Arthur de Bretagne. Malgré cela, le sergent de garde refusa l'entrée d'une troupe si fortement armée, aussi envoya-t-il un messager au seigneur dont le château dominait le bourg.

L'attente fut longue. Des habitants les observèrent un moment du haut des murailles, puis quelques-uns commencèrent à les interroger. Bien sûr, ils ne dirent pas qu'il y avait des hérétiques parmi eux, ni des Anglais d'ailleurs, mais ils répondirent franchement qu'ils venaient de Paris et se rendaient à Toulouse, et que la plupart d'entre eux étaient d'honnêtes tisserands.

Hélie de Lussac arriva enfin. C'était un homme de petite taille, large d'épaules, sans cou et au visage carré. Il fit entrer Guilhem et Robert dans la salle du corps de garde pour les interroger. Tous deux lui assurèrent ne pas demander à entrer dans sa ville, mais seulement vouloir passer la nuit à l'abri devant ses murailles. Ils promirent aussi de payer l'octroi pour franchir le pont sur la Vienne et annoncèrent vouloir acheter toute la nourriture et les poissons qu'on leur vendrait. En échange, ils accepteraient de céder quelques-unes des armes de la troupe qu'ils avaient anéantie.

Le seigneur de Lussac accepta. Il les laissa s'installer dans une grange, près d'un moulin sur la rivière, et invita Guilhem et Locksley à souper avec leurs dames, Anna Maria ayant prêté pour l'occasion une robe de soie à Sanceline.

C'est en revenant au moulin, la nuit venue, qu'ils entendirent les altercations. Des hommes se querellaient dans une langue que Guilhem ne comprenait pas mais dont il connaissait les sonorités depuis qu'il voyageait avec les gens de Robert de Locksley. C'était du saxon.

Les adversaires se turent en apercevant leur seigneur dans la lumière du feu allumé près de la grange où logeaient les cathares.

— Anna Maria, attends-moi près de nos bagages. Guilhem, laisse-moi, ordonna Robert.

Guilhem et Sanceline s'éloignèrent aussi. L'une des servantes leur avait installé une couche sous un auvent près de la rivière.

— Pourquoi se disputaient-ils ? demanda Sanceline quand ils furent seuls.

— Je crains de l'avoir deviné, ma mie. J'en parlerai demain avec Robert.

Ils ne partirent qu'à la relevée[1], car il y avait un marché le matin. Pendant que Geoffroi le tavernier et quelques-unes des femmes achetaient du poisson salé et des fèves, les Saxons se baignèrent dans la

1. La relevée était le temps qui suivit l'heure de midi (cf. Froissart).

Vienne avec les tisserands. La dispute paraissait oubliée.

Plus tard, ce fut Robert de Locksley qui en parla à son ami alors qu'ils chevauchaient en avant-garde.

— C'étaient Regun et Ranulphe, dit-il. Tu devines pourquoi…

— Ils veulent rentrer en Angleterre ?

— Non, pas encore… répliqua Locksley avec un brin de fatalisme.

Il resta silencieux un moment, apparemment préoccupé, avant d'expliquer dans une sorte de monologue.

— Nous autres Saxons avons été vaincus par les Normands. Notre peuple s'est malgré tout mélangé avec nos envahisseurs, mais aucun Saxon n'occupe de charge importante dans le royaume. Autour du grand justicier et à la cour de Jean, il n'y a que des Normands. Les gens de basse condition sont toujours des Saxons.

» Ceux d'entre nous de noble lignage sont longtemps restés enfermés dans leur château, repoussant avec mépris les mœurs que les Normands nous avaient apportées, puis Richard est devenu roi et beaucoup d'enfants de ces vieilles familles se sont rangés avec ardeur sous les bannières du Cœur de Lion qui était pour nous un modèle de chevalier. À cette époque, je n'étais qu'un hors-la-loi dans la forêt de Sherwood, je t'ai raconté ma vie. Puis j'ai rencontré Richard qui m'a rendu mes droits. Je l'ai aimé et admiré, et je l'aurais peut-être rejoint en France s'il n'y avait eu Marianne. Mais elle est morte et j'ai tout abandonné pour aller en Palestine.

» C'est là-bas que j'ai retrouvé Cédric de Beaujame, le père de Ranulphe, qui est mort dans mes bras au cours d'une bataille. Eldorman était son beau-frère, Lui, c'est la suette qui l'a tué. Nous n'étions pas parents, mais tous deux avaient épousé des sœurs avec qui j'avais un aïeul en commun. Quand je suis revenu, j'ai pris soin de leurs enfants, puisque par leur mère nous étions du même lignage. Les deux garçons n'avaient plus rien, car leurs pères s'étaient endettés pour partir en Palestine et leur débiteur avait saisi leurs terres. Ils voulaient rejoindre Richard et brûlaient de se distinguer pour être adoubés chevalier, mais ne pouvaient le faire puisqu'ils n'avaient ni haubert ni monture ! Je leur ai proposé de se mettre à mon service comme écuyers et ils m'ont prêté hommage, mais je voyais bien qu'ils s'ennuyaient. Aussi, quand j'ai dû me rendre en France pour plaider ma cause auprès de dame Aliénor au sujet du scutum[1] de mon domaine, je leur ai demandé de m'accompagner et je les ai équipés. J'ai aussi pris trois de mes meilleurs archers, Godefroi, Gilbert et Cédric. Henry, lui, était le seul serviteur qui restait à Ranulphe.

» C'est Ranulphe qui était avec moi à Châlus. Après mon départ, il est resté avec Aliénor qui a apprécié sa loyauté et son dévouement. Aussi, quand les partisans d'Arthur se sont révoltés et qu'elle manquait de soutiens, elle a demandé à mes écuyers de lui prêter hommage et d'entrer à son service. Elle devait penser que je ne reviendrai jamais et leur a promis harnois, haubert et destrier. Ranulphe était tenté, il me l'a dit. Servir la mère du roi d'Angleterre était inespéré pour un Saxon pauvre comme lui, mais son cousin Regun lui a rappelé qu'il s'était donné à moi. Ils m'ont donc attendu. Seulement, maintenant que nous nous éloignons de Poitiers et de l'Angleterre, Ranulphe pense qu'il a laissé échapper une occasion unique d'être équipé et de devenir chevalier d'Aliénor. Hier soir, il voulait convaincre mes Saxons de me demander de les laisser rejoindre Aliénor, leur place étant, selon lui, avec les chevaliers normands et non à protéger des hérétiques. Henry était d'accord, car il va tou-

---

1. Taxe imposée aux chevaliers qui ne se battaient pas en France et qui servait à payer les mercenaires. Voir : *Paris, 1199*, du même auteur (Éditions J'ai lu).

jours dans le sens de son maître, mais Regun ne le voulait pas et encore moins Godefroi qui s'est pris de passion pour Jeanne, la servante de Jehan.

— Que vas-tu faire ?

— Rien ! répliqua Locksley, agacé. Ranulphe doit apprendre à servir. S'il veut devenir chevalier, il doit trouver seul le difficile chemin de l'honneur.

Ils n'en parlèrent plus.

Neuf jours après avoir après avoir quitté Lussac, ils purent enfin se ravitailler aux Buis, une grosse ferme fortifiée que Brandin avait délaissée. Le fermier ne savait pas lire, mais la vue des laissez-passer des voyageurs avec leurs gros sceaux de cire, et l'assurance qu'il serait payé avec des deniers d'argent, lui donna confiance. Il leur vendit de l'orge et du seigle, des fèves, des choux récoltés le mois précédent et du fourrage. Mais surtout il les laissa passer la nuit dans les fenils et écuries de la ferme.

Chacun s'installa au mieux car il y avait beaucoup de place. Les familles restèrent ensemble et les couples s'isolèrent.

Le lendemain matin, comme ils s'apprêtaient à repartir, Jeanne et Julienne, les deux servantes cathares, s'aperçurent que Perrine, la servante de Noël de Champeaux, n'était pas là.

Ils l'appelèrent, pensant qu'elle s'était éloignée pour des besoins naturels, puis commencèrent à la chercher. Les femmes s'étaient toutes levées avant l'aurore pour ranimer le feu, et aucune ne se souvenait de l'avoir vue. Les hommes cherchèrent à leur tour et vinrent demander de l'aide au laboureur et à ses gens. Sans succès. Ils partirent finalement fouiller le bois proche, sans plus de résultats. Perrine ne possédait rien, sinon une deuxième chemise qu'elle avait laissée dans une charrette. Elle avait complètement disparu.

Passé midi, Guilhem décida de partir. La servante avait-elle fui ? Avait-elle été enlevée dans la nuit ? Gilbert, l'archer saxon, qui cherchait toujours à la mugueter, avait été le plus actif dans les recherches et il voulait continuer mais, le désespoir au cœur, il obéit aux ordres de son seigneur et reprit la route avec les autres.

En chemin, Guilhem s'entretint avec Locksley de l'étrange disparition. Il n'y voyait qu'une explication : Perrine était restée à la ferme des Buis, ou les gens de la ferme l'avaient enlevée pour en faire une esclave. Le seul moyen de le savoir aurait été de fouiller la maison forte et de faire parler ses habitants sous la torture, mais s'ils ne l'avaient pas retrouvée, ils auraient commis une injustice. Ils décidèrent d'être plus vigilants à l'avenir.

Après plusieurs jours de marche, ils n'eurent de nouveau plus rien pour se nourrir sinon le produit de la chasse. Mais ils seraient bientôt en vue de Bellac, leur avait promis Guilhem. Entourée d'une solide muraille flanquée de tours et dominée par le château des comtes de La Marche, c'était une ville considérable ayant résisté dans le passé à un siège du comte d'Aquitaine.

Pourtant, en s'approchant, Guilhem observa avec inquiétude que les vignes qui faisaient la richesse de la petite cité étaient abandonnées. Peu après, ils virent monter vers le ciel d'épaisses volutes de fumée noire.

Chapitre 4

Durant le mois de juin, le sort des armes avait été défavorable à Arthur de Bretagne. À la fin de juillet, sa mère et lui avaient dû trouver refuge à Paris, tandis que son capitaine, Guillaume des Roches, s'efforçait d'obtenir une trêve avec son oncle Jean.

On l'a vu, Philippe Auguste soutenait les prétentions d'Arthur. Il le faisait parce qu'il avait été l'ami de son père Geoffroi, le comte d'Anjou que l'on surnommait le Beau de son vivant et qui était mort à Paris dans un tournoi donné en son honneur. Mais le jeune Arthur était aussi un atout maître dans la partie que les rois de France jouaient contre les Plantagenêts depuis cinquante ans.

Obtenir l'allégeance vassalique d'Arthur et de ses barons, c'était, à terme, agrandir le petit royaume d'Île-de-France de la Bretagne et de l'Anjou. Plus encore, si Arthur devenait roi d'Angleterre et s'il épousait sa fille Marie, Philippe Auguste pouvait récupérer toute la Normandie, l'Aquitaine, et voir ses droits définitivement reconnus sur le Limousin, l'Angoumois et le Périgord. Son royaume atteindrait alors l'océan et le comté de Toulouse. Il serait le plus grand de la chrétienté.

Mais si Philippe Auguste était un roi ambitieux, calculateur et visionnaire, il était aussi un roi prudent. Pour l'instant, Arthur était quasiment vaincu. Aussi, quand le roi Jean lui avait proposé de le rencontrer pour parler de leurs royaumes, il avait accepté.

Les deux monarques s'étaient parlé entre Gaillon et Andely après la fête de Jean-Baptiste, alors même que Guilhem d'Ussel et Robert de Locksley venaient de quitter Poitiers. Ils avaient décidé d'une trêve jusqu'au lendemain de l'Assomption de la Vierge Marie.

Mais, à peine de retour à Paris, Philippe Auguste avait appris que Jean préparait en secret un traité contre lui avec le comte de Flandre. Cela ne l'avait pas étonné, la félonie de celui qu'on surnommait *Lackland* lui était familière. Ne lui avait-il pas vendu la liberté de Richard quand il voulait se débarrasser de son frère ? N'avait-il pas essayé de le faire assassiner à Notre-Dame quelques mois plus tôt avec la complicité de templiers félons[1] ?

Ces forfaitures étaient finalement de peu d'importance, jugeait le roi de France, car le jeune Arthur et sa mère, arrivant à Paris, lui avaient appris une nouvelle qui pouvait tout changer. C'est pour cette raison qu'il venait de réunir le conseil de ses plus proches fidèles.

Dans l'immense chambre de justice ogivale érigée dans le Palais, le long de la Seine, Philippe Auguste, sur son trône, avait à sa droite son fils Louis, associé désormais aux affaires du royaume bien qu'il n'ait que treize ans. Devant eux, sur des chaises curules plus basses, se tenaient ses conseillers. Avec la chaleur d'enfer qui régnait dans Paris, tous appréciaient la fraîcheur de la salle au sol jonché d'herbe coupée.

---

1. Voir : *Paris, 1199*, même auteur.

Le roi de France avait un visage carré et des traits agréables, malgré un œil à demi fermé depuis qu'il avait eu la suette. La quarantaine approchante, il se tenait encore droit et sa longue moustache n'avait aucun fil gris. En ample robe bleue parsemée de fleurs de lys, il ne portait pas d'arme mais un sceptre d'or terminé par une fleur de lys. Ses cheveux longs et clairsemés étaient serrés dans une couronne de fer et d'or. Son jeune fils Louis, qui lui ressemblait étonnamment, même s'il était fluet avec un visage plus doux, était revêtu de la même robe bleue.

Sur leur gauche se trouvait le sage frère Guérin, chevalier hospitalier ayant rang de chancelier car il rédigeait les chartes et les décisions royales à transmettre aux barons, aux baillis et aux prévôts. Frère Guérin était le principal ministre de Philippe Auguste et s'occupait des affaires politiques ou diplomatiques. Son simple bliaut noir à la croix blanche des *gardiens des pauvres*[1] contrastait avec la cuirasse maclée de son voisin Cadoc qui portait comme toujours son épée haut sur la poitrine. Lambert de Cadoc n'était qu'un mercenaire, un ancien chef de Brabançons qui avait terrorisé la Normandie, le Poitou et le Limousin. Sa rapacité le rendait méprisable, mais Philippe Auguste l'appréciait car Cadoc lui offrait sans barguigner la moitié de ses rapines, et le roi de France avait continuellement besoin d'argent. De surcroît, le courage et l'adresse du mercenaire étaient indéniables. N'avait-il pas été le seul des barons du roi à blesser Richard Cœur de Lion d'un carreau d'arbalète lors d'un siège ?

Près de Cadoc se trouvait Philippe Hamelin, le prévôt de Paris. Hamelin collectait les impôts et les taxes, assurait la police des marchandises, avait en charge le guet et la garde des portes de la ville, et enfin s'occupait de la construction des fortifications.

---

1. Nom que se donnaient les chevaliers hospitaliers de Jérusalem.

Chef de la noblesse parisienne, il était pour l'instant dans une position affaiblie car le roi avait fait pendre un de ses lieutenants, Thomas, pour avoir trop durement réprimé une révolte de clercs.

En face de frère Guérin, sur une chaise un peu plus haute que les autres, était assis Guillaume de Champagne, que l'on appelait Guillaume aux Blanches Mains. Archevêque de Reims et cardinal, parent du roi, c'est lui qui avait sacré Philippe à Reims. Premier duc et pair du royaume, il était le frère de Thibaut de Blois, le dernier sénéchal de France mort à la croisade quelques années plus tôt. À soixante-dix ans, Guillaume aux Blanches Mains était le conseiller le plus écouté du roi, qui le considérait comme un père.

Son voisin était Robert de Meulan, le premier bailli du royaume. À côté de lui se tenait Simon de Montfort, un autre bailli. Tous deux étaient les seigneurs des deux plus importants comtés face à la Normandie.

Enfin, en face de Philippe de France, sur deux sièges richement ciselés, recouverts de coussins de velours à glands d'or, se trouvaient une belle femme au regard triste et un jeune garçon aux traits fins. Près de lui, sur une simple chaise, était assis un chevalier au visage attentif.

La femme était Constance, duchesse de Bretagne, la veuve de Geoffroi Plantagenêt, frère de Richard et de Jean. Le garçon était son fils, Arthur, le fameux duc de Bretagne. Quant au troisième personnage, c'était Thomas de Furnais, le gouverneur bailli d'Angers qui avait livré la ville à Arthur, mais l'avait aussi perdue quand elle avait été prise d'assaut par l'armée de Mercadier et d'Aliénor.

Tous ces nobles personnages étaient silencieux et attentifs en écoutant le roi de France relater sa rencontre avec le nouveau roi d'Angleterre, bien que plusieurs d'entre eux aient participé à la conférence préliminaire avec les barons anglais.

— Après l'assemblée plénière, nous nous sommes entretenus en tête à tête l'espace d'une heure. Jean m'a dit : « Roi de France, pourquoi ne me laisses-tu pas en repos ? Je touche à peine la couronne et déjà tes chevaliers s'avancent pour soutenir Arthur. Faisons paix et alliance durables. »

Lambert de Cadoc eut un sourire ironique, tandis qu'une flamme de colère brûlait dans les yeux de Simon de Montfort.

— Je lui ai répondu : « Jean, donne-moi raison de mes fiefs dans la Normandie et le Berry. Tu sais que mes demandes sont justifiées et mesurées. » Bien qu'il sache parfaitement ce que je voulais, Jean m'a demandé des précisions. J'ai donc une nouvelle fois exigé le Vexin entre la forêt de Lyons et la Seine d'un côté, entre les rivières d'Andely et d'Epte de l'autre, car Geoffroi Plantagenêt, comte d'Anjou et aïeul de Jean, l'avait donné à mon grand-père[1] en échange de son aide dans la conquête de la Normandie sur le roi Étienne. J'ai aussi réclamé pour Arthur le Poitou, l'Anjou, le Maine, la Touraine et la Normandie.

» Jean n'a pu se retenir de grimacer et m'a suggéré une trêve pour préparer un traité de paix. Mais il a donné son accord aux propositions échangées entre Robert de Meulan et dame Aliénor. Il promet en mariage à mon fils aîné Louis sa nièce, Blanche de cœur comme de nom, avec pour dot les fiefs de Graçay et d'Issoudun. Il consent à ce que je jouisse de leurs revenus durant ma vie, que la princesse de Castille ait des enfants de son mariage ou non. Il m'a aussi assuré que, s'il mourait sans postérité, il donnerait à sa jeune nièce et à mon fils les fiefs et les moulins d'Hugues de Gournay en Normandie, et tout ce que les comtes d'Aumale et du Perche tiennent de lui en deçà la mer.

---

1. Louis le Gros.

» Nous avons convenu qu'il me payera vingt mille marcs d'argent si, en contrepartie, je lui cède toutes mes prétentions sur la Bretagne.

Devant les visages blêmes de la duchesse de Bretagne et de son fils, le roi de France précisa :

— À cette condition, Jean acceptera l'hommage d'Arthur comme duc de cette province, ainsi que ceux du comte d'Angoulême et du vicomte de Limoges. Il reconnaîtra les comtes de Boulogne et de Ponthieu comme mes vassaux et m'a promis de reconnaître tenir ses terres du roi de France, comme son père Henri II l'avait fait.

» Les conditions de ce mariage seraient donc plutôt favorables au royaume de France, mais elles ne changent aucunement les obligations et les fidélités des uns et des autres. J'ai déjà parlé de tout cela avec Guillaume aussi, en toute liberté, je voulais maintenant connaître votre sentiment, avant que dame Constance ne nous parle de ce qu'elle m'a appris hier.

Il lança un regard interrogateur à Simon de Montfort, un homme massif au visage sanguin couvert d'une épaisse barbe.

— Nous connaissons tous la fourberie de Jean, sire ! gronda Simon, les yeux pleins de fougue. Il ne tiendra aucune de ses promesses ! Pire, il vous prépare certainement quelque nouvelle perfidie. Or, il est affaibli en ce moment, profitez-en ! Rassemblez l'ost, noble roi, et nous le balayerons ainsi que ses suppôts ! Je suis certain que ceux qui le suivent l'abandonneront au premier affrontement et que ce couard se réfugiera en Angleterre.

Comme toujours, Montfort était partisan de la manière forte.

Si le roi parut satisfait de la philippique de son baron, il se tourna quand même vers Cadoc, car il se fiait plus à la science militaire du mercenaire qu'à la témérité hasardeuse de son baron.

— Qu'en penses-tu, Lambert ?

Cadoc posa sa main gauche sur sa courte épée, en travers de son torse, et eut un regard rusé, tempéré comme toujours par un air de fausse bonhomie.

— Montfort a raison, le roi Jean est faible et lâche, mais son armée est forte et valeureuse. La victoire ne serait pas certaine face aux gens de Mercadier, de Brandin et de Falcaise.

Malgré l'agacement de Montfort, Philippe Auguste approuva du chef, faisant signe à Robert de Meulan de parler.

— La misère règne dans vos campagnes, sire. Vous savez que je serai le premier à me battre pour vous, mais si nous pouvons éviter de faire encore plus souffrir le peuple de France…

— C'est un argument que j'entends, dit le roi. Le bonheur de mon peuple m'est cher et je sais combien la guerre lui coûte, même si je dois quand même augmenter les tailles. Opines-tu à cela, Hamelin ?

— Vous demandez déjà un lourd tribut à votre peuple, sire. Les bourgeois de Paris murmureront si on exige d'eux d'autres impôts. La construction de l'enceinte leur coûte bien cher et j'ai du mal à leur faire payer un guet plus nombreux.

— Les bourgeois payeront si je l'ordonne, car ils savent que j'agis pour leur bien ! répliqua sèchement Philippe. Les Anglais sont à Vernon, à Andely. Ils pourraient être à Paris en une journée. Le royaume ne connaîtra pas la tranquillité tant que je n'aurai pas toute la Normandie.

Après ce brusque accès de colère, il se tourna vers le chevalier hospitalier :

— Tu n'as rien dit, sage frère Guérin ?

Le plus jeune des conseillers du roi de France avait un visage hâve avec des yeux noirs profondément enfoncés sous ses arcades sourcilières. Quoi qu'il entende, frère Guérin gardait physionomie posée. Il savait, par des chevaliers du Temple, que les peuples et les seigneurs de l'Anjou, du Maine, et du Poitou n'étaient nullement prêts à soutenir les droits d'Arthur par les armes. Ils s'étaient ralliés à lui uniquement pour se séparer de Jean et obtenir une liberté pour laquelle ils avaient longtemps combattu Henri II et son fils Richard.

Mais l'hospitalier était avant tout un diplomate qui ne pouvait reconnaître cette évidence devant Constance et son fils.

— J'opine à ce que viennent de dire le prévôt Hamelin et le comte de Meulan, noble sire. En l'absence d'un soutien militaire des partisans d'Arthur, j'approuve leur prudence.

— Je me doutais de vos avis, mes amis, aussi ma décision était prise. Je signerai la trêve, mais je ne resterai pas inactif, puisque Jean veut aussi en profiter pour poursuivre ses manigances et nouer des alliances contre moi. En janvier, dame Aliénor ira chercher la jeune princesse Blanche en Castille et la conduira à Bordeaux avant le mariage qui aura lieu au printemps.

» Pendant ce temps, frère Guérin et Robert de Meulan prépareront les éléments du traité de paix à discuter cet automne, mais je ne changerai rien aux promesses que j'ai faites à Arthur et à sa mère. Quand il aura quinze ans, Arthur sera adoubé chevalier et recevra en mariage ma fille, la princesse Marie. S'il me rend hommage pour l'Anjou, le Poitou et la Touraine, je l'aiderai loyalement à reprendre ces provinces.

» Maintenant, dame Constance peut nous parler de ce qu'elle m'a appris.

Les regards se tournèrent vers la duchesse de Bretagne.

— Le noble seigneur de Furnais est sur le point d'obtenir la preuve que mon fils Arthur est l'héritier légitime du trône d'Angleterre, dit-elle d'une voix étonnamment ferme.

Devant les expressions d'étonnement des conseillers du roi, elle fit signe à Furnais de parler.

Très intimidé, celui-ci se leva pour s'incliner devant le roi. C'était un homme dans la trentaine, au visage fin et au corps plutôt frêle, mais pourtant un combattant valeureux. De plus, il avait bien administré la ville et le pays d'Angers quand il en avait été gouverneur pour Richard.

— Ce que je vais vous révéler, vénéré roi de France, ma duchesse, mon duc, Monseigneur, nobles et valeureux sires, je l'ai appris il y a quelques jours d'un de mes cousins prieur. Je vous dirai dans un instant dans quelles circonstances. Mais comme il est nécessaire d'embrasser cette histoire depuis son commencement, je supplie ceux qui la connaissent de ne pas me reprocher de la leur faire entendre à nouveau.

Il s'inclina respectueusement devant chacun avant de poursuivre.

— En partant à la très sainte croisade, Richard s'est arrêté en Sicile. Jeanne, sa sœur, avait épousé Guillaume, le roi de Sicile. Mais à la mort de son époux, le cousin de Guillaume s'était approprié le trône et avait enfermé la reine pour ne pas avoir à lui rendre ses biens.

Philippe Auguste hocha la tête. Il était alors l'allié et l'ami de Richard et l'avait accompagné en Sicile régler ses affaires de famille. Tancrède de Lecce, le nouveau roi de Sicile, était soutenu par la papauté alors que, par héritage, l'île aurait dû revenir à l'empereur d'Allemagne.

— Avec votre aide, valeureux roi de France, mon roi, Richard le Cœur de Lion, a pris Messine en octobre de cette année-là[1] et obligé Tancrède à signer un traité de paix.

De nouveau, Philippe Auguste opina. La population de Messine s'était révoltée contre les débauches

1. 1190.

et les exactions des croisés, exigeant leur départ. Richard avait alors autorisé son armée à prendre et à piller la ville, puis à la brûler. Il se souvenait aussi de la brouille entre eux quand le roi d'Angleterre avait refusé d'épouser sa sœur Alix, sous prétexte qu'elle avait couché avec son père Henry II.

— Par ce traité[1], mon roi reconnaissait Tancrède comme roi et ce dernier lui rendait la dot de sa sœur Jeanne. Les deux rois proclamaient aussi vouloir conserver la paix entre leurs deux royaumes et, pour s'en assurer, la fille de Tancrède avait été promise à mon seigneur duc, Arthur de Bretagne. Tancrède devait même verser la dot par avance, à titre de garantie.

Furnais se tourna vers Constance qui hocha la tête. Elle connaissait cette histoire bien qu'elle n'ait jamais vu la dot que le roi d'Angleterre avait gardée !

— Richard avait alors proclamé que son neveu Arthur de Bretagne, fils de son frère Geoffroi, serait son héritier sur le trône d'Angleterre.

De nouveau Philippe Auguste approuva, puisqu'il avait cosigné le fameux traité.

— Seulement, avant de remettre la dot, Tancrède avait exigé un testament en bonne et due forme assurant qu'Arthur hériterait bien du royaume d'Angleterre…

Stupéfait, Guillaume aux Blanches Mains le coupa, dérogeant ainsi à la règle de ne parler qu'à la demande du roi.

— Un testament ! s'exclama-t-il.

— Oui, Monseigneur. Il y en a eu deux exemplaires. Un pour Tancrède et un pour Richard. Tancrède est mort en 94 à Palerme et la Sicile est revenue à l'Empire. Le testament a alors été détruit par le nouveau roi. Mais il restait l'exemplaire de Richard qu'il avait confié à Hubert de Burgho, son chambellan, en qui il avait toute confiance.

---

1. Mars 1191.

— Burgho est l'arrière-petit-fils d'un frère utérin de Guillaume[1], intervint Philippe Auguste.

— Si fait, noble sire, approuva Furnais. De retour de Terre sainte, ayant appris la mort de Tancrède, Richard a commandé à Hubert de Burgho de détruire ce testament. Ce que celui-ci lui a assuré avoir fait.

— Et alors ? demanda l'archevêque de Reims.

— En vérité, les relations entre Burgho et Richard s'étaient dégradées. Burgho avait quitté le service du roi pour celui de son frère après avoir reçu de Jean plusieurs châteaux dans le Somerset. Il était alors devenu son chambellan. Il y a un mois, un de ses clercs, qui est un de mes cousins, est devenu prieur de l'abbaye Saint-Jean, près du château de Falaise. Ayant appris que j'avais perdu Angers, il m'a écrit pour que je vienne le trouver. Je m'y suis rendu à grand-peine, car je suis banni de Normandie, et c'est durant cet entretien qu'il m'a parlé du testament. Avant de quitter son service, il avait classé les chartes que Burgho emmenait en Angleterre, et le testament en faisait partie.

Le silence tomba dans la grande salle. C'était une information prodigieuse. Avec ce document, tout était possible et les droits d'Arthur pouvaient être reconnus par une assemblée de barons anglais.

Philippe Auguste balaya d'un regard triomphant ses invités. Frère Guérin restait impassible, mais le roi connaissait bien cette attitude. Guérin était en train d'échafauder de multiples moyens pour faire reconnaître Arthur roi d'Angleterre. Une fois, Philippe s'était moqué de son chancelier en lui disant qu'il était capable de penser de plusieurs façons en même temps.

— Pourquoi Burgho aurait-il gardé ce testament ? demanda Montfort avec brusquerie. Son roi ne lui avait-il pas ordonné de le détruire ?

---

1. Guillaume le Conquérant.

— Une garantie, répondit Cadoc dans un dédaigneux sourire d'évidence. J'aurais fait pareil !

— Oui, approuva le roi. Une protection contre la fourberie de Jean, tout simplement !

— Où serait ce testament, maintenant ? demanda Guillaume aux Blanches Mains.

— Avant de le retrouver, pensez-vous qu'il puisse faire changer d'avis l'assemblée des barons, Monseigneur ? demanda frère Guérin.

— Possible… Il faudrait en connaître les termes exacts et savoir qui était témoin et qui a signé. Quoi qu'il en soit, ce serait une arme redoutable contre le roi Jean.

— Une arme, en effet, approuva le roi. Furnais, pensez-vous découvrir où est ce parchemin ?

— J'y ai réfléchi, sire. Selon moi, Burgho ne peut l'avoir gardé en Angleterre. Ce serait trop dangereux, si Jean l'apprenait. Donc il a dû le confier à un tiers.

— Quelles sont nos chances de le découvrir ?

— Pas totalement infimes, sire. Je dirais même, en corrigeant le proverbe : *Chance vaut mieux que bien jouer,* qu'une touche d'habileté pourrait faire basculer les dés du côté de mon seigneur duc de Bretagne. Mon cousin m'a indiqué le nom de deux clercs qui ont suivi Hubert de Burgho dans le Somerset. Selon lui, moyennant quelques dizaines de marcs d'argent, je parviendrais à les convaincre de me confier ce qu'ils savent.

— Vous aurez les sommes nécessaires, décida le roi, et je vous porterai assistance pour découvrir où est ce testament. Ensuite, il faudra l'acheter, le prendre, ou le voler. Nous verrons cela en son temps. Mais il serait inutile de trop en faire si Jean détient solidement le pouvoir. Qu'en sais-tu, Guillaume ?

— La position du roi d'Angleterre est fragile, sire. Ce royaume n'applique pas la loi des Francs, comme nous, et les règles de succession y sont incertaines. D'après l'archevêque de Cantorbéry, le roi doit être choisi par le souverain précédent mais surtout être élu par un conseil des barons. Avant l'élection, l'archevêque avait déclaré à l'assemblée : *Nul n'a de royaume en succession par droit acquis, s'il n'est élu unanimement, sous l'invocation de la grâce de l'Esprit Saint, par la totalité du royaume.* Selon lui, cette loi est gravée dans le Livre saint. Il a pris l'exemple de Saül, le premier roi sacré que le Seigneur a mis à la tête d'un peuple sans qu'il fût fils de roi, ni même qu'il sortît de race royale, puis celui de David, qui fut roi parce qu'il était brave, car celui qui est au-dessus des autres par la bravoure doit l'être par le pouvoir et l'autorité.

Quelques-uns sourirent dans la salle, car Jean était tout sauf brave. Quant à Philippe Auguste, il resta impassible, désapprouvant cette idée d'élection.

— Ces deux règles ont été respectées, puisque Jean avait été choisi par Richard. L'archevêque a alors précisé que le noble frère de l'illustre Richard Cœur de Lion était comme lui prudent, brave et manifestement de noble race. Qu'il devait donc être élu unanimement sous l'invocation de la grâce de l'Esprit Saint, tant à raison de ses mérites que de son origine royale. Mais la cérémonie terminée, après que Jean eut juré à ses barons qu'il conserverait leurs privilèges, quelqu'un a discrètement demandé à l'archevêque pourquoi il avait tenu un discours si ambigu. Celui-ci a répondu qu'il avait des pressentiments secrets, confirmés par des prophéties, que le roi Jean ferait honte un jour à la couronne et au royaume d'Angleterre, et qu'il précipiterait ses sujets dans un abîme de maux. Par conséquent, pour restreindre sa liberté d'agir, il était bon de lui faire entendre qu'il n'était roi que par élection et non par droit héréditaire.

— L'archevêque de Cantorbéry est un homme d'un sens profond, laissa tomber Philippe Auguste avec un sourire factice. Pourquoi ne serait-ce pas moi qui ferais se vérifier ces prophéties ? Parlons rond : la mauvaise intelligence qui régnait entre Jean et son frère et le mépris que Richard avait pour lui sont des présomptions graves contre une déclaration de succession qui n'a été rapportée que par sa mère ! Le testament pourrait tout changer.

Guillaume aux Blanches Mains hocha du chef avant de dire :

— L'archevêque de Cantorbéry est admiré dans toute l'Angleterre pour sa fermeté et sa sagesse incomparable, sire. Il a posé le principe qu'aucun prince ne pourrait être considéré comme héritier de la couronne d'Angleterre s'il n'était choisi par le roi et par le conseil des barons.

— Même s'il n'était pas fils de roi ! répéta Philippe Auguste à l'intention d'Arthur.

Il balaya du regard l'assemblée de ses fidèles conseillers.

— Ce qu'une élection a fait, une autre pourrait le défaire, conclut le roi de France. Il suffira de présenter le testament de Richard à l'archevêque de Cantorbéry.

Chapitre 5

Guilhem partit en éclaireur avec Bartolomeo. En approchant, les volutes s'épaissirent et l'âcre odeur du feu les prit à la gorge. Près de l'enceinte, ils virent cependant que la fumée ne provenait que de la barbacane de la porte. La toiture de ce petit châtelet n'était plus qu'une charpente calcinée et si quelques-uns des hourds des murailles avaient aussi brûlé, une poignée de corps dénudés pendaient aux merlons.

C'est là qu'ils furent interpellés du haut d'une tour par les arbalétriers.

Guilhem savait que Bellac était gouverné par des consuls mais placé sous la suzeraineté du seigneur de Mortemart qui appartenait à la maison de Rochechouart, elle-même du lignage des vicomtes de Limoges. Tous penchaient ouvertement pour le roi de France.

— Je suis au service du comte de Toulouse, braves gens. Je conduis un groupe de tisserands à Toulouse avec mon escorte. J'ai un laissez-passer de Philippe de France, et un sauf-conduit de la duchesse Aliénor. Nous vous demandons l'hospitalité pour la nuit. Nous achèterons la nourriture et le fourrage que vous voudrez bien nous vendre.

On le fit avancer vers le châtelet brûlé, mais dont le pont-levis, de l'autre côté, était intact. Quand le pont fut aux trois quarts baissé, on lui demanda de grimper dessus et d'entrer seul à pied.

Il s'exécuta et pénétra sous une voûte ogivale. De l'autre côté de la herse en poutrelles de bois ferrés attendaient plusieurs hommes. L'un d'eux, en haubert et camail, la quarantaine, cheveux courts, affirmait son autorité par son noble maintien et son visage sévère. Sur sa longue cotte d'armes était tissée une ondée d'argent et de gueules. Les armes des Rochechouart de Mortemart. À sa taille, l'épée n'avait aucune décoration. Une simple lame, large et lourde avec deux tranchants, sans fourreau et au pommeau en bois.

— Vous venez d'où ? s'enquit-il sans aménité.

— De Poitiers, seigneur.

— Pourquoi Poitiers ? Aliénor est en guerre avec nous !

— Je ne suis en guerre avec personne, seigneur. C'est frère Guérin qui nous a conseillé de passer par Poitiers pour demander un passeport à la duchesse d'Aquitaine. J'ai des archers saxons dans mon escorte.

En soulevant la jupe de son haubert, il sortit les sauf-conduits de la poche en cuir qu'il portait sur son gambison.

— Qu'allez-vous faire à Toulouse ? demanda un autre homme, en robe damassée verte et bonnet de drap assorti.

Il portait une bague avec une émeraude à la main gauche. Des mains fines et soignées. Cette tenue et son expression attentive et calculatrice révélaient le marchand. Peut-être était-il consul.

— Je suis chevalier au service du comte de Toulouse. Je regagne mon fief de Lamaguère et j'escorte d'habiles artisans qui veulent s'installer là-bas.

Mortemart lisait les laissez-passer. Il parut impressionné par le grand sceau royal qu'il n'avait vu jusqu'à présent que sur des chartes.

— Combien êtes-vous ? s'enquit-il en levant les yeux.

— Les artisans sont vingt-six, en comptant femmes, enfants et enfançons, seigneur. Il y a aussi mon écuyer, qui m'attend dehors, un autre chevalier, ses deux écuyers et quatre archers pour notre escorte. Je demande juste l'hospitalité due à des voyageurs. Nous payerons ce qui sera demandé.

— Avez-vous rencontré des troupes en armes ? demanda un autre homme en cuirasse qui portait épée.

— Plusieurs, noble chevalier. Nous avons été attaqués par une poignée de Brabançons, il y a quelques jours.

— Et alors ?

— Nous les avons envoyés en enfer, sourit Guilhem avec férocité. C'étaient sans doute des gens de Brandin.

La réponse parut impressionner le seigneur de Mortemart.

— Vous pourrez entrer, décida-t-il. Vous logerez dans une grange avec bonne et fraîche paille, mais vous laisserez vos armes au prévôt, dans cette tour.

Il désigna le chevalier en cuirasse, puis la tour qui servait d'entrée au pont-levis.

— Que s'est-il passé ? demanda alors Guilhem en se retournant et en désignant le châtelet incendié.

— Un détachement de Brandin qui croyait pouvoir prendre aisément notre ville. Ils y ont seulement laissé quelques hommes. Leurs corps sont là-haut (il désigna les hourds) et y resteront pour montrer à ceux qui seraient tentés de faire de même comment nous traitons les gens de rien.

— Nous vous vendrons du blé et du vin, dit celui qui était en robe, mais nos prix sont élevés, car c'est la disette et la ville est pleine de réfugiés.

— Nous pouvons payer si vous êtes raisonnables.

Le consul dissimula un sourire satisfait. Quand des voyageurs marchandaient, ils acceptaient les lois du commerce et ne cherchaient pas à s'imposer par la violence.

— Cette troupe de Brabançons est la troisième que nous voyons passer, expliqua Mortemart. Ils ont ravagé mes fermes et brûlé les blés. L'hiver sera dur pour tout le monde, mais heureusement nous avons de bonnes réserves dans nos greniers.

Ils laissèrent repartir Guilhem qui rejoignit le convoi. Deux heures plus tard, ils entraient dans la ville.

Ayant déposé épées, haches, arcs et arbalètes, ils furent conduits à une grange appuyée à l'enceinte où il y avait déjà quantité de réfugiés.

Accompagné de marchands, le consul vint les voir pour leur vendre du seigle. Mais les quantités qu'il proposait n'étaient pas claires et les prix parurent élevés à Noël de Champeaux qui, en tant qu'ancien syndic de la guilde des tisserands, était le chef de leur communauté. De plus, les gens du pays s'exprimaient dans un patois, mélange de français et d'occitan, que les Parisiens avaient du mal à comprendre. Bartolomeo leur servit donc d'interprète.

Avec son aide, Geoffroi le tavernier, qui avait l'habitude des comptes, convertit rapidement le setier de Limoges en setier de Paris. À Paris, un homme avait besoin de quatre setiers de blé par an. S'ils voulaient partir de Bellac avec du blé pour une semaine, comme ils étaient une trentaine, il leur faudrait trois setiers. Seulement, toujours à Paris, le setier était à quatre sous dix deniers, aussi Geoffroi resta-t-il sans voix quand il comprit que les marchands demandaient dix livres pour les trois setiers ! C'était quinze fois leur prix.

Mais les bourgeois de Bellac expliquèrent que la disette régnait et qu'ils ne pouvaient proposer mieux. Geoffroi marchanda quand même tant qu'il le put et parvint à faire baisser le prix à six livres en cédant une pièce de drap qu'ils avaient apportée et en obtenant, en plus, six pains rassis, pétris dans une mauvaise farine de seigle et d'orge. Des pains qu'ils pourraient tremper dans un bouillon et qui serviraient à Enguerrand pour ses bénédictions.

Comme cela s'était fait à Lussac, le seigneur de Mortemart reçut Guilhem et Robert à sa table, avec leurs dames, où ils racontèrent quelques-unes de leurs aventures, sans bien sûr révéler que les tisserands étaient des cathares.

C'est le lendemain, alors qu'ils se préparaient à partir, que Regun présenta sa requête à Robert de Locksley. Il avait rencontré une jeune femme. Une réfugiée. Son père était un homme libre, précisa-t-il tout de suite. Mortemart lui avait cédé une manse[1] contre une rente de deux sous d'or, deux setiers de vin, un de froment et un d'avoine. Mais les gens de Brandin étaient arrivés la semaine précédente. Son père l'avait cachée dans une fosse de la cave, et elle était la seule à avoir survécu au massacre. Sa famille et ses gens étaient morts, écorchés et pendus. En marchant la nuit, elle était parvenue jusqu'à Bellac et avait demandé justice, mais le seigneur était impuissant. Il lui avait seulement proposé de la dédommager en lui offrant dix deniers d'argent, puisqu'elle ne pourrait garder la tenure de son père.

Regun l'avait consolée. Ils étaient pauvres tous les deux mais de bonne naissance et elle était d'accord pour partir avec lui.

— Absurde ! s'exclama Locksley, interloqué par cette subite passion. Cette fille ne mesure pas les périls de notre voyage ! Et qu'en feras-tu quand tu seras lassé d'elle ? Tu n'es pas laboureur, un jour tu deviendras chevalier !

— Je veux l'épouser, seigneur ! insista Regun. Elle est libre, elle sait lire et parle le latin ! C'est d'ailleurs en latin que nous nous sommes abordés, car elle ne

_____

1. Terre et exploitation agricole pour nourrir une famille.

connaît pas le français. Si un jour j'ai un fief, elle sera une bonne châtelaine. Je ne trouverai jamais mieux !

La réponse avait ébranlé Robert de Locksley. Son écuyer était insensé, mais il se souvenait de l'avoir été, lui aussi.

— Devant la très sainte Vierge Marie tu t'engages à l'épouser ?

— Oui, seigneur.

— Qu'en dit ton cousin Ranulphe ?

— Il est opposé à ce que Mathilde vienne avec nous, seigneur. Il dit que je trahis mon lignage, mais je saurai le convaincre qu'il se trompe.

— Elle s'appelle Mathilde ? sourit Robert de Locksley.

— Oui, seigneur.

Ce n'était pas la bouche de plus à nourrir qui contrariait Locksley, c'était le fait qu'en agissant ainsi Regun perdait toute espérance de faire une riche alliance et d'obtenir une dot. Mais pauvre comme il l'était, quelle possibilité avait-il de trouver un jour une femme riche ?

— Dis-lui de se préparer, accepta-t-il en lui donnant une amicale bourrade sur l'épaule.

Locksley ne regretta pas d'avoir accepté Mathilde. Fille du pays, elle connaissait les chemins, les gués des rivières ainsi que toutes sortes de plantes utiles, soit pour soigner, soit pour rendre plus goûteuses les bouillies d'orge ou de seigle, seuls plats de ceux qui refusaient de manger du gibier. De plus, la jeune fille s'était très vite entendue avec Anna Maria et Sanceline. Toutes trois savaient lire et connaissaient un peu de latin. Elles marchaient ensemble, souvent en compagnie de l'épouse d'Aignan le libraire qui savait lire aussi, et leurs rires et leurs chansons égayaient tout le monde. Le soir, elles faisaient l'école aux enfants, leur apprenant à lire avec des planchettes sur lesquelles Aignan avait gravé des lettres.

Les femmes s'apprenaient aussi mutuellement l'occitan et le français. Anna Maria avait même entrepris d'enseigner l'italien à ses amies. Parfois Regun se joignait à eux, ainsi que Jeanne et Godefroi, pour comparer les mots saxons et ceux du Midi. Ils ponctuaient alors leurs échanges par de grands éclats de rire. Tout le monde paraissait avoir oublié la pauvre Perrine.

Tout le monde sauf Guilhem.

Le chemin mal empierré serpentait à flanc de coteau, si étroit que deux charrettes n'auraient pu se croiser. Le gros chariot avançait difficilement tant les ornières étaient profondes. Un peu plus tôt, ils avaient longé un grand lac où l'un des archers avait tué un canard.

Guilhem était en tête, loin devant, avec Bartolomeo, Ranulphe de Beaujame et son serviteur Henry. Sur leur gauche s'étendait une éminence couverte de taillis au sommet de laquelle on apercevait une ancienne palissade effondrée entourant un donjon carré recouvert d'un lierre sombre et sinistre. Sur leur droite s'étendait une forêt de hêtres et de frênes, profonde et impénétrable.

Guilhem arrêta sa monture.

— Avez-vous vu quelque chose d'inquiétant, seigneur ? demanda Bartolomeo.

Guilhem désigna les ruines.

— J'y ai passé une nuit, il y a quelques années, avec Mercadier et ses gens. Il y avait là-haut un ancien camp romain. Plus tard, on ne sait qui y a dressé ce donjon carré et l'enceinte de bois. Il y a encore quelques masures et une vieille chapelle de l'autre côté. Ça reste une position idéale pour un guet-apens, car on y voit de loin ; on aperçoit même les flèches des clochers de Limoges. Je vais y faire un tour pour éviter une mauvaise surprise.

Il s'apprêtait à lancer son cheval vers le coteau quand Ranulphe l'interpella :

— Laissez-moi y aller, seigneur ! supplia-t-il.

Guilhem comprit que le jeune homme brûlait de se distinguer, espérant trouver là-haut quelque bande de gueux qu'il pourrait tailler en pièces.

— D'accord, mais n'y va pas seul. Bartolomeo, accompagne-le, et soyez prudents. L'endroit me déplaît, il est trop silencieux.

— Je prendrai Henry avec moi, seigneur. Cela suffira.

Guilhem hocha la tête et les deux cavaliers s'élancèrent au trot.

Tout se passa alors très vite. L'écuyer et Henry étaient à mi-chemin, à environ cinquante pieds des murailles de bois, quand les carreaux d'arbalètes volèrent. Guilhem entendit les sifflements des traits à l'instant où ils passèrent près de sa joue, mais la distance était trop grande pour que les tirs soient précis. En revanche, il vit Henry tomber de son cheval.

Sans réfléchir, Guilhem fit demi-tour et éperonna sa monture. Bartolomeo l'imita.

— Aux armes ! clama-t-il.

Aux chariots, on l'avait entendu et déjà chacun tentait de se mettre à l'abri. Mais le chemin était étroit et il n'y avait nulle place pour se protéger, sinon entre les roues.

— À l'abri, allez derrière ou sous les charrettes ! cria Guilhem. Je ne sais pas combien ils sont mais ils ont des arbalètes !

Ayant saisi leur rondache et leur hache, les trois archers se placèrent derrière le chariot. Robert de Locksley était aussi descendu de cheval et avait déjà enfilé le gant de cuir qu'il utilisait pour tendre la corde de son arc. Son écuyer, Regun Eldorman, avait entraîné Anna Maria vers la charrette la plus éloi-

gnée. Dans un grand désordre, les tisserands conduisaient les chevaux à l'arrière. Jehan le Flamand avait
pris son arc et préparé un marteau d'armes. Les femmes et les enfants s'étaient glissés sous les voitures,
les mères et les servantes couchées sur les plus petits.

Guilhem sauta de sa selle et attrapa son haubert
sur un des chariots. Il faisait si chaud qu'il s'était seulement vêtu de son gambison. Bartolomeo avait conduit
son cheval à l'arrière avec celui de son seigneur et,
en courant, rapportait les haches et les rondaches.
Guilhem se pencha et Bartolomeo l'aida à enfiler la
lourde cotte de mailles par la jupe, n'attachant pas
les fermoirs. Le haubert le protégerait contre des
carreaux, s'ils n'étaient pas tirés de trop près et s'ils
n'étaient pas en acier. Il plaça sur sa tête son casque
à nasal.

— Combien sont-ils ? demanda Locksley.

— Je n'ai vu personne, Robert. Ils étaient cachés
dans des ruines, là-haut. Mais il y a eu une volée de
viretons, au moins une dizaine.

En parlant, il avait pris son arbalète. Le pied dans
l'étrier de l'arme, il saisit le crochet, attrapa la corde
et la tendit jusqu'à l'encoche. Puis il retourna l'arbalète et plaça un carreau. Pendant ce temps, Ranulphe
était arrivé à son tour, et quand sa monture s'arrêta,
Guilhem constata que du sang coulait de sa manche.
Un vireton l'avait égratigné.

— Henry ? demanda-t-il tandis que Locksley les
rejoignait.

— Un carreau dans la poitrine, répondit-il, le
visage blanc comme du plâtre.

C'est alors que retentit la galopade. Quelques instants plus tard, la troupe apparut devant eux. Une
dizaine de chevaliers ou d'écuyers en haubert et
camail, portant hache ou marteau d'armes et écus.
Deux écuyers brandissaient les gonfanons. Ils étaient
suivis d'une piétaille de deux douzaines d'arbalétriers

avec de grands pavois de bois dans leur dos, derrière lesquels ils pouvaient se protéger.

Recouvrant leurs camails, les heaumes des chevaliers étaient pourvus de cimiers peints de couleurs éclatantes représentant têtes d'ours, cornes de licorne, dragons, ou paires de cornes. Seuls les Brabançons utilisaient ces casques qui terrorisaient les pauvres gens.

La troupe s'arrêta à deux cents pas. Les chefs les observèrent longuement. Puis l'un d'eux leur cria en brandissant haut sa hache :

— C'est vous qui avez tué Bertrand et ses serviteurs ! Par le diable, vous allez le payer !

— Qui est Bertrand ? cria Guilhem.

— C'était mon frère ! Souvenez-vous, il y a dix jours !

Il ajouta quelques mots à voix basse à ses compagnons.

— Je donnerai l'ordre de tirer, fit Robert de Locksley à l'intention de ses archers.

Les arbalétriers brabançons passèrent devant les cavaliers et se mirent sur trois rangs, protégés par leurs grands pavois. Soudain, ils écartèrent le bouclier et les carreaux volèrent.

— À l'abri ! prévint Locksley.

Guilhem sentit sa rondache vibrer quand un carreau la pénétra.

— Tirez ! commanda alors le comte de Huntington.

La première volée de flèches se planta sur les pavois ou ricocha sur les écus de fer. Immédiatement les chevaliers chargèrent en hurlant : « Tue ! Sang ! Mortaille ! » pendant que les arbalétriers retendaient les cordes de leurs armes.

— Les montures ! Abattez-les ! cria Locksley.

Les archers détestaient tuer les bêtes. Mais ils surmontèrent leur répugnance. La volée suivante en fit chuter quatre, la seconde trois autres. Les trois derniers cavaliers firent alors demi-tour, tandis que les

arbalétriers se précipitaient pour aider leurs seigneurs à se relever.

— Allons-y ! Au massacre ! lança Ranulphe posant
son arc et saisissant une hache.

— Ne bougez pas ! ordonna Guilhem. Continuez
de tirer.

Les Saxons lâchèrent une nouvelle volée. À cette
courte distance, plusieurs flèches percèrent des
hauberts et deux chevaliers, qui s'étaient relevés,
tombèrent atteints au torse, ainsi que deux arbalétriers.

Un nouveau tir, cette fois avec Ranulphe, et deux
autres arbalétriers furent touchés. Certains d'entre
eux parvinrent quand même à lâcher leurs carreaux
sur le convoi, ce qui leur donna du répit pour battre
en retraite en transportant les blessés.

— Cessons ! ordonna Locksley. Il faut ménager nos
flèches s'ils reviennent.

Mais la troupe, qui s'était débandée, avait disparu.

Guilhem attendit un instant avant de se retourner
vers le convoi. Deux chevaux, atteints au poitrail par
des viretons, hennissaient en se débattant. Estienne,
assis contre une roue, essayait d'épancher une blessure provoquée par un trait dans sa cuisse. Les tisserands commençaient à sortir de leurs abris, sous les
roues. La femme d'Estienne aperçut son mari ensanglanté et se mit à hurler. Puis une autre cria, pleine
de sang aussi. C'était celle d'Aignan le libraire. Elle
serrait contre elle la servante d'Estienne qui avait
reçu un carreau dans le dos. Les tisserands se précipitèrent pour l'aider mais elle agonisait. En la sortant
de dessous le chariot, ils s'aperçurent qu'elle avait
protégé de son corps le nourrisson de Jehan.

Guilhem saisit sa hache et sa rondache et s'avança
sur le chemin avec Bartolomeo. Regun et Ranulphe
les suivirent, tandis que Robert de Locksley restait
l'arc tendu.

Ils passèrent entre les morts et les mourants, achevant d'un tranchant de hache ceux qui remuaient encore ou qui gémissaient. Ils firent une centaine de pas sans apercevoir personne. Les Brabançons étaient partis, à moins qu'ils ne soient remontés dans les ruines.

Regun demeura en sentinelle pendant qu'ils revenaient vers les chariots. Les trois archers dépouillaient les cadavres de leur équipement et coupaient la gorge de ceux qui avaient encore un souffle de vie.

Guilhem s'approcha de Sanceline qui consolait la femme de Jehan.

— Combien de blessés ?

— Julienne se meurt, mon seigneur, Estienne a reçu un carreau qu'Anna Maria lui a retiré, mais la blessure est peu profonde. Il aura seulement du mal à marcher pendant quelques semaines.

Il alla aux chevaux. Jehan avait égorgé les deux bêtes blessées, les autres n'avaient rien, pas plus que les mules. Somme toute, ils s'en sortaient bien. Il rejoignit Robert de Locksley qui parlait avec son écuyer.

— Cette fois, c'était une vraie bataille, Ranulphe. J'espère que tu retiendras ce qui s'est passé. Évite le corps-à-corps tant que l'arc peut être utilisé. À l'avenir, maîtrise ta témérité. C'est le calme qui fait la différence dans ces affrontements. Le calme, et nos flèches. Mais tu t'es bien battu, et je suis satisfait de toi. Avec Regun, vous choisirez le haubert et l'équipement qui vous conviennent chez les Brabançons. Les archers prendront aussi les harnois[1] qu'ils désirent. Vous me remettrez l'or et l'argent trouvés. Quant au reste des armes et aux boucliers, qu'ils soient chargés dans les chariots et sur les chevaux. Les tisserands marcheront à pied.

---

1. L'équipement.

Il se tourna vers Guilhem.

— Crois-tu qu'on puisse s'installer dans les ruines là-haut pour la nuit ?

— Je vais vérifier que les Brabançons les ont bien abandonnées, décida Guilhem.

Il partit à cheval avec Bartolomeo.

L'enceinte de l'ancien village était envahie de ronces et le donjon avait perdu ses merlons qui jonchaient maintenant le sol. Ils passèrent une voûte couverte de lierre et entrèrent dans une cour avec des restes de feux et des huttes de bois. Les Brabançons avaient levé le camp précipitamment. Il restait encore une tente, des marmites, quelques épieux et le produit de leur pillage : des nappes d'autel, des ciboires et des crucifix d'argent.

Ils découvrirent les cadavres dans le donjon. Quatre femmes mortes depuis peu. Sans doute des paysannes que les Brabançons avaient enlevées pour leur servir d'esclaves.

Il fallut près de deux heures pour faire monter chariots et charrettes par un chemin défoncé envahi de mauvaises herbes. Près de la chapelle, dont il ne restait que les contreforts, Enguerrand découvrit le cimetière abandonné où ils creusèrent des tombes pour Julienne, Henry et les pauvres femmes assassinées. Les Brabançons morts avaient été jetés dans un ravin où ils nourriraient les animaux sauvages.

Le souper fut d'une grande tristesse, bien qu'ils soient tous soulagés d'avoir surmonté cette nouvelle épreuve.

Jusqu'à Limoges, ils traversèrent un pays ravagé par les gens de Brandin. Plusieurs fois, ils aperçurent des troupes de cavaliers, mais aucune ne s'approcha. Chaque soir, le tonnerre grondait sans que l'orage n'éclate. La chaleur était de plus en plus lourde.

Ils étaient tous fatigués, angoissés, s'attendant à chaque instant à combattre de nouveau. La femme de Jehan le Flamand n'avait plus de lait pour son enfançon et le nourrissait d'une bouillie de seigle et d'orge qui le rendait malade. Heureusement, la femme d'Estienne allaitait aussi son enfantelet et quand il était rassasié, elle laissait un de ses seins à celui de Jehan.

De nouveau, les tisserands étaient à pied, car les chariots transportaient l'équipement des Brabançons. Ils restaient pourtant casqués et cuirassés, portant fauchards et marteaux comme l'exigeait Guilhem, aussi s'épuisaient-ils sous le soleil. Les plaies, nombreuses, s'infectaient, et le gros Bertaut et sa femme les soignaient comme ils le pouvaient, utilisant l'armoise et des plantes que Mathilde ramassait sur les bords du chemin.

Seuls les deux grands garçons d'Aignan le libraire étaient toujours joyeux. Ils couraient autour des chariots comme des chiens fous en se défiant à la fronde, une arme avec laquelle ils étaient devenus extrêmement adroits. Ils jouaient aussi avec les deux jeunes garçons de Noël. Quant à la petite fille de Noël de Champeaux, elle suivait Sanceline partout comme si elle était sa mère.

Trois jours plus tard, ils arrivèrent en vue de la ville et de la cité de Limoges, deux bourgs accolés mais aux murailles distinctes.

Chapitre 6

À quelques distances de la barbacane surmontée de l'étendard aux trois lions d'azur du vicomte de Limoges, ils rencontrèrent un colporteur avec un âne portant deux gros paniers d'osier. C'était le premier qu'ils voyaient depuis Poitiers. L'homme, d'abord effrayé, s'étonna d'apprendre d'où ils venaient. Il croyait le pays aux mains des Brabançons.

Plus loin, ils rejoignirent des pèlerins et des groupes de vilains désespérés qui se réfugiaient dans la ville, ayant tout perdu – sauf la vie – après que des routiers s'étaient attaqués à leurs villages.

Guilhem avait hâte d'arriver. De gros nuages s'amoncelaient dans le ciel et régulièrement le tonnerre grondait. La chaleur était suffocante. Quand l'orage éclaterait, des trombes d'eau noieraient les chemins qui deviendraient impraticables.

À la porte, les sergents interrogeaient les voyageurs mais les laissaient malgré tout entrer sans difficulté. Les ordres du vicomte Adhémar étaient que tous les réfugiés puissent se mettre en sécurité à l'intérieur des remparts. Les voyageurs montrèrent leur laissez-passer et on leur indiqua une auberge à proximité, avec une grande cour pour leurs chariots. Personne ne fouilla les voitures, ce qui soulagea Guilhem, car sous les matelas étaient cachés les armes, les écus, les pavois et les arbalètes des Brabançons vaincus.

Comme la plupart des maisons de la ville, l'auberge était neuve et confortable, car Limoges avait brûlé quelques années plus tôt. Ils obtinrent plusieurs chambres et apprécièrent d'être à l'abri, car à peine avaient-ils rangé chariots et charrettes dans une grange que l'orage éclata.

Le lendemain, la pluie se poursuivit avec une grande force et les rues se transformèrent en torrents de boue. Ils passèrent la journée dans les chambres et dans la grande salle de l'hôtellerie où Cédric se disputa après avoir une nouvelle fois triché aux dés.

C'est à l'auberge que Guilhem apprit que l'évêque de Limoges s'apprêtait à partir pour son château de Chalucet où il rassemblait chevaliers et sergents afin de chasser les routiers du pays. Guilhem connaissait ce château, construit quelques dizaines d'années auparavant par l'évêque Eustorge. La forteresse était sur leur route et si l'évêque les y recevait, cela leur éviterait de passer la nuit dehors, à la merci des bandes de Brandin. Il décida donc d'aller le voir pour lui faire une proposition.

Malgré la pluie qui ne cessait pas, Guilhem, accompagné de Locksley, de ses écuyers et de Bartolomeo, sortit de la ville par la porte de la Boucherie. Un chemin serpentait jusqu'à la cité épiscopale où se dressaient la cathédrale et l'évêché. À la porte Scutari, ils durent parlementer un moment avant d'entrer dans la cité, car longtemps les deux villes avaient été en querelle, s'incendiant même l'une l'autre !

Ils arrivèrent à l'évêché après être passés devant la cathédrale Saint-Étienne. Là, ils n'eurent même pas à attendre. Les laissez-passer d'Aliénor et du roi de France ouvraient toutes les portes et l'évêque les reçut dans une grande salle en présence du grand vicaire, de quelques religieux et de quatre chevaliers.

Une croix d'argent au cou, l'évêque Jean de Veyrac était en cotte d'armes avec une belle épée attachée à un ceinturon en peau de cerf brodé d'or dont la boucle de bronze était incrustée de gemmes.

Guilhem avait entendu parler de lui. Veyrac était un prélat rugueux, au caractère arrogant et inflexible, mais aussi un chevalier loyal et noble, fidèle partisan du roi de France contre les Plantagenêts.

Guilhem et Robert de Locksley se présentèrent avant d'expliquer, comme ils le faisaient à chaque fois, qu'ils conduisaient des artisans à Toulouse. Guilhem proposa à l'évêque de faire route ensemble jusqu'à son château de Chalucet pour se protéger mutuellement de ces Brabançons plus féroces que des loups. Il ajouta que, par deux fois, ils avaient été attaqués par des bandes de routiers, qu'ils les avaient vaincus et qu'ils pouvaient même lui vendre une partie des armes récupérées comme butin.

Il conclut en proposant avec générosité qu'ayant occupé le camp d'une de ces bandes, ils y avaient trouvé un butin d'objets de culte qu'ils lui offraient.

Ce discours ferme et généreux eut l'heur de plaire à l'évêque qui accepta de bon cœur. Ses traits creusés et sa bouche dédaigneuse affichèrent même un franc sourire. Non seulement il bénéficierait ainsi d'une escorte pour se rendre à Chalucet, car il n'avait pas beaucoup de chevaliers, mais, surtout, ces voyageurs allaient lui donner des nouvelles, car depuis un mois il ignorait ce qui se passait à Paris et à Poitiers, ne recevant qu'épisodiquement des messagers.

Pour ne pas être en reste de générosité, l'évêque promit à Guilhem et à Locksley de les héberger dans son château et de leur faire une lettre de recommandation pour qu'ils soient reçus à l'abbaye d'Usarche.

Le lendemain, ayant chargé sur une charrette l'équipement qu'ils voulaient céder, ainsi que les ciboires, crucifix et tapis d'autel, ils se rendirent à nouveau à l'évêché, cette fois avec Sanceline, Anna

Maria et Mathilde, car l'évêque voulait offrir à dîner aux dames.

Dans la cour de l'évêché, les écuyers déballèrent l'équipement sous les regards curieux et attentifs de Jean de Veyrac et de ses chevaliers. Il y avait des arbalètes, des écus, des épées, des dagues, des baudriers et des ceinturons avec boucles ciselées, plusieurs selles et harnois, deux hauberts, des cottes d'armes, des heaumes et des casques à nasal, des haubergeons, des haches et des marteaux d'armes.

Mis à part les haches et les marteaux que les forgerons de Limoges fabriquaient facilement, c'était un bel équipement. Guilhem en demanda trente marcs d'argent et le prix final se fit, après marchandage, à vingt-trois marcs, c'est-à-dire une cinquantaine de livres. Une somme que Guilhem et Robert de Locksley partagèrent, laissant aussi quelques deniers d'argent à ceux qui s'étaient battus.

La pluie ne cessant pas, ils ne quittèrent finalement Limoges que pour la Sainte-Marguerite[1].

Jean de Veyrac était chevalier avant d'être évêque. Malgré la chaleur qui était revenue, il voyageait en haubert, avec une cotte d'armes brodée d'une croix. Un second palefroi mené par son écuyer portait son écu, sa lance et son épée. En chemin, il expliqua à Guilhem que, quelques années plus tôt, son prédécesseur avait déjà rassemblé une armée pour combattre les routiers qui ravageaient la région. Il s'apprêtait à faire de même et les armes qu'il venait d'acheter lui seraient bien utiles. Il raconta avec une colère à peine contenue comment les églises du comté étaient dépouillées, sauf celles qui pouvaient payer dix sous d'or et une rançon pour les religieux. Il lui posa aussi beaucoup de questions sur Paris, sur le roi Philippe de France et sur ses familiers.

---

1. 20 juillet.

C'est à la nuit qu'ils arrivèrent au château de Chalucet. Située sur une hauteur à deux lieues de Limoges, au confluent de la Briance et de la Ligoure, la forteresse n'était qu'un donjon carré entouré d'une haute muraille, mais les voyageurs y seraient à l'abri, à l'intérieur de l'enceinte.

Avec la promiscuité continuelle, plusieurs disputes marquèrent la suite du voyage.

Jehan le Flamand se battit à coups de poing avec Gilbert qui avait tenté d'embrasser sa femme. Locksley dut les séparer et punir l'archer saxon effectivement très assidu auprès de l'épouse de Jehan, depuis que Perrine avait disparu.

Jehan reprocha aussi à Godefroi, l'autre archer, de courtiser Jeanne, sa servante. Au sein même des tisserands, Geoffroi le tavernier, qui était veuf, eut des privautés avec la femme du gros Bertaut, un soir où il avait trop bu, et la femme d'Aignan le libraire reprocha à Estienne de l'avoir observée dans sa natureté quand elle se baignait dans la rivière.

Sanceline et Anna Maria parvinrent à calmer les humeurs des uns et des autres mais Guilhem savait que la route était encore longue et que les querelles reprendraient. Il s'inquiétait aussi des relations entre Regun et Ranulphe. Les deux cousins ne se parlaient plus et Ranulphe ignorait superbement Mathilde.

Guilhem songeait aussi à son domaine, s'interrogeant sur la façon dont il allait le diriger. Le fief comprenait quatorze manses, chacune faisant vivre une ou deux familles qui lui verseraient une tasque[1]. Or, il n'avait ni intendant ni chambellan pour s'occuper de ses comptes. De plus, il aurait besoin de domestiques et de gardes. Il espérait garder Sanceline près

---

1. Redevance en nature.

de lui, mais comment trouver des gens fidèles pour l'entourer ?

Il avait donc approché plusieurs cathares. En premier lieu Geoffroi le tavernier qui, ayant l'habitude des auberges, aurait pu s'occuper de l'approvisionnement du château. Mais l'ancien cabaretier, homme taciturne et bourru, ne lui avait dit ni oui ni non. Il paraissait d'ailleurs incapable de décider de son avenir.

Aignan le libraire, qui savait écrire, compter et connaissait le latin, comme sa femme, aurait certainement été un bon intendant. Mais comme il était un homme de grande foi, Guilhem doutait qu'il abandonne Enguerrand à Albi.

Jehan le Flamand était peut-être celui qui viendrait le plus facilement à Lamaguère. Si au début le tisserand avait été réticent à porter une arme, il y avait pris goût. Devenu un archer convenable, il n'avait pas hésité à se battre à mains nues contre Gilbert le Saxon. Mais Guilhem se doutait qu'il refuserait à cause de Gilbert qui tôt ou tard s'en prendrait à sa femme.

Parmi les autres cathares, Thomas le cordonnier qui savait, lui, tout faire de ses dix doigts aurait pu lui être utile pour remettre le château en état. De même, Estienne, le gendre de Bertaut, aurait fait un bon soldat, mais comme Aignan le libraire, Guilhem connaissait trop leur ferveur pour imaginer qu'ils quitteraient Enguerrand.

Ils arrivèrent à Usarche[1] quelques jours plus tard et furent reçus dans l'abbaye grâce à la recommandation de l'évêque. Fondée par Hildegaire, évêque de Limoges, l'abbaye vassale du duché d'Aquitaine était une des plus puissantes de la région. Quelques

---

1. Uzerche actuel.

années plus tôt, Richard et sa mère Aliénor étaient d'ailleurs venus recevoir l'hommage de l'abbé en échange de chartes de protection.

Érigés sur une motte entourée par la Vézère, l'abbaye et le bourg s'étendaient en contrebas, protégés par une solide et abrupte enceinte ponctuée de tours. Quelques siècles plus tôt assiégée par les Sarrasins, la cité s'était défendue en lâchant un taureau dans le camp ennemi. Les deux bovins sculptés au-dessus de la porte principale de la ville rappelaient ce glorieux épisode.

L'abbé autorisa les voyageurs à occuper une grande tour carrée jouxtant l'église. Inhabitée, elle possédait deux belles salles au-dessus d'une écurie. Les tisserands se serrèrent en haut tandis que les Saxons s'installaient au premier étage. Guilhem et Sanceline obtinrent une chambre chez un chanoine et Robert et Anna Maria trouvèrent place dans une hostellerie. Ils avaient décidé de rester deux ou trois jours pour se reposer, soigner les blessures des hommes et des montures, réparer les roues des charrettes et renouveler leurs provisions. La prochaine étape qui les conduirait à Brive serait longue et fatigante.

Guilhem était venu plusieurs fois à Usarche. C'était même là que Gaucelm Faydit, troubadour réputé, lui avait appris à jouer de la vielle. Il fit donc visiter la ville à Sanceline, lui offrant aussi de nouvelles chaussures, les siennes étant tellement usées qu'elle s'écorchait les pieds.

Le matin du deuxième jour, Locksley se rendit à la tour pour chercher ses écuyers et Gilbert afin d'aller chasser, mais l'archer saxon n'était pas là. Sans doute était-il sorti pour satisfaire ses besoins naturels dans un recoin de rue ou derrière l'église. Locksley l'attendit un moment avant de partir avec seulement ses écuyers.

C'est en revenant, dans l'après-midi, qu'ils apprirent que Gilbert n'avait pas reparu. Les deux autres archers, Godefroi et Cédric, ne s'étaient aperçus de son absence que depuis peu ; Godefroi étant resté une partie de la journée avec Jeanne, et Cédric ayant passé son temps à jouer (et à tricher) à l'auberge. Peu après none, Guilhem, prévenu de l'absence de l'archer, était parti faire le tour des portes de la ville pour demander si on l'avait vu sortir. Pendant ce temps, les tisserands interrogeaient les boutiquiers autour de leur logis.

— Il nous a abandonnés ! décréta Regun avec un souverain mépris. Il m'avait dit vouloir rentrer en Angleterre, car avec sa part de butin, il pouvait maintenant s'établir et avoir autant de drôlesses qu'il voulait !

Robert de Locksley n'avait rien répondu à cette affirmation. Cela faisait plusieurs jours qu'il craignait de telles désertions – Ranulphe lui-même n'y avait-il pas songé ?

— A-t-il pris ses affaires ?

— Oui, seigneur, son harnois n'est plus dans la chambre. Il n'a rien laissé.

Ils étaient devant la tour quand Guilhem arriva.

— À quel moment est-il parti, et par quelle porte ? lui lança Locksley, décidé à retrouver l'archer pour le punir de sa forfaiture.

— Personne ne se souvient de lui, répondit sombrement Guilhem. Je veux tout de même vérifier une chose à laquelle je n'avais pas songé.

Il entra dans l'écurie et s'approcha des chevaux. Celui de Gilbert était là.

Locksley l'avait suivi et comprit aussitôt.

— Il manque une autre monture ? s'enquit-il.

Ils vérifièrent, mais elles étaient toutes présentes.

— Il serait parti à pied ? demanda Bartolomeo, incrédule. C'est folie !

— Personne ne l'a vu sortir, affirma Guilhem. Donc il est ici.

— Dans le bourg ?

Robert de Locksley songea qu'il pouvait en effet s'être caché et attendre leur départ. Il lui suffirait ensuite d'acheter un cheval pour disparaître. Seulement, il ne croyait pas Gilbert capable d'une telle duplicité. Il l'avait connu à Sherwood. C'était un coureur de bois violent et querelleur. Se dissimuler ainsi ne lui ressemblait pas.

— Où serait-il ? Il ne connaît personne dans la ville.

— Fouillons l'église ! proposa Guilhem.

Sans attendre, il entra dans Saint-Pierre. Le sanctuaire était immense, plein de recoins et de chapelles, mais ils ne découvrirent nulle trace de Gilbert, y compris dans la tour du clocher. Leur visite attira cependant l'attention d'un bedeau à qui ils expliquèrent le pourquoi de leur fouille.

— Avez-vous visité la crypte ? demanda le sacristain.

Sur leur dénégation, il les conduisit à un escalier construit dans un mur. Il était inutile d'allumer une chandelle, leur expliqua-t-il, car des ouvertures étaient percées dans le sous-sol.

La crypte creusée dans la roche était formée de quatre absides. Au centre du souterrain, six piliers massifs sans ornements soutenaient la voûte et l'église au-dessus. Cela aurait pu faire une bonne cachette pour Gilbert, mais il n'y était pas, ni ses affaires. Guilhem en fit le tour, cherchant un éventuel passage. Il y avait deux tombeaux de pierre, ceux de saint Coronat et de saint Léon, expliqua le bedeau, ajoutant que ces saints étaient vénérés par les pèlerins sur le chemin de Saint-Jacques-de-Compostelle. Il y avait aussi une épaisse grille de bois qui fermait une sorte de cellule. Ceux que l'on y enfermait une nuit entière retrouvaient la raison, assura encore le sacristain.

À ces mots, Guilhem haussa les sourcils, plutôt convaincu que l'endroit, sinistre à souhait, rendait fou n'importe qui sain d'esprit.

— Où vont ces passages ? demanda-t-il en montrant deux portes de fer enfoncées dans des embrasures.

— Celle-là conduit dehors, et celle-ci permet d'aller dans l'abbaye, mais on ne l'utilise plus depuis longtemps.

Guilhem leva le loquet, dévoilant un passage sombre comme l'entrée des enfers. Immédiatement une odeur écœurante parvint à ses narines. Il devina qu'il avait trouvé Gilbert.

— Donnez-moi une chandelle, demanda-t-il d'une voix calme.

Le bedeau alla chercher un morceau de suif sur un bougeoir de terre posé dans une niche creusée dans le roc. Robert de Locksley l'alluma avec son briquet à amadou et le passa à Guilhem qui entra le premier dans le souterrain.

Il n'avait pas fait dix pas qu'il heurta le corps.

— Il est là, dit-il.

Le gros Gilbert était plié en deux, son harnois jeté en vrac autour de lui. Locksley s'accroupit et retourna doucement le corps On lui avait coupé la gorge, transformant son double menton en un triple menton à la chair béante. Sa cotte de drap était rougie jusqu'à la taille.

Pourquoi Gilbert était-il venu ici se faire égorger ?

Pendant ce temps, Guilhem rassemblait l'équipement du Saxon : une épée, un arc, un carquois plein de flèches, une broigne maclée, un casque à nasal, un camail, une paire de gants de cuir et une longue dague.

À plusieurs, tant Gilbert était lourd, ils portèrent le corps dans la crypte. Le bedeau gardait les yeux exorbités devant le cadavre saigné comme un pourceau.

Guilhem le prit à part.

— C'est une affaire qui me concerne, compère. Je ne veux pas que le prieur ou l'abbé, ou même le prévôt l'apprenne.

Il ouvrit l'escarcelle attachée à sa ceinture et en tira deux deniers d'argent.

— C'est possible ?

— Oui, seigneur, fit l'autre en saisissant les pièces. Je vais le mettre dans le cachot des fous et je l'enterrerai cette nuit dans le cimetière.

— Vous ferez dire une messe.

— Il y aura un prêtre, je vous le jure.

À ce moment, Locksley l'appela. Bartolomeo et les Saxons entouraient le corps.

— Il a reçu un coup de dague dans le ventre. Son assassin l'a ensuite achevé en lui coupant la gorge. Il a aussi vidé son escarcelle et pris sa part du butin.

Il dévisagea à tour de rôle chacun des hommes autour de lui mais ne vit que le désespoir, la honte et la colère. C'était le deuxième compagnon qu'ils perdaient.

— C'est Jehan le Flamand ! décida Godefroi. Ils se sont battus tous les deux, souvenez-vous !

— Tais-toi ! cria Robert de Locksley dans un brusque accès de rage. On n'en sait rien ! Qui te dit que c'est l'un de nous ? On l'a volé ! Ne l'oublie pas ! Où était Gilbert hier ?

— Au cabaret du Coq, avec moi, Godefroi, Cédric et Regun, répondit Ranulphe.

— Qu'avez-vous fait ?

Ranulphe parut embarrassé.

— On a joué aux dés, seigneur, mais comme on avait sorti plusieurs pièces d'argent, des garces nous ont rejoints et Regun n'a pas voulu rester, fit-il, penaud. Godefroi l'a suivi peu après et j'ai fait pareil.

— Tu es resté avec Gilbert ? s'enquit Guilhem à Cédric.

— Non, seigneur, je suis allé dans une grange avec une des puterelles.

— Et quand tu es revenu ?

— Gilbert n'était plus là, il avait dû partir avec une garce, lui aussi.

— La bougresse a pu le conduire ici. Elle devait connaître cette crypte, suggéra Godefroi.

— C'est vrai, les bordelières viennent souvent ici faire leurs affaires, confirma le bedeau. Mais quand on les prend, elles sont exposées au pilori et flagellées.

Il eut un sourire béat.

— Elle a pu préparer un guet-apens avec des truands pour le dépouiller, proposa Locksley, songeur. Qui a gagné au jeu ?

— Au début, Cédric, répondit Ranulphe, mais ce roublard trichait et je l'ai forcé à rendre ce qu'il nous avait volé !

— Tu n'as pas dit qui a gagné ! insista Locksley.

— Quand je suis parti, personne, seigneur, car on s'était disputés, reconnut Regun. Chacun avait repris son argent.

— Moi, je crois comme Godefroi que c'est un tisserand qui a fait le coup, fit Cédric. Jehan avait menacé Gilbert quand il avait voulu escambiller sa femme, la rouquine. Gilbert tournait aussi autour de la femme d'Estienne qui lui plaisait, avec ses grosses mamelles. Il n'y a que le croupion de la sœur de Thomas qui ne l'intéressait pas !

Malgré la présence du mort, la remarque graveleuse fit rire les rudes Saxons.

Locksley passa en revue leurs visages. Comment savoir s'ils disaient la vérité ?

— Ça ne sert à rien d'accuser sans preuve, dit-il finalement.

La discussion s'arrêta donc là. Ils placèrent le corps dans la cellule, puis Locksley demanda à Godefroi et à Cédric d'aller chercher l'équipement de Gilbert. Quand ils revinrent, Locksley prit l'arc et l'épée et les posa sur le corps.

— Vous le mettrez en terre avec, jurez-le ! gronda-t-il en s'adressant au bedeau.

— Je vous le jure, fit l'autre.

Chacun des Saxons embrassa le corps avant de sortir. Un peu plus tard, sur le parvis, Locksley et Guilhem restèrent ensemble.

— Estienne n'aurait jamais tué pour sa femme, il est trop faible pour ça, mais le Flamand en est capable, dit le Saxon à son ami. Essaye d'en savoir plus…

Guilhem hocha la tête sans prononcer une parole. Il avait une autre explication qu'il ne voulait pas partager pour le moment : les Saxons s'étaient disputés et l'un d'eux avait tout simplement attendu Gilbert pour le tuer et le voler.

Il ne devrait pas être très difficile de connaître la vérité, se dit-il en se rendant au cabaret du Coq.

Après cette mort, les relations changèrent entre les voyageurs. Les cathares comprirent qu'ils étaient suspectés du crime et prirent peur d'une vengeance. Quant aux Saxons, ils ne cachèrent pas leur certitude que l'un des cathares avait tué Gilbert. Sur le grand chemin, les deux groupes se tenaient éloignés. Jehan interdit à Jeanne de parler à Godefroi. Mathilde resta avec Regun qui lui demanda de ne plus s'occuper des enfants des tisserands. Seules Anna Maria et Sanceline n'avaient pas rompu leur amitié.

Heureusement, ils devaient rester si vigilants qu'ils n'avaient guère l'occasion de se quereller. Les chemins serpentaient dans d'étroites vallées propices aux guets-apens et, jusqu'à Brive, ils restèrent sur leurs gardes. Guilhem avait exigé des cathares d'être armés et casqués pour tromper ceux qui seraient tentés de s'attaquer à eux. Avec la chaleur, la fatigue était telle, le soir, qu'ils s'endormaient à peine couchés.

Ils furent à Brive le 4 août et en repartirent le jour de la Transfiguration[1]. Ils prirent le chemin de Souillac, puis celui de Cahors. Malgré les craintes de

---

1. 6 août.

Guilhem, ils n'affrontèrent aucune troupe hostile et celles qui croisaient leur route restaient à l'écart, les prenant pour des routiers.

Ils arrivèrent à Cahors le jour de la Saint-Barthélemy. De là, ils prirent la direction d'Albi.

Le jour de la Nativité de la Vierge[1], Sanceline annonça à Guilhem qu'elle resterait à Albi avec son père. Elle n'irait pas à Lamaguère.

---

1. 8 septembre.

Chapitre 7

Ce soir-là, Guilhem resta seul. Seul avec ses souvenirs, seul avec ses regrets, seul avec son chagrin. Ils avaient fait halte dans une vaste clairière sommairement fortifiée avec des troncs d'arbres morts. Comme chaque soir, il y avait deux feux éloignés. Un pour les cathares et un pour les Saxons. Lui s'était installé entre les deux, sous un arbre, avec sa vielle à roue dont il tira de lugubres accords.

Il chantait depuis si longtemps le fin'amor, l'amour loyal mais inaccessible, qu'il aurait dû prendre conscience plus tôt que Sanceline ne serait jamais la dame de Lamaguère. Il avait possédé son corps, et rien d'autre. Il croyait avoir surmonté toutes les épreuves que le destin lui avait imposées mais il n'en était rien. En lui annonçant qu'elle le quittait, elle lui avait confié en pleurant qu'elle se faisait violence pour surmonter son inclination, mais que l'amour qu'elle devait au Seigneur Jésus devait l'emporter, quoi qu'il lui en coûte. Elle l'aimait et il l'aimait. Pourtant ils resteraient séparés dans ce monde. N'était-ce pas une preuve qu'il avait été conçu par Lucifer ?

Sans doute. Aussi ne regrettait-il pas d'avoir risqué sa vie pour elle. Sanceline méritait d'être aimée. Elle resterait éternellement dans son cœur et il la retrouverait dans l'éternité, car il savait que les sentiments entre eux étaient indissolubles.

Pour ne pas demeurer accablé par cette douleur que provoque l'amour quand il est séparé de l'espérance, il entreprit de composer une chanson afin de garder d'elle les meilleurs souvenirs.

> *Puisque d'amors m'estuet chanter,*
> *Chanconnette commencerai ;*
> *Et, pour mon cuer réconforter,*
> *De novele amor chanterai.*
> *Dex ! tant me fit à li penser*
> *Celé dont ja ne partirai...*

En chantonnant ainsi, sa pensée vagabondait autour des trois femmes qu'il avait aimé : Amicie de Villemur, qui en avait épousé un autre, plus riche. Constance Mont Laurier, trop cruelle, et Sanceline, qui choisissait de devenir Parfaite. Il avait à chaque fois été vaincu par des adversaires plus puissants que lui : l'argent, la haine et la religion.

Sans qu'il cherche à le retenir, un torrent de souvenirs le submergea. Orphelin, il avait quitté Marseille pour partir sur les routes. Il avait été voleur avant de rejoindre des Cottereaux puis la compagnie de Mercadier. Comme il savait lire et qu'il connaissait des rudiments de latin et de calcul, il avait attiré l'attention du capitaine mercenaire, et comme il était vaillant, celui-ci en avait fait un sergent, puis chevalier. Malgré cela, Guilhem avait rompu l'hommage qui les liait, ne supportant plus la sauvagerie de son suzerain. Il avait rejoint la compagnie franche de Lambert de Cadoc, l'homme lige du roi de France.

C'est Cadoc qui l'avait envoyé à Toulouse dont le comte recherchait des mercenaires. Mais arrivé là-bas, celui qui l'avait fait venir était mort. Son fils, le nouveau comte, avait répudié son épouse et épousé Jeanne, la sœur de Richard Cœur de Lion, en échange d'une alliance. Bien que n'ayant plus besoin de mercenaires, Raymond de Saint-Gilles l'avait gardé à son service. Guilhem lui avait donné sa foi. Entre eux était née une relation d'estime et d'amitié. Le comte, qui rêvait de restaurer la puissance du comté perdue par son père, l'avait envoyé en Provence où il avait rencontré Robert de Locksley, Anna Maria et Bartolomeo.

À la cour de Saint-Gilles, Guilhem avait découvert les troubadours et l'amour courtois : le fin'amor. Il avait une belle voix et jouait de la viole quand il était soldat. Qui mieux que lui aurait pu chanter les prouesses guerrières et les valeurs héroïques ? Il possédait un vrai talent pour composer des ballades où il évoquait des sentiments délicats. Son instrument de prédilection était devenu une vielle à roue dont il tirait des sons étonnants. Il avait oublié Mercadier et Lambert de Cadoc jusqu'au jour où Anna Maria était venue le chercher pour retrouver son mari accusé de vol à Châlus. C'est ainsi qu'il avait rencontré les tisserands cathares et Sanceline. Maintenant l'histoire se terminait.

Anna Maria vint le rejoindre pour lui porter un morceau de gibier et de la bouillie d'orge. Elle savait, ou elle avait deviné, pour Sanceline.

— Tu ne pouvais lutter contre Celui à qui elle a donné sa foi, Guilhem, lui dit-elle pour le consoler.

— Je ne suis pas fait pour les femmes, Marianne, répliqua-t-il avec une ironie forcée. Je suis fait pour tuer, pas pour aimer.

Le lendemain, il remit à Sanceline une part de son butin et de l'or de Philippe Auguste. Cinq marcs d'argent et dix pièces d'or, qu'elle utiliserait à son gré.

Il resta éloigné d'elle jusqu'au soir où, à quelques jours de leur arrivée à Albi, il vint s'installer auprès des tisserands rassemblés autour de leur feu. Les Saxons avaient toujours leur campement à l'écart.

— Compagnons, leur dit-il, nous nous séparerons dans deux ou trois jours. Je veux ce soir vous parler d'Albi et de mon fief de Lamaguère. Vous connaissez tous les liens d'affection et d'amour qu'il y avait entre Sanceline et moi. Elle a choisi sa foi, mais elle garde toute sa place dans mon cœur. Elle a décidé de rester à Albi, mais sachez que ceux d'entre vous qui veulent venir à Lamaguère le peuvent. Il y aura de la place dans mon fief pour des maîtres artisans tels que vous. Ceux qui le souhaitent pourront continuer à tisser et vendre leurs draps à Auch.

— Seigneur d'Ussel, commença Noël de Champeaux en se raclant la gorge pour dissimuler son embarras, nous vous serons éternellement reconnaissants pour ce que vous avez fait pour nous. Pour ma part, avec les miens, je souhaite vivre désormais dans ma foi et sans violence.

Il eut un rapide regard vers le groupe des Saxons.

— À Albi, je sais que je connaîtrai la paix.

Guilhem hocha la tête tant il se doutait de la réponse.

— Je ferai comme mon ami Noël, dit à son tour le gros Bertaut, et je prierai chaque jour pour vous, seigneur d'Ussel.

— Merci, Bertaut, que la divine Providence te protège aussi.

— Ma femme veut rester avec ses parents, annonça Estienne, une ombre de regret dans la voix.

— Ceux qui iraient avec vous, pourraient-ils pratiquer leur foi librement ? demanda Aignan le libraire.

— Je m'y engage.

— Alors, si vous avez besoin d'un homme sachant compter et bien manier la plume, je viendrai avec vous, seigneur d'Ussel, car je ne connais pas la langue ici, et bien que Mathilde ait commencé à me l'apprendre, je suis pour l'instant incapable d'écrire et de vendre des parchemins comme je le faisais à Paris.

Guilhem opina, satisfait, tant il avait besoin d'un tel homme pour s'occuper des chartes de son fief, maintenant qu'il avait perdu Sanceline.

— J'aimerais aussi venir avec vous, seigneur, intervint simplement Thomas le cordonnier.

— Je te prends avec moi, Thomas, ainsi que ta sœur.

— Moi aussi, seigneur, dit Geoffroi le tavernier, qui n'avait rien osé dire jusqu'à présent. Si vous voulez de moi pour remplir vos caves ! ajouta-t-il en plaisantant.

— Je te prends aussi avec moi, Geoffroi.

Seul le Flamand n'avait pas parlé.

— Et toi, Jehan ? demanda Ussel.

— Je n'ai pas tué Godefroi, seigneur.

Guilhem hocha la tête.

— Je ne serais pas resté avec vous si Gilbert était encore de ce monde, seigneur, expliqua Jehan, car il importunait ma femme, mais maintenant qu'il est mort – Dieu ait son âme – je souhaite entrer à votre service, ainsi que ma famille et ma servante. Seulement je crains que les Saxons ne m'acceptent pas car ils disent que j'ai tué l'un des leurs.

— C'est moi le seigneur de Lamaguère, Jehan, répliqua rudement Guilhem. Les Saxons qui m'accompagnent sont au service de mon ami, et ils ne resteront pas chez moi. Quand le comte de Huntington aura reçu la réponse qu'il attend, il me quittera. Jusque-là, les Saxons n'auront rien à dire et, s'il le faut, vous réglerez votre différend dans une ordalie, avec des bâtons.

— Je suis prêt à me battre, seigneur, car je suis dans mon droit et le Seigneur Jésus me protégera.

— Alors tu viendras avec moi, avec ta famille et avec Jeanne. Maintenant que vous avez tous choisi, je dois vous parler du pays où vous allez vivre.

Il se tut un instant et son regard balaya leurs visages pour vérifier qu'ils étaient attentifs.

— Le comte de Toulouse, Raymond de Saint-Gilles, mon seigneur à qui j'ai donné ma foi, ne rend hommage qu'au roi de France. Il est ici le suzerain de plusieurs vicomtés. La première est Narbonne, dont le vicomte a souvent été en guerre avec lui, bien qu'il lui doive fidélité. Il y a beaucoup des vôtres dans cette vicomté car l'archevêque, Bérenger de Barcelone, ne s'oppose pas à eux tant il a de rudes différends avec Rome.

» Il y a ensuite la vicomté de Béziers, dont font partie Albi et Carcassonne. Roger Trencavel, le père du vicomte actuel, avait épousé Adélaïde, la tante du comte de Toulouse. Ça ne l'a pas empêché de combattre Toulouse qui revendiquait la suzeraineté de Carcassonne. Durant cette guerre, il s'est allié au roi d'Aragon mais la paix a finalement été faite il y a quinze ans. C'est durant ces guerres intestines que votre religion s'est répandue ici, car Trencavel s'était déclaré protecteur des manichéens. C'est à Béziers que les vôtres se sont réunis publiquement la première fois. C'est au moins ce que l'on m'a dit. D'ailleurs, Guillaume de Roquezel, l'évêque de Béziers, soutient la pureté de votre dogme.

— Notre foi est autorisée partout dans le comté ? demanda timidement Enguerrand.

— Partout, je ne sais pas, mais les vôtres sont nombreux et tolérés. On les appelle ici les *bons hommes*, ça vous le savez, mais on les nomme aussi *Agenois* et *Albigeois*. Et bien sûr aussi cathares et tisserands. Mais quand j'ai quitté Saint-Gilles, il y a quelques mois, j'ai appris du comte Raymond que le pape l'avait sommé de chasser vos religionnaires. Rassurez-vous quand même, Raymond de Saint-Gilles ne se laissera pas faire. Trop de seigneurs suivent désormais votre foi, et de nombreux évêques vous sont favorables.

— On nous accepte ici, tandis qu'on nous pourchasse ailleurs. Cela ne signifie-t-il pas que le Diable est moins puissant dans ce pays ? demanda Noël de Chapeaux.

— Je ne sais pas, soupira Guilhem. Je crois, hélas, que le Diable est puissant partout. Mais les seigneurs du Midi veulent certainement plus qu'ailleurs se dégager de la puissance de Rome. Sans doute trouvent-ils aussi votre dogme plus clair que celui des catholiques pour comprendre la violence et l'injustice dans lesquelles on vit. Peut-être aussi sont-ils plus tolérants. N'imaginez pas pourtant que vous serez en sécurité. On m'a raconté qu'il y a quelques années s'est tenu un concile près d'Albi. Les seigneurs et les évêques voulaient entendre et juger la conduite des *bons hommes*. C'est d'ailleurs depuis ce temps qu'on vous a appelés Albigeois. À ce concile étaient présents l'archevêque de Narbonne, les évêques d'Albi, de Nîmes, de Lodève, de Toulouse ainsi que le seigneur Trencavel. Après avoir interrogé vos coreligionnaires, l'évêque de Lodève avait conclu qu'ils étaient hérétiques et interdit aux seigneurs de vous protéger. Plusieurs cathares furent arrêtés et brûlés vifs, sans pour autant empêcher votre religion de s'étendre, bien au contraire, car les victimes étaient devenues des martyrs.

» Quelques années après ces persécutions, une grande partie de la noblesse toulousaine avait adopté vos croyances et les Albigeois étaient si nombreux que le pape nomma l'abbé de Clairvaux comme légat avec le droit d'excommunier ceux qui ne se soumettraient pas à Rome. L'abbé vint à Toulouse où il fut accueilli par des huées, les habitants le traitant même d'*apostat* et d'*hérétique*. Il parvint pourtant à rassembler une armée et mit le siège devant Lavaur, une ville près d'ici où vos religionnaires sont nombreux. Lavaur aurait facilement résisté si la propre femme du vicomte Roger n'avait ouvert les portes aux assiégeants.

» Ce revers décida le vicomte et les seigneurs de la province à céder à l'orage et à renoncer à l'hérésie. La plupart des Albigeois abjurèrent donc leurs doctrines. Seulement, à peine l'abbé de Clairvaux était-il parti que votre religion s'est rétablie.

» Le vicomte Roger est mort peu après ces événements, ainsi que le père du comte de Toulouse. C'est à ce moment que je suis arrivé dans ce pays[1]. Votre nouveau vicomte, Raymond Roger, le neveu du comte de Toulouse, est un homme tolérant. Je crois sincèrement qu'il vous défendra.

» Je vous ai parlé de la vicomté de Béziers, de Carcassonne et d'Albi, où vous allez vivre et où se trouve le plus grand nombre des vôtres, mais Toulouse a encore un vassal important, c'est le comte de Foix. Raymond Roger est un seigneur rude qui dispute souvent son suzerain au sujet de ses droits. Sa sœur, Esclarmonde, est convertie à votre religion. On dit même qu'elle veut devenir Parfaite[2], aussi vos religionnaires sont-ils nombreux et protégés dans ce comté.

» Les autres grands fiefs dont Toulouse est suzerain sont le comté de Montpellier, lequel par mariage appartient au roi d'Aragon mais que revendique aussi le Saint-Siège, et enfin le Rouergue et le Quercy. Duc d'Aquitaine, Richard Cœur de Lion prétendait à la suzeraineté sur ces terres mais y a renoncé quand sa sœur Jeanne a épousé Raymond de Saint-Gilles. Il y a aussi des *bons hommes* là-bas, mais ils sont moins nombreux.

La ville d'Albi s'étendait sur la rive gauche du Tarn. Cent cinquante ans avant notre histoire, le vicomte avait construit sur la rivière un pont à huit arches, moitié en pierres, moitié en briques. C'est ce passage,

---

1. En 1194.
2. Elle le deviendra en 1204.

et son péage, qui avait enrichi la cité. Tout un faubourg, qu'on appelait le Bout du pont, s'était même développé sur la rive droite.

Ayant payé l'octroi, ils pénétrèrent dans une ville aux rues étroites et tortueuses. Les Saxons et les familles cathares qui avaient choisi d'aller à Lamaguère étaient à la fin du convoi, les autres, ceux qui resteraient à Albi, étaient devant avec Guilhem qui les guidait. Thomas le cordonnier, Geoffroi le tavernier, Jehan le Flamand et Aignan le libraire avaient déjà fait leurs adieux à leurs amis.

Guilhem les conduisit jusqu'à Saint-Salvi, un quartier d'artisans développé autour de l'église et du cloître, fondé par l'évêque Salvi. Les boutiques de tisserands y étaient nombreuses et presque tous les habitants étaient de *bons hommes*. Une porte de la ville, au bout de ce quartier, permettait de rejoindre le chemin de Marsac qui conduisait à Toulouse.

Le convoi s'arrêta devant la tour du clocher de l'église. C'était le point le plus élevé de là ville. La nuit, éclairé par une torche, il servait de fanal pour guider les voyageurs à travers les épaisses forêts des environs.

Guilhem descendit de cheval et accola chacun. Quand ce fut le tour de Sanceline, elle fondit en larmes.

Il ne put maîtriser son émotion et lui promit qu'il reviendrait au printemps, pour savoir si tout allait bien pour elle. Mais dans son for intérieur, il savait qu'il lui mentait.

Le visage défait, elle s'éloigna de lui sans un mot d'adieu et il eut l'impression qu'une lame d'acier transperçait sa poitrine. Enguerrand s'approcha alors et lui prit les mains qu'il garda un moment dans les siennes. La douleur disparut comme elle était venue et une incroyable sérénité envahit son cœur.

Il sut que Sanceline était toujours à lui.

Chapitre 8

Sorti de la ville, le convoi prit le chemin du bourg de Marsac. Locksley demanda alors à son ami pourquoi ils n'avaient pas fait étape à Albi, où les auberges étaient nombreuses.

— Nous sommes encore à vingt lieues de Saint-Gilles, et de là à plus d'une semaine de voyage jusqu'à Lamaguère. Or, on est à la mi-septembre. Nous n'arriverons pas chez moi avant le début d'octobre. Tu le sais, le château a été incendié. Nous devrons donc construire des abris pour passer l'hiver, et le temps va nous manquer avant les grands froids. Voilà pourquoi je me presse. Mieux vaut avancer tant qu'il fait jour. Nous passerons la nuit à Fonlabour, dans les dépendances de l'église.

Au bout d'un moment, il ajouta :

— Mais peut-être irons-nous plus vite que je ne le crois, car il n'y a ni routiers ni brigands dans le comté de Toulouse, et les chemins y sont bien empierrés.

— De plus nous n'avons qu'une charrette et un chariot, approuva Locksley. S'il ne pleut pas, nous ferons certainement plus de deux lieues par jour.

Ils furent à Fonlabour avant la nuit et obtinrent une chambre pour les femmes dans une maison près de l'église. Les hommes et les bêtes s'abritèrent dans une grange et une écurie. À Albi, Geoffroi le tavernier avait acheté des pâtés en croûte au poisson, à la bécasse et à la caille, à un marchand ambulant. C'est au souper qu'ils prirent cette fois ensemble, autour d'un feu en se partageant les pâtés, que Guilhem annonça qu'il ne voulait plus de disputes.

— Ces quatre hommes sont désormais mes serviteurs, dit-il aux Saxons en désignant Thomas, Geoffroi, Jehan et Aignan. Ceux qui leur chercheraient querelle me chercheraient querelle. Comme vous, je ne peux oublier ce qui s'est passé à Usarche, pas plus que la disparition de Perrine aux Buis, mais rien n'indique que l'un d'entre vous en soit la cause, aussi je ne veux plus de brouilles dans ma maison. Maintenant, que celui qui désire formuler une accusation le fasse et qu'une ordalie décide ici, ce soir, qui a tort et qui a raison.

S'il s'était disputé et battu avec Jehan le Flamand au sujet de Jeanne sa servante, Godefroi était secrètement ravi que le tisserand ait décidé de venir à Lamaguère. Il eut juste un bref regard pour Jeanne et resta silencieux.

En toutes circonstances, Cédric faisait confiance à son seigneur et maître. Or Robert de Locksley était l'ami de Guilhem d'Ussel dont les cathares étaient les serviteurs. Il resta donc impassible.

Regun était amoureux de Mathilde, et celle-ci était l'amie de la femme de Jehan, aussi ne pipa-t-il mot. Quant à Ranulphe, il considérait qu'il aurait déchu à se battre avec un artisan, aussi resta-t-il dans une dédaigneuse indifférence.

Guilhem balaya chacun du regard, puis il laissa filtrer un sourire en constatant leur mutisme.

— Geoffroi, s'il y a encore un bon vin qui n'a pas tourné dans ton chariot, c'est le moment de le partager.

À Toulouse, Guilhem apprit que le comte était dans son château de Saint-Gilles, à quatre lieues de la ville, à l'extrême limite de ses terres.

Édifié par le grand-père de Raymond de Toulouse sur une salvetat, un établissement religieux qui servait de refuge à ceux qui se consacraient au défrichage des forêts, le château était construit sur un plateau d'où les guetteurs pouvaient aisément repérer une armée venant d'Aquitaine.

Saint-Gilles était une forteresse rectangulaire avec deux tours carrées à chaque extrémité, un donjon et un pont-levis sur des douves. Devant s'étendaient une grande basse-cour avec des écuries, des granges et une hôtellerie pour les visiteurs. Au-delà se trouvait une vaste esplanade où se déroulaient fêtes et tournois. L'ensemble était protégé par une solide palissade de bois qui séparait le domaine du comte de la salvetat, elle-même composée d'une chapelle, de quelques masures éparses et de bâtiments conventuels.

Les sentinelles les ayant repérés, un détachement les attendait au portail de la palissade. Il était commandé par un chevalier qui avait reconnu Ussel à son allure, à son gambison et surtout à la boîte de la vielle à roue attachée à sa selle.

— Que Dieu te garde et te donne le bon jour, Guilhem ! lui cria-t-il joyeusement en le voyant s'approcher. Le seigneur comte t'attendait plus tôt !

Il tenait son casque à nasal à la main en signe de courtoisie.

— Que Dieu te garde et te conserve sain et sauf, toi aussi, Renaud. Mais comment le comte savait-il que j'arrivais ? s'enquit Guilhem en levant aussi son casque.

— Le roi de France lui a écrit ! Son messager est arrivé voici plus de six semaines ! Qui sont ces gens qui t'accompagnent ?

— Mon ami le comte de Huntington et sa gente épouse dont tu dois te souvenir. C'est elle qui est venue me chercher au printemps. Les autres sont leurs écuyers et serviteurs, ainsi que les miens.

Le nommé Renaud salua Robert de Locksley et Anna Maria, puis les écuyers.

— Je dois te conduire immédiatement auprès de notre seigneur, dit-il.

— Je m'y rends avec eux, décida Guilhem en désignant Robert de Locksley et Anna Maria.

Laissant les autres dans la basse-cour, ils passèrent le pont-levis et entrèrent dans la cour intérieure où ils laissèrent leurs chevaux. Le chevalier les conduisit ensuite dans la grande salle.

Raymond de Saint-Gilles était entouré de ses seigneurs et de leurs écuyers, de leurs dames et de leurs pages. Le comte de Toulouse, revêtu d'une lourde robe rouge brodée à ses armes – une croix dorée et évidée avec douze boules en cercle –, était assis sur une haute cathèdre près de la cheminée. Les gens de sa cour étaient soit debout, soit assis sur les bancs à hauts dossiers et les stalles à accoudoirs qui entouraient la salle. Ils écoutaient un troubadour récitant un poème au son d'une viole.

— Guilhem ! Enfin de retour ! s'exclama le comte en les voyant entrer.

Sans aucune servilité, Guilhem s'inclina devant lui, effleurant de la main la robe de son suzerain.

— Que Dieu vous conserve en sa sainte et digne garde, mon seigneur. Je suis accompagné de mon ami le comte de Huntington et de sa femme, que vous avez déjà rencontrée ici quand elle est venue me chercher.

— Mon cousin Philippe de France m'a écrit pour me dire qu'il te doit la vie, Guilhem, ainsi qu'à ton ami. Je veux que tu nous racontes tout, et sans attendre !

Guilhem remarqua que Raymond appelait le roi de France mon cousin, et non mon suzerain, ou mon seigneur, ce qu'il était pourtant.

— Voici une lettre du roi Philippe que m'a remise frère Guérin avant mon départ, dit-il.

Il tendit le quareignon plié dans la petite boîte ciselée qu'il avait sortie de ses bagages, avant d'entrer dans le château.

Le comte prit le coffret et l'ouvrit en s'adressant à l'un de ses écuyers :

— Foulques, va t'occuper des gens de Guilhem. Qu'ils logent dans l'hôtellerie et qu'on leur serve à dîner. Gaillard (il s'adressa à son intendant), je veux un magnifique banquet ce soir, en l'honneur de nos invités. Préviens les cuisiniers, les sauciers et les panetiers.

Ensuite Raymond de Saint-Gilles sortit le parchemin et entreprit de le lire avec attention.

Les relations entre le comte de Toulouse et le roi de France avaient connu bien des vicissitudes, allant parfois jusqu'à la rupture. Le comté était un fief attribué par les rois de France et Philippe Auguste ne manquait jamais de rappeler à Raymond qu'il était son vassal. Mais les comtes de Toulouse se disaient souverains « par la grâce de Dieu », et Raymond, comme son père, avait toujours insisté sur cette indépendance, sans cependant aller trop loin, car le lien de vassalité le protégeait malgré tout de ses redoutables voisins, les Anglais et les Catalans.

Cependant, le mariage de Raymond avec la sœur de Richard Cœur de Lion avait provoqué un brusque refroidissement entre les deux hommes, Raymond ayant même laissé quelques-uns de ses chevaliers rejoindre les armées des Plantagenêts. Mais maintenant que Richard était mort, Philippe Auguste rappelait à Raymond sa fidélité et lui demandait de ne pas s'engager auprès du roi Jean. Le roi de France n'avait pas de moyen de contraindre son vassal, mais il lui proposait un pacte contre les empiétements du Saint-Siège sur leur autorité réciproque. En vérité, le courrier était chaleureux et Raymond en fut soulagé. Il manquait d'alliés et les menaces d'Innocent III l'incitant à sévir contre les cathares étaient de plus en plus impérieuses.

Il replia lentement le parchemin, songeant à la réponse qu'il ferait.

— Maintenant, Guilhem, raconte-nous ! fit-il

— Je vais laisser mon ami Robert commencer, seigneur, car c'est avec lui que tout a débuté...

Locksley expliqua rapidement qu'il était venu en France demander l'aide d'Aliénor au sujet des impôts trop lourds que lui réclamait le grand trésorier de la cour d'Angleterre. Il avait ensuite accompagné la mère du roi à Châlus et, à la mort de Richard, avait été accusé de vol et s'était enfui.

Cela, Raymond de Saint-Gilles le savait puisque Anna Maria l'avait raconté quand, au printemps, elle était venue demander l'aide de Guilhem.

Robert de Locksley raconta ensuite comment, à Paris, il avait découvert que le carreau d'arbalète ayant tué Richard avait été empoisonné par des templiers anglais à la solde du comte de Mortain, le prince Jean. Puis comment, ayant aidé un hérétique à s'évader, il avait dû se cacher, protégé par les tisserands cathares de la capitale.

Raymond posa alors plusieurs questions sur ces tisserands, ignorant jusque-là qu'il y avait des *bons hommes* à Paris, et dans la salle chacun écouta avec attention, car nombreux étaient ceux qui suivaient les préceptes de la nouvelle religion.

La suite, ce fut Guilhem qui la narra. Comment Lambert de Cadoc lui avait appris le projet d'attentat contre le roi de France, comment il avait été emprisonné par l'official de l'évêché, puis libéré, et la manière dont il avait retrouvé Robert de Locksley. Puis ce fut le récit du massacre dans les sous-sols de la tour du Pet au Diable, avec l'arrivée des gens de Mercadier qui recherchaient la statuette d'or prétendument volée par Robert de Locksley. Ensuite Guilhem raconta l'arrestation des cathares, d'Anna Maria, et la façon dont il avait réussi à libérer son ami du donjon du Louvre.

Tout cela était dit en grande partie en occitan, sur ce ton épique et chantant qu'utilisaient les troubadours, comme si Guilhem racontait les exploits d'un preux chevalier dans une histoire fabuleuse. Enfin, il termina par l'attentat de Notre-Dame et laissa la parole à Locksley. Celui-ci expliqua comment il avait tué le meilleur archer d'Angleterre – à part lui – puis comment Guilhem avait triomphé contre le Templier félon dans un duel judiciaire.

Enfin, ce fut la relation de leur voyage et comment ils avaient vaincu les routiers de Brandin.

Toute l'histoire prit plus d'une heure, et le temps du souper approchait. Aussi, quand ils eurent terminé, Raymond de Saint-Gilles se leva.

— Je suis impressionné par vos exploits et votre courage, mes vaillants chevaliers, et je devine que vous avez subi bien pire que vous ne le dites. Quant à toi, Guilhem, ta vaillance et ton adresse m'ont manqué, sache-le. Mais tes épreuves ne sont pas entièrement terminées, bien que je sois persuadé que tu surmonteras les dernières. Pendant que l'on dresse la table, j'ai à te parler. Ton ami le comte de Huntington peut t'accompagner. C'est au sujet de ton fief de Lamaguère.

Guilhem ressentit un picotement dans le dos. Raymond allait lui annoncer de mauvaises nouvelles.

Ils suivirent le comte dans sa chambre du premier étage, immense pièce meublée d'un lit à colonnes aux épais rideaux brodés aux armes de Toulouse. Sur les murs alternaient tapisseries et panoplies d'armes, où dominaient écus et haches. Dans une belle armoire en olivier, à la façade décorée d'arcatures et de colonnettes, le comte rangeait ses chartes. Il y avait aussi plusieurs bahuts, de gros coffres couverts de cuir, une chaise polygonale, des bancs aux hauts dossiers finement ciselés, et des escabeaux. Enfin, près du lit, se dressait un lutrin sur lequel reposait un livre enluminé, ouvert.

Un feu ronflait dans la cheminée.

Quand ils entrèrent, le domestique présent sortit par une autre porte.

Raymond s'assit sur la chaise polygonale et désigna le banc à ses invités.

— Après ton départ, dit-il, j'ai fait porter par Sicard, au comte d'Armagnac, les mille sous d'or que tu m'avais laissés, comme on en avait convenu…

» C'est Sicard qui a prêté hommage à Géraud d'Armagnac en ton nom, et c'est à lui que le comte a donné l'investiture du fief, poursuivit Raymond. Bien sûr, tu devras renouveler l'hommage en te rendant près de lui, mais le fief t'appartient depuis le jour de la cérémonie. Voici le couteau que le comte a remis à Sicard.

Il désigna une belle lame ciselée posée sur un coffre. L'arme symbolisait le fief. Par sa possession, Guilhem, désormais vassal d'Armagnac, était vêtu du fief et protégé des troubles provoqués par autrui.

— À son retour, poursuivit le comte, j'ai envoyé Sicard à Lamaguère avec un maître maçon pour qu'il y fasse les travaux nécessaires afin que tu puisses y loger. Mais quand ils sont arrivés, ton château était déjà en travaux et occupé.

— Occupé ? Par qui ? s'exclama Guilhem, sidéré.

— Par des templiers. Tu sais qu'ils possèdent le moulin sur l'Arrats, en contrebas du château, et qu'ils ont édifié une église fortifiée à cet endroit. Il s'agit d'un aleu détaché de ton fief par le grand-père d'Armagnac pour la commanderie de Bordères.

— Mais ils n'ont aucun droit sur mon château, ni sur mon fief !

— Aucun, sinon celui d'y être ! Celui qui s'en dit le seigneur se nomme Rostain de Preissac. Il a montré à Sicard une charte de l'archevêque d'Auch l'autorisant à exploiter le fief s'il versait une redevance de dix marcs d'argent.

— Combien sont-ils là-bas ? intervint Locksley qui ne portait pas les templiers dans son cœur depuis l'affaire de Paris.

— Je l'ignore, mais le château est petit. Pas plus d'une dizaine.

— Et au moulin ?

— Trois ou quatre, avec des serviteurs, répondit Raymond en haussant les épaules. Sicard aurait pu t'en dire plus, mais je l'ai envoyé à Narbonne.

Le comte eut une grimace d'embarras.

— J'aurais pu envoyer un détachement d'hommes d'armes, Guilhem, mais tu devines pourquoi je n'en ai rien fait. Armagnac et Auch se sont déjà étripés pour cette terre et je ne veux pas m'en mêler. Les templiers le savent et misent sur leur puissance pour rester sur place. C'est donc à toi seul de faire reconnaître tes droits, mais, quoi que tu fasses, je te soutiendrai.

— J'ai l'investiture de mon fief, opina Guilhem avec assurance, et je châtierai à ma façon ceux qui l'occupent.

— Oui, mais sois prudent, Ceux qui sont à Lamaguère recevront l'aide de leur commanderie de Bordères, qui est vassale d'Aliénor.

— Ce sera dommage pour eux s'ils refusent de s'en aller, dit seulement Guilhem d'une voix si glaciale qu'elle fit frissonner le comte de Toulouse.

Chapitre 9

En s'arrêtant à Saint-Gilles, Guilhem avait envisagé d'y rester un jour ou deux pour connaître les décisions du comte au sujet des cathares, après la demande d'Innocent III exigeant de les chasser. Raimond de Toulouse aurait aussi voulu plus de détails sur les événements de Normandie et d'Anjou depuis la mort de Richard. Mais maintenant qu'il savait son fief occupé, Guilhem brûlait de partir pour régler le problème des templiers avant l'arrivée du froid, aussi obtint-il son congé, promettant de revenir rapidement.

Pourtant, le lendemain, ils ne quittèrent Saint-Gilles que dans l'après-midi, car Guilhem avait dû rassembler les chartes concernant son fief. Aignan le libraire en aurait la charge et les transporterait dans un coffre de fer derrière sa selle.

Ils partirent sous la pluie et le déluge ne cessa pas durant tout le voyage. Boueux et inondés, les chemins étaient parfois transformés en torrents. La traversée du moindre cours d'eau fut une épreuve où hommes et bêtes risquaient leur vie. Heureusement, munis d'une lettre du comte de Toulouse, ils trouvèrent chaque soir où loger dans un château ou dans un monastère.

Au bout d'une semaine d'un tel voyage, la pluie glaciale rendit malades les filles de Jehan le Flamand et c'est avec soulagement qu'un après-midi Guilhem aperçut le clocher de l'église du petit prieuré de Sainte-Marie du Bon Lieu[1] situé à deux lieues de Lamaguère.

Bien qu'il soit encore tôt, le ciel était si noir qu'on se serait cru en pleine nuit. La pluie et le vent du nord les fouettaient avec violence, pénétrant leurs vêtements jusqu'à la peau. Parfois une rafale plus violente charriait de la grêle.

Ils poursuivirent encore une heure sur le chemin détrempé et s'arrêtèrent enfin devant le porche du prieuré.

La seule fois où Guilhem s'était rendu dans son fief, au début de l'année, il était venu saluer l'abbesse qui serait sa voisine. C'est elle qui lui avait appris que son monastère avait été fondé cinquante ans plus tôt par l'abbesse de Fontevrault, l'archevêque d'Auch et le comte d'Astarac. La première abbesse avait été la veuve du comte d'Astarac, l'abbesse actuelle étant sa petite-nièce.

Une vingtaine de moniales vivaient là, servies et protégées par une poignée d'hommes, gardes et serviteurs, qui logeaient dans un bâtiment séparé.

Bartolomeo descendit de cheval et s'engagea sous le porche fortifié. Il frappa d'abord à l'un des deux lourds vantaux de chêne ferré, seule ouverture dans l'enceinte entourant le prieuré et ses bâtiments, mais le vacarme de la pluie et du vent était tel qu'il dut ensuite tirer plusieurs fois sur la chaîne de la cloche, faisant résonner un son sourd et sinistre.

— Qui êtes-vous ? demanda enfin une voix d'homme par une meurtrière.

Sans l'orage, on aurait dû les voir arriver, car l'enceinte possédait une tour carrée dans un angle d'où un guetteur surveillait les chemins alentour, mais le mauvais temps avait relâché la surveillance.

---

1. Bonus Locus, devenu Boulaur.

— Je suis le serviteur du seigneur de Lamaguère qui demande l'hospitalité pour la nuit.

— Ce sont les templiers de Bordères qui sont à Lamaguère ! répliqua la même voix.

Guilhem approcha sa monture jusqu'à la meurtrière.

— Je suis Guilhem d'Ussel, seigneur de Lamaguère, investi du fief par le comte d'Armagnac avec l'accord de l'archevêque d'Auch. J'arrive de Saint-Gilles d'où le comte Raymond m'envoie. J'ai un laissez-passer de la duchesse Aliénor et du roi Philippe de France. Des femmes et des enfants m'accompagnent. Nous avons besoin d'un abri.

Ils attendirent un moment avant d'entendre avec soulagement les bruits sourds des barres qu'on levait. Puis, dans un long grincement, les vantaux du portail s'écartèrent.

Guilhem entra le premier dans une étroite cour. L'homme qui lui avait ouvert était avec d'autres gardes porteurs de piques et d'arbalètes dont ils protégeaient la corde sous des manteaux sombres. Il y avait aussi trois femmes couvertes d'aumusses à capuchon.

Pendant que sa troupe entrait, Guilhem sauta au sol et s'approcha des femmes. Ayant reconnu l'abbesse, Pétronille d'Astarac, il enleva son casque à nasal pour qu'elle voie son visage.

— Soyez bénie de Notre Seigneur pour nous recevoir, noble et gracieuse dame d'Astarac.

Elle était jeune, avec un visage ingrat aux traits rudes et anguleux. Nul sourire ne l'éclairait, nulle bonté ne rayonnait d'elle.

— Loué soit Jésus-Christ, seigneur d'Ussel, fit-elle d'une voix égale en s'inclinant à peine. Mes compagnes vont s'occuper des femmes et des enfants et les conduire dans un dortoir chauffé. Nos gardes conduiront vos hommes à la grange. La sœur tourière va donner des ordres pour qu'on vous prépare une soupe chaude.

— Merci, ma mère. Mon compagnon (il désigna Locksley qui l'avait rejoint) est le comte de Huntington. C'est un fidèle de la duchesse Aliénor.

— Venez avec moi, dit l'abbesse après s'être attardée un instant sur les traits du Saxon.

Ils entrèrent dans le bâtiment conventuel. Elle les conduisit dans une petite salle voûtée, sombre et humide, dépourvue de meubles, seule une croix de bois ornait un mur blanchi à la chaux. Un banc de pierre courait le long des murs.

— Vous aurez l'hospitalité mais vous ne pourrez rester, annonça-t-elle de but en blanc.

— À cause des templiers ?

— Entre autres. Mais surtout parce que je me doute des raisons de votre venue. La guerre va reprendre, comme celle entre Armagnac et l'archevêque, et les pauvres gens vont en souffrir.

Elle planta ses yeux dans les siens avec un air de défi mais il soutint son regard.

— Ce ne sera pas de mon fait, ma mère, dit-il. Je suis seigneur de ce fief, et, s'ils sont raisonnables, les templiers partiront sans bataille. Je vous supplie de recevoir les femmes et les enfants, le temps que je règle ces difficultés. Je ferai un don de cinq marcs d'argent à votre prieuré.

Elle hocha la tête sans répondre.

— Je ne vous demande pas de prendre parti, ma mère. Mais je vous conjure de ne pas prévenir les templiers. D'ailleurs, mes hommes empêcheront quiconque de sortir d'ici jusqu'à notre départ, et si un messager tente d'aller à Lamaguère, mes archers l'abattront...

Elle tressaillit à ces paroles.

— Je vous reçois, seigneur d'Ussel, et vous me menacez ! gronda-t-elle.

— Non, dame d'Astarac, dit-il en secouant la tête. Je veux seulement que vous sachiez que je vais reprendre mon fief. Je suis féal du roi de France, du comte de Toulouse et du comte d'Armagnac. Nobles ou roturiers, ceux qui me résisteront seront pendus. J'ai l'investiture de ce fief et j'en ai les droits de justice. Quant à vous, à votre prieuré et à vos sœurs, je souhaite de tout cœur que nous restions bons amis. Quand tout sera fini, soyez assurée que je vous protégerai aussi bien que les templiers. Mieux certainement, car je serai à votre service en toute occasion.

Les lèvres pincées, le visage contracté, elle se détourna avec une grâce hautaine et sortit de la pièce, sans une parole.

Guilhem ne la revit pas, ni aucune sœur. Ils soupèrent dans une grange où deux servantes leur portèrent plusieurs récipients de soupe aux pois, des pains de seigle, du jambon et des fromages pendant que la pluie crépitait sur la toiture de tuiles.

Ils repartirent à l'aurore. Onze cavaliers solidement armés, en haubergeon, broigne ou cuirasse, revêtus de cotte d'armes et de manteau, tous casqués ou protégés d'un heaume, portant épée et hache, épieux et marteaux. Les Saxons avaient leurs arcs et leurs carquois bien à l'abri sous les manteaux, Guilhem et Bartolomeo avaient chacun une arbalète et un sac de viretons. Les écus et les rondaches étaient attachés aux selles et pour une fois Guilhem avait laissé sa vielle à roue. Quatre chevaux en longe portaient les équipements supplémentaires conquis sur les Brabançons : des épées, des ceinturons, des broignes, des casques, des boucliers et des haches.

La pluie avait cessé.

Le soleil était déjà haut quand ils arrivèrent à la ferme d'Alaric.

L'incident s'était produit alors qu'ils sortaient du prieuré. Le garde qui avait ouvert la porte, un homme rude à l'épaisse barbe noire et au regard sombre, s'était approché du palefroi de Guilhem.

— Seigneur, avait-il dit à voix basse. Allez à la ferme d'Alaric. C'est mon cousin et, comme moi, il est un fidèle du comte d'Armagnac.

Guilhem connaissait la ferme. C'était la plus grande manse du fief qui en comptait quatorze. Il était passé devant lors de son précédent voyage, mais il n'avait jamais rencontré Alaric.

L'endroit était à une demi-lieue du château. C'était une pauvre bâtisse de galets avec une grange, un fenil, une écurie et une étable, autour d'une cour boueuse où s'entassait une montagne de fumier dans laquelle fouillaient deux cochons gras. Il n'y avait qu'une barrière de bois pour écarter les animaux sauvages. Trois femmes en bliaut grossièrement tissé et en souliers à semelles de bois tiraient de l'eau d'un puits en caquetant.

L'une d'elles, la plus âgée, avait par-dessus son bliaut une sorte de garde-corps en laine rêche écrue. Toutes trois portaient un chaperon leur couvrant les épaules. On n'apercevait pas leurs cheveux qui devaient être tressés. En voyant la troupe entrer dans la cour, elles prirent peur et deux d'entre elles s'enfuirent dans la ferme, mais la troisième tenait le seau et ne put s'éloigner à temps.

Déjà Bartolomeo était près d'elle.

— N'ayez crainte, gente dame, lui dit-il, voici votre seigneur, le sire Guilhem d'Ussel, qui veut rencontrer Alaric.

— Mon frère est dans l'étable, répondit-elle, toujours terrorisée. Il soigne une vache… là-bas…

Elle désigna un bâtiment.

— Allez le chercher, commanda gentiment Bartolomeo.

Elle posa le seau et partit en courant, tandis que les cavaliers descendaient de cheval pour se rendre vers l'abreuvoir en bois.

Deux hommes sortirent alors de l'étable avec la femme. La quarantaine, râblés, barbus, le visage tanné, hirsutes et farouches, ils se ressemblaient vaguement. En sabots et braies, ces sortes de pantalons serrés par des lanières que l'on portait entre Toulouse et Bordeaux, chacun brandissait une redoutable fourche. Un chapeau à large bord leur couvrait la tête sans dissimuler des fronts hauts et d'épaisses arcades sourcilières.

Guilhem s'approcha d'eux et salua la sœur d'Alaric qui parut rassérénée et même flattée. Il s'adressa alors aux hommes.

— Je suis Guilhem d'Ussel, votre seigneur.

— Seigneur, firent-ils en posant un genou au sol. Je suis Alaric, et lui c'est mon cousin Ferrand.

Guilhem leur tendit ses mains et ils y placèrent leurs pouces, engageant leur foi.

— Vous savez que les templiers occupent mon château.

— Oui, seigneur, ils sont passés réclamer le cens.

— Vous la leur avez donnée ?

— Pas encore, seigneur. Nous nous sommes assemblés, tous les fermiers, et avons demandé un délai.

— J'ai besoin de vous. On m'a dit que vous étiez fidèle à Armagnac.

— C'est vrai, seigneur. Il y a des années, j'étais sergent d'armes au château avec le précédent seigneur.

— Et maintenant, tu es fermier ? s'étonna Guilhem.

— Quand la querelle a éclaté avec Auch, l'archevêque a envoyé une troupe si nombreuse que le seigneur du comte d'Armagnac s'est rendu. Nous autres, ses gardes, avons rejoint nos familles dans les manses. Celle-là était à moi et à mon cousin.

— Ensuite Armagnac est revenu se venger ?

— Oui, il a repris le château aux gens de l'archevêque et durant le siège, le feu a pris dans les hourds et dans la charpente de la salle.

— Qui d'autre était de garde avec toi ?

— Il y avait Pons, Garin, Gaillard et Boniface et Bruniquel.

— Où sont-ils ?

— Ils ont tous une manse, seigneur, à part Boniface qui est garde chez un changeur à Auch et Bruniquel qui est au prieuré.

— Rassemble ceux qui sont ici, sauf Bruniquel qu'on ne laissera pas partir. Rends-toi dans toutes les manses. Que tous les hommes du fief me rejoignent au moulin, laboureurs et serviteurs. Pour l'instant, il ne s'agit pas de se battre mais de se montrer, car je préférerais que les templiers vident les lieux sans que le sang coule. Vous, les anciens gardes, armez-vous avec ce que vous avez. Ceux qui combattront recevront huit deniers parisis par jour. Les gages d'un sergent à pied, et je prêterai l'équipement. Les serfs qui se battront seront affranchis.

— Nous y allons, seigneur, fit Alaric, le regard brillant de plaisir, mais à pied, il nous faudra la journée pour faire le tour des manses.

— C'est vrai. Vous savez monter ?

— Bien sûr, seigneur !

— Prenez deux de ces chevaux. Enlevez ce qu'ils portent et choisissez ce dont vous avez besoin. Je veux que tout le monde soit au moulin pour none.

Pendant que les Saxons détachaient les écus, les haches et les broignes, Alaric et son cousin se rendirent à la ferme pour revenir rapidement avec une vieille cuirasse, un coutelas, une hache et une salade cabossée. Guilhem les laissa prendre un ceinturon, une épée, une rondache et un camail pour protéger leurs épaules, puis ils sautèrent en selle et partirent.

Guilhem et sa troupe prirent alors la direction du moulin.

Chapitre 10

Le château de pierre blanche, avec une tour d'angle et une palissade, se dressait sur une butte dominant une vallée bordée de part et d'autre de bois séculaires et de taillis touffus.

À bonne distance, au moins deux cents toises parisiennes ou deux cent cinquante cannes toulousaines, le chemin faisait une fourche. Tout droit, il continuait vers le château, tandis que vers la droite, il franchissait la rivière et rejoignait la route d'Auch. Un gué permettait de passer l'Arrats et, de l'autre côté, les templiers avaient érigé une église fortifiée et un moulin à roue sur l'alleu[1] détaché du fief. Les templiers devaient au seigneur un bénéfice d'un boisseau de seigle et d'un boisseau d'orge ainsi qu'un mouton, mais les paysans des manses devaient y porter leurs grains à moudre et renoncer à leur moulin personnel. En échange, ils pouvaient prier à l'église.

Arrivé à la fourche avec sa troupe, Guilhem savait qu'un guetteur pouvait les avoir repérés depuis la tour d'angle, mais rien n'était moins certain, car le chemin était bordé d'arbres aux hautes ramures. Et quand bien même ils auraient été repérés, il était peu vraisemblable que les templiers prennent le risque

---

1. L'alleu est une terre libre. Noble, elle peut être un fief. Roturière, c'est une tenure.

d'envoyer un détachement, alors qu'ils n'étaient qu'une dizaine.

La troupe passa le gué en faisant le moins de bruit possible. Les murs de l'église dépassaient la cime des arbres, sans une seule ouverture apparente, sinon des meurtrières. C'était un édifice rectangulaire, sans clocher. En face, au bord de l'eau, la grosse roue du moulin tournait inlassablement dans un clapotis incessant.

Ils s'approchèrent. Deux frères lais transportaient des sacs sur une charrette à laquelle était attelé un bœuf. Un chevalier du Temple, en manteau blanc à la croix sur l'épaule, se retourna en entendant les martèlements des sabots. Il les considéra, interdit, tant il s'attendait peu à voir des gens armés.

En un instant, ils entourèrent la charrette, tandis que Locksley, Ranulphe et les deux archers filaient vers l'église.

— Que voulez-vous ? demanda le Templier, d'une voix cassée par l'inquiétude.

Il devait avoir vingt ans et n'avait jamais dû se trouver dans cette situation.

— Combien êtes-vous ici ? demanda Guilhem.

— Dites-moi plutôt qui vous êtes…

— Regun, Bartolomeo, entrez avec Jehan et faites sortir tout le monde ! ordonna Guilhem sans lui répondre.

Il ne souhaitait pas que les autres cathares soient obligés de se battre.

— Quant à toi, poursuivit-il à l'intention du jeune templier, détache la boucle de ta ceinture et laisse tomber ton épée.

— Vous ignorez ce que vous êtes en train de faire et à qui vous vous adressez ! rétorqua le moine soldat, l'arrogance retrouvée.

Guilhem détacha la hache de sa selle et fit avancer son cheval de trois pas en la brandissant.

— J'ai déjà tué des templiers, mon garçon, crois-moi, laissa-t-il tomber d'une voix sans timbre.

Terrorisés, les deux frères servants s'étaient serrés près du bœuf comme si le puissant animal pouvait les protéger.

Le jeune templier était devenu de la couleur de son manteau. S'efforçant de garder une main ferme, il l'écarta et défit lentement la boucle du ceinturon. Puis il saisit le fourreau et la ceinture pour les poser sur le chariot, tout de même à portée de main.

Un grand vacarme retentit alors à l'intérieur du moulin, puis ce furent des cris et les battements métalliques des lames qui s'entrechoquaient. Soudain, tout s'apaisa et l'on n'entendit plus que les clapotements réguliers de la roue et le ronflement des meules.

Thomas le cordonnier, Geoffroi le tavernier et Aignan le libraire étaient descendus de cheval et attachaient les trois prisonniers avec des cordelettes quand Locksley arriva avec ceux qu'il avait capturés dans l'église : un chevalier âgé en cotte d'armes dalmatique descendant aux genoux et manteau du Temple sur les épaules, un chapelain en robe blanche et deux servants.

— Victoire totale, Guilhem ! clama Locksley dans un grand rire. Ils se sont rendus sans même se défendre !

— Qu'on les entrave et qu'on leur ôte armes et soliers, ordonna Guilhem, et que tous aient une hart au cou.

Trois hommes sortirent du moulin. Des ouvriers ou des frères servants en cotte grise enfarinée, les cheveux sous une coiffe couverte de son.

— Un frère servant a fui, seigneur Guilhem, et un chevalier a tiré l'épée contre moi. Il est mort, dit Regun sans émotion apparente.

— Un de moins ! conclut sombrement Guilhem.

— Qui que vous soyez, vous allez payer cher ce crime ! gronda alors le chevalier âgé.

— Quel crime ?

Guilhem planta son regard dans le sien :

— Je suis le seigneur du château ! J'ai droit de haute justice. Vous avez volé cette terre et je peux vous pendre sur-le-champ à la poutre de ce moulin si l'envie m'en prend !

Il désigna une traverse qui soutenait un grand auvent.

— Pitié, seigneur, supplia l'un des ouvriers. Nous travaillons seulement ici.

— Vous n'êtes pas à l'ordre ?

— Non, seigneur.

— Alors vous êtes libres. Ne les attachez pas, dit-il à l'intention des cathares. Quant aux autres, tentez quelque chose et vous êtes morts.

Il s'adressa au templier âgé :

— Quel est votre nom, seigneur chevalier ?

— Peyre Adhémar.

— Rostain de Preissac est au château ?

— Oui.

— Combien de chevaliers y a-t-il ?

— Suffisamment pour vous envoyer en enfer !

— Nous verrons. Qui était celui qu'on a tué ?

— Raymond de Bagnères. Il arrivait de la commanderie pour chercher le blé.

— Jehan, videz cette charrette. À la place des sacs, mettez toutes les armes que vous trouverez. Vous autres, fouillez le moulin et l'église, ordonna-t-il aux cathares et aux archers. Que l'on attache les prisonniers par le cou derrière la charrette. Et qu'ils soient tous nu-pieds.

Les trois ouvriers s'étaient enfuis. La fouille du moulin et de l'église prit un moment. Pendant que Locksley restait en surveillance, Guilhem descendit à la rivière, qui n'était ni large ni profonde, et la traversa. Il remonta de l'autre côté et aperçut le frère templier qui courait vers le château.

De là où il était, il voyait parfaitement la petite forteresse. Elle avait beaucoup changé depuis sa dernière visite.

Le château avait la forme d'un rectangle. Sa seule tour était à peine plus haute que le reste de la courtine. Guilhem se souvenait que la charpente de la grande salle avait été incendiée. Tout avait été rebâti et le toit était désormais une terrasse crénelée qui rejoignait le chemin de ronde. Les templiers avaient érigé de nouveaux hourds en bois qui n'étaient pas terminés, car des échafaudages étaient encore dressés.

La palissade de bois avait aussi été réparée et un fossé était creusé tout autour. Un pont dormant permettait de le franchir. Guilhem vit le portail s'ouvrir et le fugitif se précipiter à l'intérieur.

Il entendit du bruit derrière lui et se retourna. C'était Locksley.

— Nous sommes prêts.

Ils revinrent au moulin. Tout le monde était à cheval sauf Geoffroi le tavernier et Thomas le cordonnier qui guideraient le bœuf. Guilhem leva la tête vers le ciel nuageux. Le soleil était haut. Il n'était pas loin de midi.

— Allons-y ! dit-il.

Le convoi descendit vers la rivière. Les templiers suivaient par deux derrière le chariot empli d'armes, mains entravées et col dans une corde.

Le bœuf traversa le cours d'eau lentement mais sans difficulté et le convoi remonta sur l'autre rive, en suivant un vague sentier. À quatre cents pieds, la portée d'une flèche, Guilhem s'arrêta et s'adressa à Peyre Adhémar.

— Seigneur Adhémar, lui dit-il, allez au château avec mes prisonniers. Le seigneur Rostain de Preissac vous recevra. S'il refuse, je serai obligé de vous pendre à ces arbres avec les cordes que vous avez au cou.

— Vous êtes fou ! C'est vous que l'archevêque d'Auch et la duchesse Aliénor feront pendre !

— Regardez ce couteau à ma ceinture ? Savez-vous ce qu'il représente ? C'est l'investiture du fief. Je possède

113

charte signée et scellée d'Armagnac et de l'archevêque d'Auch me confiant ce château. J'en suis le seul seigneur.

» Quand vous serez dans mon château, poursuivit-il, je vous donne trois jours pour vous rendre. Au-delà, je prendrai la place et tout le monde sera passé au fil de l'épée. Que Preissac ne tente pas de prévenir votre commanderie. Mes archers abattront quiconque sortira.

— Vous n'êtes que onze ! Preissac vous balayera ! répliqua le chevalier templier avec dédain.

À ce moment, deux cavaliers arrivèrent au galop. C'était Alaric et son cousin.

Le templier parut ébranlé en les voyant.

— Seigneur, cria l'ancien garde, tous les hommes nous suivent !

— J'attends cinquante hommes d'armes, Adhémar ! lui dit Guilhem, pendant que Thomas le cordonnier détachait les cordes de la charrette.

Il laissa quand même les templiers encordés entre eux par le cou.

— Quelles seront vos conditions si le commandeur Preissac veut négocier ? demanda alors Peyre Adhémar.

— Il n'y a pas de conditions. Vous partirez d'ici en chemise et pieds nus. Tout ce que vous avez apporté est à moi désormais.

— Vous payerez ça au centuple ! menaça le templier.

— Je suis votre seigneur… J'oubliais, prévenez aussi Preissac que le moulin m'appartient désormais, ainsi que l'église. Vous avez violé la charte qui vous liait au fief. Je reprends donc l'alleu.

— Vous n'avez pas le droit ! cria Adhémar, dans un mélange de désespoir et de rage.

Guilhem s'écarta et fit signe aux prisonniers de partir. Les pieds déjà transis par la traversée de l'eau glaciale, ils montèrent en titubant vers la palissade, s'écorchant à chaque pas.

— Robert, peux-tu placer tes archers de telle sorte que quiconque voulant s'échapper soit abattu ?

— Oui, mais ils peuvent faire sortir quelqu'un en le faisant descendre par la muraille.

— Je sais, et durant la nuit, on ne verra rien. Viens avec moi, faisons le tour de l'enceinte. Tu auras peut-être une idée pour éviter ça.

Robert de Locksley prit Regun Eldorman avec lui après avoir indiqué à Godefroi, Cédric et Ranulphe où se placer.

La forteresse n'était pas construite sur le point le plus haut de la butte. Derrière, un nouveau coteau s'élevait après un dénivelé. Ce tertre était boisé, mais il était possible d'installer là quelques sentinelles et un archer.

Ils repérèrent ainsi plusieurs endroits où mettre des factionnaires avant de revenir devant le château.

Fermiers et vilains étaient presque tous arrivés. Quelques-uns joyeux d'avoir à se battre mais la plupart mécontents d'avoir abandonné leur récolte, leur famille et leurs animaux.

Guilhem leur expliqua ce qu'il voulait d'eux. Il leur distribua des armes prises aux templiers et leur désigna les endroits où monter la garde. Ils devraient y rester trois jours, aussi allèrent-ils d'abord au moulin chercher des sacs de farine et des récipients pour faire cuire des bouillies.

Le château restait silencieux. On n'apercevait même pas les gardes derrière les hourds fermés. Ce calme inquiéta Bartolomeo qui avait un tempérament craintif.

— Pourquoi avoir laissé les prisonniers rejoindre le château, seigneur ? demanda-t-il à son maître. Ils auraient fait de bons otages.

Ce fut Robert de Locksley qui répondit.

— Tu as entendu Alaric, Bartolomeo ? Les templiers sont venus demander les redevances aux fermiers, mais ceux-ci ne les leur ont pas encore données. De plus ils ne s'attendaient pas à notre arrivée, plutôt à une convocation devant une cour de justice, à Toulouse ou à Bordeaux. Ils n'ont donc pas de provisions et Guilhem leur a donné dix bouches de plus à nourrir.

— Je comprends, mais on peut rester plusieurs jours sans nourriture, et ils peuvent manger leurs chevaux.

— C'est vrai, reconnut Guilhem. C'est pour cela que je les ai aussi menacés de la corde. Pourtant, s'ils ne se rendent pas, on coupera la source qui alimente le château en eau.

— Où passe-t-elle ?

— Je ne sais pas exactement. Elle est captée derrière le château, sans doute profondément. Seulement, creuser nous mettra à portée de leurs flèches.

— L'important est qu'il n'y ait pas d'assaut ! fit Bartolomeo, soulagé.

— Si fait, sourit Guilhem. Je ne veux surtout pas que le château brûle à nouveau ! J'attendrai le temps qu'il faut, mais ils se rendront. Va maintenant au prieuré. Tu rassureras ta sœur et les autres femmes. Passe la nuit là-bas et reviens demain.

Il n'y avait en effet pas grand-chose à faire, sinon relever les sentinelles et organiser des tours de garde. Ils installèrent leur quartier général au moulin et firent des rondes toute la nuit. Une bonne heure avant le lever du soleil, on vint réveiller Guilhem.

C'était Aignan le libraire.

— Seigneur ! Seigneur ! Le seigneur Ranulphe de Beaujame a abattu d'une flèche un homme qui tentait de fuir du château.

Immédiatement Guilhem fut debout. Se rendant sur place, il rencontra Ranulphe qui transportait le cadavre sur un cheval. C'était un Templier. On le fouilla d'abord sans rien trouver mais, au moulin, Guilhem fit découdre son gambison et découvrit un morceau de parchemin dans l'étoffe matelassée. Ce n'était qu'une succession illisible de petits triangles ou de lignes brisées, parfois avec des points à l'intérieur. Il le confia à Aignan, espérant qu'il parviendrait à le comprendre.

Le matin, Guilhem fit porter le cadavre sur une civière de branches à trois cents pieds de la porte du château.

— Il vous reste deux jours ! annonça à voix forte Jehan le Flamand, chargé d'être le héraut d'armes. Il ne sera fait aucun mal à ceux qui viendront chercher votre frère pour l'inhumer.

Des frères lais sortirent peu après et emportèrent le corps.

La journée s'écoula, puis une nouvelle nuit. Bartolomeo était revenu.

Le lendemain, Peyre Adhémar ressortit seul. On le conduisit au moulin où Guilhem mangeait en compagnie de Robert de Locksley.

— Le commandeur Preissac veut vous rencontrer, seigneur d'Ussel, déclara simplement le Templier.

— Qu'il vienne ! répliqua Guilhem avec brusquerie, sans interrompre son repas.

— Lui garantissez-vous la liberté ?

— Ne vous ai-je pas libéré ? J'aurais pu demander rançon !

— Vous avez tué deux de nos gens !

— L'un a porté la main sur mes hommes, l'autre a tenté de prévenir votre commanderie. Croyez-vous que j'allais me laisser faire ? Si demain vous n'êtes pas partis, vous serez tous pendus. J'ai déjà choisi les arbres.

— Vous le payerez cher ! gronda le templier.

— Vous occupez mon fief, Peyre Adhémar ! s'emporta Guilhem. Vous vous êtes comportés en voleurs ! Ne vous étonnez pas d'avoir le châtiment des larrons.

Peyre Adhémar serra les poings et devint écarlate sous l'insulte.

— Maintenant, retournez dans mon château ! Si Preissac veut me voir, je l'attends, mais dites-lui qu'il n'y a rien à négocier. Vous partirez pieds nus et en chemise, comme je l'ai décidé.

Preissac ne se montra pas. En revanche, le soir, Aignan vint voir Guilhem avec le diptyque de tablettes de buis qu'il utilisait pour noter les choses importantes. Ces tablettes étaient couvertes d'un enduit de cire malléable sur lequel il dessinait ou écrivait avec un stylet.

— Seigneur, j'ai traduit la lettre, fit-il, plein de fierté.

— Tu as trouvé leur secret ?

— Ce n'était pas si difficile. (Il montra le parchemin pris au Templier.) Vous voyez, ces petits triangles ont leurs pointes dans quatre directions. Cela m'a fait penser à la croix templière. Je me suis demandé si chaque triangle n'était pas le signe d'une lettre.

— Il y a quatre branches à une croix, et bien plus de lettres ici, remarqua Guilhem.

— C'est pour cela que les triangles sont différents. J'en ai trouvé de six sortes et j'ai supposé que les lettres se suivaient dans une croix. J'ai beaucoup tâtonné, mais heureusement la lettre était assez longue. De plus, le message était en latin, que je traduis assez bien même si quelques mots me manquent. Voici le code auquel je suis arrivé.

Il présenta à Guilhem l'une des tablettes du diptyque. Elle représentait ces dessins :

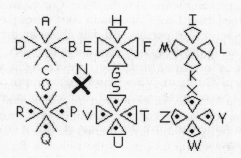

» Et maintenant le contenu de la lettre, dit-il en montrant la seconde tablette. Je ne suis pas certain de tous les mots, mais je pense que le sens général est exact.

Seigneur et commandeur de Bordères

Nous sommes exposés aux plus grands périls. Une troupe de démons s'en est prise à notre moulin et a mis le siège devant le château. Ils sont bien plus nombreux que nous et ont tué le noble chevalier Raymond de Bagnères. Nous n'avons aucune provision et si nous sommes pourvus aux besoins de nos âmes, nous n'avons rien pour les nécessités de notre corps. Le démon qui commande cette troupe, malheur à lui, se nomme Guilhem d'Ussel et nous a contraints à recevoir nos frères du moulin et de l'église, autant de bouches supplémentaires à nourrir.

Je prie Dieu, dont l'amour ne nous a jamais fait défaut, d'aider le porteur de cette lettre pour que vous nous envoyiez au plus vite du secours afin de terrasser ces démons.

Que Notre Seigneur Jésus-Christ, le fils de Marie, l'époux de l'Église, nous accorde la victoire sur la terre et la couronne de gloire dans les cieux.

— Tu as fait du bon travail, Aignan, fit Guilhem, satisfait.

Le matin du troisième jour, la porte de la palissade s'ouvrit et un chevalier du Temple sortit à cheval, en haubert et camail, avec la cotte d'armes blanche du Temple et la croix rouge à huit branches. Ceinturon et épée à la taille. Le capuchon de son camail était baissé et sa tête découverte dévoilait une courte et épaisse chevelure bouclée, d'un noir de jais. Il affichait le rude visage tanné des combattants de Palestine, avec un teint sombre comme la nuit, une cicatrice sur la joue et un morceau de nez en moins.

Il descendit lentement la butte du château, le temps qu'on aille chercher Guilhem et le seigneur de Locksley.

Guilhem arriva seul, car Locksley patrouillait autour du château.

— Je suis le commandeur de Preissac, annonça le Templier d'une voix rauque.

— Vous rendez-vous, commandeur ?

— Nous sommes prêts à partir, mais nous ne quitterons les lieux qu'avec nos armes et nos chevaux.

— Non ! Vous partirez pieds nus et en chemise. Je vous autorise pourtant à garder vos manteaux.

— Alors nous nous battrons !

— Mes archers vous décimeront si vous sortez. Nous n'avons qu'à attendre que vous soyez affamés. J'ai des provisions, et pas vous.

Guilhem lui tendit la tablette de cire. Preissac la prit, la lut et son visage se décomposa.

— Vous avez jusqu'à midi pour vous rendre et rester vivants. Ensuite, vous serez pendus, répéta Guilhem, satisfait.

Il désigna un hêtre un peu plus bas, au bord de l'eau. On voyait les cordes qu'il avait fait attacher aux branches.

— Nous sommes nobles ! Vous ne pouvez nous laisser partir sans armes ! cria Pressac, plein de honte.

— Vous avez perdu votre honneur en devenant des voleurs ! Sans honneur, vous n'êtes rien ! Je vous laisse encore une heure !

Il lui tourna le dos.

Preissac resta un moment, rouge de désespoir et de colère. Il balaya du regard les gens d'armes de Guilhem, comme pour y chercher du réconfort. Mais il ne lut rien dans leurs yeux, sinon une farouche détermination. Il remonta alors lentement au château.

Un peu moins d'une heure plus tard, le portail s'ouvrit à nouveau et, quand les assiégeants virent qu'une procession d'hommes en chemise et nus pieds en sortaient, une immense clameur de triomphe s'éleva.

En tête se trouvait Preissac, revêtu du manteau du Temple à la croix rouge. Derrière étaient Peyre Adhémar puis trois autres chevaliers dont celui du moulin, derrière encore suivaient plusieurs frères servants[1], en manteau brun, et deux frères des métiers venus réparer le château. Puis c'étaient des novices et enfin des sergents d'armes et des serviteurs. Beaucoup pleuraient d'humiliation.

Quand Preissac passa devant Guilhem, il tendit sa main droite et montra le large galon rouge attaché à son poignet.

— Vous savez ce que ça veut dire, Ussel ? menaça-t-il.

Guilhem hocha à peine la tête.

— Je reviendrai, Ussel, et c'est moi qui vous pendrai !

Le galon signifiait qu'il avait fait un vœu et qu'il ne l'ôterait pas tant qu'il ne l'aurait pas réalisé.

---

1. Les servants n'étaient pas chevaliers. Les servants d'armes portaient les armes des chevaliers

Chapitre 11

Le templier parti, Guilhem et Robert demandèrent à Bartolomeo et à Jehan le Flamand de les suivre au château.

À l'intérieur de la palissade se dressaient trois bâtiments en bois : une baraque, une grange vide de fourrage et une écurie dans laquelle se trouvait une dizaine de chevaux. Une levée de terre appuyée contre l'enceinte servait à la fois de chemin de ronde et de soutien au mur de bois.

Au milieu de cette basse-cour, sur une éminence rocheuse, s'élevait le château. Un massif rectangle de pierre haut de trente pieds, large de cinquante et long de cent. Sa seule entrée était une ouverture voûtée à près de deux toises du sol, avec une fosse pleine d'eau au-devant qui servait d'abreuvoir. C'est là que s'écoulait la source alimentant la fontaine intérieure. Pour atteindre la porte, on devait donc emprunter une rampe, une estacade en bois prolongée par une échelle, rentrée en cas de siège.

L'ayant franchie, Guilhem et Robert pénétrèrent dans une minuscule cour intérieure. En son milieu, et sur toute la longueur, un mur fermait un corps de logis de deux étages dont la partie basse, érigée sur une cave creusée dans la roche, était voûtée en demi-cercle. Le second étage, auquel on accédait par une échelle, était divisé en chambres à partir de cloisons de planches. Cette salle, que Guilhem avait vue incendiée, possédait maintenant une belle charpente de chêne qui supportait la terrasse crénelée.

Dans la seconde moitié du château se dressait la tour d'angle, avec un escalier à vis et deux petites chambres, l'une sur l'autre, surmontées d'un toit plat crénelé.

Le reste constituait donc la cour, avec sa fontaine. À mi-hauteur, et au sommet du mur d'enceinte, des galeries de bois communiquaient avec l'étage de la grande salle. Celle du sommet permettait aussi de passer sur les hourds et sur les terrasses.

Les templiers avaient adroitement réparé et aménagé la petite forteresse. Elle aurait pu soutenir un long siège, s'ils avaient eu le temps de la garnir de provisions.

De provisions et d'armes, car si les vainqueurs découvrirent des épées, des lances et des écus, il n'y avait qu'une seule arbalète, quelques carreaux et aucun arc. Peut-être en attendaient-ils de leur commanderie, suggéra Robert de Locksley. En revanche, ils avaient laissé leurs meubles : tables sur tréteaux, bancs, coffres, lits, nappes et literies.

Après la visite, Guilhem rassembla les laboureurs et les vilains dans la basse-cour et leur demanda de lui porter, pour chaque manse, un demi-boisseau de seigle ou d'orge, qu'il leur achèterait, ainsi que du vin pour ceux qui avaient des vignes. À cette occasion, il leur payerait aussi les trois jours passés à son service. Il fit ensuite avancer les serfs. Il y en avait cinq, maigres, revêtus de hardes. On ne leur avait donné qu'un couteau pour se battre.

— Mettez-vous à ma droite ! ordonna Guilhem, avant de déclarer solennellement :

» Par ces armes que je vous ai données, vous êtes quittes du servage et je vous établis en franche liberté.

Il ajouta, après que les clameurs de joie se furent tues :

— Vous êtes libres et affranchis, désormais, ainsi que vos biens, meubles et héritages présents et à venir. Aignan (il le désigna) vous remettra une charte d'affranchissement. Ceux qui le veulent peuvent entrer à mon service comme gardes ou serviteurs, ainsi que leurs femmes, si elles sont esclaves. Vous aurez à manger et une place pour dormir. Chaque année, vous recevrez dix solidi. Si l'un de mes laboureurs est votre maître, il recevra dix sous pour prix de votre liberté.

» Pour mes autres serviteurs libres, vilains, manants, alleutiers et laboureurs, je réduis de moitié cette année les tailles, cens, corvées de charrues et de bras, et autres redevances que vous me devez. Ceux d'entre vous, ou vos filles et fils, qui veulent entrer à mon service iront parler à Aignan. Ceux qui étaient gardes pour Armagnac peuvent redevenir gardes au château.

Immédiatement après, il mit au travail les anciens serfs et quatre hommes, dont Alaric, qui s'était donné à lui par une courte cérémonie d'hommage. Il fit d'abord démonter les échafaudages qui auraient permis d'entrer dans le château, puis renforcer la palissade et couper du bois pour construire d'autres logements en bois dans l'enceinte, ainsi qu'une barbacane extérieure.

Quant à Locksley et ses écuyers, ils étaient déjà partis chercher les femmes et les enfants au monastère de Sainte-Marie du Bon Lieu.

Dans les jours qui suivirent, chacun s'installa comme il le put et l'activité ne cessa pas. À mesure que les provisions arrivaient, Geoffroi les rangeait dans la cave.

Guilhem était partout, pressant chacun de finir sa tâche au plus vite. Il savait que les templiers reviendraient en force et il craignait de ne pas être prêt pour un siège. Même si des guetteurs placés sur la route de Tarbes les préviendraient à temps. Les femmes et les enfants ne pouvaient sortir de l'enceinte, sinon accompagnés d'hommes en armes. Chaque soir, il faisait allumer de grands feux autour de la palissade.

Douze jours plus tard, en début d'après-midi, les sentinelles arrivèrent au galop. Ils avaient vu sur la route plus de dix chevaliers du Temple précédant autant de frères d'armes et de sergents à cheval. Derrière suivaient une cinquantaine d'hommes à pied, dont la moitié d'arbalétriers, ainsi que deux gros chariots tirés par des mulets et un groupe de servants.

Ils étaient beaucoup trop nombreux, songea Guilhem avec inquiétude en faisant placer ses hommes le long de l'enceinte.

L'imposant cortège passa l'Arrats et s'arrêta à quatre cents pieds de la nouvelle barbacane.

Les chevaliers du Temple, en haubert et camail, portaient le grand manteau blanc de l'ordre liseré de rouge avec une croix rouge à huit pointes sur le col. Les frères d'armes et les sergents avaient des manteaux bruns.

Jugeant être à l'abri de flèches ou de viretons, plusieurs chevaliers ôtèrent leur heaume trop pesant. Malgré la distance, Guilhem reconnut les cheveux noirs et courts de Rostain de Preissac. Celui-ci dut voir qu'on l'observait, car il leva le poing droit, montrant son galon rouge. Peyre Adhémar n'était pas là.

À la tête de la troupe se trouvait un chevalier à la longue barbe grise dont les deux pointes sortaient de son camail. Sous son manteau, une robe blanche flottait en plis abondants et couvrait entièrement sa cotte de mailles. Son front était dégarni et son visage marqué de profondes rides. Il était le seul à arborer une croix templière argentée sur la poitrine. C'était le commandeur de Bordères.

Rostain de Preissac fit avancer son cheval jusqu'à la barbacane et Guilhem apprécia son courage.

— Le commandeur Bernard de Montaigut demande à rencontrer Guilhem d'Ussel ! cria-t-il.

Guilhem était sur le chemin de ronde de la palissade, avec Bartolomeo et Regun. Cédric n'était pas loin. Tous deux arc tendu avec une flèche engagée.

— Tu es toujours d'accord ? demanda Guilhem à Bartolomeo.

— Je suis terrorisé, seigneur, mais vous avez raison : il faut gagner du temps. Et puis, j'ai mis une broigne par-dessus ma cotte de mailles, plaisanta-t-il, rien ne devrait la pénétrer...

— Regun et Cédric veilleront sur toi.

Bartolomeo monta sur le cheval qu'on lui avait préparé et fit ouvrir la porte. Il s'avança à mi-chemin.

— Mon maître le seigneur d'Ussel veut bien recevoir le noble commandeur Bernard de Montaigut ! cria-t-il d'une voix qu'il s'efforçait de garder calme.

— Pour qu'il me garde prisonnier ? ricana Montaigut avec un immense mépris.

— Mon seigneur vous donne sa parole que vous ressortirez libre.

— Quelle parole ? rugit Bernard de Montaigut en se dressant sur sa selle. La parole d'un truand ?

Bartolomeo ne répliqua pas à l'insulte et fit faire demi-tour à sa monture.

Le commandeur eut un geste vers un arbalétrier. L'homme s'écarta du pavois qui le protégeait et leva son arme déjà chargée d'un carreau. Il ne l'avait pas encore portée à son épaule qu'une flèche l'atteignit dans l'œil droit. L'arbalétrier s'écroula pendant que Bartolomeo pressait son cheval.

Pendant ce temps, un autre drame se déroulait de l'autre côté de la rivière.

Bernard de Montaigut avait laissé Peyre Adhémar et quelques hommes d'armes au moulin et à l'église. Les bâtiments paraissaient déserts, mais les templiers craignaient que des ennemis ne soient cachés à l'intérieur où quelques archers auraient pu provoquer un carnage dans leurs rangs. Ayant fait le tour de l'église, qui était close, et n'ayant rien vu d'inquiétant, Peyre Adhémar s'apprêtait à en briser les portes pour en reprendre possession. Quand une flèche atteignit son cheval, le précipitant à terre.

Un sergent d'armes chuta à son tour, et ce fut le désordre.

Les chevaux blessés hennissaient de douleur. Le templier était coincé sous sa monture. Le sergent rampait vers l'église, cherchant à se mettre à l'abri. Quant aux hommes à pied, protégés derrière leur bouclier et calés contre le mur de l'église, ils cherchaient leurs agresseurs sans les voir.

— Abandonnez vos armes et couchez-vous sur le sol ! entendirent-ils.

L'un des arbalétriers lâcha son trait dans la direction d'où venait la voix.

Presque aussitôt, il reçut une flèche dans le cou qui perça son camail et s'écroula.

— Obéissez ou vous perdrez la vie ! répéta l'ennemi invisible.

Montaigut n'avait pas les moyens de donner l'assaut au château, même si les chariots contenaient des échelles et de quoi construire un bélier. Cependant, il attendait des renforts d'autres commanderies et comme il avait déjà négocié avec le genre d'homme qu'était ce Guilhem d'Ussel, il ne doutait pas de le faire plier.

— Ussel, clama-t-il, j'ai envoyé des messagers à l'archevêque d'Auch et à deux autres commanderies. Dans un jour ou deux, j'aurai ici plus de deux cents hommes. Après que le château nous sera rendu, vous aurez tous les mains tranchées, mais si vous vous livrez maintenant, je vous laisserai libre.

Le portail s'ouvrit et un chevalier sortit. Cette fois, c'était Guilhem. Regun était derrière lui, arc tendu, flèche empennée et carquois à la taille.

— Sire Montaigut, il y a quatre mois j'étais avec le roi de France, dans son palais de la Cité, répliqua Guilhem d'une voix forte. Il m'a demandé de lui prêter hommage et, vous le savez, je suis aussi vassal du comte de Toulouse. Tous deux sont mes suzerains et me protégeront contre votre ordre.

Il se tut un instant avant d'ajouter en brandissant un couteau.

— Je possède ce fief. Par cette arme que m'a confiée Armagnac, j'en suis investi. L'archevêque d'Auch a signé une charte avec Raymond de Saint-Gilles. Il y a porté son sceau et s'il ne respectait pas sa parole, qui lui garderait sa foi ? De plus, il serait déclaré félon du roi de France et du comte de Toulouse. Quant à vous, n'oubliez pas que Philippe de France a jusqu'à présent protégé votre Ordre. J'ajoute que je connais personnellement frère Haimard qui a en charge les finances du royaume de France.

À cent pieds des chevaliers du Temple, la voix assurée de Guilhem portait loin. En l'écoutant, certains paraissaient embarrassés.

— Savez-vous ce qui s'est passé à Paris durant la fête de l'Ascension de Notre Seigneur Jésus ? poursuivit-il.

— Non, répondit Montaigut, un peu déconcerté, après avoir jeté un regard interrogateur à ses compagnons.

— Un templier, un grand maître de votre Ordre… a tenté d'assassiner le roi Philippe de France.

— Je ne vous crois pas ! cria brusquement le commandeur.

— Libre à vous, Montaigut, car vous l'apprendrez bien assez tôt. Moi, je le sais, j'étais là, et j'ai vaincu en ordalie dans la cour de l'évêché, devant tous les barons du roi, le templier félon qui avait manigancé ce crime ; aussi, si vous le souhaitez, nous pouvons régler notre querelle de la même façon, à la hache et à l'épée.

Montaigut ne s'était pas attendu à ce discours et hésitait à accepter. Guilhem paraissait bien plus jeune et plus fort que lui... À moins qu'il ne propose un champion...

— Quand le roi de France, que Notre Seigneur le protège, apprendra qu'un autre templier s'est attaqué à un de ses vassaux, l'ordre des pauvres chevaliers commencera à déplaire à Philippe de France. Dès lors, je ne doute pas un instant que Gilbert Hérail, votre grand précepteur, vous abandonne en pâture. Quant à Aliénor, elle ne vous défendra pas plus.

À ce moment, Guilhem vit de la fumée monter du moulin, signe que Locksley s'était rendu maître des lieux.

— Ceux que vous avez laissés au moulin sont morts ou prisonniers à cette heure, Montaigut, dit-il. J'ai une troupe dans votre dos qui peut tuer la moitié de vos gens en un instant.

Montaigut se tourna et aperçut la fumée. Il comprit et devint aussi livide qu'un trépassé.

— Que demandez-vous ? demanda-t-il d'une voix incertaine.

— Accompagnez-moi dans mon château. Nous pouvons encore négocier une bonne paix entre nous.

Le commandeur des Templiers de Bordères consulta les autres chevaliers du regard puis il hocha la tête et suivit Guilhem jusqu'à la barbacane.

À l'intérieur de la palissade, il fut surpris de voir tant d'hommes armés. Comme Guilhem, il laissa son cheval et passa à pied le pont dormant de l'estacade avant d'entrer dans le petit château. Ayant traversé la minuscule cour, il accompagna Guilhem dans l'escalier à vis qui conduisait dans la tour. En chemin, Guilhem fit signe à Aignan qui les attendait.

Ils entrèrent dans la chambre du premier étage. Le rustique mobilier des templiers était toujours là. Un banc, un lit court et étroit, entièrement fermé, et dans lequel on entrait par une porte et deux escabeaux.

Guilhem s'assit sur le banc, le commandeur sur un escabeau. Aignan arriva derrière eux avec une écritoire.

— Commandeur, commença Guilhem, maître Aignan que voici est le procureur de mon château. Je lui ai fait préparer une charte pour régir nos obligations mutuelles. Lisez-la, et si elle vous convient, elle sera le socle d'une paix entre nous. Nous la signerons solennellement ensuite dans votre église.

Montaigut s'attendait à une négociation et non à ce qu'on lui présente une charte déjà écrite. Il la prit sans dissimuler son mécontentement. Mais, en vérité, tout lui déplaisait depuis le début de cette affaire.

Au nom de la sainte et indivisible Trinité, qu'il soit connu à tous présents et à venir, que moi, Guilhem d'Ussel, je donne à Dieu, à la Sainte Vierge Marie et à la commanderie de Bordères, la libre et paisible possession du moulin sur l'Arrats avec ses dépendances sans aucune réserve. Le représentant chevalier Templier présent au moulin me portera hommage et la commanderie de Bordères payera à perpétuité à Guilhem d'Ussel, à sa femme et à ses héritiers, sans exception et contradiction, à chaque année le jour de saint Michel, trois boisseaux de seigle ou d'orge, un mouton et cinquante deniers d'argent. Cet argent ne pourra jamais donner lieu à une taille ou collecte, ou exaction. La commanderie de Bordères n'apportera aucun empêchement au paiement de cette somme même à l'occasion d'une guerre.

De même, moi, Guilhem d'Ussel désire qu'une paix perpétuelle succède aux insultes, aux maléfices, aux dommages qui m'ont opposé à la commanderie de Bordères.

Confirmé cette donation par nous, Guilhem d'Ussel, et Bernard de Montaigut, commandeur de Bordères qui y avons apposé nos signatures et fortifiée de nos sceaux après avoir juré sur les saints Évangiles, dans l'église, en public au son des cloches. Ont été témoins Robert de Locksley, comte de Huntington, Bartolomeo Ubaldi, écuyer, Regun Eldorman, écuyer, Ranulphe de Beaujame, écuyer.

Si le contenu de la charte (écrite en latin, mais que nous avons traduite ici) soulagea quelque peu le commandeur, d'autres questions lui vinrent à l'esprit, confirmant qu'il s'était grossièrement trompé sur Guilhem d'Ussel.

Montaigut avait une grande habitude des chartes. Le plus souvent, elles étaient sales et tachées, mal écrites par des clercs, ignorant déclinaisons et conjugaisons. Or celle-ci avait été préparée par un fin latiniste. Si ce Guilhem d'Ussel n'était qu'un soudard, comme le lui avait assuré Peyre Adhémar, comment pouvait-il s'être entouré d'un clerc si savant ?

— Qui est ce comte de Huntington ? demanda-t-il pour se donner le temps de réfléchir.

— Mon ami. C'est lui qui vient de vaincre ceux que vous aviez laissés au moulin. C'était un loyal serviteur du roi Richard et il est fort apprécié de la duchesse Aliénor. Comme moi, il a engagé sa foi auprès de Philippe de France.

Que faisait là cet homme ? se demanda Montaigut qui se sentait piégé comme un sanglier dans un filet. S'il l'acceptait, cette charte réduisait sensiblement les bénéfices du moulin, mais le Temple le garderait, ainsi que son église. Quant à refuser, quelles en seraient les conséquences ? Se retirer sans combattre ? Il perdrait le moulin et l'église. Se battre ? Il n'était pas certain de l'emporter et s'il perdait trop d'hommes, il ruinerait à jamais la commanderie qu'on lui avait confiée. De plus, s'il était vainqueur, et si Ussel ne lui avait pas menti, les conséquences pouvaient être graves pour l'Ordre tout entier si le roi de France se fâchait.

— Qu'y a-t-il de véritable dans votre beau discours sur Philippe de France ? demanda-t-il en forçant sur l'arrogance.

Guilhem se leva et ouvrit un coffret rangé dans une niche creusée dans le mur de la tour. Il en sortit un parchemin plié et le lui tendit en silence.

C'était un sauf-conduit avec le gros sceau rouge du roi de France, écrit par frère Guérin, l'hospitalier chancelier du roi, et signé Philippe.

Perplexe, le commandeur se passa une main dans la barbe. Après tout, ce Guilhem s'était montré généreux, et s'il faisait la paix avec lui, il pourrait être un bon voisin. Bien sûr, il avait perdu des hommes, mais n'avait-il pas fait la paix avec les infidèles en Palestine, pourtant des ennemis bien plus redoutables ?

— Puis-je me retirer au moulin avec mes chevaliers pour une conférence ? demanda-t-il.

— Oui, mais si Robert de Locksley a fait des prisonniers, vous les laisserez passer pour qu'ils soient gardés ici comme otages. Sachez que je ne barguignerai pas ces conditions…

Il désigna la charte.

— Je souhaite la paix entre nos communautés, saisissez-en l'occasion. Et pour que la confiance s'installe entre nous, je vous payerai même l'ameublement que vous avez laissé ici.

Montaigut resta encore un instant silencieux, puis hocha du chef.

— J'accepte vos généreuses conditions, seigneur d'Ussel.

Chapitre 12

La paix fut solennellement signée dans l'église des templiers dont l'armée regagna ensuite la commanderie. Peyre Adhémar, blessé à la jambe, reprit le moulin, et si pendant plusieurs semaines ses relations avec les gens de Lamaguère furent glaciales, sinon hostiles, elles s'améliorèrent progressivement.

Dans le petit château, tout le monde était à l'étroit. Guilhem occupait la minuscule chambre de la tour et Robert de Locksley, avec son épouse, la chambre supérieure. Des pièces sans feu. Les autres, dont Bartolomeo, se serraient au-dessus de la grande salle mais la plupart des hommes dormaient simplement sur de la paille là où ils trouvaient un peu de place. Quelques-uns logeaient aussi dans la cahute à l'intérieur de la palissade. Cette promiscuité et cet inconfort conduisirent Thomas le cordonnier à proposer à son seigneur la construction de quelques maisons près de la rivière, sur la même rive que le château, de façon à pouvoir s'y réfugier rapidement.

Guilhem l'ayant approuvé, ce travail occupa les hommes jusqu'en décembre. Il fallut couper des dizaines d'arbres, les écorcer et les transformer en poteaux d'angle, poutres et colombes. L'armature de bois étant dressée sur des socles de pierre, l'espace entre les colombes et les poutres fut rempli de galets et d'un torchis de paille et de terre. Chaque maison n'avait qu'une pièce avec un foyer central et un trou dans le toit pour évacuer les fumées. Le premier logis fut pour Jehan et sa famille, le deuxième pour l'un des serfs affranchis qui avait femme et enfants et le troisième pour l'archer Godefroi qui dut épouser Jeanne, la servante de Jehan le Flamand, le jour de la sainte Lucie, à l'église templière, car elle était déjà grosse de plusieurs semaines.

En décembre, Guilhem se rendit avec une escorte jusqu'au château du comte d'Armagnac, à Lectoure. Géraud d'Armagnac était le nouveau comte et ne s'intéressait pas au vieux conflit avec le beau-frère de son père. Il fit bonne figure à Guilhem, accepta son hommage et ne lui demanda rien d'autre, satisfait seulement que son vassal reconnaisse tenir le fief de lui et accepte ses droits de haut justicier.

En rentrant à Lamaguère, Guilhem s'arrêta à Auch pour se faire connaître du nouvel archevêque, Bernard de Sédirac, puisque Géraud de La Barthe, le cousin du comte d'Armagnac qui avait tant lutté pour Lamaguère était mort. Mais l'archevêque n'était pas là et Guilhem apprit que c'était le grand vicaire qui, ignorant les accords pris avec le précédent archevêque, avait autorisé les templiers à s'installer.

Ainsi tous les protagonistes de la guerre de Lamaguère avaient disparu et on pouvait penser que cette querelle était terminée.

Un jour où la neige tombait abondamment, Jehan suggéra à son seigneur de mieux tirer parti des laines tondues sur les moutons des manses. Jusqu'à présent, ces laines étaient simplement lavées et grossièrement filées à la quenouille dans chaque ferme. Ce fil était ensuite tissé sur place avec un métier vertical, produisant un drap grisâtre, rêche et épais, qui permettait à peine de faire des chapes et des couvertures.

Si la laine était bien lavée et surtout cardée et peignée, elle serait plus facilement filée à la quenouille, avait assuré Jehan. Et si Thomas le cordonnier l'aidait à fabriquer un métier, sa femme et Jeanne pourraient alors tisser des draps qui, sans atteindre la qualité de ceux de Paris, pourraient certainement être vendus au marché d'Auch.

Guilhem ayant acquiescé, Thomas le cordonnier avait d'abord taillé des cardes, c'est-à-dire des planchettes avec des poignées dotées de dents de bois, puisqu'il n'avait pas de forgeron pour forger des clous. Jehan le Flamand avait ensuite dû convaincre les femmes des manses de mieux laver les laines.

À la fin du mois de février, il avait finalement obtenu des écheveaux satisfaisants. Entre-temps, Thomas avait construit un métier à tisser très simple et, au début du mois de mars, la première pièce d'étoffe était sortie de l'atelier. Une fois lavée, grattée et foulée, il l'offrit à son seigneur comme nappe pour la table du château. Les suivantes seraient facilement vendues un écu l'aune à Auch.

C'est Geoffroi qui s'intéressait à ce marché ayant lieu chaque mois. Chaque manse avait des surplus de production, qui sur le seigle, qui sur le miel ou encore sur le vin. Les paysans se les échangeaient entre eux, ou en vendaient une part à des colporteurs. Mais en défrichant de nouvelles terres sur la forêt, la récolte de seigle et d'épeautre pourrait augmenter. Geoffroi voulait utiliser le chariot pour aller vendre les surplus à la ville. Pétronille d'Astarac avait accepté de lui céder une partie de ce que le prieuré de Sainte-Marie du Bon Lieu produisait et même Peyre Adhémar était prêt à lui laisser vendre quelques sacs de farine.

Geoffroi était aussi l'intendant du château. Il veillait à l'approvisionnement et dirigeait la domesticité, laissant cependant à Aignan la charge de procureur et de chambellan, c'est-à-dire toutes les affaires financières, les dépenses et le calcul des taxes et coutumes sur les censives. Le libraire cathare eut ainsi plusieurs conférences avec le chapelain des templiers pour réduire ou supprimer des droits et des offrandes imposés aux paysans lors de bénédictions comme celles du lit nuptial, des premiers fruits, des agneaux et même de l'amour quand deux jeunes gens se fiançaient !

Alaric commandait les hommes d'armes. Ayant entraîné les serfs affranchis qui avaient rejoint les anciens gardes, il disposait d'une dizaine de soldats, tous armés d'arcs ou d'arbalètes. Quant à Jehan, qui s'occupait des tissages, il secondait aussi Bartolomeo comme écuyer auprès de Guilhem, s'entraînant chaque jour au tir à l'arc avec Cédric.

Avec de si précieux serviteurs, Guilhem n'avait pas grand-chose à faire et, passé le temps de la satisfaction pour avoir repris son bien aux templiers et être devenu maître chez lui, l'ennui commença à le ronger.

Les journées s'écoulaient, insignifiantes et insipides, chacune identique à la précédente. Il chassait avec Robert de Locksley, s'entraînait aux armes et retrouvait ses serviteurs le soir, dans la grande salle, pour le souper. La table était toujours bien approvisionnée par Geoffroi. Parfois, à la fin du repas, il jouait de la vielle en fredonnant à ses serviteurs de mélancoliques chants d'amour. D'autres fois, c'était Anna Maria qui chantait. Seul Bartolomeo ne faisait plus le jongleur, jugeant que, devenu écuyer, il devait être respecté.

Les relations avec les templiers s'enrichirent quand Guilhem invita Peyre Adhémar et le chapelain à sa table. Il est vrai que les habitants du fief allaient à la messe et à confesse à l'église templière, sauf les cathares bien sûr qui se réunissaient chez Jehan pour briser le pain et célébrer leur culte.

Guilhem fit aussi connaissance avec quelques-uns de ses voisins. Le premier fut Eudes de Lasseubes qu'il avait rencontré à Lectoure. C'était un vieux seigneur n'ayant qu'une fille, Alazaïs, et qui vivait dans le donjon d'un pauvre château entouré de quelques maisons. Il se rendit aussi plusieurs fois chez Bernard d'Astarac qui, bien que possédant plusieurs châtellenies autour d'Auch, venait de faire construire un nouveau château à Barbaréncs[1], une forteresse agrippée sur les flancs abrupts d'une colline. C'est chez lui que Guilhem entendit à nouveau parler de Mercadier. Au service de l'archevêque de Bordeaux et de son frère, le routier terrorisait la Gascogne, pillant châteaux et monastères, tout en assurant ne s'attaquer qu'aux fidèles du roi de France. Jusqu'en Agenais, le pays était tellement ruiné que Mercadier lançait désormais des incursions vers les terres d'Astarac, ravageant fermes et églises en s'emparant de tout ce qu'il trouvait.

En écoutant ses crimes et ses exactions Guilhem se surprit à souhaiter que le routier vienne s'en prendre à lui. Comme la sève monte dans les arbres à la fin de l'hiver, il ressentait de plus en plus souvent une furieuse envie de batailles, de sang et de sauvages chevauchées.

Le soir, seul dans sa chambre, tirant des notes plaintives de sa vielle à roue, sa seule compagne, il songeait avec nostalgie au passé, au temps où il était routier, à l'expédition des Baux, au combat livré contre Albert de Malvoisin ou encore aux batailles durant le voyage de Paris à Albi.

Son esprit divaguait alors souvent vers Perrine et Gilbert. Pour Gilbert, il croyait connaître son assassin, mais saurait-il un jour la vérité sur la disparition de Perrine ? Il avait longtemps surveillé les Saxons et Jehan sans rien découvrir d'équivoque dans leur comportement. Regun et Mathilde filaient le parfait amour et si Ranulphe de Beaujame n'adressait plus

---

1. Castelnau Barbarens.

la parole à son cousin, à qui il reprochait sa future mésalliance, il était d'une fidélité sans faille tant envers son seigneur qu'envers lui.

Mais finalement c'était toujours vers Sanceline que revenaient ses pensées. Il n'aurait jamais cru pouvoir vivre sans elle, et pourtant il y était parvenu. Que devenait-elle ? Comment s'étaient établis les cathares à Albi ? Avait-elle rencontré un autre homme ? À cette idée son cœur se serrait de jalousie et la vielle émettait des sons tristes et douloureux.

Quand cette mélancolie l'envahissait, il se rendait compte que cette vie terne et monotone n'était pas la sienne. Parfois, la voix de Mercadier résonnait dans sa tête. Le routier susurrait cette phrase de Richard Cœur de Lion : *Nous venons du Diable, au Diable nous retournerons*. Il avait cru que l'amour de Sanceline le sauverait. Ne chantait-il pas que l'amour rendait bons les méchants ? Mais elle n'était plus là et les flammes éternelles de l'enfer l'attendaient. Il le savait.

Robert de Locksley n'était pas dans un état d'esprit très différent, mais au moins avait-il Anna Maria pour lui tenir compagnie. Pourtant, quand les amandiers commencèrent à se couvrir de fleurs, le Saxon songea de plus en plus fréquemment à l'Angleterre.

Allait-il attendre ici, éternellement, d'avoir des nouvelles de l'abbé du Pin ? Il y avait tant d'incertitudes. Peut-être que l'abbé n'avait pu faire parvenir un messager à l'évêque de Hereford. Peut-être que l'évêque, ou l'abbé, était malade, ou même mort. Comme Guilhem, Robert de Locksley brûlait d'impatience de chevaucher et de se battre à nouveau.

Regun lui avait dit plusieurs fois que son plus cher désir était d'épouser Mathilde à Huntington. Alors, après tout, pourquoi ne les aurait-il pas accompagnés ? Certes, il perdrait ainsi un écuyer, mais il ne pouvait plus rester ainsi à se morfondre. De plus les relations entre Ranulphe de Beaujame et son cousin étaient tellement exécrables qu'il était certain qu'un affrontement aurait lieu tôt ou tard s'ils ne se séparaient pas.

Seul Bartolomeo appréciait la vie casanière de Lamaguère, se rendant chaque fois qu'il le pouvait au château de Lasseubes, pour rencontrer Alazaïs à qui il faisait une cour assidue.

C'est le premier dimanche de Carême que l'agression eut lieu. Après la messe, Guilhem, Locksley, Ranulphe de Beaujame et Cédric le Saxon étaient partis à la poursuite d'un vieux cerf qui leur avait échappé plusieurs fois. Dans la poursuite, au cœur de l'épaisse forêt d'ormes, de hêtres et de chênes séculaires, ils s'étaient éloignés les uns des autres. Le cerf les avait d'abord entraînés au plus profond des taillis avant de revenir vers la rivière. C'est là que Locksley l'avait abattu d'une flèche mais l'animal était trop gros pour qu'il le ramène.

Il était donc revenu au château chercher de l'aide et y avait retrouvé Guilhem et Cédric qui venaient de rentrer, ayant perdu la trace de l'animal. Quant à Ranulphe, aucun ne l'avait vu.

Trois serviteurs, accompagnés de Geoffroi, étaient allés prendre la bête et ils avaient attendu Ranulphe en vidant quelques pots de vin, se racontant mutuellement les meilleurs moments de la chasse.

L'obscurité s'étendait, car en février la nuit tombe tôt, et Ranulphe de Beaujame n'était toujours pas revenu, mais Locksley n'était pas inquiet, car l'écuyer détestait rentrer bredouille ; sans doute avait-il poursuivi quelque biche ou même un sanglier. C'est alors que le guetteur de la tour annonça l'approche d'un cheval sans cavalier.

C'était celui de Ranulphe.

Tous les hommes du château partirent immédiatement à la recherche de l'écuyer qui avait peut-être fait une mauvaise chute dans la poursuite. Guilhem les conduisit d'abord jusqu'à l'endroit où ils s'étaient séparés.

À partir de là, ils fouillèrent longuement les taillis en appelant autour d'eux. Ce fut Bartolomeo qui découvrit le blessé après avoir perçu de faibles gémissements d'appels à l'aide. Ranulphe avait reçu une flèche dans l'abdomen et était presque paralysé par la douleur.

Bartolomeo ayant sonné du cor, tous les hommes arrivèrent. Pendant qu'on construisait une civière, Guilhem examina les lieux, cherchant des traces de cavaliers, car ce ne pouvait être qu'une bande de routiers égarés qui s'étaient attaqués à Ranulphe. N'ayant rien trouvé, il donna cependant des ordres pour faire revenir tout le monde dans l'enceinte, y compris les habitants des maisons près de la rivière.

Sans enlever la flèche, on mit le blessé sur la civière et on le ramena promptement. Au château, Guilhem et Anna Maria examinèrent la blessure. Le trait n'était pas enfoncé profondément mais ils ignoraient s'il avait touché le poumon. Guilhem fit boire plusieurs verres de vin à l'écuyer, puis, tandis qu'on le tenait fermement, il incisa la blessure et sortit le fer.

Par chance, ce n'était pas une flèche à barbelures qui aurait déchiré les chairs en la retirant mais une pointe effilée fabriquée grossièrement à partir d'un carreau d'arbalète.

Anna Maria lava longuement la plaie et pansa l'écuyer, qui avait perdu connaissance, pendant que Locksley et Guilhem discutaient pour comprendre ce qui s'était passé. La flèche n'était pas d'origine saxonne. C'était donc un étranger qui avait tiré, mais Guilhem n'avait vu aucune trace d'une troupe. L'agresseur était-il seul ? Ils interrogèrent Ranulphe quand il reprit conscience mais il ne se souvenait de rien, sinon de sa chute et de la douleur.

Le château resta en alerte plusieurs jours et les patrouilles furent nombreuses, mais aucune trace de chevaux ne fut découverte. L'agression resta donc inexplicable. Par chance, le blessé guérit rapidement.

Pour tout le monde, c'était quelque routier solitaire qui avait tiré sur l'écuyer, mais Guilhem n'y croyait pas. Un routier l'aurait achevé et dépouillé. Il aurait pris son cheval. Le tireur avait un autre dessein. Il voulait tuer Ranulphe et jugeait l'avoir mortellement atteint. Il ne s'était pas approché uniquement par crainte d'être surpris ou reconnu.

C'était forcément quelqu'un du château. Quelqu'un ayant un arc et ayant fabriqué cette flèche pour l'occasion afin de ne pas être suspecté. Jehan le Flamand ? Un des Saxons ? Un des gardes qui aurait eu un différend avec Ranulphe ?

Guilhem était intimement persuadé que le mobile était en rapport avec le voyage à Albi. Il en parla à Robert de Locksley qui ne rejeta pas cette possibilité, mais pourquoi s'en prendre à Ranulphe ? Avait-il découvert quelque chose ? Il l'interrogea mais son écuyer n'avait aucune explication à donner à son agression. Quant à la disparition de Perrine et à la mort de Gilbert, Ranulphe ne savait qu'en penser.

Cependant, ayant assisté à l'interrogatoire de l'écuyer, Guilhem fut persuadé qu'il mentait, qu'il savait, ou qu'il avait deviné, qui lui avait tiré dessus, mais qu'il ne voulait pas le dénoncer. Pourquoi ? Se pourrait-il qu'en le nommant il soit impliqué dans une autre affaire ? Dans la disparition de Perrine, par exemple ? Ces questions taraudaient Guilhem qui ne savait que faire, s'inquiétant surtout d'une nouvelle agression.

C'est une semaine plus tard qu'il eut une première explication. Il faisait le tour de l'enceinte, solitaire et songeur, quand Bartolomeo vint le rejoindre.

— Seigneur, lui dit-il, embarrassé, ma sœur veut vous parler.

— Je la vois tous les jours, Bartolomeo ! Elle peut me parler quand elle veut !

— Oui, seigneur, mais elle désire être seule avec vous.

— Maintenant ?

— Elle vous attend devant la maison de Mathilde.

Il s'y rendit avec Bartolomeo. Anna Maria était seule, et s'avança vers eux quand elle les vit arriver.

— Je vous remercie d'être venu, Guilhem, dit-elle en se tordant nerveusement les mains, Vous savez combien je vous estime et combien je crois en vous.

Il se mit à rire :

— Cela sent la requête, Anna Maria.

— Je ne veux pas plaisanter, Guilhem. La chose est trop grave.

— Quoi donc ?

— Si vous apprenez qui a tiré sur Ranulphe, que ferez-vous ?

— Tout dépend des raisons pour lesquelles celui qui l'a fait a agi, répliqua Guilhem d'une voix égale.

— S'il l'avait fait pour protéger celle qu'il aime ?

— Regun ?

Elle hocha lentement la tête.

— Comment le savez-vous ?

— Mathilde me l'a dit. Il y a dix jours, il y a eu une violente dispute entre Regun et Ranulphe. Ranulphe a dit à son cousin qu'il tuerait Mathilde plutôt que d'assister à une mésalliance dans leur famille. Si Robert l'apprend, il fera pendre Regun. Vous devez trouver un moyen de le protéger, car Mathilde en mourrait.

— Regun a-t-il avoué à Mathilde avoir tiré ?

— Non.

— Alors, je ne peux vous suivre, Anna Maria, répliqua Guilhem en secouant la tête. Regun est homme d'honneur. S'il avait voulu se protéger de Ranulphe, il l'aurait défié en duel. Robert pensera comme moi, que Mathilde se rassure.

— Mais qui a tiré, alors ? demanda-t-elle, angoissée.

— Je ne sais pas, mais je vais poser quelques questions.

La révélation d'Anna Maria éclairait quand même Guilhem. Il avait compris que Ranulphe était persuadé que c'était son cousin qui avait tenté de le tuer, et il refusait de le dénoncer.

Chapitre 13

La veille de la mi-carême[1], le guetteur du donjon sonna de la trompe, ce qui ne s'était pas produit depuis des semaines. Guilhem et Robert de Locksley étaient dans la basse-cour où ils s'apprêtaient à partir chasser.

D'en bas, ils interrogèrent la sentinelle.

— Cinq cavaliers, seigneurs. Ils arrivent par la route du prieuré. Il y a un chevalier en tête et ses hommes portent des lances.

— Vois-tu les gonfanons ou les écus ?

— Je ne distingue rien, seigneur.

Pour la chasse, Guilhem portait un justaucorps de cuir et Robert de Locksley sa cotte verte en drap de Lincoln. Comme ils n'avaient que des couteaux, ils retournèrent dans le château ceindre leurs ceinturons et leurs épées. Guilhem enfila aussi un camail pour protéger ses épaules et prit son casque à nasal.

Quand il redescendit, Bartolomeo et Alaric avaient mis les gardes en alerte.

— Ils se sont arrêtés aux maisons, seigneur. J'ai vu la femme du Flamand leur parler, cria le guetteur.

Ils n'étaient donc pas hostiles, se rassura Guilhem en grimpant par une échelle sur le chemin de ronde

---

1. 15 mars.

afin de les voir arriver. Quelques instants plus tard, Locksley le rejoignit avec arc et carquois.

Les cavaliers s'approchaient maintenant du château. Devant la barbacane, l'un d'eux ôta son bassinet et Guilhem reconnut l'un des chevaliers de Philippe Auguste qu'il avait rencontré à Paris.

— Seigneur Guilhem d'Ussel, me reconnaissez-vous ? lança le visiteur. Je suis Amiel de Châteauneuf, au service de frère Guérin.

— Je me souviens de vous ! répondit Guilhem en faisant signe à Alaric d'ouvrir la porte de la barbacane.

Immédiatement il descendit pour accueillir les voyageurs.

— Arrivez-vous de Paris ? lança-t-il à peine entraient-ils.

— Oui-da, seigneur d'Ussel ! Et ce fut un long et rude et voyage, répondit Châteauneuf en descendant de cheval.

— Vous souvenez-vous du comte de Huntington ? demanda Guilhem, désignant son ami.

— Certes ! Celui qui a sauvé notre roi, cet effroyable jour de l'Ascension ! J'ignorais que vous étiez encore avec le seigneur d'Ussel, noble comte, mais cela facilitera ce que j'ai à transmettre de la part de notre monarque.

Voici des paroles bien énigmatiques, songea Guilhem qui ne posa aucune question, sachant combien une indiscrétion pouvait mettre à mal une entreprise.

Il demanda à Bartolomeo de conduire les cavaliers d'escorte dans la cabane servant de corps de garde et de leur offrir à boire, puis il invita Châteauneuf à l'accompagner au château avec Robert, ne proposant à aucun serviteur de les accompagner.

Dans la grande salle, il ferma lui-même la porte ainsi que la trappe conduisant à l'étage. Sur un dressoir étaient exposés pots et coupes pour les repas. Une vaisselle abandonnée par les templiers. Il en prit trois parmi les plus ouvragés, puis sortit un baril de liqueur d'une armoire.

— Je n'ai pas de lettre pour vous, déclara alors Châteauneuf en écartant les mains.

Guilhem hocha la tête. L'absence de missive signifiait que le message du chevalier devait rester secret.

Il remplit les trois coupes et attendit.

— Seigneur de Locksley, vous qui étiez l'ami de Richard au Cœur de lion, saviez-vous qu'il avait laissé un testament en faveur de son neveu Arthur de Bretagne ?

— Je l'ai entendu dire en Terre sainte, il l'aurait fait en Sicile. C'est l'une des raisons pour lesquelles j'étais tant surpris quand, à Châlus, j'ai entendu mon roi annoncer qu'il choisissait Jean comme successeur. La seconde raison était bien sûr que son frère lui avait fait du tort toute sa vie. Mais je suppose que ce testament a été révoqué.

— Pas exactement. Richard l'avait confié à Hubert de Burgho, son chambellan, en qui il avait toute confiance. De retour de Terre sainte, après la mort du roi de Sicile dont Arthur aurait dû épouser la fille, Richard a demandé à Burgho de détruire ce document. Burgho a assuré l'avoir fait, puis il a quitté le service du roi pour celui de son frère, dont il est devenu chambellan.

» Or, il y a quelques mois, le seigneur Thomas de Furnais, l'ancien gouverneur d'Angers, a appris que Burgho avait conservé cet acte.

— Mais Jean est roi, désormais. Quelle importance cela peut-il avoir ? demanda Guilhem.

— Jean a été élu par l'assemblée des barons anglais mais, selon l'archevêque de Reims, cette élection pourrait être remise en cause si un testament était publié.

— Possible, en effet, admit Robert de Locksley, mais je connais un peu Burgho. S'il l'a, il ne le cédera pas !

— Thomas de Furnais s'est rendu en Angleterre où il est parvenu à interroger un clerc de Burgho. Selon lui, Burgho n'a pas gardé le document, craignant que Jean ne l'apprenne et ne le punisse pour ne lui avoir rien dit. Il le conserve comme une sauvegarde contre son maître et l'a confié dans un coffret à un de ses amis, Guillaume de La Braye, qui serait gardien de la Tour de Londres. La Braye ignorerait le contenu de ce coffret.

— Qu'est-ce que la Tour de Londres ? demanda Guilhem.

— Un grand donjon construit par Guillaume le Normand, répliqua Robert de Locksley. Érigé sur l'enceinte romaine de la ville de Londres, il est entouré d'une muraille et d'un fossé d'eau. C'est là que résident le grand justicier d'Angleterre et les autres grands officiers comme le gouverneur, le grand chambellan, le chancelier et le grand trésorier. Mais je crois me souvenir que La Braye n'en est pas gouverneur, seulement lieutenant.

— Tu m'as déjà parlé de ce grand justicier. Qui est-il ?

— C'est lui qui dispose de tous les pouvoirs du royaume quand le roi n'est pas en Angleterre. Il se nomme Geoffroi Fils-Pierre.

— Laissez-moi deviner, sire Châteauneuf, fit Guilhem après avoir écouté ces réponses. Philippe de France voudrait que je reprenne ce testament ?

— C'est exactement cela ! répondit le chevalier en écartant une nouvelle fois les mains en signe d'évidence.

— S'il se trouve caché dans la Tour, c'est impossible ! laissa tomber Robert de Locksley, haussant les épaules.

— C'est aussi ce que pense le roi, et c'est le sentiment de Thomas de Furnais. Mais notre vénéré monarque vous a vu à l'œuvre, et il a songé que si

148

quelqu'un pouvait y parvenir, c'était vous ! Vous avez bien réussi à entrer dans le Louvre !

— C'était différent, je n'étais pas seul. De plus, je ne connais pas ce pays ! Et puis, je ne peux pas abandonner mes gens ici…

— Je pourrais t'accompagner pour te servir de guide, Guilhem. Tu sais combien l'envie de rentrer chez moi me travaille. Cependant, je peux déjà t'affirmer qu'il n'y a aucun moyen de pénétrer par ruse dans la Tour de Londres. Et si par un divin miracle tu y parvenais, ou que nous y parvenions, il n'y aurait aucune possibilité de trouver ce coffret tant le château est immense.

Châteauneuf sortit une bourse de son manteau.

— Il y a là cent bezans de Jérusalem pour vos dépenses. Le roi serait déçu que vous refusiez.

Guilhem resta silencieux. Retrouver ce testament était certainement impossible, mais la proposition du roi lui donnait un prétexte pour changer de vie, au moins pour quelques mois. Il savait d'avance qu'il serait rongé par les regrets s'il la refusait.

— Le roi souhaite éviter une guerre avec les Anglais, car un conflit serait coûteux et il sait combien le peuple est las des souffrances, ajouta Châteauneuf. Il a donc rencontré Jean plusieurs fois et, cet automne, près du château de Gaillon, ils se sont entretenus seuls, personne n'entendant leurs paroles. Une nouvelle fois, Philippe a demandé le Vexin et a réclamé pour Arthur le Poitou, l'Anjou et la Touraine. Comme toujours, Jean aurait tenu des réponses équivoques, insistant seulement sur un mariage entre sa nièce Blanche, la fille d'Alphonse de Castille, et Louis, le fils de notre roi.

— Blanche est la petite-fille d'Aliénor, remarqua Robert de Locksley. Ce serait une importante union entre les Plantagenêts, la Castille et la couronne de France.

— En effet, ce mariage occupe désormais tous les esprits et on dit qu'Aliénor est partie chercher elle-même la nièce de Jean. Quoi qu'il en soit, les rois se sont revus pour la Saint-Hilaire[1]. Cette fois le roi d'Angleterre a promis comme dot pour Blanche le comté d'Évreux et trente mille marcs d'argent. Seulement Philippe veut toute la Normandie et il est persuadé que seul ce testament fera céder le Plantagenêt.

Châteauneuf jeta un regard incertain à Robert de Locksley, qui, après tout, était sujet de Jean. Mais le comte de Huntington était saxon et redevable d'aucune loyauté envers les Normands ou les Plantagenêts, et encore moins envers Jean. Il resta de marbre.

— Si Robert m'accompagne, je veux bien essayer, annonça Guilhem.

Châteauneuf parut soulagé.

— Avez-vous d'autres détails ? demanda Locksley.

— Non, Furnais a raconté au roi ce qu'il avait découvert, puis il est retourné en Angleterre pour en savoir plus. Comme il ne revenait pas, frère Guérin m'a demandé de vous rencontrer à l'occasion du voyage que je faisais à Narbonne. Je rentre à Paris maintenant, et nous pourrions faire route ensemble à travers la Bourgogne et la vallée du Rhône, moins dangereuses que le Limousin. Là-bas, le roi vous dira ce qu'il a appris, et vous n'aurez qu'à poursuivre jusqu'en Angleterre.

— Nous passerons par la Flandre, décida Guilhem, en hochant du chef.

Après un dîner dans la grande salle durant lequel Châteauneuf donna quelques nouvelles de Paris qui intéressèrent surtout les cathares, ils se réunirent à nouveau l'après-midi, cette fois avec Anna Maria et Bartolomeo afin de préparer leur départ. Châteauneuf insista sur le secret qui devait entourer l'entreprise. En aucune manière Jean, ou même Aliénor, ne devait apprendre ce qui se tramait. Pour tout le monde, il était venu transmettre une invitation du roi

---

1. 13 janvier.

de France à son vassal Guilhem afin qu'il soit présent au mariage de son fils qui serait célébré à la fin du mois de mai.

Robert de Locksley demanda si le mariage de Blanche et de Louis aurait lieu à Notre-Dame et Châteauneuf parla alors pour la première fois de l'interdit. Il n'avait rien voulu dire à table.

Sept ans auparavant, à Amiens, Philippe avait épousé Ingeburge, sœur du roi du Danemark, qui lui apportait une importante dot. Mais la nuit de noces s'était mal passée et, le lendemain, le roi, pâle et agité par un furieux tremblement, avait déclaré sa soudaine et violente répulsion pour sa nouvelle femme, affirmant que *moult elle lui déplaisoit*. « Cette femme est ensorcelée, disait-il, et a fait de moi un impuissant. Il faut qu'elle retourne au Danemark. »

Répudiée, Ingeburge avait refusé de rentrer dans son pays, aussi avait-elle été enfermée dans un couvent. Avec l'appui de l'archevêque de Reims, le divorce avait été prononcé et le roi s'était remarié, mais, depuis, le souverain pontife avait cassé la sentence de divorce. De ce fait, Philippe Auguste était bigame.

Cela, tout le monde le savait. Cependant en décembre, prétextant cette bigamie, mais en réalité à cause d'une querelle en Flandre, Pierre de Capoue, cardinal et légat de Rome, avait réuni un concile à Dijon et, au nom d'Innocent III, avait mis la France en interdit jusqu'à ce que le roi reprenne Ingeburge pour femme.

L'interdit signifiait que tous les sacrements, baptêmes, confessions ou mariages seraient supprimés et que les églises resteraient fermées.

— Décidée à la fête de Saint-Nicolas, l'exécution de cette sentence a été retardée jusqu'à la Nativité. Depuis, Philippe a envoyé à Innocent III une ambassade dirigée par l'archevêque de Sens, mais le Saint-Père a refusé de lever l'interdit. Notre roi a donc menacé les évêques, les curés et les chanoines qui l'appliqueraient. Malgré cela, quand j'ai quitté Paris, plus aucune cloche ne sonnait. C'était grande pitié.

— Mais comment se fera le mariage de Louis ?

— Il aura lieu en Normandie. Cela signifie que vous ne pourrez y assister, noble Guilhem d'Ussel. Jean n'ignore pas que vous avez fait échouer son intrigue contre Philippe. Or, il sera sur ses terres, et s'il vous emprisonnait, notre roi ne pourrait vous sauver. Si vous parvenez à prendre le testament, vous le porterez directement à Paris et attendrez que le roi y soit revenu.

— Autrement dit, je suis invité à un mariage où je ne peux me rendre ! plaisanta Guilhem.

Il fut convenu qu'on annoncerait aux gens du château que Mathilde et Regun les accompagneraient jusqu'à Paris. Les futurs époués poursuivraient ensuite par la Normandie, avec leur seigneur, le comte de Hunting-ton, pour se marier en Angleterre. Ranulphe, bien que souffrant encore de sa blessure, les accompagnerait ainsi que Cédric. Seul Godefroi, désormais marié et bientôt père, resterait à Lamaguère.

Guilhem avait besoin d'un second homme d'armes pour un voyage si long et si périlleux. Alaric ou Jehan pouvaient convenir, mais ils avaient tous deux une famille. De plus, Alaric commandait les soldats du châ-teau. Guilhem aurait pu faire appel à un des gardes, mais aucun ne parlait le français ou le normand, lan-gues utilisées en Angleterre. Seul Jehan le Flamand les connaissaient. Guilhem décida donc de lui demander de l'accompagner, malgré les préjugés qu'il gardait envers lui.

Cependant, une absence de son seigneur durant plusieurs semaines ou plusieurs mois allait exposer Lamaguère. Les templiers pourraient bien en profiter pour manquer à leur parole, sans compter le danger d'une incursion des gens de Mercadier ou d'une bande de routiers. Les soldats du château seraient-ils capables de se défendre ?

Chapitre 14

Le lendemain, Guilhem fit venir le Flamand dans sa chambre.

— Jehan, je me rends à Paris pour le mariage du fils de Philippe de France, Bartolomeo m'accompagne, mais je veux un second homme d'armes. Es-tu prêt à me suivre ? Nous serons absents plusieurs semaines.

— Je vous ai donné ma foi, seigneur, répondit simplement Jehan qui n'aurait osé refuser.

— Nous partons dans quelques jours avec le comte de Huntington. Regun Eldorman et Mathilde profiteront de ce voyage pour se rendre en Angleterre où ils se marieront à Huntington.

Jehan ouvrit la bouche comme pour parler, mais finalement resta silencieux.

— Tu as une question ? demanda Guilhem.

— Oui, seigneur... bredouilla l'ancien tisserand. En... votre absence, qui sera le maître ici ?

Guilhem eut l'impression que ce n'était pas cela que Jehan allait demander. Il répondit pourtant :

— Viens cet après-midi dans la salle, j'aurai rassemblé mes serviteurs et je vous ferai part de mes décisions.

L'après-midi, Jehan le Flamand retrouva Aignan, Thomas, Geoffroi, Godefroi et Alaric dans la salle du château. Robert de Locksley et Bartolomeo étaient là, bien sûr, ainsi que Ranulphe, très pâle depuis sa blessure.

À ceux qui l'ignoraient, Guilhem annonça son départ pour la noce du fils du roi de France.

— En mon absence, Aignan sera le maître du château. Je lui confie mes droits de justice et il rédigera une charte en ce sens, décida-t-il.

Le libraire rougit de satisfaction.

— Vous lui obéirez comme à moi. Pour les décisions capitales, vous tiendrez un conseil et déciderez ensemble.

» Geoffroi, tu garderas tes attributions pour l'approvisionnement du château et la présence au marché d'Auch. Thomas, tu as en charge l'entretien du fief. Alaric, tu commanderas mes gens d'armes et tu auras Godefroi comme lieutenant. Je veux chaque jour et chaque nuit une garde vigilante ainsi qu'une sentinelle dans la tour. Je veux aussi un entraînement constant à l'arc, à l'arbalète et à l'épée. Aignan y veillera.

Il balaya l'assistance des yeux et n'y lut que la franchise et la fidélité, tempérées d'un peu d'inquiétude.

— Je sais que la concorde règne entre ceux d'entre vous qui se connaissaient à Paris. De plus, votre foi vous rapproche. Pour ce qui est d'Alaric et de Godefroi, je vous demande d'être toujours en paix avec eux.

Aignan demanda alors la parole.

— Je vous remercie de votre confiance, seigneur. Aucun de nous ne vous décevra, je m'y engage... mais en ce qui concerne les templiers ?

— Rien ne changera. Je vais parler au seigneur Adhémar, car je crois en sa loyauté. Je me rendrai demain à Toulouse. Le comte interviendra s'il se produisait des troubles.

Après cette conférence, Guilhem se rendit donc au moulin. Peyre Adhémar surveillait le changement d'une roue par un frère servant. Il avait sans doute déjà entendu parler du départ de Guilhem, car il lui proposa de parler seul avec lui dans sa chambre qu'il avait à l'arrière du moulin.

Quand ils furent enfermés dans la pièce blanchie à la chaux, le chevalier templier lui déclara de but en blanc :

— Une rumeur circule sur votre départ, seigneur d'Ussel. Un chevalier est arrivé de Paris.

— C'est vrai. Le roi Philippe veut que j'assiste au mariage de son fils.

— C'est un grand honneur, répondit Peyre après avoir digéré cette réponse. Reviendrez-vous ?

— Je reviendrai.

Le silence s'installa un instant. Les souvenirs de l'affrontement de l'automne dernier étaient encore vifs et Peyre boitait toujours, depuis sa chute de cheval.

— J'ai confié mon château à Aignan et à un conseil de mes plus fidèles serviteurs, lui annonça Guilhem. Je leur fais confiance. Je pars demain à Toulouse prévenir Raymond de Saint-Gilles.

Peyre hocha la tête avant de déclarer, ironiquement :

— Vous craignez que je ne profite de votre absence…

— L'idée m'en est venue… mais je l'ai rejetée.

— Pourquoi ?

— Vous m'avez rendu hommage, et les templiers n'ont qu'une parole… C'est aussi à ce titre que je viens vous parler. Vous savez que les gens de Mercadier font parfois des incursions jusqu'ici. S'ils viennent à Lamaguère, vous pourrez trouver abri au château, mais je vous prie de protéger aussi mes serviteurs.

— Un templier n'a qu'une parole, vous venez de le dire, et je l'aurai fait, même si vous ne me l'aviez pas demandé, répliqua sèchement Peyre Adhémar.

— Je ne réclamerai pas de redevance à la Saint-Michel, lui annonça Guilhem.

— L'ordre des pauvres chevaliers accepte votre don, répliqua Peyre d'une voix neutre.

— Nous reparlerons de tout cela à mon retour, fit Guilhem.

— Allez-vous rencontrer frère Guérin et frère Aimard à Paris ?

— Sans doute, tout comme le roi et l'archevêque de Reims.

Le Templier aurait voulu en savoir plus, mais il devinait que ses questions resteraient sans réponses.

— Que le Seigneur vous accompagne, conclut-il d'une voix terne. Je prierai pour vous.

— J'en aurai besoin, seigneur Adhémar. J'en aurai besoin...

Guilhem fit un pas vers lui et l'accola d'une franche brassée. Peyre fit de même, apparemment sans réserve aucune.

Le lendemain, Guilhem partit pour Saint-Gilles avec Bartolomeo.

Après l'entrevue de la Saint-Hilaire[1] avec Philippe Auguste, Jean était revenu en Angleterre pour imposer un nouvel impôt de trois sols sur chaque hyde[2] de terre de son royaume tant il avait besoin d'argent pour ses débauches. Refusant d'entendre ses barons inquiets du mécontentement qui grondait, il s'était installé à Rouen où il avait fait chercher Étienne de Dinant.

Il voulait lui parler du mariage de sa nièce Blanche avec Louis de France.

Bien que jeune, Dinant était un conseiller apprécié du roi. Huit ans plus tôt, en décembre 1192, Richard

_____

1. 13 janvier 1200
2. Le hyde était une unité de mesure d'une dizaine d'ares. Le parc de Londres de ce nom avait à l'origine cette taille.

Cœur de Lion, au retour de la Terre sainte, avait été contraint de passer par l'Allemagne pour rentrer en Angleterre. Malgré son déguisement, car l'empereur voulait se venger de lui, il avait été reconnu et emprisonné par le duc d'Autriche. Chargé de fers, le duc l'avait vendu à l'empereur d'Allemagne qui avait réclamé au prince Jean une rançon de cinquante mille marcs d'argent.

Mais Jean, qui avait toujours détesté son frère, était encore plus furieux contre lui depuis qu'il savait que Richard avait désigné son neveu comme successeur. Il avait donc demandé à Dinant de conduire les négociations de telle sorte qu'elles ne puissent aboutir, proposant même à l'empereur une récompense pour que le régime de son frère soit si sévère qu'il finisse par mourir dans sa prison.

Dinant s'était aussi rendu à Paris. Au nom du prince Jean, il avait offert à Philippe Auguste le Vexin et une part de la Normandie si le roi de France le soutenait dans ses efforts pour que l'empereur garde Richard emprisonné.

La haine de Jean envers son frère était tout à l'avantage de Philippe Auguste qui avait alors occupé une partie de la Normandie et aurait pu l'emporter entièrement si le pape n'était venu au secours de Richard et n'avait menacé le roi de mettre la France en interdit, s'il ne retirait pas ses troupes.

Mais comme la duchesse Aliénor rassemblait la rançon de son fils, Dinant avait répandu la rumeur que Richard était mort et qu'il fallait donner la couronne à Jean. Cette affirmation n'ayant pas convaincu les barons anglais, Dinant avait repris langue avec Philippe, lui promettant soixante-dix mille marcs d'argent s'il obtenait de l'empereur d'Allemagne que soit prolongé d'une année l'emprisonnement de Richard, ou mille livres d'argent pour chaque nouveau mois de captivité.

Ces basses manœuvres n'avaient finalement pas abouti car les princes de l'Empire avaient décidé la libération du roi d'Angleterre après qu'Aliénor eut versé la rançon.

Malgré tout, Étienne de Dinant était parvenu à ce que Richard reste prisonnier quatorze mois.

Libéré en février 1194, le Cœur de Lion avait pardonné à son frère mais avait châtié ceux qui l'entouraient et qui avaient comploté pour l'écarter du trône. Le premier d'entre eux, Philippe de Malvoisin, avait été exécuté pour haute trahison. Son frère Albert, commandeur du Temple de Londres, et Lucas de Beaumanoir, grand maître de l'Ordre en Angleterre, avaient été exilés en France ainsi que Maurice de Bracy, un grand ami de Jean[1].

Dinant avait cependant réussi à éviter la colère royale, car il avait toujours agi dans l'ombre. D'ailleurs, si Philippe Auguste connaissait sa félonie, Aliénor l'avait toujours ignorée.

L'année précédente, à Paris, Dinant avait contacté à nouveau Maurice de Bracy, Albert de Malvoisin et Lucas de Beaumanoir. C'étaient eux qui étaient parvenus à empoisonner le carreau qui avait tué Richard à Châlus. Cependant, l'assassinat de Philippe Auguste, qui aurait dû suivre, avait échoué à cause de Robert de Locksley et de Guilhem d'Ussel.

Jean avait quand même réussi à devenir roi d'Angleterre, mais il s'était rapidement rendu compte qu'il n'était pas vraiment le maître. En Angleterre, il devait compter sur ses barons et sur les évêques, dont le tout-puissant archevêque de Cantorbéry, et, en France, c'était sa mère Aliénor qui faisait obstacle à ses ambitions.

Sa mère, qui était partie pour la Castille chercher Blanche et que serait à Bordeaux pour les fêtes de Pâques.

---

1. Voir : *Ivanhoé*, de sir W. Scott.

Dinant s'était présenté chez son roi sitôt qu'on l'avait prévenu. None était passé depuis longtemps.

Dans sa grande chambre du château de Rouen, assis sur sa chaise haute, Jean regardait son serviteur d'un œil trouble et morne. Son valet de chambre venait de le réveiller.

Le roi d'Angleterre et duc de Normandie était encore dans les vapeurs de l'alcool et de l'amour. Il venait juste de chasser la fille avec qui il avait passé la nuit. Les cheveux en bataille, la barbe pouilleuse, il avait enfilé la robe brodée d'or que lui avait tendue son valet et il considérait Dinant avec un mélange de mépris et de gêne. Comme toujours, Dinant était très propre et très élégant dans une chasuble de soie sans manches, brodée d'animaux sauvages, qui recouvrait sa fine cotte de mailles. À sa taille, un triple baudrier en peau de cerf à boucle d'argent ciselée soutenait une élégante épée à la poignée décorée de fils d'or. Ses cheveux blonds, bouclés au fer, étaient serrés dans une coiffe de feutre portant une grosse broche ornée de rubis.

— Je vous ai dérangé dans votre sommeil, seigneur, s'excusa-t-il en s'agenouillant, mais votre messager m'avait ordonné de venir au plus vite.

— Non, ça ira, Dinant ! maugréa Jean. Je voulais savoir ce que tu faisais en ce moment.

Cachant sa surprise, car le roi n'avait aucune raison de l'appeler si vite, Dinant fit à son maître un rapide exposé sur la situation dans le Poitou, puis un résumé de ses tentatives, vaines à ce jour, pour faire assassiner Arthur réfugié à la cour de France.

Au bout d'un moment, Jean leva une main fatiguée, lui faisant signe de se taire.

— Laisse tomber Arthur, compère, il ne pourra jamais rien contre moi. J'ai d'autres soucis plus importants…

Jean se leva et fit quelques pas en titubant.

— Ma mère est fatiguée, malade et vieillie, soupira-t-il. Je lui ai demandé de retourner à Fontevrault, mais elle veut encore ramener ici ma nièce Blanche depuis la Castille.

— Vous n'avez pourtant pas à vous plaindre d'elle, remarqua Dinant. Elle a chaudement embrassé votre cause depuis la mort de votre frère.

— C'est vrai, mais elle me tient éloigné de l'Aquitaine, alors qu'elle laisse là-bas le champ libre à ce scélérat de Mercadier. Sais-tu ce qu'il fait dans mon duché ?

— J'en ai entendu parler, sire. Avec la complicité d'Hélie de Malemort, l'archevêque de Bordeaux, et de son frère Morève, il pille la Gascogne.

— Il fait plus que piller ! Il a mis mon duché à feu et à sang ! rugit Jean. Non seulement il vole mes sujets fidèles, mais quand il s'attaque aux partisans de Philippe, il garde les fruits de ses rapines au lieu de m'en remettre la moitié ! Plus grave encore, j'ai appris que la révolte gronde dans la population. Les bourgeois, le clergé et le peuple qui l'exècrent disent : puisque le roi d'Angleterre ne nous protège pas, demandons l'aide du roi de France !

Dinant resta silencieux. Il savait tout cela.

— Ça ne peut pas durer ! gronda Jean en saisissant un vase pour le briser rageusement sur le sol émaillé.

— Mercadier est hors d'atteinte, sire, à moins de lui opposer une armée…

— Je sais ! J'ai envoyé Brandin, mais il me dit qu'il n'a pas assez d'hommes pour s'attaquer à Mercadier. En vérité, depuis qu'il a été bailli de la ville du Mans, ce pendard aspire à devenir baron et à prendre racine dans le Périgord. Il n'a donc aucune envie de s'opposer aux routiers d'Aquitaine… aussi j'ai pensé à toi[1].

— À moi ? balbutia Dinant, terrorisé à l'idée d'affronter celui qui se plaisait à écorcher ses prisonniers.

---

1. Brandin sera nommé sénéchal du Périgord en 1202.

— Tu vas accompagner la délégation que j'envoie à Bordeaux pour escorter ma mère jusqu'à Rouen.

— Oui, sire, répondit Dinant, fou d'inquiétude.

— Il y aura une fête pour Pâques. Je le sais. Mercadier sera forcément invité, tant ma mère l'aime.

Dinant hocha lentement la tête.

— Quand tu seras avec eux, tu trouveras bien un moyen de me débarrasser définitivement de cet estropiat.

— Mais comment, sire ? balbutia Dinant.

— Je ne sais pas ! s'emporta Jean. C'est toi qui as les idées ! Mais je peux t'en donner une : en Angleterre, quand un baron s'oppose à moi je demande un duel judiciaire pour nous départager, et comme je ne peux me battre, j'ai un champion. C'est un brigand de huit pieds de haut qui n'a jamais été vaincu tant il est vigoureux. D'un coup de hache, il fend le crâne ou brise le dos de celui qui me conteste !

— Brandin pourrait me donner un tel homme, suggéra Dinan qui reprenait peu à peu ses esprits.

— Peut-être, mais Mercadier est malin, je ne le sous-estime pas. J'ai le sentiment qu'il cherche à se constituer un duché. À la mort de ma mère, il aura tout le pouvoir en Aquitaine si je le laisse faire.

Dinant réfléchit un instant pendant que Jean retournait s'affaler sur son siège.

— Je pourrais l'incriminer dans quelque crime abominable. Votre mère ne pourrait que lui retirer sa confiance et le faire exécuter.

— Ce serait habile ! reconnut le roi d'Angleterre en lissant sa barbe bouclée.

Ils en restèrent là et Dinant rentra chez lui où il fit appeler Peter Mauluc, son écuyer.

Le comte était à Toulouse, aussi Guilhem dut-il s'y rendre après s'être arrêté à Saint-Gilles. Mais Raymond avait une conférence avec le corps de ville et

Guilhem fut contraint de prendre chambre dans une auberge. Par chance, il y retrouva cet ami troubadour, Gaucelm Faydit, fils d'un bourgeois d'Usarche qui lui avait appris à jouer de la vielle.

Si Faydit était jongleur et troubadour, il était aussi grand joueur et surtout inlassable coureur de jupons, ce qui lui causait beaucoup d'ennuis. Pour le protéger, le roi Richard, qui l'aimait fort, l'avait un temps accueilli à sa cour ; aussi, ayant appris la mort de son protecteur, Faydit venait de composer un chant à sa mémoire, chant qu'il apprit à Guilhem.

Au bout de deux jours, Ussel parvint à voir son suzerain. Il lui dit seulement qu'il accompagnait Robert de Locksley qui retournait en Angleterre. Son absence durerait quelques semaines, sinon quelques mois, et il lui fit part des dispositions qu'il avait prises.

Raymond lui demanda s'il irait à Paris, et il répondit par l'affirmative, aussi le comte lui remit-il une lettre pour son cousin et suzerain, le roi de France. La réponse au courrier que Philippe Auguste avait fait porter par Guilhem.

Chapitre 15

Revenant à Lamaguère le jour de la Saint-Benoît[1], Guilhem aperçut Robert de Locksley venant à sa rencontre, prévenu de son arrivée par le guetteur dans la tour.

— Nous avons de la visite, lui dit son ami, et il fallait que je te parle avant.

— La visite de qui ?

— Anna Maria m'a dit que vous vous connaissiez. Il se nomme Gautier le Normand.

— Gautier est ici ? s'étonna Guilhem.

Gautier le Normand était le chevalier d'Aliénor qui avait conduit Anna Maria à Saint-Gilles l'année précédente, quand elle était venue chercher l'aide de Guilhem. Ils avaient fait ensemble une partie du voyage jusqu'à Paris.

— Que vient-il faire ?

— Il est arrivé avant-hier, venant de Castille, avec une troupe d'escorte. C'est Aliénor qui l'envoie. Comme nous l'a dit Châteauneuf, le fils de Philippe de France s'apprête à épouser Blanche et sa grand-mère est allée la chercher. En ce moment, elles sont en route pour Bordeaux où elles s'arrêteront pour les fêtes de Pâques. À cette occasion, la duchesse me fait quérir.

— Que te veut-elle ?

---

1. Le 21 mars.

— Je l'ignore, mais je suppose que c'est en rapport avec la vente de mes terres dont a dû s'occuper l'abbé du Pin.

La présence simultanée d'envoyés de Philippe Auguste et d'Aliénor au château était fâcheuse, songea Guilhem. Heureusement qu'ils n'avaient parlé à personne des véritables raisons de la venue d'Amiel de Châteauneuf.

— Il ne faut pas que Gautier se doute de l'affaire du testament, remarqua Guilhem, tandis qu'ils s'approchaient de la barbacane.

— Ne t'inquiète pas. Châteauneuf, qui était là lors de l'arrivée de Gautier le Normand, lui a juste dit qu'il venait te porter une invitation du roi pour assister au mariage de son fils.

— La demande d'Aliénor change quand même nos projets, fit Guilhem, soucieux.

— Non, j'ai dit à Gautier que j'avais prévu de marier Regun et Mathilde en Angleterre et, à cette occasion, de t'accompagner à Paris avant de m'embarquer à Boulogne. Mais puisque Aliénor veut que je la rejoigne, il sera plus simple que je parte de Bordeaux. Tu n'auras qu'à dire à Gautier que tu m'accompagnes et que tu demanderas au capitaine de la nef de te laisser en chemin, dans un port breton d'où il est facile de gagner Paris.

Guilhem resta silencieux un moment, évaluant les avantages et les inconvénients d'un tel voyage en nef avant de conclure que son ami avait eu une bonne idée. De plus, un voyage par la mer serait moins dangereux que sur les routes. Encore faudrait-il qu'ils trouvent un bateau...

— Sera-t-il si facile d'embarquer à Bordeaux ?

— Tu t'en souviens, quand j'ai rejoint Richard, il y a deux ans, je ne suis pas resté avec lui tant j'avais hâte de faire connaître l'Angleterre à Anna Maria. Une nef m'a mené en trois semaines dans un nouveau port construit par un marchand français, Jean de

164

Gisors, sur la côte sud de l'Angleterre. L'endroit s'appelle Portsmouth. Il est si bien abrité que presque toutes les nefs de Bordeaux y font escale pour débarquer du vin et du pastel. De là, il suffit de deux jours pour se rendre à Huntington… ou à Londres.

— Tu as raconté cela à Gautier ?

— Je lui ai dit que j'allais t'en parler !

Guilhem confirma donc à Gautier son départ pour Paris et le changement de leur itinéraire. C'était décidé, lui et Robert de Locksley feraient route ensemble jusqu'à Bordeaux, puis embarqueraient pour l'Angleterre avec une escale en Bretagne.

Gautier le Normand leur proposa alors de se joindre à lui. Il leur suffirait de quatre ou cinq jours pour traverser la Gascogne.

— Vous oubliez Mercadier et ses Brabançons ! remarqua Guilhem.

— Mercadier sait qui je suis, répondit dédaigneusement Gautier le Normand, et il est aux ordres d'Aliénor. De plus, j'ai un sauf-conduit de la duchesse.

— Mercadier me connaît aussi, plaisanta Guilhem, et si je tombe entre ses mains, sauf-conduit ou pas, je doute qu'il me laisse repartir vivant.

— Il en sera de même pour moi, approuva Robert de Locksley.

— Mercadier m'obéira ! protesta Gautier.

— Croyez-vous ? Mercadier est l'ennemi du genre humain et n'obéit à personne. De plus, d'après ce qu'on m'a rapporté, il fait la loi en Guyenne. Partez seul, seigneur Gautier, car pour notre part nous préférons éviter la Gascogne !

— Comment ferez-vous pour aller à Bordeaux ?

— Par la Garonne. Ce sera plus lent mais plus sûr. Après tout, nous avons le temps puisqu'il suffit que nous soyons à Bordeaux pour Pâques[1].

---

1. Cette année là, Pâques se fêtait le 9 avril. C'était aussi le premier jour de l'année.

— Connaissez-vous le fleuve ?

— Non, mais j'ai déjà voyagé dans une gabare. Comme elles naviguent au milieu du fleuve, on ne peut les attaquer des rives, et le soir, elles font halte dans des ports fortifiés. Nous serons à l'abri des Brabançons.

Ne pouvant les faire changer d'avis, Gautier partit le lendemain et, peu après Châteauneuf rentra à Paris.

Guilhem et Robert de Locksley restèrent un jour de plus à Lamaguère pour préparer leur départ et ils annoncèrent au dernier moment le nouvel itinéraire à ceux qui les accompagnaient. Regun et Mathilde accueillirent ce changement avec faveur, persuadés qu'ils seraient plus vite arrivés en Angleterre. Ranulphe et Cédric parurent indifférents, mais en revanche Jehan marqua une grande inquiétude, n'ayant jamais mis les pieds sur une nef.

La veille du départ, il y eut un banquet dans la salle du château. Aignan et Geoffroi chargèrent Jehan, quand il serait à Paris, de se rendre rue du Coq et rue des Deux-Portes pour savoir ce que devenaient leurs commerces : la librairie de parchemins pour Aignan, et la taverne du Lièvre Cornu, pour Geoffroi. En les entendant parler, Cédric lança alors à Geoffroi :

— Je te promets d'y aller aussi, au Lièvre Cornu ! Depuis que tu en parles, j'ai besoin de vérifier si le vin d'Auxerre y est vraiment bon !

Le lendemain, ils prirent la route d'Agen, un des principaux ports sur la Garonne. Les gabares chargées de tonneaux de vin remontaient le cours du fleuve jusqu'à Toulouse pour redescendre avec des ballots de pastel et d'étoffes. Ils trouveraient facilement de la place sur l'une d'elles moyennant pécunes.

Comme ils n'embarqueraient pas leurs chevaux, ils n'avaient pris ni haubert ni écu qui auraient été encombrants à porter. Guilhem s'était seulement vêtu de son gambison de cuir rouge rembourré d'une épaisse étoffe de filasse. Fendu entre les jambes, il lui descendait jusqu'aux genoux. Dessous, il avait des trousses écarlates et des heuses de cuir rouge, serrées par des boucles de fer. Pour se protéger de la pluie et du froid, il portait aussi un hoqueton de laine grise à capuchon ainsi que des gantelets de maille et de buffle.

Locksley avait son épais justaucorps vert olive en laine de Lincoln. Par-dessus, il arborait sa tunique de croisé brodée d'une croix rouge, serrée à la taille par une double ceinture de daim où était attaché un fourreau de cuivre gainé de cuir avec une épée à la garde tressée. Un ample manteau de laine écarlate le protégeait du froid et de la pluie et il était chaussé de heuses noires. Quant à Bartolomeo, sous un mantelet à chaperon descendant aux genoux, il avait enfilé une casaque matelassée de couleur turquoise ainsi que des grèges sombres.

Les autres étaient vêtus de cottes de cuir ou de surcots de toile matelassée renforcés d'anneaux de fer sur la poitrine et dans le dos.

À l'exception de Locksley coiffé d'un bonnet vert à bord retroussé, tous, y compris les femmes, portaient un casque à nasal, parfois sur un camail de mailles couvrant leurs épaules. Comme Guilhem, une chape à large capuchon ou un épais mantel de laine les protégeait du froid et de la pluie. Mathilde et Anna Maria étaient vêtues comme les hommes. Avec leurs cheveux tressés, il était impossible de deviner qu'il s'agissait de femmes.

Ils ne s'étaient armés que d'une épée à double tranchant et d'une miséricorde, ou une dague, attachées à leur double ou triple ceinturon. Les Saxons avaient leurs arcs et leurs carquois, et Jehan une arbalète ainsi qu'une fronde. Guilhem avait aussi pris une hache.

Tous avaient de légères rondaches de fer ou de bois couvertes de cuir.

Dans leurs bagages, Robert et Guilhem transportaient une robe d'apparat, les femmes un bliaut et Anna Maria un second bliaut en soie galonné d'or et tissé de couleurs ainsi que des chemises, des tuniques et des chausses. Guilhem avait aussi emporté sa vielle à roue, Anna Maria son psaltérion et Bartolomeo son matériel et ses déguisements de jongleur.

Tout cela était rangé dans des coffres de cuir, des sacoches et de profondes gibecières attachées par des lanières sur le dos de robustes roussins.

Comme ils voyageaient groupés, ceux qui connaissaient les véritables raisons du voyage n'en parlèrent pas car, jusqu'à l'embarquement à Bordeaux, Guilhem voulait garder le secret.

Il avait une bonne raison pour cela. Avoir un assassin parmi ses compagnons ne l'embarrassait pas ; après tout, il en était un lui-même. Mais ignorer les raisons de ses crimes le préoccupait. Pouvait-il compter sur la loyauté de ce criminel ?

Chevauchant à bonne allure, ils mirent deux jours pour gagner Agen où ils vendirent chevaux et sellerie. Là-bas, ils passèrent encore trois autres jours à attendre une gabare disposant de suffisamment de place pour transporter neuf passagers. Agen était à la fois un port prospère et une ville très commerçante, aussi les boutiques et les marchés étaient bien approvisionnés. Anna Maria en profita pour acheter à Mathilde un fin bliaut de soie brodé pour son prochain mariage, tandis que Locksley et Ranulphe se procuraient des flèches. Quant à Cédric, il alla « à la tripe », comme on disait alors, avec les puterelles du port.

La gabare sur laquelle ils embarquèrent contenait des ballots d'étoffe du Languedoc qui seraient vendus à Bordeaux. Le patron de l'embarcation leur demanda trente sous par personne. C'était une somme élevée qu'il justifia par les nombreux péages sur le fleuve. En vérité, acquitter les passagers étaient une aubaine pour lui, car si les gabares étaient pleines de pastel à l'automne, en cette saison il ne trouvait à transporter que du mauvais vin et des étoffes.

Une fois à bord, ils firent rapidement le tour de l'embarcation. Longue de cinq toises et large de deux, allongée à ses extrémités, elle avait une haute rambarde permettant de se protéger en cas d'attaques lancées depuis les berges. À la poupe se dressait un abri où ils entreposèrent armes et bagages. Les femmes y passèrent presque tout le voyage, tant la place manquait. C'est que le bâtiment était plein de ballots empilés et il ne restait qu'un étroit passage, le long du bord, pour circuler et manœuvrer. Le patron de la gabare et ses deux matelots utilisaient de gros avirons à bouts carrés et des perches pour le déhalage et les manœuvres d'abordage. S'ils disposaient aussi d'une voile carrée sur un petit mât, elle était surtout utilisée quand ils remontaient le courant.

La barque naviguait en compagnie de quatre autres barques dans la partie la plus profonde de la rivière. Elles suivaient le courant, les unes derrière les autres, mais les marins étaient toujours aux perches ou aux avirons pour manœuvrer. Il fallait éviter les piles des ponts, dont les enrochements provoquaient un regain de courant et des tourbillons, faire attention aux bancs de sable, aux moulins, et surtout aux pieux de pêcherie que les barques devaient contourner sans s'échouer.

Quand la gabare avançait sans contrainte, elle parcourait une lieue à l'heure, mais les manœuvres et les péages ralentissaient beaucoup cette allure. Les péages étaient annoncés à son de cloche. Les barques devaient alors s'arrêter pour attendre les collecteurs. Il y avait toujours une auberge à proximité et, sous prétexte que les commis n'étaient pas encore là, marins et passagers étaient contraints de se restaurer dans le cabaret, en général à prix d'or.

De plus, la journée finissait tôt, car les gabares devaient s'arrêter chaque soir dans un port ou une rade fortifiée. Les passagers passaient alors la nuit à terre dans une maison forte ou chez des marchands. À cette occasion, il était fréquent que le capitaine décharge ou embarque quelques marchandises.

Comme personne ne pouvait s'isoler à bord, c'est lors d'une de ces haltes que Guilhem discuta avec Locksley de son plan pour entrer dans la tour de Guillaume le Conquérant.

— Le plus simple est de refaire ce qui m'a réussi pour pénétrer dans la maison du Temple du Monceau-Saint-Gervais. Avec Bartolomeo, nous nous ferons passer pour des troubadours en jouant aux abords de la Tour. Il ne doit pas y avoir beaucoup de ménestrels et de jongleurs venant de France, aussi serons-nous vite repérés par les barons. Nous devrions facilement être invités à faire les jongleurs devant eux.

— Je te l'accorde, mais après ? La Tour n'a rien à voir avec la maison du Temple. Il y a des quantités de corps de logis à l'intérieur de l'enceinte. Comment trouveras-tu ce testament ?

— Tu l'as dit toi-même, Robert, c'est impossible ! Cela veut dire qu'on peut le faire ! plaisanta Guilhem avec insouciance.

Sa saillie amena un sourire sur le visage de son ami.

— Tu as raison, et je ne te dis ça que parce que je t'envie ! fit le Saxon en lui tapant sur l'épaule.

— Connais-tu Guillaume de La Braye ?

— Je ne l'ai jamais rencontré.

— S'il est dans la Tour, je n'aurai qu'à le suivre dans son logis et, le couteau sous la gorge, il me remettra le testament ! suggéra Guilhem en mimant son action.

Robert de Locksley sourit à nouveau. Voilà le genre d'entreprise audacieuse qu'il aimait, mais qui n'avait aucune chance d'aboutir !

— Il a ses gens, ses serviteurs, crois-tu qu'on te laissera faire ? objecta-t-il. La Tour renferme deux ou trois cents hommes d'armes, au moins.

— J'aviserai ! répliqua Guilhem. Il y a toujours une solution, tu le sais comme moi !

Robert de Locksley ne répondit rien, songeant que son ami changerait d'avis quand il découvrirait la forteresse.

Le temps passait lentement. Quand Locksley restait avec sa femme, Guilhem, accoudé au bastingage, observait les rives qui défilaient. Au bout d'un moment, l'ennui l'envahissait et l'étouffait. Lui qui avait choisi la rivière pour éviter les Brabançons de Mercadier en venait à souhaiter une attaque de leur part.

Parfois, il suivait du regard les écuyers de Locksley. Chacun à un bout de la barque, les deux cousins s'ignoraient superbement. Mais quand Regun rejoignait Mathilde, Guilhem avait remarqué que Ranulphe les observait. À ces moments-là, il n'y avait aucune haine sur son rude visage, seulement une profonde détresse. Il n'en était jamais de même chez Regun qui ne voulait plus avoir affaire à Ranulphe et le lui montrait par une malveillante indifférence.

Ces comportements inquiétaient Guilhem. Dans une expédition aussi risquée que celle qu'il conduisait, il n'y avait pas de place pour les ressentiments.

À Marmande, ils durent patienter deux jours, car des routiers s'étaient attaqués à l'abbaye du Rivet, un peu plus bas sur la Garonne, et les gens de Mercadier étaient maintenant pourchassés par le sénéchal de Gascogne. Les marchands qui arrivaient de Bordeaux assuraient que la rivière n'était pas sûre et que plusieurs barques avaient été attaquées.

Ils annoncèrent aussi aux voyageurs qu'Aliénor et sa petite-fille Blanche étaient arrivées depuis quelques jours à Bordeaux, ainsi que la troupe d'escorte envoyée par le roi Jean pour conduire la future reine de France à Rouen.

Chapitre 16

En approchant de Bordeaux, ils ne virent d'abord que des vignes sur coteaux, le long de la Garonne. Le vin était la principale richesse de la ville et le patron du bateau expliqua que les paysans le cultivaient sans contrainte.

— Les Normands sont des amateurs de vin, contrairement aux Saxons qui préfèrent l'ale, plaisanta-t-il, car Locksley lui avait dit que lui et ses hommes étaient saxons. C'est avec l'arrivée des Normands en Angleterre que nous avons commencé à vendre notre vin là-bas, mais depuis que le Plantagenêt a épousé notre duchesse presque tout le claret d'ici est transporté à Londres.

Après une dernière nuit dans une auberge fortifiée, la gabare arriva en vue des murailles de Bordeaux en fin de matinée. C'était le dimanche de Pâques[1].

Comme la ville devait déborder de monde avec la cour d'Aliénor, les Castillans qui accompagnaient Blanche et les gens du roi Jean, Locksley, le seul à connaître le port, demanda au marinier qu'il les laisse à l'embouchure du Peugue, une rivière qui se jetait dans la Garonne après avoir longé l'enceinte. C'est de là que partaient les nefs pour l'Angleterre et

---

1. Dimanche 9 avril.

il connaissait le Chapeau Rouge, une des nombreuses auberges se trouvant sur cette rive.

Le patron acquiesça d'autant plus facilement que la marée descendait et qu'il devait débarquer ses ballots à proximité.

De la gabare, la cité qui s'offrait au regard des voyageurs était toujours l'antique Burdigala romaine dont subsistait une partie des remparts du castrum. De cette muraille dépassaient les clochers des églises, celui de la cathédrale Saint-André en chantier et quelques tours et monuments romains dont le plus important était le palais ducal, qu'on appelait le palais de l'Ombrière. Sombre forteresse érigée sur un angle de l'enceinte, c'était le siège de la sénéchaussée de Gascogne.

À cause de la hauteur des remparts, les voyageurs ne voyaient pas l'intérieur de la cité, mais ils pouvaient facilement imaginer ses innombrables maisons de pierre et de bois serrées le long de rues étroites, tortueuses, creusées d'ornières.

La gabare se rapprocha du palais de l'Ombrière et de la rive vaseuse. La berge était renforcée par une plateforme de remblais retenus avec un alignement de pieux de chêne. Derrière, on apercevait des maisons à pans de bois, des moulins, des auberges et des entrepôts, ainsi que le sommet d'une double potence à laquelle étaient suspendus deux corps. Des voleurs.

Devant la plateforme, une sorte de palissade, trop basse pour avoir une vocation défensive, servait à empêcher des débarquements frauduleux. En effet, gardes, clercs lettrés et officiers municipaux en robe noire attendaient là pour vérifier les marchandises et encaisser les taxes. Les étrangers étaient aussi questionnés, ou devaient présenter leur sauf-conduit.

Entre la palissade et la rivière, la rive descendait en pente douce et n'avait ni quai ni ponton pour accoster. L'absence de débarcadère s'expliquait par l'intensité de la marée qui pouvait atteindre deux toises et qui rendait de tels aménagements inutiles.

C'est ce qu'exposait le patron de la gabare en utilisant sa perche pour ralentir l'allure de la barque et la faire glisser vers la grève qui se découvrait avec le jusant. Progressivement, le fond de la Garonne apparaissait, pavé de gros galets plats couverts de vase et de varech. Récupérés du lest de vieilles nefs, ils avaient été placés là pour pouvoir circuler sans s'enfoncer dans la boue. C'est sur ces fonds que les gabares s'échouaient au plus près de l'enceinte et de la plateforme de la rive. Dès qu'elles étaient immobilisées, une armée de manœuvriers et de débardeurs s'y précipitait pour transborder barriques et ballots depuis ou jusqu'à la berge.

En revanche, les grosses nefs à coque arrondie qui partaient en mer ne pouvaient s'échouer ainsi, sinon à briser leurs membrures. Elles restaient donc au milieu du lit du fleuve et toute une armada d'allèges et de filadières les chargeaient ou les déchargeaient. Les gros tonneaux étaient déplacés à l'aide de poulies et poussés par des rouleurs qu'on appelait des braymants.

Dans une succession de frottements et de crissements, les nautoniers parvinrent adroitement à échouer la gabare au plus près de la rive empierrée, là où se trouvaient déjà toutes sortes de barques posées sur le fond vaseux.

Immédiatement une cohue de crocheteurs se précipita, car le temps était compté avant le reflux, même si l'eau mettait beaucoup moins de temps à remonter qu'à sortir de l'estuaire. Le capitaine leur donna des instructions avant de descendre sur la berge pour déclarer sa marchandise aux clercs et payer les droits.

Robert de Locksley le rejoignit. Les débardeurs étaient organisés en société et il s'adressa à l'un de leurs chefs, lui ordonnant de prendre leurs bagages et de les porter au Chapeau Rouge où ils seraient payés. Pendant ce temps, Guilhem aidait Anna Maria à descendre. Locksley la prit dans ses bras, Regun fit de même avec Mathilde, et ils portèrent les deux femmes jusqu'aux premières pierres de la berge. Les autres hommes étaient déjà hors de la barque, Bartolomeo restant à surveiller les débardeurs pour éviter qu'on ne les vole.

Ils rejoignirent la plateforme de la rive par un chemin pentu encombré de portefaix transportant d'énormes ballots ou faisant rouler tonneaux et barriques.

Après avoir montré le laissez-passer d'Aliénor, les voyageurs se rassemblèrent sur une voie bordée de magasins, d'hôtelleries, d'écuries et de boutiques. Là aussi régnait une incroyable cohue de serviteurs, de marchands, de véhicules et d'animaux de bât. Protégé par deux tours, un fragile pont de bois enjambait le Peugue et le chemin rejoignait une porte de la ville. Entre maisons, entrepôts et ateliers, on apercevait de toutes parts les vignobles qui couvraient les coteaux.

Accompagnés des crocheteurs, les voyageurs marchèrent jusqu'à l'auberge du Chapeau Rouge dont ils avaient aperçu la grande enseigne. Ils y obtinrent trois chambres et, dès qu'ils eurent rassemblé les bagages, Guilhem réunit tout le monde dans la plus grande pièce.

— Il est temps de vous dire où nous allons vraiment, fidèles serviteurs, commença Guilhem. Je ne me rends pas à la noce de Louis de France, car nous partons pour l'Angleterre. Mais là-bas, nous n'irons pas non plus à la noce de Regun et de Mathilde.

Un étonnement stupide figea plusieurs visages, Jehan restant le plus stupéfait. Quant à Regun et Mathilde, ils étaient aussi interloqués que les autres, Mathilde ayant brusquement pâli.

— Nous n'allons pas à la noce du seigneur Eldorman ? répéta Cédric, d'une voix où perlait un soup-

176

çon de contrariété, tant il espérait boire à profusion et lutiner des paysannes.

— Non, répondit Robert de Locksley. Regun et Mathilde débarqueront dans le village de Portsmouth et gagneront seuls Huntington où ils se marieront. Quant à nous, nous irons à Londres.

— À Londres… balbutia Jehan.

— Nous partirons dès que le comte de Huntington aura rencontré la noble duchesse Aliénor, ajouta Guilhem en ignorant l'interruption du tisserand cathare. Avec Bartolomeo, je m'occuperai tout à l'heure de trouver une nef. En attendant, tenez votre langue. Que j'apprenne que l'un de vous a révélé où nous allons et je lui couperai moi-même la gorge. Vous savez que ce n'est pas une menace en l'air. Pour éviter toute tentation, Jehan et Cédric demeureront enfermés ici. Vous, Regun, vous resterez avec Mathilde.

La jeune fille avait retrouvé un peu de couleur et tenait serrée la main de son fiancé.

— Le seigneur de Locksley part tout à l'heure au château ducal avec Ranulphe et sa noble épouse. Ce soir, nous souperons dans cette chambre et, demain, personne ne sortira avant notre départ.

— Seigneur, demanda Ranulphe, resterons-nous ensuite en Angleterre ?

— Guilhem a une mission à accomplir, répondit Locksley, et je l'aiderai. Selon ce que m'aura appris la noble duchesse, peut-être resterai-je à Huntington, mais je n'y crois guère. Auquel cas, je rentrerai en France et je m'installerai en Normandie. Je sais que je vous ai laissés longtemps hors de votre pays, aussi, si vous voulez rester en Angleterre, mes fidèles Saxons, je vous donnerai de quoi vous établir.

— Je resterai avec vous, seigneur, décida Cédric, tandis que Ranulphe, peut-être complètement tourneboulé par ce qu'il venait d'apprendre, n'ouvrait pas

177

la bouche, jetant seulement un regard chagrin à son cousin, qui l'ignora.

— Seigneur, vous ne serez donc pas à notre mariage ? demanda Regun.

— Non, mon fidèle écuyer, et je le regrette. Mais je dois être au côté de Guilhem.

— Je pourrais vous accompagner, seigneur, et me marier plus tard.

— J'aurai Ranulphe et Cédric, répliqua Robert de Locksley. Cela suffira. Mathilde m'en voudrait trop, ajouta-t-il avec un chaleureux sourire.

Après un rapide dîner, Guilhem et Bartolomeo retournèrent sur la berge. La marée montait déjà. Ils s'engagèrent sur une plateforme de planches sur laquelle étaient entreposées toutes sortes de marchandises, principalement de gros tonneaux que l'on déchargeait de charrettes tirées par des bœufs.

Il y avait trois nefs au milieu de la rivière et l'on finissait de charger de petites embarcations à fond plat qui feraient la navette entre la rive et les navires. Avisant deux hommes qui surveillaient les rouleurs de tonneaux, l'un en robe sombre et l'autre en cotte de feutre fermée par des lacets, Guilhem les interrogea.

— Gentils sires, leur dit-il, savez-vous si ces nefs se rendent en Angleterre ?

Tous deux le considérèrent avec un mélange de curiosité et d'intérêt, leur regard s'attardant un instant sur ses armes.

S'ils étaient pareillement tannés par le soleil, ils ne se ressemblaient guère. Le plus âgé, celui en robe, portait une barbe blanche sur un visage calculateur, tandis que l'autre, cheveux noirs, longs et desséchés, affichait une moue boudeuse lui donnant une expression insatisfaite.

— Oui, seigneur, et principalement la plus petite.

Il désigna une nef à la coque arrondie peinte en noir, avec une bande rouge reliant le haut château crénelé de la poupe au plus petit de la proue. Le bateau possédait un gros mât central, avec une vergue transversale, et un second, moins haut, à l'avant, ainsi que trois longues rames peintes en rouge et noir à l'arrière, qui sortaient de dessous le château. Il devait être long de sept toises et, en son milieu, large d'une dizaine de pieds.

— C'est l'*Anatasie*, elle est à mon gendre, Berthomieu. Nous sommes associés avec son cousin, Castets, qui est le pilote. Elle partira demain, quand nous aurons fini de charger mes soixante tonneaux de vin.

— J'ai besoin de me rendre à Londres, gentils marchands.

Les deux négociants échangèrent un regard. Transporter des passagers armés avait des avantages et des inconvénients. Les hommes d'armes pouvaient défendre la cargaison en cas d'attaque de pirates, mais ils pouvaient aussi être des voleurs.

— Vous serez deux ? s'enquit le jeune en plissant les yeux.

— Nenni, nous serons huit, dont deux femmes, avec quelques bagages.

— C'est beaucoup trop ! répliqua-t-il. On devrait retirer au moins un tonneau pour chacun d'entre vous. Et même ainsi, ce serait très inconfortable.

— Quand partiront les autres nefs ?

— Pas avant deux jours, car elles ont essuyé une tempête et ont des bordages à changer.

— Maîtres marchands, fit Guilhem, je devine vos craintes. Sachez que nous payerons notre passage sans barguigner. Je me nomme Guilhem d'Ussel, seigneur de Lamaguère. Le comte de Huntington et son épouse m'accompagnent avec ses écuyers et nos gens d'armes. Nous allons à une noce, en Angleterre. Après quoi je me rendrai au mariage du fils de Philippe de France, car le roi m'a invité. Nous avons un sauf-conduit de la duchesse Aliénor, et un autre du roi de France. Mes gens vous porteront toute l'assistance que vous souhaitez durant le voyage, mais nous devons partir demain.

Voyant qu'ils hésitaient, il ajouta :

— Combien vendez-vous un tonneau de claret ?

— En ce moment, il peut atteindre dix livres, à Londres[1], et même parfois vingt, répondit matoisement le vieux.

— Nous prendrons la place de huit tonneaux, mais je ne vous donnerai que quarante livres, car vous n'aurez pas à les charger ni à les vendre.

— Les tonneaux ne boivent ni ne mangent, seigneur, remarqua le jeune.

— Je veux bien aller jusqu'à vingt marcs d'argent, s'impatienta Guilhem, mais ne m'échauffez pas plus les oreilles !

— Accepte, Berthomieu, fit le vieux. Souviens-toi des pirates rencontrés au dernier voyage. Vingt marcs d'argent couvriront correctement le manque de tonneaux.

— Topons, seigneur ! accepta finalement le jeune après une ultime hésitation.

— À quelle heure partirons-nous ?

— À cause des courants, on ne sait jamais à l'avance quel est le meilleur moment pour lever les ancres, mais le flot devrait être au plus haut deux heures après none. Soyez donc là une heure plus tôt pour monter à bord. Il y aura une barque qui vous attendra.

— Moi et mes gens irons jusqu'à Londres, mais deux d'entre nous débarqueront sur la côte sud, dans un port nommé Portsmouth. C'est possible ?

— Je navigue au plus près des côtes pour me mettre à l'abri en cas de gros vent ou d'attaque de pirates, et je gagne les ports chaque fois que je peux pour me réapprovisionner. Je fais donc toujours un arrêt à

---

1. Le tonneau correspondait à 800 ou 900 litres de vin.

Portsmouth où je vends d'ailleurs une partie de la cargaison.

— Dans combien de temps serons-nous à Londres ?

— Qui peut le savoir, sinon la divine Providence ? répondit le plus âgé des négociants en levant les yeux au ciel. La dernière fois, le temps était mauvais et le voyage a pris six semaines. Mais cet automne, mon gendre a mis six jours pour venir de Portsmouth.

Chapitre 17

Érigé à l'angle sud-est de l'enceinte gallo-romaine, devant la berge du fleuve, le palais de l'Ombrière était une suite disparate de corps de logis et de fortifications communiquant par de sombres galeries voûtées et des cours putrides et ténébreuses. À l'une de ses extrémités, le massif donjon carré de l'Arbalesteyre dominait la ville. À l'autre bout se dressaient d'antiques tours romaines. Entre les deux se dressait une grande salle, avec un étage.

Si, du côté de la Garonne, les ouvertures n'étaient que des meurtrières, il n'y avait pas davantage de fenêtres vers la ville et l'obscurité régnait dans les salles du palais, d'autant plus qu'entre le castrum et la rivière, les arbres nombreux formaient une futaie humide et insalubre. C'est pourtant là que logeaient le sénéchal de Gascogne et le prévôt de l'Ombrière, dans les appartements surmontant la grande salle voûtée.

Pour l'instant, ces deux seigneurs avaient cédé leur logement à la duchesse Aliénor et à sa suite.

Arrivé au châtelet d'entrée, Robert de Locksley se fit connaître et présenta le parchemin laissé par Gautier le Normand. Le sergent de garde reconnut le sceau ovale qui représentait la duchesse debout, la couronne ducale sur la tête et tenant une colombe, mais comme il ne savait pas lire, il fit chercher Gautier dans le grand donjon.

Arrivé depuis quelques jours, Gautier le Normand commençait à s'inquiéter de l'absence de Locksley. Il fut donc soulagé en le voyant. Robert lui fit un bref résumé de leur voyage et lui dit où ils logeaient pendant que le chevalier d'Aliénor le conduisait dans la grande salle par une galerie basse et voûtée, éclairée par de fumants flambeaux de joncs imbibés de suif.

Il faisait froid, et la plupart des chambres du château n'avaient pas de foyer, aussi les gentilshommes et leurs dames, en épaisses robes de laine, se pressaient-ils devant l'immense cheminée où se consumaient plusieurs troncs d'arbres. Plusieurs d'entre eux, assis sur des stalles placées le long des murs, écoutaient un jongleur jouant d'un petit luth. Le sol de pierre était couvert de paille fraîche et des domestiques et des esclaves dressaient une grande table sur tréteaux. Les murs étaient tendus de tapisseries, de bannières et d'écus aux armes d'Aliénor et de la Gascogne ainsi que de toutes sortes d'armes d'estoc ou de taille. Quant au plafond, il était magnifiquement peint de blasons et de scènes de chasse.

Gautier salua quelques familiers, mais sans présenter Robert de Locksley, préférant que les proches du roi Jean n'apprennent pas sa présence. Ayant traversé la salle, il s'arrêta devant une porte ferrée, gardée par deux hommes d'armes tenant des hallebardes. Il la fit ouvrir.

— Cet escalier conduit aux appartements de la reine, dit-il, personne ne peut y entrer sans autorisation.

— Ranulphe, attends-nous là, décida Locksley en entrant avec Anna Maria.

En traversant la salle, ils n'avaient pas prêté attention à un chevalier en chasuble de soie brodée recouverte d'un surcot de fourrure à manches courtes. Celui-ci ne les avait pourtant pas quittés des yeux.

Cet homme, c'était Étienne de Dinant qui s'interrogeait sur ces visiteurs conduits chez Aliénor par Gautier le Normand.

Après que les gardes eurent refermé la porte derrière eux, Dinant attendit un moment en observant Ranulphe, puis il s'approcha du grand chambellan qui surveillait les domestiques dressant les tables. Ce grand chambellan était un noble seigneur de Normandie qu'il connaissait bien.

— Guillaume, lui demanda-t-il, rends-moi un service. Ce jeune homme qui attend devant la porte de l'escalier, je ne l'ai jamais vu et cela me tourmente un peu. J'aimerais bien savoir qui c'est, et s'il a le droit d'être ici.

— N'était-il pas avec Gautier le Normand ?

— Je ne sais pas. Je n'aime pas les inconnus, surtout s'ils ont un air un peu trop arrogant lorsqu'ils portent une épée, comme lui.

Guillaume des Prés, c'était le nom du chambellan, se dirigea vers Ranulphe et le questionna. Il revint un peu plus tard auprès de Dinant.

— Rassure-toi, il se nomme Ranulphe de Beaujame, c'est l'écuyer du comte de Huntington qui est en ce moment reçu par notre noble duchesse.

— Je préfère ça ! fit Dinant, avec la grimace de soulagement de celui qui s'était inquiété pour rien.

Ainsi, songea-t-il, Robert de Locksley, celui qui avait tout fait rater à Paris, était ici ! Que venait-il faire ?

À l'étage, Gautier le Normand avait demandé audience au grand chambrier de la duchesse. Celui-ci avertit Aliénor, puis revint pour les faire passer dans une grande chambre bien chauffée, mais excessivement sombre à cause de la fumée du foyer et de l'absence de fenêtre. Un chandelier avec trois grosses bougies de cire apportait cependant une aura de luminosité.

Joliment peinte avec des frises sur les poutres et des fresques sur les murs, la pièce n'était meublée que d'une tapisserie, de bancs à dossiers, d'escabeaux, d'une crédence de voyage ciselée et de gros coffres aux couvercles représentant des scènes bibliques. Le meuble principal était un grand lit à colonnes aux lourdes custodes cramoisies, posé sur une estrade de deux marches.

Les jambes allongées, revêtue d'un péliçon[1] doublé d'hermine sur sa robe et coiffée d'une guimpe qui ne laissait paraître que son visage ridé et tavelé, Aliénor était assise sur le lit. Près d'elle se tenaient deux servantes en bliaut blanc immaculé et un clerc en robe grise et rêche.

Jamais la duchesse d'Aquitaine n'était apparue si frêle et si fatiguée aux yeux de Locksley. Celle qui avait été l'une des plus belles créatures de la chrétienté n'était plus qu'une vieille femme au bord de la tombe.

— Robert, fit-elle dans un souffle en le voyant entrer avec Anna Maria. Je remercie le Seigneur de me donner le bonheur de vous revoir.

— Je suis venu dès que Gautier me l'a ordonné, ma dame.

— Vous partiez pour Paris et pour l'Angleterre, m'a-t-il dit. Qui se marie ?

— Mon écuyer, ma dame.

— Ranulphe ?

— Non, ma dame, Regun. Il a rencontré une jeune fille du Limousin. Les noces auront lieu à Huntington.

— C'est bien. Ranulphe est toujours avec vous ?

— Si fait, noble duchesse, il m'a accompagné.

---

1. Robe de dessus en peau.

— Je vous ai fait venir, Robert, car l'abbé du Pin m'a envoyé un message quand j'étais en Castille. L'évêque de Hereford a vendu les biens que vous lui aviez confiés. Il en a obtenu mille cinq cents marcs d'argent[1]. Frère Jacques...

Le clerc s'approcha.

— Allez me chercher le document que m'a envoyé l'abbé du Pin.

Le clerc se rendit jusqu'à la crédence sur laquelle trônait un coffre d'argent. Il l'ouvrit, fouilla un instant et sortit un quaternion qu'il porta à la duchesse. Elle vérifia qu'il s'agissait bien du document demandé et le tendit à Robert de Locksley.

Il défit le ruban et le déplia. Passé les formules d'usage, la lettre s'adressait à Robert de Locksley et lui demandait de se rendre chez Nathan le Riche, près d'Aldersgate, l'une des portes dans le mur romain de Londres.

Le second papier écrit sur un parchemin était une quittance de Nathan le Riche remise à l'évêque de Hereford reconnaissant avoir reçu la somme de mille cinq cents marcs d'argent. La somme serait rendue au comte de Huntington s'il était porteur de la quittance et d'un témoignage.

— Je vous remercie humblement de toute votre bonté, ma dame.

— Frère Jacques, vous remettrez ce soir au comte de Huntington un laissez-passer confirmant qu'il est mon fidèle serviteur.

Le clerc s'inclina.

— Qu'allez-vous faire, maintenant, Robert ?

— Passer par Londres et chercher mon argent, ma dame ! sourit Robert de Locksley.

— Et après ?

— Je ne peux rester en Angleterre, noble et vénérée dame, vous le savez, fit tristement Locksley.

---

1. Environ trois mille livres.

— Je convaincrai mon fils de vous pardonner…

Pardonner quoi ? songea Locksley, pris de court. Mais il n'eut pas le temps de répondre, car Aliénor ajouta :

— … Je ne veux pas que vous rejoigniez le roi de France.

Cette fois, Robert de Locksley resta volontairement silencieux.

— Savez-vous qu'Arthur est à Paris ? demanda-t-elle d'un ton sec.

— Non, noble dame, mais s'il y est, ce ne peut y être que comme hôte et non comme prisonnier, car le roi Philippe l'aime autant qu'il avait aimé votre fils Geoffroi.

Le visage d'Aliénor se tendit d'un effrayant masque de haine.

— Qu'il soit trois fois maudit ! cracha-t-elle. Arthur n'est plus de mon sang ! Je sais que Philippe a tout tenté pour qu'Arthur devienne roi à la place de Jean, et qu'il continue à intriguer malgré ce mariage qui devrait rapprocher nos deux lignages ! Si vous le rejoignez, il vous utilisera. Venez vous établir en Aquitaine, je vous aiderai.

— Peut-être viendrai-je, ma dame vénérée, mais Mercadier est aussi en Aquitaine.

Elle resta silencieuse un moment avant de dire :

— Nous en reparlerons. Il y a un banquet ce soir pour fêter la nouvelle année, soyez-y.

— Je suis avec un ami, le seigneur Guilhem d'Ussel, peut-il m'accompagner ?

Elle ne répondit pas sur-le-champ mais il vit qu'elle était contrariée.

— Pourquoi est-il avec vous ? Va-t-il aussi à Londres ?

— Nous voyageons ensemble, noble et vénérée duchesse, il se rend au mariage de votre petite-fille où Philippe de France l'a invité. Il voyagera dans la nef avec moi et se fera déposer dans un port breton.

— C'est lui qui conduisait des hérétiques à Toulouse quand vous êtes venus à Poitiers... fit-elle.

— Des cathares, ma noble dame. Mais ce sont de bons chrétiens qui vénèrent notre Seigneur Jésus.

— Sa Sainteté les a déclarés hérétiques, et le Saint-Père ne se trompe jamais. Votre ami a protégé la pestilentielle contagion de l'hérésie, et Philippe de France avec lui, gronda-t-elle.

— Je ne suis pas capable d'en juger, noble duchesse, mais Guilhem a laissé les cathares à Albi, ainsi que la femme qu'il aimait.

— Qu'il vous accompagne donc, mais il y aura pléthore de monde et, s'il est là, vous ne pourrez venir avec vos écuyers, car il n'y aura pas assez de place.

Robert de Locksley s'inclina et Anna Maria s'agenouilla, embrassant une main de la vieille femme.

— Que Dieu vous garde, Robert, dit-elle.

— Que le seigneur vous protège, ma duchesse, dit-il.

— Un dernier mot, comte, ajouta-t-elle. Mercadier est à Bordeaux, mais il y a une trêve pour Pâques. Si vous le rencontrez, je ne veux pas de dispute en cette fin d'année.

— Il n'y en aura pas, ma duchesse.

Elle se contraignit à sourire.

— Envoyez-moi Ranulphe, vous avez de la chance d'avoir un écuyer si fidèle, comte. Je l'ai beaucoup aimé et j'aimerais qu'il me salue.

Ils partirent, raccompagnés par Gautier resté à la porte. En bas de l'escalier, Locksley expliqua à Ranulphe que la duchesse l'attendait et lui demanda de rentrer ensuite au Chapeau Rouge.

— Approchez-vous, Ranulphe, ordonna Aliénor, tandis que l'écuyer restait devant la tenture de la porte, intimidé.

Il avança lentement vers le lit et s'agenouilla, puis comme elle lui tendait ses mains, il plaça les siennes dans celles tachées et ridées de la vieille femme.

— Êtes-vous heureux de rentrer en Angleterre, Ranulphe ?

— Oui, madame, mais je ne sais pas si nous y resterons.

— Vous avez encore de la famille à Huntington, m'avez-vous dit, une sœur. Je suppose que vous la reverrez avec plaisir.

— Certainement, vénérée duchesse, mais c'est plutôt mon cousin Regun qui la verra, dit-il après une brève hésitation, car en Angleterre je resterai avec mon seigneur.

— Le comte de Huntington vous a déjà parlé de son voyage à Londres ? s'étonna-t-elle.

Ranulphe était embarrassé, il avait juré de ne rien dire, mais Aliénor était tout de même la mère du roi. Il devait lui faire confiance.

— Oui, ma duchesse, tout à l'heure, à l'auberge.

Aliénor resta figée. Elle venait seulement d'apprendre à Robert de Locksley qu'il pouvait aller chercher son argent. Locksley lui avait assuré se rendre à Huntington pour des noces – et non à Londres... Il lui avait menti.

En soixante ans, Aliénor avait tout appris des trahisons, des mensonges et des intrigues. Elle devina immédiatement que le comte ne lui avait pas révélé les véritables raisons de son voyage. De plus, elle restait intriguée par la présence de ce Guilhem d'Ussel.

Intuitivement, elle devina que sa présence était importante.

— Cet Ussel va-t-il aussi à Londres ? demanda-t-elle d'une voix égale.

Elle tenait toujours ses mains et il ne put mentir.

— Oui, noble duchesse.

— Que va-t-il y faire ? N'est-il pas au comte de Toulouse ? plaisanta-t-elle.

— Je l'ignore, noble duchesse, mais il a reçu un émissaire du roi de France, il y a quelques jours.

— Protège-t-il toujours des hérétiques ? s'enquit-elle.

— Il y a des cathares chez lui, madame. Il leur a confié son fief.

Elle se dégagea et se signa. Robert lui avait menti deux fois ! Lui et ce Ussel protégeaient l'infâme hérésie. Que le Seigneur lui vienne en aide ! Dans quelle aventure infernale le comte de Huntington s'engageait-il ? Était-ce le roi de France qui envoyait Guilhem à Londres ?

Que devait-elle faire ?

Le silence s'éternisa. Mal à l'aise, Ranulphe était conscient d'avoir trop parlé, mais pouvait-il agir autrement ?

— Ranulphe, quand je quitterai Bordeaux, je retournerai à Fontevrault. Soyez-moi fidèle et venez me rejoindre dès que vous le pourrez. Vous deviendrez mon chevalier, je vous équiperai et vous donnerai un fief. Mais, en attendant, je veux que vous soyez mon homme lige.

Il resta silencieux, désemparé, comprenant qu'il ne pourrait être fidèle à deux maîtres.

— Rendez-moi hommage et soyez mon homme ! ordonna-t-elle.

Elle lui tendit ses mains et il y plaça les siennes.

— Ma duchesse, je deviens votre homme et vous donne ma foi, balbutia-t-il, tandis qu'elle serrait ses poignets.

— Si vous découvrez que Guilhem d'Ussel agit contre moi, contre mon fils, vous l'empêcherez de nous nuire, fit-elle. Si vous découvrez qu'il protège Arthur de Bretagne, ou que le roi de France l'incite à me nuire, vous agirez dans mon intérêt.

— Je le ferai, ma dame, murmura-t-il, vaincu.

Elle le relâcha et ferma les yeux. Il comprit qu'il devait se retirer. Il se releva et sortit à reculons.

Mais à peine était-il parti qu'Aliénor se redressa et appela le clerc qui attendait à l'écart.

— Frère Guillaume, lui dit-elle, trouvez-moi Étienne de Dinant.

Dinant arriva peu après. Entre-temps, la mère du roi Jean avait longuement réfléchi et pris sa décision.

— Dinant, commença-t-elle après qu'il se fut agenouillé, je connais votre inébranlable fidélité à mon fils.

— Je crois être loyal envers lui, madame, répondit prudemment le chevalier.

Jusqu'à présent, il avait évité les tête-à-tête avec Aliénor, craignant qu'elle n'ait appris, ou deviné, qu'il avait été l'instigateur de la mort de son fils Richard, aussi s'inquiétait-il des raisons de sa convocation.

— Il y aura ce soir au banquet un homme qui pourrait nuire à mon fils, dit-elle.

— Montrez-le-moi, madame, et je le défierai.

— Non, il vous battrait, car j'ai appris qu'il était un redoutable combattant. De plus, la trêve interdit toute querelle. Mais je connais votre réputation, vous êtes adroit...

Elle croisa son regard et Dinant frémit devant la flamme de haine qui brûlait dans ses yeux.

— Cet homme se nomme Guilhem d'Ussel...

Dinant parvint facilement à se maîtriser, car après avoir découvert que Robert de Locksley avait été reçu par la duchesse, il s'était interrogé sur la possible présence d'Ussel à Bordeaux puisque tous deux avaient quitté Paris ensemble.

— Il est arrivé aujourd'hui, avec un chevalier que je croyais fidèle, Robert de Locksley, comte de Huntington, qui malheureusement s'oppose toujours à mon fils et dont je soupçonne maintenant la déloyauté.

Dinant hocha la tête.

— Ce Guilhem est au service du roi de France, j'en suis convaincu. Il a prévu de s'embarquer ici, pour Londres…

— Londres, madame ? Mais qu'irait-il y faire ?

— Je l'ignore, mais il s'agit forcément de quelque félonie dont Philippe de France a le secret. Je ne veux pas qu'Ussel quitte la ville.

De nouveau son regard croisa le sien et il baissa les yeux avant de demander à voix basse :

— Vous venez de me dire qu'il est avec le comte de Huntington, madame…

— Pas seulement. Huntington est avec son épouse et ses deux écuyers. L'un se nomme Ranulphe de Beaujame, je veux qu'il ne lui arrive rien. L'autre s'appelle Regun Eldorman. Il est avec une femme qu'il veut épouser en Angleterre. C'est ce que m'a dit Locksley, mais je ne suis pas sûre que ce soit la vérité. Ils doivent avoir des hommes d'armes, j'ignore combien.

— Vous pourriez les faire arrêter…

— Je pourrais, mais ils ne se laisseraient pas faire et je ne veux pas ternir les fêtes de Pâques.

Dinant faillit proposer le nom de Mercadier, qui avait les moyens de vaincre Robert de Locksley avec ses Brabançons, mais il se retint, car une séduisante idée lui était venue.

Aliénor s'était abîmée dans le silence et avait fermé les yeux. Au bout d'un instant Dinant comprit que la duchesse d'Aquitaine n'en dirait pas plus. Elle fit d'ailleurs un geste de la main pour qu'il se relève.

Il le fit, s'inclina et sortit.

Par un étroit passage surplombant la galerie entre le châtelet et la grande salle, l'étage du logis occupé par Aliénor communiquait avec le grand donjon carré où Dinant avait une chambre. En s'y rendant, il peaufina son plan. Un plan qui lui permettrait de satisfaire à la fois Aliénor et son fils. Il avait hâte de savoir si Mauluc avait enfin réussi à obtenir cette dague qu'il recherchait depuis des jours et des jours.

Peter Mauluc était l'un de ses écuyers. C'était un jeune homme courtaud et trapu qui, malgré un visage à l'expression perpétuellement obtuse, était d'une rare habileté. Ce qui ne gâchait rien, c'étaient la vigueur et la force physiques dont il faisait preuve, le garçon étant d'une rare endurance une hache et un écu à la main.

— Mauluc ! Enfin te voilà ! fit-il à l'écuyer qui dissimulait un objet sous la courtepointe. L'as-tu ?

— Arnald le Gascon vient de me la remettre à l'instant, seigneur, répondit l'autre.

Il alla fermer soigneusement la porte qui donnait sur l'escalier, puis revint au lit, tira la courtepointe et tendit une dague à son maître.

— Arnald le Gascon l'a volée ce matin. Il faut agir vite, maintenant, car Mercadier ne va pas tarder à s'en apercevoir.

Dinant saisit la lame. Son manche était finement ciselé avec un pommeau en forme de tête de dragon.

Chapitre 18

La crainte des pillages de Mercadier avait maintenant gagné la population de Bordeaux, et particuliè-
rement les négociants.

Pendant des mois, le chef des Brabançons ne s'était
attaqué qu'aux châteaux, fermes fortifiées et monastères de Gascogne dont les maîtres et seigneurs penchaient pour le roi de France. Les ayant tous ravagés,
il maraudait désormais dans les campagnes proches
de Bordeaux, s'en prenant aux fermes et aux riches
vignobles, tuant, torturant et pillant sans préférence
de parti. Il commençait même à fondre sur les gabares. Le commerce du vin était menacé et la prospérité
de la ville était en danger.

Comme la moitié de sa picorée revenait à l'archevêque Hélie de Malemort et à sa famille, non seulement celui-ci ne le condamnait pas mais il le
défendait. Quant au sénéchal de Gascogne, il n'avait
pas les moyens de s'opposer aux hordes sauvages de
celui qu'Innocent III avait appelé l'ennemi du genre
humain. Tout au plus poursuivait-il parfois une
bande trop hardie.

Arrivée à Bordeaux, Aliénor avait appris du sénéchal les effroyables désordres du fidèle lieutenant de
son fils Richard. Elle n'avait pourtant pas réagi, et ce
pour deux raisons : d'abord, elle ne disposait pas de

gens d'armes capables de s'en prendre aux Brabançons, ensuite elle ne pouvait oublier ce que Mercadier
avait fait pour elle. Aussi avait-elle décidé d'entendre
le mercenaire une fois passé les fêtes de Pâques. S'il
ne faisait pas amende honorable, alors elle lèverait
l'ost de la chevalerie du pays pour lui courir sus et le
chasser de Guyenne.

Tout cela, Étienne de Dinant le savait, mais ça ne
le satisfaisait pas. Il devinait que Mercadier obéirait
à la duchesse pour pouvoir rester en Aquitaine, mais
qu'une fois Aliénor partie, il continuerait à mettre le
pays en coupe réglée, et peut-être en deviendrait-il le
maître, comme le craignait Jean.

Dinant avait donc décidé de forcer la main d'Aliénor en la contraignant à lever le ban contre le chef
mercenaire.

En se rendant à Bordeaux, il avait rencontré le
capitaine Brandin, lequel lui avait donné le nom d'un
de ses hommes qui l'avait quitté pour entrer au service
de Mercadier. Ce félon se nommait Arnald le Gascon
et, selon Brandin, il était prêt à tout pour de l'argent.

Peter Mauluc avait donc approché Arnald qui,
pour dix sous d'or, s'était engagé à subtiliser une des
dagues de son maître.

Le dessein de Dinant était simple. Le sénéchal de
Gascogne, juge des appels dans le duché, habitait
dans le château avec sa femme. Mauluc avait surveillé les déplacements de l'épouse qui, chaque après-
midi, se rendait dans la grande salle avec sa servante
en empruntant un des sombres passages du château.
Dès qu'il aurait la dague de son seigneur, l'écuyer
attendrait les deux femmes, caché dans un recoin. Il
les tuerait et abandonnerait le couteau sur place.

Le sénéchal reconnaîtrait immanquablement le
manche de la lame. Accusé de l'effroyable crime,
Mercadier ne pourrait échapper à son châtiment.

Il avait fallu plus d'une semaine à Arnald pour parvenir à voler un des couteaux de Mercadier, et, ce

dimanche après-midi, il venait enfin de remettre à Mauluc la précieuse dague.

— Je pourrai le faire demain après-midi, seigneur, proposa l'écuyer qui voulait agir au plus vite, car il savait qu'après cette entreprise, son avenir serait assuré auprès du roi Jean.

Dinant secoua la tête en gardant un fin sourire rêveur.

— J'ai changé mes plans, Peter. Ce soir, lors du banquet, je te montrerai deux chevaliers qu'Aliénor a invités… Tu vas t'intéresser à eux, et surtout aux femmes qui les accompagnent.

De retour à l'auberge du Chapeau Rouge, Locksley retrouva Guilhem qui l'attendait. Tandis qu'Anna Maria demandait à Mathilde de l'aider à s'habiller pour le banquet, les deux hommes se rendirent sur les berges du port.

En chemin, Robert raconta son entretien avec Aliénor et Guilhem fit part à son ami de l'état des préparatifs du départ, puis il lui montra la nef au milieu de la rivière.

— Elle est plus petite que celle sur laquelle j'ai navigué, remarqua Robert de Locksley. Nous y serons serrés.

— Le voyage avait-il été facile ? s'inquiéta Guilhem qui n'avait jamais navigué en mer et en éprouvait de l'appréhension.

— Quand le flot est calme et que la brise souffle dans le sens de la voile, c'est très agréable, mais dès qu'il y a de la houle, c'est difficile à supporter, sauf pour les marins. Nous avons même failli essuyer une tempête. Heureusement, le capitaine de la nef est parvenu à gagner La Rochelle avant que les flots ne se déchaînent.

— Son capitaine (Guilhem désigna la nef aux châteaux rouges) m'a dit qu'il ravitaillait fréquemment dans les ports.

— Oui, nous resterons toujours en vue des côtes, c'est rassurant, sauf en Bretagne où la côte est rocheuse, répondit pensivement Robert de Locksley. J'ai pourtant l'épouvantable souvenir d'un passage où les courants étaient si violents et le vent si puissant que plusieurs bateaux s'y étaient perdus.

— Pourquoi imagines-tu que cela puisse nous arriver ? plaisanta Guilhem pour cacher son inquiétude. La divine Providence ne nous a-t-elle pas protégés jusqu'à présent ?

Ils repartirent pour le palais un peu plus tard. Guilhem et Locksley étaient en robe, avec un surcot à ses armes pour Locksley. Ils avaient gardé leur chape sur les épaules à cause d'un léger crachin. Leurs larges épées étaient suspendues à leur double ceinture et ils s'étaient coiffés de bonnets de feutre à pointe. Bartolomeo et Ranulphe les escortaient, bien armés avec arcs, casques et rondaches, et Anna Maria montait une mule empruntée à l'auberge, pour qu'elle n'arrive pas toute crottée.

Au château, les deux écuyers laissèrent la mule dans une écurie et allèrent dans la salle des gardes, en bas du donjon, pendant que Robert, Guilhem et Anna Maria se rendaient dans la grande salle.

Dressée sur des tréteaux la triple table en U était couverte d'une nappe immaculée avec une bordure brodée de léopards. Déjà nombre de convives, prélats, chevaliers, dames ou encore moines, étaient assis et parlaient bruyamment, attendant avec impatience ce banquet de fin du Carême. Les aides du chambellan montraient à chaque nouvel arrivant une grande desserte où se trouvaient des cuvettes de faïence et des aiguières contenant de l'eau parfumée à la rose, à la fleur d'oranger ou à la lavande. Des pages versaient le liquide sur les doigts des convives, après quoi le chambellan leur indiquait leur siège.

Le haut bout, la table centrale près de la cheminée, était surélevé par une estrade et surmonté d'un dais à franges d'or. Ces places étaient réservées à la duchesse, à sa petite-fille Blanche de Castille, ainsi qu'à leurs familiers les plus honorables. Si, à la cour de Jean, les femmes restaient en bout de table, Aliénor s'y refusait et Anna Maria s'assit donc entre Guilhem et son mari. Plusieurs sièges étaient aussi réservés pour les indigents, comme la charité l'exigeait.

Dans un plaisant brouhaha, les derniers arrivants entraient pendant que les panetiers plaçaient d'épaisses tranches de pain dans les écuelles de bois, de faïence ou d'argent. Puis le héraut sonna du cor, marquant l'entrée de la duchesse et de Blanche. Le chambellan se précipita pour les accueillir pendant que tout le monde se levait.

Les deux femmes étaient accompagnées de chevaliers, de clercs et de prélats dont l'archevêque de Bordeaux, le fameux Hélie qui s'était acoquiné avec Mercadier.

Le silence se fit, tandis qu'Aliénor et ses serviteurs prenaient place. La duchesse dit quelques mots aimables à un de ses voisins – Guilhem apprit que c'était le sénéchal – puis l'archevêque bénit l'assistance.

Tous les regards convergeaient vers Blanche. Certes, ce n'était qu'une enfant d'une douzaine d'années, mais elle était certainement la plus belle dame que l'on pût voir dans la salle. Sa grand-mère Aliénor, bien qu'épuisée par le voyage, rayonnait de fierté à côté d'elle, comme l'aurait fait une mère.

Après la bénédiction, la duchesse murmura quelques mots aimables, mais d'une voix si faible qu'elle se perdit dans un murmure que personne n'entendit. Tous les convives s'étant assis, les pages et les servantes servaient le premier bouillon sur les tranches de pain de froment quand retentit un grand fracas. Trois hommes entrèrent dans la salle en bousculant le chambellan. L'un d'eux, le chef visiblement, était petit, brun de peau et trapu. Revêtu d'une robe écarlate brodée d'un dragon argenté, il portait une lourde épée et une dague à la taille. Avec son visage entièrement couvert d'une barbe noire, il avait tout de Belzébuth.

C'était le routier Mercadier.

Avisant les places les plus proches, il en écarta les convives sans ménagement et s'installa à son aise après avoir balayé la table d'honneur d'un regard féroce et salué ironiquement Aliénor et Hélie.

La duchesse resta imperturbable devant l'insultant sans-gêne du mercenaire. Celui-ci, ayant pris d'autorité une assiette à son voisin, commença à déchirer son tranchoir avec les doigts et à le porter à sa bouche, tandis que ses compagnons, deux rustres aux visages balafrés et barbus, faisaient de même.

Robert de Locksley ne le quittait pas des yeux. L'ancien capitaine de Richard Cœur de Lion dut s'en rendre compte, car il leva la tête et balaya la pièce d'un regard interrogateur.

Ses yeux croisèrent alors ceux de Locksley et il se figea, incrédule. Puis il découvrit Guilhem et parut déconcerté. Il se produisit alors une étrange chose. La haine affichée sur son visage disparut pour être remplacée par un sourire malveillant, laissant apparaître des canines jaunies.

Inclinant la tête, Guilhem salua celui qui l'avait adoubé chevalier. Pour ne pas être en reste, Mercadier fit de même.

Mais déjà Locksley ignorait l'ancien capitaine du roi d'Angleterre et cherchait le regard d'Aliénor. Celle-ci utilisait une cuillère pour son potage, échangeant parfois un mot ou deux avec Blanche. Finalement, elle leva les yeux et posa son regard sur lui. Il n'y vit que de la froideur.

— Qui est ce rustre qui vient d'entrer ? lui demanda alors Anna Maria.

— Le seigneur Mercadier. Bien que sénéchal du Périgord, je pensais qu'il n'était pas invité, après tous les ravages qu'il commet en Gascogne.

Tandis qu'on servait les entremets : des plats de froment colorés au jaune d'œuf et couverts d'une purée de pois, Anna Maria considéra avec attention le mercenaire qui vidait goulûment une grande coupe de vin, en souillant sa robe.

— Il ne l'était peut-être pas, remarqua-t-elle. Cet homme semble avoir toutes les audaces.

— Avec ses quelques milliers de Brabançons, il peut se le permettre, fit son mari, observant que la plupart des chevaliers et des prélats évitaient le regard de l'ancien capitaine de Richard Cœur de Lion.

— Il n'y aurait donc personne pour s'opposer à lui ?

— Ils ont trop peur ! Cet homme est un démon sans pitié qui ne craint ni Dieu ni Diable. Je suppose que Ranulphe t'a raconté ce qu'il avait fait aux habitants et à la garnison de Châlus, pendant le siège et après la mort de Richard.

Elle hocha tristement la tête. Mercadier avait pendu les habitants, coupé les mains et les pieds des défenseurs et écorché vif celui qui avait tiré sur le roi d'Angleterre.

Les pages et les servantes apportaient maintenant des cygnes, des faisans et des hérons sur de grands plats, mais ce n'était en vérité que des apparences de volatiles avec becs recouverts d'or, plumage multicolore et pattes, car le contenu n'était que viande rôtie et farce. Certains de ces oiseaux qui paraissaient prêts à prendre leur envol suscitèrent des exclamations d'admiration de l'assistance.

La table d'honneur fut servie en premier, et ceux qui s'y trouvaient reçurent les meilleures portions. Les autres tables n'avaient que les restes et les convives se trouvant aux extrémités les plus éloignées, en général des clercs et des chapelains, devaient se contenter de peu de chose. Cette distribution déplut à Mercadier, et comme on apportait une grue noire farcie, il ordonna à un écuyer tranchant qu'on la dépose devant lui, suscitant une réprobation générale, mais silencieuse.

Les vins étaient servis avec diligence. Coupes et hanaps se vidaient sitôt qu'ils étaient remplis. Les femmes n'étant pas les dernières à écluser leur gobelet de vin de Bordeaux. Entre les tables, des jongleurs faisaient des cabrioles et jouaient des pantomimes qui paraissaient n'intéresser personne.

Guilhem mangeait peu et buvait encore moins. La présence inattendue de Mercadier l'inquiétait. Sans doute avait-il l'imagination trop fertile mais puisqu'ils ne quitteraient Bordeaux que dans l'après-midi du lendemain, ils se trouveraient à la merci de cet homme qui semblait avoir tous les droits. En envisageant le pire, que se passerait-il si le routier envoyait une troupe pour les massacrer à leur auberge ? Pouvaient-ils demander au sénéchal de Gascogne de les protéger ?

Juge des appels, celui-ci présidait la cour de justice et était chargé de faire respecter la loi dans le duché.

Il interrogea alors son voisin, un riche marchand qui lui avait déjà désigné l'archevêque de Bordeaux, et lui demanda de lui indiquer où se tenait le sénéchal. Celui-ci était justement assis à côté de l'archevêque. L'obligeant voisin lui montra aussi le prévôt de Bordeaux, appelé aussi prévôt de Saint-Éloi, qui traitait des affaires concernant les bourgeois de la ville, et le prévôt de l'Ombrière dont la juridiction était limitée au château et à la cour.

Près d'eux se trouvait un jeune homme blond aux yeux clairs et au maintien affecté. Le marchand ne le connaissait pas mais il savait que c'était un chevalier de la cour du roi Jean. Guilhem l'observa un moment. Le jeune homme utilisait un couteau à manche d'argent et demandait régulièrement une aiguière pour garder les mains propres. À côté de lui, son compagnon avait un visage de sottard. Ils allaient bien ensemble, songea Guilhem avec ironie. L'un frivole et l'autre coquard. C'étaient bien les créatures de Jean.

Guilhem posa ensuite quelques questions sur le rustre arrivé en retard et qui se servait des meilleurs plats, feignant d'ignorer qui il était. Le marchand lui répondit à voix basse et en baissant les yeux, comme s'il craignait d'être entendu.

— C'est le capitaine Mercadier, seigneur. Il fait ce qu'il lui plaît ici. Ceux qui se sont opposés à lui, il les a noyés dans la rivière ou les a fait disparaître. Le sénéchal est impuissant devant lui.

— Habite-t-il en ville ?

— Oui-da, pas très loin du château, rue Sainte-Catherine, devant l'église Saint-Projet. Pour que nul n'ignore sa présence, il a fait suspendre sur sa façade une oriflamme avec un dragon aux ailes déployées.

— Et ses troupes ?

— Beaucoup de ses maraudeurs logent chez les habitants où ils mangent et rapinent leurs biens. Le reste est sous des tentes, à une dizaine de lieues. Nous autres, pauvres bourgeois, devons l'approvisionner chaque jour que Dieu fait !

Guilhem considéra à nouveau le chef des routiers brabançons, mais celui-ci ne s'intéressait plus à eux. On avait emmené les restes des oiseaux qui seraient portés aux écuyers et aux sergents dans la salle des gardes, puis donnés à la servantaille, et on apportait maintenant toutes sortes de poissons dont d'énormes brochets qui suscitèrent une fois encore l'admiration des convives. Toujours aussi insolent, Mercadier se fit porter le plus gros dans lequel il plongea les mains pour en arracher la meilleure part, puis il saisit quelques échaudés qui passaient à sa portée.

— Crois-tu que nous devons craindre Mercadier ? demanda finalement Guilhem à Locksley.

— Tu as vu comment il se comporte ? Il a tous les droits ici ! laissa tomber Locksley avec mépris, mais je ne crois pas qu'il s'en prendra à moi. Il va se renseigner et il saura qu'Aliénor m'a fait venir. Tant qu'elle sera là, il ne fera rien. Or, demain, nous serons partis. Quant à toi, il n'a pas de raisons de t'en vouloir, tu l'as quitté mais tu ne t'es pas opposé à lui. De plus, il ignore où nous logeons.

Robert disait sans doute vrai, se dit Guilhem, il n'empêche que quelques précautions allaient être nécessaires.

— Partons dès que les premiers invités quitteront la table, proposa-t-il. Je ne veux pas que Mercadier sorte avant nous pour nous préparer un guet-apens. Passons au contraire devant sa maison, mon voisin m'a dit où elle se trouve. Il est toujours utile de savoir où se terre son ennemi.

Robert de Locksley l'approuva.

Parlant ainsi, ils n'avaient pas prêté attention au chevalier apparemment concentré sur son assiette, utilisant un couteau à manche d'argent.

— Observe l'homme à l'épaisse barbe, là-bas, dit-il à voix basse, alors que Guilhem s'adressait à Locksley.

— Celui qui a la cicatrice sur le front et le nez de faucon ?

— Oui.

— Près de lui se tiennent une femme en bliaut turquoise puis un autre chevalier, un peu plus grand. Le barbu se nomme Guilhem d'Ussel, l'autre est le comte de Huntington. La femme est la comtesse. C'est elle dont tu t'occuperas demain.

— Mais je ne les connais pas, seigneur ! Comment les trouverais-je ?

— Quand ils videront les lieux, tu les suivras à bonne distance. Découvre où ils logent, et fais le nécessaire.

Il était inutile qu'Étienne de Dinant en dise plus, Peter Mauluc avait compris.

La duchesse de Huntington assassinée avec l'arme de Mercadier, Dinant ne doutait pas que le chef mercenaire serait pendu, et que les voyageurs ne partiraient pas à Londres, à cause des obsèques !

Comme Guilhem l'avait suggéré, ils quittèrent la table parmi les premiers, juste après que l'on eut servi les rôts, d'énormes sangliers et chevreuils cuits à la broche accompagnés d'un entremets en pâte d'amande en forme de château fort. Hors de la salle, ils se firent indiquer la porte du château qui ouvrait vers la ville. Rapidement, Ranulphe et Bartolomeo, prévenus par un valet, les rejoignirent avec la mule.

Le valet leur indiqua la direction de la rue Sainte-Catherine. L'obscurité tombait mais on y voyait encore suffisamment. En chemin, un passant leur indiqua l'église Saint-Projet, toute proche, ainsi que la porte Navigère qui conduisait au Peugue et au port.

Ils trouvèrent vite le logis de Mercadier. Une belle maison de pierre avec, au premier étage, deux fenêtres ogivales aux fines colonnettes et, au-dessus, une galerie permettant de surveiller la rue. Entre les fenêtres était effectivement suspendue une oriflamme représentant un dragon écarlate.

En bas, l'entrée était constituée de deux arcs romans soutenus par une colonne à chapiteau. La porte était massive et cloutée. Il n'y avait aucune autre ouverture, sinon d'étroites meurtrières.

À cause des gardes dans la galerie, ils ne s'arrêtèrent pas, mais en regardant le dragon de l'oriflamme, Anna Maria se sentit prise d'un pressentiment funeste. Mal à l'aise, elle ne dit plus un mot jusqu'à l'auberge. Quant à Guilhem, il avait depuis un moment la déplaisante impression d'être surveillé, aussi, à la porte de la ville, il se coula dans un recoin, laissant les autres continuer sans lui.

Il attendit en silence, ayant sorti son épée, mais contre toute attente, personne ne les suivait. Perplexe, car ses impressions ne le trompaient jamais, il rejoignit ses compagnons qui s'étaient arrêtés un peu plus loin pour l'attendre.

Ils ignoraient que Mauluc, craignant de se faire repérer, avait pris un autre chemin quand il avait vu qu'ils se dirigeaient vers la porte Navigère. Il était monté sur les remparts, où il s'était fait connaître, et de là avait vu passer le groupe. Il s'était félicité d'avoir été prudent. Dans la semi-obscurité, il avait vu Guilhem rejoindre les autres, qui patientaient plus loin, et les avait suivis jusqu'au Chapeau Rouge.

Chapitre 19

Le lendemain, lundi de Pâques, en haubert et manteau de voyage Peter Mauluc se présenta vers dix heures au Chapeau Rouge. Après avoir balayé la salle du regard pour s'assurer que Locksley ou Ussel ne s'y trouvaient pas, il interpella l'aubergiste qui était dans la cuisine à surveiller ses marmitons.

— Mon seigneur sera là à la relevée, l'ami, fit-il avec arrogance. Il est fort contrarié de ne pas être arrivé plus tôt et d'avoir manqué le banquet donné hier par la duchesse Aliénor. Il veut plusieurs chambres, aussi débrouille-toi pour donner tes meilleurs lits de plume.

L'aubergiste blêmit en l'entendant, car toutes ses chambres étaient occupées. Ne restait de la place que dans les grands lits du chauffoir où on dormait à huit, cela ne conviendrait pas à un seigneur, surtout si celui-ci était exigeant.

— C'est que...

— Damné pourceau ! Ne me dis pas que tu n'as pas de place ! gronda rageusement Mauluc, une main posée sur la garde de son épée.

— Tout est plein... seigneur... murmura le tenancier, consterné.

— Discutes-tu avec moi, maroufle ? Je te dis que ce n'est pas possible ! menaça Mauluc. N'as-tu pas des gens qui partent aujourd'hui ? Sinon, jette-les dehors !

L'hôtelier pensa immédiatement à ce Guilhem et au comte anglais qui l'accompagnait. N'avaient-ils pas dit qu'on leur porte leurs bagages sur l'appontement après none ? Ils embarquaient certainement sur l'*Anatasie* du capitaine Berthomieu qui appareillait avec la marée de l'après-midi.

— Je vais avoir trois belles chambres, seigneur, mais seulement après midi, marmonna-t-il.

— Par ma foi, je le savais bien ! Je veux les voir !

— Pour l'instant, elles sont occupées, seigneur…

— Hum… Comment sont-elles, combien de gens peut-on y loger ?

— La plus petite a un beau lit, deux dames l'occupent. Deux chevaliers sont dans la deuxième avec leurs écuyers dans la dernière.

— Combien sont-ils dans celle-là ?

— Cinq, seigneur, mais le lit est grand, on peut y dormir à six ou sept.

— Elles sont à l'étage ?

— Oui, seigneur, répondit obséquieusement l'hôtelier en désignant l'escalier.

— Je veux voir où elles se trouvent !

— Annette ! lança l'aubergiste à une souillon, accompagne ce seigneur à l'étage et montre-lui où se trouvent les chambres du comte de Huntington et du seigneur d'Ussel.

La fille, qui nettoyait les tables et avait tout entendu, s'exécuta.

— Par ici, seigneur, fit-elle servilement.

Mauluc la suivit dans l'escalier. En haut, ils prirent une longue et sombre galerie qui desservait des portes. Alors qu'ils s'approchaient de l'une d'elles, celle-ci s'ouvrit et Ranulphe en sortit. L'écuyer jeta un regard soupçonneux à Mauluc, Guilhem lui ayant dit de se méfier de la présence d'inconnus, mais ayant observé que celui-là était seul, il l'ignora et descendit.

— C'est l'une des chambres, seigneur, chuchota la fille. Les autres sont celle-ci et celle-là.

— Où va cette galerie ?

— Vers la cour, seigneur. Il y a une échelle pour descendre.

— Ça ira. Je vais attendre mon maître dans la salle.

Ils redescendirent. Mauluc s'installa à une table éloignée de celle où se trouvait Ranulphe.

La salle se remplissait de marchands, manœuvriers, marins et charretiers venus manger une soupe ou boire un coup. Un groupe descendit bruyamment de la galerie. Mauluc reconnut le chevalier à côté de Huntington au banquet. Cinq hommes étaient avec lui. Ils s'installèrent avec celui qu'il avait croisé.

Ils étaient donc tous là, se dit-il. Il se leva, gardant son visage dans l'ombre, et sans que l'on fît attention à lui, tant la salle regorgeait de monde, il grimpa l'escalier.

L'une des trois portes était forcément celle de la duchesse de Huntington. Négligeant celle d'où était sorti Ranulphe, il gratta à la suivante.

— Qui est-ce ? demanda une voix féminine.

Mauluc sortit la dague volée à Mercadier.

— Je suis écuyer de Sa Grâce, la vénérée duchesse Aliénor d'Aquitaine. J'ai un coffret à remettre à la noble comtesse de Huntington.

Il entendit le verrou qu'on tirait puis la porte s'ouvrit.

Mauluc fut surpris de ne pas reconnaître la femme présente au banquet avec Robert de Locksley, mais finalement cela n'avait pas d'importance, se dit-il, et il n'avait pas de temps à perdre.

Il enfonça la lame dans le ventre de Mathilde, relevant la pointe pour trancher les chairs profondément. Ensuite, sans regarder le résultat, il lâcha le manche du couteau et s'enfuit au bout de la galerie en direction de l'échelle.

Il ouvrait la porte extérieure quand il entendit le hurlement.

Malgré le vacarme dans la salle, tout le monde entendit le hurlement. Un cri abominable et désespéré. Robert de Locksley crut reconnaître la voix d'Anna Maria et se précipita, les autres à sa suite. Arrivés dans la chambre, ils découvrirent un spectacle d'horreur.

Mathilde était allongée, baignant dans son sang. Une énorme plaie rouge au bas de sa robe d'où sortaient des boyaux fumants. La bouche ouverte, elle paraissait souffrir le martyre et agonisait.

Anna Maria était à ses genoux et continuait de hurler.

Robert de Locksley la prit par l'épaule et la fit se lever, la forçant à s'éloigner. Quant à Regun, il eut un haut-le-corps, chancela et s'appuya sur le mur, persuadé d'être dans un cauchemar.

En plein désarroi, Guilhem s'agenouilla, écarta la robe, vit les boyaux, la largeur de la plaie et le sang partout. Il comprit que tout était terminé.

D'ailleurs, les gémissements de Mathilde faiblissaient. Il lui prit la main et la porta à ses lèvres.

Regun avait aussi compris. Il éclata en sanglots et tomba à genoux. Se penchant vers la jeune fille dont la bouche se remplissait de sang, il lui donna un long baisé désespéré.

Guilhem s'était relevé, impavide. Quiconque aurait croisé son regard l'aurait trouvé terrifiant. C'est alors qu'il aperçut le couteau aux pieds des domestiques qui venaient d'accourir. Il le reconnut et poussa un long rugissement avant de hurler à tous de s'écarter. Se bousculant, les domestiques obéirent, terrorisés. Alors il se baissa et ramassa la dague.

Mercadier !

À quelques pas, Regun sanglotait. Le regard de Guilhem croisa celui de Ranulphe, immobile près de la porte. L'écuyer était aussi blanc que la pauvre Mathilde, comme si toute vie l'avait quitté. Cédric était à l'écart et Jehan murmurait une prière. Quant à Bartolomeo, il avait rejoint sa sœur que Locksley avait allongée sur le lit.

Guilhem considéra à nouveau Mathilde dont les yeux étaient fixes et vitreux. Ses lèvres ne bougeaient plus, déjà le sang se coagulait. Elle était morte. Il serra la dague dans sa main à s'en faire mal et s'avança vers le lit.

— Robert, voilà le couteau qui l'a tuée. Tu le reconnais ? demanda-t-il en montrant le manche.

Locksley resta un instant incertain avant de demander d'une voix blanche :

— Mercadier ?

— Oui. Que s'est-il passé, Anna Maria ?

— Je… je ne sais pas… Tout a été si vite… On a gratté à la porte. Mathilde attachait mon bliaut. Elle m'a laissée un instant pour aller se renseigner… Je n'ai pas vraiment entendu ce qu'on lui disait, juste le mot Aliénor. Je terminais mon laçage et j'étais devant la fenêtre, pour bien voir ce que je faisais, j'ai alors entendu un bruit et un faible cri. Je me suis retournée, elle était par terre… le sang… Tout ce sang…

Elle fondit à nouveau en larmes. Des sanglots inextinguibles.

— Mercadier nous a vus hier, fit froidement Guilhem. Il a voulu se venger de toi et décidé de tuer ta femme. Il a dû se renseigner, passer par la cour…

Maintenant Robert de Locksley avait retrouvé son calme.

— Regun, approche. Vous autres, venez aussi !

Bouche et mains couvertes du sang de Mathilde, Regun se leva en chancelant.

— C'est cette arme qui a tué celle que tu devais épouser, accusa Robert de Locksley. Elle est à Mercadier.

— C'est lui qui a tué Mathilde ? gronda Regun.

— Oui. Mais ce n'est pas Mathilde qui était visée, c'était ma femme. Il a voulu se venger de moi, mais n'ayant pu atteindre Anna Maria, il a tué Mathilde.

— Par le Diable, cet homme est mort ! gronda Regun. Je vais l'étriper ! hurla-t-il soudain.

— Nous allons le punir ! décida froidement Robert de Locksley. Lui et tous ses démons. Il est temps que la Vierge et les saints décident qui de nous doit rester sur cette terre.

— Où est-il, noble seigneur ? demanda Ranulphe d'un ton froid.

— J'ai vu sa maison, hier. Allons-y !

— Attendez ! fit Guilhem en levant une main. On ne peut partir ainsi ! Réfléchissez un instant. Il faut d'abord s'équiper, mettre nos camails et prendre haches et rondaches. Nous aurons affaire à rude partie ! Surtout, songeons à la suite : nous allons chez Mercadier, soit ! Nous l'envoyons en enfer, soit ! Mais ensuite ?

— On verra ! cria Regun, la main sur son épée.

— Non ! Sa horde va nous poursuivre. Ils seront trop nombreux pour nous ! Que deviendra Anna Maria ? Il faut embarquer dès que Mathilde sera vengée.

— Guilhem a raison, intervint Robert de Locksley. Nous ne reviendrons pas ici. Ranulphe, tu restes avec la comtesse. Jehan aussi.

Devant la porte, il aperçut l'aubergiste et quelques serviteurs qui parlaient tout bas, consternés, inquiets et effrayés.

— Toi, là-bas, viens ici ! lui cria Robert de Locksley.

L'hôtelier s'approcha, terrorisé.

— Tu le vois, on vient de tuer l'une des nôtres. Nous partons la venger, mais n'aie pas peur pour ton auberge, nous n'y reviendrons pas. La comtesse de Huntington payera ce que tu lui demanderas : tu t'occuperas des obsèques de dame Mathilde. Je veux que ce soit ce qu'il y a de plus beau et qu'elle ait une dalle sculptée à la cathédrale. Qu'il y ait une messe tous les jours pour son âme jusqu'à la fin du mois. Tu aideras mes serviteurs à préparer nos affaires et tu les conduiras sur la rive. Nous serons au port à temps pour embarquer sur l'*Anatasie*...

Il se tourna vers Ranulphe.

— Mais si nous ne revenons pas, tu embarqueras avec la comtesse et tu la conduiras à Huntington.

— Au retour, je resterai avec Mathilde, intervint Regun dans un sanglot. Je veux être près d'elle quand on la portera en terre.

— Elle est morte, Regun ! Morte pour l'éternité ! Peu importe où elle sera ensevelie ! répliqua durement Guilhem. Tu partiras avec nous ! Maintenant, cessons de jacasser comme de vieilles femmes, que chacun mettre son harnois.

Quelques minutes plus tard, cinq hommes d'armes arrivaient devant la maison du dragon écarlate. Tous étaient en gambison, ou cuirasse maclée d'anneaux, casque rond sur la tête et épée à la taille. Rondache en main et arc et carquois pour trois d'entre eux.

La porte était ouverte sur un vestibule servant de corps de garde. En ce lundi de Pâques, premier jour de l'année, Mercadier devait attendre des fidèles, sans doute aussi pour fêter son crime.

— Le seigneur Mercadier est là ? demanda agressivement Robert de Locksley.

— Oui, qui êtes...

L'homme interrogé n'eut pas le temps d'en dire plus. Robert de Locksley lui avait passé sa lame à travers le ventre. Elle ressortit de l'autre côté.

Ses compagnons avaient aussi tiré l'épée, surprenant les sentinelles. Seules deux d'entre elles tenant de courtes lances ne se laissèrent pas faire. Il y eut quelques échanges de coups de taille mais les gardes furent impuissants devant la fureur de leurs assaillants. Peu après le début de l'engagement, le sol était couvert de sang et de cadavres.

— Bartolomeo, ferme la porte et garde l'entrée. Tu nous prêteras main-forte si ça devient trop rude ! cria Guilhem en se ruant le premier vers l'entrée de la salle.

Il écarta une lourde tenture, souleva le loquet de la porte de chêne devant lui et entra dans une grande salle, embrassant la pièce d'un regard circulaire. On avait entendu l'échauffourée : autour d'une grande table, deux ou trois douzaines d'hommes étaient debout. Si quelques-uns avaient une expression incertaine, inquiète ou surprise, plusieurs avaient compris de quoi il s'agissait et leurs yeux lançaient des éclairs. Les chevaliers, en robe d'apparat, avaient sorti leur épée et les prélats, terrifiés, tentaient de fuir par une cour. Guilhem reconnut l'archevêque Hélie, en chape épiscopale avec une bordure frangée d'or aux trois bandes écarlates sur fond d'argent ; les armes des Malemort.

Robert de Locksley, Cédric et Regun entrèrent à leur tour. Arc tendu, flèche encochée. Ils lâchèrent immédiatement leurs traits et trois hommes tombèrent. Puis ils tirèrent à nouveau, au hasard. Serviteurs, clercs, domestiques, chevaliers ou prélats s'écroulaient les uns après les autres. Les volées de flèches se succédaient. Guilhem s'était avancé et frappait de taille et d'estoc sur deux chevaliers qui s'étaient précipités vers lui.

Mais les gens de Mercadier s'étaient ressaisis. Se saisissant de clercs ou de prélats morts ou blessés comme boucliers humains, ils se jetèrent sur les archers, épées hautes. Deux avaient même décroché des haches du mur. Locksley jeta son arc et tira sa lame. Regun fit de même et se précipita, faisant de grands moulinets sanglants, coupant, détranchant, hachant tel un forcené.

La bataille faisait rage. Le sol était maintenant couvert de corps, de mains et de bras coupés, de viscères et surtout de sang dont l'âcre odeur se mêlait à la puanteur des tripes et des boyaux. À travers la fureur qui le dominait, Guilhem vit Regun glisser dans une mare de sang et tomber. Il allait le défendre quand un homme à l'épaisse barbe, brandissant une hache, la lui abattit sur le crâne. Le casque de Regun fut fendu en deux et sa cervelle jaillit comme une pâte grise.

Maîtrisant son horreur, Guilhem para un coup d'un nouvel adversaire et coupa une tête. Puis il recula un instant, essoufflé. Locksley et Cédric firent de même, car ils n'avaient plus beaucoup d'adversaires devant eux.

Les Brabançons se rapprochèrent aussi. Ils étaient cinq. Cinq, dont Mercadier qui n'avait pas la moindre égratignure !

Le mercenaire lâcha un ignoble juron et cracha aux pieds de Robert de Locksley.

— Je vais enfin terminer ce que j'aurais dû finir à Châlus ! aboya-t-il. Ainsi tu es devenu le féal de Lackland, ton pire ennemi ! Quant à toi, Guilhem, je ne t'aurai jamais imaginé aux ordres de ce pourceau de Jean. J'attendais plutôt un homme de Brandin, mais puisque tu es là, je ne vais pas gâcher mon plaisir et je t'écorcherai moi-même.

Guilhem l'ignora, évaluant la force de leurs ennemis.

Il y avait le barbu à la hache qui avait tué Regun. C'était un colosse large d'épaules à la chevelure tressée. Brandissant la hache rougie du sang de l'écuyer, avec sa robe d'apparat ensanglantée, il avait tout d'un ogre.

À côté, un grand maigre aux cheveux ras avait une joue arrachée qui pendait en partie. Lui, tenait à deux mains une large épée à deux tranchants.

Le troisième était un borgnat au front bestial, ridé et buriné comme un vieux buffle. Ses mains fortes et noueuses tenaient solidement une courte épée et un tranchoir pris sur la table.

Le quatrième, ventripotent comme ceux qui abusent de la nourriture et de la boisson, portait d'épaisses moustaches sur des traits grossiers. Il ne paraissait pas rassuré, tenant son épée à deux mains.

Le dernier était Mercadier. Râblé, vigoureux, agile, le regard féroce, très brun avec un nez pointu au milieu d'une barbe enchevêtrée jusqu'au cou. Il portait une robe de laine écarlate aux passements brodés d'or recouverte d'une cotte de soie blanche, tachée de sang, représentant un dragon rouge aux ailes déployées. Ses heuses étaient nouées par des aiguillettes d'or.

Ayant entendu Mercadier, Bartolomeo entra.

Quatre contre cinq, songea Guilhem en lui faisant signe. La partie est égale.

— J'ignore ce que tu veux dire, Mercadier, mais peu importe. Réglons donc notre querelle ! lança Locksley.

— Par le sang de Dieu ! hurla brusquement le barbu à la hache en se jetant sur Bartolomeo.

Plus rapide, Guilhem virevolta et lui donna un coup d'épée dans les reins, lui tranchant le dos.

— Pour Regun ! lança-t-il.

Le grand maigre à la joue arrachée se précipita aussitôt sur lui sans avoir remarqué que Guilhem avait tiré de sa ceinture la dague de Mercadier ayant tué Mathilde. Il la lança et le couteau arrêta sa course dans le torse de son adversaire.

Tout s'était passé en un instant. Mercadier comprit qu'il avait sous-estimé celui qu'il avait eu sous ses ordres. Il avança avec une prudence mesurée.

Déjà, Locksley luttait avec le borgnat au front bestial tandis que Cédric et Bartolomeo battaient le fer avec le ventripotent à moustaches.

Ces deux combats ne durèrent guère. Le borgne anticipait mal les coups du côté droit. Locksley le martela de coups de taille et lui trancha finalement un bras. Quant à Cédric, ayant vu que la peur rongeait son adversaire, il le fit reculer à grands coups de lame jusqu'à ce qu'il trébuche. Bartolomeo lui enfonça alors son glaive dans la gorge.

Le combat se poursuivait donc seulement entre Guilhem et Mercadier. Locksley voulut intervenir. À quatre contre le mercenaire, la victoire serait rapide et il craignait l'arrivée de renforts. Les domestiques avaient dû prévenir les amis du chef brabançon, peut-être même Aliénor. Mais comme il s'apprêtait à frapper Mercadier, Guilhem lui cria de s'écarter.

— Il est à moi ! lança-t-il.

Le capitaine provençal[1] eut un faible sourire de reconnaissance. Guilhem était plus jeune, plus vigoureux, et surtout il avait le désir de le tuer. Le routier devina que c'était la fin et ressentit une étrange fatigue.

Les lames se heurtèrent dans des jets d'étincelles. Soudain, celle de Guilhem frappa si fort que la lame de Mercadier se brisa. Ussel leva son épée bien haut et, d'un coup trancha une épaule de son adversaire. Mercadier chancela tandis que la lame de Guilhem se levait encore pour lui fendre le crâne, mais comme Mercadier avait titubé, le fer glissa et l'atteignit au front. Il s'écroula.

Déjà Cédric ramassait leurs arcs et arrachait les flèches des cadavres. Sans un regard pour le chef brabançon, Guilhem rejoignit Locksley, agenouillé devant son écuyer.

— Il a rejoint Mathilde. C'est ce qu'il souhaitait, dit Guilhem en guise d'oraison funèbre.

— Que Dieu fasse qu'ils soient réunis dans la mort, ajouta Locksley en se relevant.

À cet instant, Mercadier poussa un long gémissement. Malgré son bras presque coupé et sa tête fendue, il n'était pas mort !

---

1. Mercadier était provençal.

— Guilhem... râla-t-il... Approche...

Guilhem fit trois pas vers lui, décidé à l'achever.

— Non... fit Mercadier qui avait surpris son geste. Écoute-moi... Je t'ai fait chevalier et jamais je n'aurais imaginé que tu me tues par cautèle et félonie... Sois maudit !

— Sois maudit toi-même pour avoir assassiné la plus innocente des femmes... répliqua Guilhem en lui donnant un violent coup de pied dans les côtes.

Mercadier grimaça sous la douleur, mais ne laissa sortir aucun gémissement. Au contraire, l'injure parut lui donner une nouvelle arrogance.

— J'ai tué beaucoup de drôlesses, mais toi aussi, Guilhem. Pourquoi venir me le reprocher en ce jour saint ? s'enquit-il.

Ayant fermé les yeux de son écuyer, Robert de Locksley s'était approché.

— Parce que tu viens de la tuer, démon !

— Quand ? Je n'ai tué personne depuis hier ! plaisanta affreusement le mourant, tandis qu'un flot de sang s'écoulait de son front tranché.

— Damné pourceau ! Tu mentiras donc jusqu'au seuil de l'enfer ! lança Robert de Locksley.

— Tu as oublié ton arme près d'elle, Mercadier ! Près de ta victime ! laissa tomber Guilhem qui était allé chercher la miséricorde dans le torse du grand maigre.

Il la lui montra.

— Ma da... dague ? C'est toi qui l'as ? On me l'a volée, hier ou avant-hier... Je n'ai tué personne, ce matin... Je te le jure... sur la damnation éternelle qui m'attend...

Sa voix se perdit dans un murmure et ses yeux s'assombrirent.

— Il est mort et il n'y a si bonne compagnie qu'elle ne se sépare. Filons ! dit Robert de Locksley en guise de conclusion.

Ainsi périt le plus fameux et le plus cruel des chefs des grandes compagnies de ce siècle, treize mois après la mort du roi Richard qu'il avait si bien servi et tant aimé.

— Que la peste vous emporte ! cria alors une voix comme ils se précipitaient à la porte.

Guilhem se retourna, prêt à frapper.

C'était l'archevêque Hélie qui s'était caché sous la table et qui en sortait en brandissant un poing vengeur. Guilhem l'ignora, remit son épée au fourreau et rejoignit les autres déjà dans la rue.

Ils se pressèrent vers la porte de la ville. Quelques personnes s'écartèrent avec effroi en voyant ces hommes aux habits tachés de sang en ce jour de fête. Sur le passage, le silence se faisait. Eux-mêmes ne disaient mot. Guilhem éprouvait un vague malaise en s'interrogeant sur les dernières paroles de Mercadier. Quant à Locksley, il pensait à son fidèle Regun. Cédric restait indifférent à ce qui s'était passé et Bartolomeo était content d'être encore vivant.

De l'autre côté des remparts, ayant passé le pont de bois, ils retrouvèrent la bruyante activité du port. Toute une cohue de marchands et de manœuvriers était agglutinée sur la rive. Ranulphe aperçut son seigneur et lui fit signe. Assise sur les bagages empilés, avec Jehan à son côté, Anna Maria ressentit un soulagement après l'interminable attente.

— Où est Regun ! cria Ranulphe en ne voyant pas son cousin.

— Trouve une barque et fais charger les bagages ! lui lança Locksley sans répondre.

L'écuyer comprit et son cœur se serra. Une grande barque attendait et il héla les deux marins qui s'en occupaient pendant que Jehan transportait armes et bagages, y compris ceux de Regun et de Mathilde.

Anna Maria avait seulement laissé à la pauvre femme sa plus belle robe, pour qu'elle soit ensevelie dedans.

— La marée n'est pas haute, seigneur, remarqua Jehan le Flamand, tandis que Guilhem lui passait les bagages depuis la berge.

— Je sais, mais nous partons quand même. Je crains que nous n'ayons un peu trop sollicité la chance.

Chapitre 20

Avec la nage vigoureuse des deux marins, le canot fut rapidement à couple avec la nef. Durant le trajet, Robert de Locksley avait succinctement raconté à sa femme et à son écuyer ce qui s'était passé. Les passagers jetèrent leurs armes et leurs bagages par-dessus le plat-bord de l'*Anatasie*, tandis que Guilhem attrapait une main tendue pour franchir le bordage.

— Partons ! lança-t-il en sautant sur le pont.

Les marins et le pilote restèrent immobiles, interloqués par l'agitation des arrivants et vaguement inquiets à cause du sang sur leurs habits.

— La marée n'est pas encore haute, seigneur, nous devons attendre le reflux, répliqua le capitaine en arrivant du château arrière pour les recevoir.

Il remarqua alors les taches sanglantes sur le gambison de son interlocuteur et perdit son assurance.

Tandis que Locksley aidait son épouse à monter et que les autres rassemblaient leur équipement sur les tonneaux qui occupaient presque tout le pont, Guilhem s'adressa au capitaine :

— Maître Berthomieu, vous savez qui est Mercadier...

— Ou... oui... répondit l'autre, décontenancé.

— Je viens de le tuer ainsi que quelques-uns de ses suppôts de Satan, alors si vous voulez garder la peau de votre chair, déferlez vos voiles, levez vos ancres et mettez vos gens aux rames, car dans un instant les Brabançons seront là pour venger leurs morts. S'ils nous attrapent, vous n'aurez plus l'occasion de prier le Seigneur !

Le capitaine resta un instant stupéfait, mais le pilote réagit plus rapidement et lança des ordres, désignant les marins du doigt.

— Antoine, Lopès, Ydron, Langlois, aux rames, vite ! Bernard et Coulomb au cabestan. Levez les ancres et déferlez la grand-voile !

— Je m'occupe des ancres ! lui dit Guilhem. Bartolomeo, Jehan, venez avec moi !

Il se précipita sur l'échelle du château arrière, car c'est en haut que se trouvait la roue du cabestan permettant de lever les deux ancres de pierre.

— Bernard et Coulomb, attachez les bonnettes[1] dès que les voiles seront déferlées, ordonna le capitaine qui avait repris ses esprits. Seigneur, demanda-t-il à Robert de Locksley, il reste deux places aux rames, vos gens peuvent-ils s'y mettre ?

— Cédric et Ranulphe, allez-y !

Locksley ayant déjà voyagé sur une nef, il conduisit Anna Maria sous le château et la fit descendre par l'écoutille dans une minuscule cale suintant d'humidité. Pendant ce temps, le capitaine s'était mis à la barre et, à côté de lui, les rameurs se saisirent des grandes rames.

Ayant demandé à sa femme de ne pas bouger, Locksley revint sur le passavant et prépara arc et flèches sans quitter des yeux les débarcadères. Il n'y observa que l'activité habituelle, même si quelques portefaix montraient la nef du doigt, s'interrogeant sur les mouvements insolites qu'il y avait à bord à cette heure.

---

1. Bandes de toiles qu'on laçait ou délaçait en bas de la voile pour en augmenter la portance, et qui évitaient de monter sur la vergue.

Poussant de toute leur force les deux barres du cabestan, les trois hommes firent tourner le treuil. Dans une suite de craquements et de grincements, la chaîne commença à s'enrouler autour du tambour de bois. Peu à peu les deux grosses ancres de pierre, d'énormes galets percés en leur milieu, se détachèrent de la vase.

À l'instant où ils sortaient de l'eau, Guilhem sentit le bateau s'ébranler. Entre-temps, le pilote avait tiré les deux ancres de l'avant, bien moins lourdes et, dès que ce fut fait, il les rejoignit sur le château arrière pour leur montrer comment bloquer le tambour avec un goujon de fer.

Déployée, la grande voile de chanvre se gonfla sous la brise venant de l'est, tandis que les marins laçaient les bonnettes basses. Malgré le flux qui continuait à monter, les rameurs parvinrent à donner de l'erre au navire.

Soudain, une lointaine galopade retentit du côté de la ville et une rumeur sourde déferla, s'amplifiant rapidement. Puis ce furent des cris et du tumulte. Marchands, crocheteurs et marins s'enfuyaient dans une invraisemblable cohue.

La troupe arrivant à cheval était constituée d'une vingtaine d'hommes porteurs d'épieux. Une poignée d'arbalétriers couraient derrière. Aucun des mercenaires n'avait remarqué la nef qui se mettait en mouvement.

Celui qui conduisait la bande attrapa alors un charretier qui n'avait pas été assez rapide et lui infligea une volée de coups avec une hampe d'épieu avant de l'interroger. Mâchoire et membres brisés, le malheureux désigna l'*Anatasie*.

Guilhem avait tout suivi du regard. Il comprit qu'ils allaient devoir se battre contre des adversaires sacrément nombreux. Leur seul espoir était que le navire s'éloigne suffisamment vite.

— Jehan et Bartolomeo, allez aux rames remplacer Ranulphe et Cédric, ordonna-t-il.

En même temps, il rassembla les arcs et les carquois posés sur les tonneaux du pont. Robert de Locksley, lui, était déjà prêt à tirer si les gens de Mercadier s'embarquaient à leur poursuite.

— Ce sont eux ! Ce sont eux ! À mort ! Tue ! entendait-on depuis la rive, tandis que quelques cavaliers faisaient descendre leurs chevaux dans les flots pour tenter d'approcher de la nef.

Mais ils ne purent avancer très loin, car la marée était déjà trop haute. Aussi, celui qui commandait la troupe donna-t-il ordre de ramener quelques mariniers en fuite et de prendre des barques.

Voile bien gonflée, l'*Anatasie* était maintenant portée par le vent arrière et prenait de l'allure. Ranulphe et Cédric, arcs tendus, auraient pu facilement tuer quelques-uns de leurs poursuivants, mais Locksley ne voulait pas gaspiller les flèches qu'il ne pourrait plus remplacer. Seulement, sur la rive, les arbalétriers n'avaient pas les mêmes scrupules.

— Abritez-vous ! cria Locksley en les voyant épauler leurs armes.

Une volée de viretons partit. Quelques carreaux passèrent au-dessus de l'*Anatasie*, perçant la voile. D'autres se plantèrent dans le plat-bord ou dans les tonneaux avec des claquements secs.

Le tir provoqua un sursaut d'énergie chez les rameurs. De plus, le flux, jusque-là étale, était sur le point de s'inverser. Le mouvement de la nef devint soudain plus rapide.

Installé sur le château arrière, Guilhem vit une poignée d'hommes monter dans une barque et se mettre aux rames. Ainsi barré, le canot les rattraperait rapidement, se dit-il, mais les rameurs semblaient ignorer que ceux qu'ils poursuivaient possédaient des arcs. Il prévint les Saxons qui le rejoignirent à la poupe.

La barque gagna effectivement sur la nef et, dès qu'elle fut à un jet de pierre, les archers lâchèrent une première volée de flèches. Elle fut suffisante : trois hommes de la barque tombèrent à l'eau et les autres arrêtèrent immédiatement la poursuite.

Sur la berge, voyant leur proie leur échapper, les gens de Mercadier hurlaient d'abominables injures et d'effroyables malédictions.

L'*Anatasie* étant désormais bien portée par le vent qui forcissait, deux marins quittèrent les rames pour déferler la seconde voile depuis la vergue transversale du petit mât de l'avant. C'était une voile triangulaire qui gonfla immédiatement au vent. L'étrave de la nef se releva alors dans une masse d'écume.

Les voyageurs n'ayant plus à aider à la manœuvre, Robert de Locksley alla chercher Anna Maria pour explorer le navire où ils allaient vivre durant quelques semaines.

On l'a dit, la nef était pourvue d'un gaillard arrière et d'une dunette avant en forme de petits châteaux crénelés permettant de s'abriter de tirs de viretons ou de flèches. Le pilote était continuellement sur le gaillard d'avant d'où il commandait les manœuvres pour celui qui tenait la barre, car, à l'arrière sous le château, le capitaine ne voyait rien à cause de la voile et du chargement.

En effet, le pont supérieur était occupé par les tonneaux de vin solidement amarrés. Sans les passagers, les négociants en auraient chargé deux douzaines, trois autres douzaines étant serrées dans la cale, mais comme ils avaient chargé huit barriques de moins, ils avaient aménagé, au milieu du chargement, un refuge couvert de planches où les passagers pourraient s'abriter.

Les sièges de nage se trouvaient aussi sous le château arrière, de part et d'autre de la barre, ce qui permettait au capitaine de les commander pour les manœuvres. Devant la barre, une écoutille dévoilait l'entrée de la partie habitable de la cale. Dans cette cabine, et de chaque côté, se trouvaient trois larges planches superposées servant à la fois de couchettes et de placard. On ne pouvait y tenir debout et une humidité perpétuelle suintait et remontait par les fonds de la nef.

Enfin, au milieu du pont envahi de tonneaux, un peu en avant, se dressait le grand mât avec une vergue transversale et de larges haubans goudronnés. Plus près de la dunette était planté le petit mât, avec sa vergue transversale et sa voile triangulaire.

Maintenant que les périls étaient passés et que la nef était rapidement entraînée par le jusant, le calme était revenu à bord. Chaque marin avait repris son poste. Quelques-uns surveillaient les voiles, d'autres étaient aux rames, le pilote lançait ses avertissements et le maître marinier tenait la barre franche du gouvernail, observant en silence ces voyageurs qu'il regrettait d'avoir pris à bord. De plus, il venait de remarquer qu'il manquait une femme et un homme. Dans quelle effroyable entreprise s'était-il engagé ?

Pendant que Cédric racontait en détail à Ranulphe la bataille dans la maison de Mercadier, Locksley et sa femme rejoignirent Guilhem sur le château arrière.

— Compagnon, je crois que nous sommes hors de danger ! laissa tomber le Saxon en prenant affectueusement Guilhem par l'épaule.

— Pour l'instant, Robert ! Pour l'instant ! Toi qui as déjà navigué ici, crois-tu que les gens de Mercadier puissent encore nous rattraper ?

— Non, l'estuaire va s'élargir et ils n'auront pas le temps de rassembler une flottille. Tu m'as bien dit que les deux autres nefs du port ne pouvaient naviguer ?

— Oui.

— Alors ils ne pourront pas nous poursuivre en mer.

Accoudés au plat-bord, ils restèrent silencieux un moment à observer les rives qui défilaient et les barques qui naviguaient autour d'eux. On entendait le grincement des rames, les alertes du pilote quand il apercevait des bancs de sable et le carillon lointain des cloches des églises. Chacun appréciait cette tranquillité après ce qu'il avait vécu.

Au bout d'un moment, Guilhem reprit la parole.

— As-tu répété à Anna Maria les derniers mots de Mercadier ?

— Oui.

— Pourquoi a-t-il nié avoir tué Mathilde ?

— Ce chien a menti ! affirma Robert de Locksley en haussant les épaules.

— Aurais-tu menti à sa place ? À cet instant où ton âme se présente devant le Créateur ?

— Non, reconnut le Saxon, après une hésitation.

— Il a dit d'autres choses plus troublantes, qu'il ne s'attendait pas à ce que ce soit nous que Jean envoie pour le tuer. Croyait-il vraiment que nous étions à sa solde ?

Comme Robert de Locksley ne répondait pas, Guilhem ajouta :

— Il a dit aussi qu'on lui avait pris sa dague.

Il montra l'arme à sa ceinture à Anna Maria.

— Abandonnes-tu souvent ta miséricorde après l'avoir utilisée ? demanda-t-il à Robert.

— Non, répondit le Saxon en grimaçant.

— À quoi songez-vous, Guilhem ? demanda-t-elle.

— J'ai le sentiment… le sentiment seulement, et rien d'autre, que nous avons été abusés.

Comme Robert de Locksley n'intervenait pas, il poursuivit :

— Mercadier s'apprêtait à passer tranquillement à table. Rien n'indiquait qu'il arrivait du Chapeau Rouge. Personne ne s'attendait à notre venue. Et si c'était un autre qui avait tué Mathilde ? Un autre qui voulait votre mort, Anna Maria… Un autre qui aurait volé la dague de Mercadier et l'aurait laissée en évidence pour qu'on l'accuse et qu'on s'en prenne à lui.

— Qui aurait fait ça ? Qui aurait pu concevoir une telle fourberie ?

— Moi, Robert, et toi aussi sans doute, remarqua Guilhem avec un sourire sans joie. Donc un adversaire à notre mesure. Qui savait que nous étions au Chapeau Rouge ? Qui savait que tu connaissais et haïssais Mercadier ?

— Aliénor ! laissa tomber Anna Maria.

— Quelle importance cela a-t-il que nous le sachions ? s'emporta Locksley, repoussant l'idée d'accuser la mère de Richard Cœur de Lion. Mercadier avait largement mérité la mort !

— Sans doute, et moi aussi alors, car j'ai été comme lui, dit Guilhem sombrement.

— Non ! Tu es différent ! Tu as appris à hurler avec les loups, mais tu n'en es pas un, lui dit Locksley en lui donnant une amicale tape dans le dos.

— Quelqu'un nous a trompés, Robert, et je n'aime pas ça, fit sombrement Guilhem.

— Ce n'est pas important, mon ami, lui dit Anna Maria en lui prenant affectueusement la main. Les hommes comme Mercadier ne sont utiles que pour reconnaître les bons. Et vous faites partie de ceux-là.

Malgré son désaccord, Guilhem se fendit d'un sourire. Puis il se dégagea et descendit sous le château.

— Vous devez nous en vouloir, maître Berthomieu, dit-il, s'asseyant sur un des bancs de nage libres.

— Me direz-vous au moins ce qui s'est passé, seigneur ? Et surtout ce que moi et mes marins risquons ? demanda assez froidement le capitaine.

— Vous ne risquez plus rien, rassurez-vous. Quant à ce qui s'est passé, voilà la vérité…

Il raconta l'assassinat de Mathilde, tuée par Mercadier qui voulait se venger de Robert de Locksley, son vieil adversaire, puis la bataille dans la maison du chef brabançon.

— ... L'évêque Hélie a dû prévenir son frère, et la suite vous la connaissez.

Le capitaine ne demanda rien d'autre, priant silencieusement le ciel pour que l'affaire en reste là.

La brise restait régulière mais le reflux était de plus en plus puissant, comme si l'estuaire était un grand bassin qui se vidait. La terre s'éloigna vite, se transformant en une masse brumeuse. À la nuit tombante, ils jetèrent les ancres dans l'estuaire, près d'un groupe de nefs marchandes.

L'équipage et les voyageurs s'assirent sur les tonneaux du pont pour souper et vider quelques flacons de vin. Guilhem raconta à nouveau ce qui s'était passé, car le pilote et les marins voulaient en savoir plus. Puis chacun s'installa pour la nuit, bercé par un clapotis rassurant tandis que l'obscurité s'étendait.

La nef rencontra la houle du large le lendemain. Le vent était favorable et rapidement ils furent séparés des autres navires. Puis la terre s'évanouit, ne laissant qu'une lointaine et vague ligne de rivage. Malgré cela, le pilote restait vigilant, car les bancs de sable étaient en perpétuel mouvement.

Ayant laissé la barre à un de ses marins, le capitaine rejoignit les voyageurs sur les passavants. Tous voulaient connaître la durée de la traversée.

— Parti de Portsmouth, il m'est arrivé de rejoindre l'estuaire en six jours, expliqua maître Berthomieu, mais c'est souvent plus long dans l'autre sens. Le plus difficile sera de franchir le cap de Saint-Mathieu en Bretagne où les eaux sont toujours agitées. Et une fois à Portsmouth, il faudra encore cinq ou six jours pour être à Londres. N'espérez donc pas arriver avant trois ou quatre semaines.

— Quatre semaines serrés ici ! s'exclama Bartolomeo, atterré, en désignant le pont dont il avait déjà fait le tour des dizaines de fois.

— Rassurez-vous, je navigue toujours au plus près des côtes et tous les trois jours, parfois plus souvent si la mer est mauvaise, j'entre dans un port pour faire de l'eau et m'approvisionner. Vous pourrez mettre pied à terre quelques heures.

Il ajouta en les voyant grimacer :

— Mais tout dépend du vent. Qu'il nous soit défavorable et les quatre semaines se transformeront en huit.

Chacun prit dès lors son mal en patience, s'occupant comme il le pouvait. Robert de Locksley restait avec son épouse. Jehan taillait des morceaux de bois comme un marin le lui avait appris. Bartolomeo jouait de la flûte ou s'amusait à grimper dans la vergue. Cédric s'initiait à la navigation et Ranulphe restait seul, songeur, souvent accoudé au bastingage à regarder la mer.

Un matin, Guilhem alla le trouver et il surprit des larmes dans ses yeux. Il crut d'abord que c'étaient les embruns, mais il n'en était rien. Pour la première fois, l'écuyer lui demanda comment son cousin était mort. Guilhem lui raconta le combat et Ranulphe avoua que Regun lui manquait, mais il ne parla pas de Mathilde.

L'équipage, lui, n'avait aucun repos. La grand-voile devait perpétuellement être orientée pour prendre le vent correctement et, suivant sa force, ils ajoutaient ou retiraient les bonnettes, une opération difficile lorsque soufflaient les bourrasques. Quant à la voile latine du premier mât, deux hommes devaient rester à la manœuvrer et obéir rapidement aux ordres du pilote ou du capitaine quand la brise tournait.

À ces difficultés s'ajoutaient les courants, parfois violents à proximité des côtes. Plus d'une fois, ils durent utiliser les ancres pour des manœuvres délicates.

Malgré cela, la nef fila à bonne allure et ils entrèrent dans le port de La Rochelle quatre jours après leur départ. Le capitaine s'occupa des approvisionnements et les passagers passèrent une nuit presque complète dans une hôtellerie du port. On vint les chercher avant l'aube, au moment du reflux.

Le voyage se poursuivit sans incident et sans jamais perdre la côte de vue. Ils passèrent entre l'île d'Yeu et la terre et firent une nouvelle étape dans la baie de Noirmoutier pour se réapprovisionner.

Ensuite le vent fut moins favorable et les vagues plus brutales. Plusieurs fois, Guilhem crut que la nef allait se déchirer sur les brisants. Les grains devinrent incessants et ils durent même rester une journée entière à l'abri dans une crique tant les rafales devenaient fortes. Ils étaient perpétuellement mouillés, dans l'impossibilité de se sécher.

Le pilote était celui qui souffrait le plus. Continuellement en plein vent et copieusement rincé, il devait malgré tout être vigilant tant les récifs étaient nombreux et les courants violents. Pour les éviter, ils auraient dû passer plus au large, mais alors quitter la côte des yeux, avec le risque de se perdre dans l'immensité de l'océan.

Chapitre 21

Depuis la douce aurore, la brise soufflait de la terre et la nef, ayant le vent de travers, avançait lourdement à une allure désespérante. Le mauvais temps s'était calmé et ils avaient quitté la baie où ils s'étaient abrités pour la nuit.

Seul sur le château arrière, Guilhem regardait la côte déchiquetée, si proche et si lointaine. Passé la baie de Quiberon, elle n'avait d'abord été qu'une masse brumeuse mais, maintenant, il en distinguait les moindres détails ; les falaises où nichaient des mouettes piaillantes, les landes couvertes de bruyères et de bois, les crêtes rocheuses avec leurs moulins dont les ailes tournaient paresseusement. Par endroits s'élevaient des fumées provenant d'un château ou d'un village invisible.

Après les craintes et les malaises qu'il avait ressentis durant le mauvais temps, Guilhem éprouvait maintenant une langueur étouffante. Il aurait donné tous ses biens pour chevaucher dans ces forêts si proches, pour se battre ou simplement pour marcher à grandes enjambées. Il regrettait Lamaguère, ayant déjà oublié à quel point il s'y morfondait.

Combien de temps allait encore durer cet ennuyeux voyage ? Son regard balaya le pont. Cédric et Ranulphe jouaient aux dés sur les tonneaux. L'archer perdait et jurait continuellement. À Lamaguère, il trichait souvent et parvenait facilement à voler ses compagnons, mais il n'osait le faire avec l'écuyer de son maître. Autour d'eux, des marins réparaient des cordages, d'autres graissaient des poulies. Bartolomeo sommeillait contre le passavant. À la proue, Robert apprenait de vieilles ballades saxonnes à Anna Maria qui essayait de les jouer au psaltérion. Avec un pincement de cœur, Guilhem songea à Sanceline. Où était-elle à cette heure ? Et avec qui ? De Sanceline, son esprit s'égara vers Constance Mont Laurier. Était-elle heureuse avec l'armateur Ratoneau ? Avait-elle retrouvé la sérénité, ou était-elle toujours aussi dure ? Puis il pensa à Amicie de Villemur, au corps si doux et parfumé, si fraîche et si pleine d'esprit. Elle l'avait aimé, il en était certain, mais elle et ses frères n'avaient pas accepté une mésalliance avec le pauvre chevalier qu'il était. Si elle avait pu deviner ce qu'il deviendrait, elle ne se serait pas mariée et serait devenue la dame de Lamaguère.

Il s'apprêtait à prendre sa vielle pour composer une ballade sur ses amours et ses malheurs quand le cri retentit :

— Voiles en vue à la côte !

C'était le pilote, sur le gaillard d'avant, qui désignait la terre.

Les hommes sur le pont s'approchèrent du plat-bord avec inquiétude. Guilhem mit une main sur son front pour ne pas être ébloui par le soleil levant. Au bout d'un instant, il aperçut les trois voiles blanches qui cinglaient vers eux, venant d'une plage. De petites embarcations, mais leur grande voile les portait rapidement.

Guilhem avait déjà deviné que ce n'étaient pas des pêcheurs.

— Préparez vos armes ! lança-t-il.

Locksley avait aussi compris et il conduisit Anna Maria à l'abri, dans l'appentis entre les tonneaux. En même temps, il prit les arcs et les carquois rangés à l'abri des embruns.

Ranulphe et Cédric rassemblaient déjà épées et rondaches, casques et camails, tandis que les marins maniaient les voiles fiévreusement pour s'éloigner de la terre.

Guilhem descendit du château arrière et s'adressa au capitaine en enfilant le camail que lui tendait Bartolomeo.

— Vous avez déjà eu affaire à eux ?

— Oui, seigneur, mais je leur ai échappé en tirant au large.

— Croyez-vous y arriver ?

Le capitaine grimaça de terreur.

— Le vent porte mal ! laissa-t-il tomber.

— Combien sont-ils dans chaque barque ? s'enquit Locksley, saisissant la lourde épée et la rondache que lui tendait l'écuyer.

— Cinq ou six, seigneur, répondit l'autre d'une voix blanche.

Guilhem revint au plat-bord. Locksley et ses Saxons étaient prêts, armés, casqués, ayant enfilé leur gant et tendu la corde de leur arc.

Les barques n'étaient plus loin et gagnaient sur eux. Il n'y avait aucune possibilité que la nef leur échappe. Guilhem observa la plus proche. Ils n'étaient pas cinq ou six à bord mais au moins huit en comptant celui qui tenait la barre. Serrés les uns contre les autres, ils brandissaient couteaux, haches et épieux, ivres du sang et du pillage à venir. Leurs hurlements sauvages parvenaient par instants à la nef, glaçant d'effroi les marins. Ils s'approchaient du flanc tribord du navire quand les Saxons élevèrent leurs arcs de toute la longueur de leur bras gauche, puis, dans un même mouvement, ils tendirent la corde jusqu'à ce qu'elle touche leur oreille. Quand Locksley donna l'ordre, les flèches fendirent l'air en sifflant.

La barque de tête était à une centaine de pieds et trois hommes reçurent un trait en pleine poitrine, sans pour autant tomber tant ils étaient serrés. Aussitôt une seconde volée de flèches partit en direction de la seconde barque, puis ce fut un troisième tir.

Le premier canot heurta la nef avec violence, faisant chanceler marins et défenseurs sur le pont. Du château arrière, Guilhem et Bartolomeo sautèrent sans attendre à son bord, abattant leurs épées sans même choisir leurs victimes, taillant les chairs, tranchant les membres et brisant des têtes. Les pirates ne s'attendaient pas à être ainsi pris à partie et l'homme de barre, terrorisé par cette sauvagerie imprévue, se jeta dans la mer. Rapidement, les deux hommes furent maîtres de l'embarcation.

Déjà les deux autres barques avaient abordé la nef. Les survivants sautèrent à bord, décidés à venger leurs compagnons tués par les flèches. Mais que pouvaient-ils faire contre les Saxons, tous combattants aguerris, bien armés et protégés par leur camail, leurs casques et leurs rondaches ? Robert de Locksley décapita le premier qui l'approcha, puis brisa un crâne avant d'ouvrir un ventre. Cédric et Ranulphe, trop heureux de pouvoir se battre sans refréner leurs plus cruels instincts, massacrèrent sans pitié et même avec plaisir. Même Jehan se battit et les pirates qui tombaient sur le pont étaient achevés par les marins à coups de couteau, malgré leurs supplications.

Assistant à ce carnage, le capitaine d'une des barques tenta vainement de dégager son canot mais Cédric sauta à son bord et lui trancha la main tenant le gouvernail. Le pirate hurla en voyant son moignon tomber, alors le Saxon eut pitié de sa douleur et lui abattit sa lourde épée sur la tête.

La bataille fut rapidement terminée. Très vite le silence revint, à peine troublé par le clapotis de la houle et les gémissements des agonisants. Des flots de sang s'écoulaient des corps sans vie ou des mourants.

C'est alors que retentirent les appels de Guilhem. Incapable de diriger la barque dans laquelle il se trouvait, elle s'éloignait rapidement de la nef.

Immédiatement, le capitaine mit son bateau sous le vent et ordonna à ses hommes de prendre les rames. Très vite, ils parvinrent à la barque et lancèrent un cordage à Bartolomeo. Entre-temps, les deux autres canots pirates avaient été amarrés par des cordes et, finalement, tout le monde se retrouva sain et sauf sur le pont de l'*Anatasie*.

Morts ou encore vivants, les pirates furent jetés à la mer et les embarcations fouillées, mais elles ne contenaient aucun objet de valeur. Le capitaine hésitait à les abandonner, car elles étaient en bon état et possédaient de bonnes voiles. Il proposa à Guilhem de les prendre en remorque et de les revendre pour lui dans la baie de Crozon où il en tirerait au moins dix livres pour chacun. Guilhem acquiesça, car cela ne les retarderait guère.

Le soir, ils jetèrent l'ancre dans une crique abritée où le capitaine demanda de ne pas allumer de lanternes. D'autres pirates pouvaient venir dans la nuit et il établit un tour de garde. Les marins finirent de nettoyer le pont encore sanglant, puis ils soupèrent ensemble, joyeusement, dans une sorte de communion de combattants.

Maître Berthomieu commençait toujours le repas du soir par une action de grâce, remerciant le Seigneur de les avoir protégés. Il le fit aussi ce soir-là, mais, ensuite, mal à l'aise, il s'adressa à Guilhem.

— Noble seigneur, je ne vous voulais pas comme passager, je le reconnais, et sans l'insistance de mon beau-père, je ne vous aurais pas pris à mon bord. Votre arrivée et l'attaque des Brabançons avaient ensuite confirmé mes réticences. À présent, je sais que je me trompais. Sans vous et vos compagnons, nous nourririons les poissons et mon épouse se demanderait, le reste de sa vie, ce que je suis devenu.

Son regard balaya les voyageurs qui l'écoutaient silencieusement.

— Nous sommes tous des marins ici ; nous venons de Bayonne. Nous connaissons la mer et ses dangers, et si nous savons naviguer, nous sommes impuissants contre les pirates. Avec mon cousin, Castets, on s'est associés avec celui qui est devenu mon beau-père, mais c'est moi, maître marinier, qui dirige notre association et prends les décisions. À Londres, quand on m'aura payé ma marchandise, je vous rembourserai le prix de votre passage. C'est le moins que je puisse faire, car vous avez sauvé notre vie et nos biens, et nous resterons éternellement vos débiteurs. J'aimerais pourtant faire plus. Je resterai là-bas environ deux semaines, le temps d'acheter et d'embarquer de la laine et des étoffes pour les revendre à Bordeaux. Durant tout ce temps, nous serons à votre service. J'ignore si vos ennemis vous poursuivront à Londres, mais si vous le désirez, vous nous trouverez à votre côté. Je pourrais aussi vous attendre pour vous ramener à Bordeaux.

— J'aurais peut-être besoin de vous… reconnut Guilhem. Mais pas pour revenir à Bordeaux, car nous irons ensuite à Paris.

— Je vends mon vin à une hôtellerie proche de la Tamise : le Vieux Cygne. L'aubergiste est un client et un ami. Il dispose de belles chambres et vous logera, si vous le souhaitez.

— Je connais plusieurs auberges, mais j'accepte votre proposition, répondit Locksley qui se souvenait que la rue de la Tamise conduisait à la Tour de Londres.

— Nous resterons dans la nef, pas loin de vous, et vous pourrez ainsi faire appel à nous, si vous en avez besoin, conclut le capitaine.

Le lendemain, ils pénétrèrent dans la baie de Crozon où ils vendirent effectivement les barques. C'était un dimanche et l'équipage se rendit à la messe. Bartolomeo, Anna Maria, son mari et les Saxons les accompagnèrent. Guilhem ne jugea pas cela utile et Jehan pria seul.

Au retour, le capitaine leur expliqua qu'ils allaient entreprendre la partie la plus périlleuse du voyage. Au passage de Saint-Mathieu, les courants étaient si forts que l'eau bouillonnait comme dans un chaudron infernal, même par temps calme.

— Mais, ajouta-t-il, si je parviens à passer le cap demain, nous serons à Portsmouth mercredi ou jeudi.

Ils partirent le lendemain, au reflux, sous une forte houle et un vent du nord défavorable. Mais malgré toute la science du capitaine et du pilote, ils ne purent passer le cap et durent rebrousser chemin jusqu'à Crozon.

Une nouvelle tentative pour forcer le passage eut lieu le jour suivant, sans plus de succès car le jusant provoqua un courant qui les porta au sud, à une vitesse incroyable. Enfin, le troisième jour, le vent se retourna mais la mer s'était durcie, rendant presque impossible l'usage des avirons. En milieu d'après-midi, ils franchissaient quand même la pointe de Saint-Mathieu quand brusquement le vent fraîchit et un grain d'une extrême violence tomba sur eux, leur faisant perdre tout repère.

Le capitaine tenta une manœuvre pour gagner un abri, mais les voiles refusaient et déjà les vagues se superposaient provoquant un roulis menaçant. Les voyageurs se mirent tous aux rames, tandis que les marins essayaient de manœuvrer au mieux la voile triangulaire, mais rien n'y fit et les premières lames passèrent le pavois, inondant le pont.

— Nous n'y arriverons pas ! cria le capitaine. Vous autres, lança-t-il aux marins, affalez complètement les voiles et amarrez-les solidement. Seigneur de Locksley, mettez-vous à l'abri, et priez le Seigneur.

Secoué en tous sens, le navire filait maintenant vers le couchant à une vitesse vertigineuse.

Les marins parvinrent à attacher la voile, mais son absence provoqua un vilain roulis et mit plusieurs fois le bateau en travers des lames, le capitaine n'arrivant plus à maintenir la barre. Le pilote rejoignit alors son cousin pour l'aider, tandis que les marins se réfugiaient dans la cale. La coque n'était plus qu'un bouchon ballotté dans un chaos d'eau et de vent.

L'obscurité s'étendit.

Dans le refuge entre les tonneaux, ils étaient tous serrés, malades et terrorisés. Cédric, Ranulphe et Anna Maria priaient. Comme les autres, Jehan avait rejeté tout ce que contenait son estomac et il attendait la mort avec soulagement. Étendu dans le passage vers le pont, douché par les vagues, Locksley se sentait impuissant.

Depuis combien de temps durait la fureur des éléments ? Certainement des heures. La coque craquait de toutes parts et, certain que la fin était proche, Guilhem décida de ne pas faire le grand passage dans cette bauge puante. Il dit adieu à son ami et rampa jusqu'à la sortie.

À peine était-il sur le pont que la coque se retourna d'un quart. Se retenant au plat-bord à deux mains, il fut précipité dans l'eau glaciale où il s'étouffa jusqu'à ce qu'un mouvement inverse de la nef le ramène à l'air. La nuit était profonde, mais un croissant de lune apparaissait par instants entre les nuages.

Fouetté par les embruns, il distingua un bref instant le capitaine et son cousin, le pilote, qui tenaient toujours solidement la barre malgré le choc des lames. Ils n'avaient donc pas été emportés par les flots comme il le croyait. S'agrippant à la rambarde, il parvint jusqu'à eux où il s'affala sur un banc de nage, à l'abri de la fureur des vagues déferlant sur le pont.

— Vous n'avez pas peur ? hurla-t-il au capitaine pourtant à deux pieds de lui.

— Bien sûr que j'ai peur, seigneur ! cria l'autre qui paraissait pourtant extraordinairement calme, mais chaque fois que je survis à ces déchaînements, je suis un peu plus assuré de la bienveillance du Seigneur envers moi.

Son cousin, cramponné au timon, approuva de la tête sans rien dire, jugeant sans doute inutile d'essayer de couvrir les mugissements des vagues et du vent.

Secoué en tous sens et abondamment rincé, Guilhem digéra la réponse sans rien ajouter. Il avait vu le capitaine effrayé par les pirates et il le découvrait maintenant solide comme un roc dans cette tourmente qui, lui, le terrorisait. Il devinait combien cet homme était différent de lui. Guilhem avait choisi de ne dépendre que de lui-même, de sa force et de son adresse. Il jugeait toujours possible de vaincre un ennemi par la ruse ou par la violence. Mais il se savait démuni devant les éléments. Par contre, le capitaine plaçait sa confiance dans la divine Providence, et tant qu'il restait vivant, il était persuadé d'être élu, ce qui lui donnait la force de ne pas perdre courage quelle que soit l'adversité.

— Et vous, avez-vous peur ? cria le capitaine Berthomieu.

— Oui, fit sombrement Guilhem. Mais si je meurs maintenant, si les flots m'engloutissent, je sais que je l'aurai mérité.

Un craquement sinistre se fit entendre. Bien que solidement amarrés, les tonneaux bougeaient.

— Croyez-vous que votre nef va résister ?

— Tant que nous ne heurterons pas de roche, certainement, et comme nous filons au large, nous ne devrions pas en rencontrer. J'ai connu de pires tempêtes, vous savez. Ce qui m'inquiète surtout est de m'éloigner de la côte. Vous avez remarqué qu'on ne voit plus rien ?

— Que risquons-nous ?

— Que le mât se brise, que les voiles soient déchirées, qu'on se perde dans l'immensité de l'océan, or nous n'avons guère d'eau. Et surtout il y a les monstres...

— Quels monstres ? s'inquiéta Guilhem.

— Ceux qui vivent dans les profondeurs. Ils ne s'approchent pas des côtes mais, au large, ils nous attraperont et nous dévoreront.

Curieusement, l'idée de se battre contre des monstres redonna courage à Guilhem qui songea à aller chercher son épée.

— On m'a dit qu'on pouvait aussi tomber au bout de la terre, si on allait trop loin en mer, risqua-t-il au bout d'un moment.

— Vous croyez que la terre est plate ? intervint le pilote alors que le vent semblait se calmer.

— Pourrait-elle être autrement ? demanda Guilhem.

— Quand je suis sur le gaillard ou en haut du mât, je vois plus loin que si je suis sur le pont, et quand j'aperçois un bateau, je distingue le haut de son mât avant la coque. Savez-vous pourquoi ? lui cria le pilote pour surmonter le bruit des vagues.

— Non.

— Parce que la terre est ronde, comme deux de vos casques mis l'un contre l'autre ! s'exclama le capitaine en riant.

— Ronde ? Mais comment serait-ce possible ? Il est insensé de penser qu'il puisse exister des lieux où les choses seraient suspendues de bas en haut ! rétorqua Guilhem.

— Nous faisons pourtant partie de ces choses, et seul Notre Seigneur pourrait nous expliquer ce prodige.

Guilhem s'abîma dans le silence, méditant sur ce qu'il venait d'entendre.

Il prit alors conscience qu'il était moins ballotté et que les vents perdaient de leur fureur. La lumière revenait aussi, car il distinguait les tonneaux sur le pont. C'était l'aube. Soudain, le calme revint et le soleil apparut sous les noirs et épais nuages qui couvraient le ciel.

Quelques instants plus tard, les marins sortirent par l'écoutille et le pilote retourna sur le gaillard d'avant. Le navire était toujours agité par la houle et le capitaine fit déferler la grand-voile pour stabiliser la course du bateau pendant que deux marins examinaient les dégâts causés par la tempête.

Les autres voyageurs sortirent à leur tour. Guilhem monta avec Robert sur le château arrière pour contempler la mer autour d'eux. Le ciel était bas et gris et se confondait avec les flots. Ils attendirent que le soleil monte mais quand la lumière fut suffisante, ils ne découvrirent que l'immense espace de l'océan.

Désespérés, ils furent la journée entière privés de toute terre. Enfin, le soir, le pilote cria :

— Terre en vue !

C'étaient de sinistres falaises, noires comme l'enfer. Le capitaine mit quand même le cap dessus. Le vent les portait de travers et ils durent jeter l'ancre à la nuit, encore loin de la côte. Heureusement, ils ne dérivèrent pas et, le lendemain, les sombres falaises étaient toujours là.

Ils les longèrent durant deux jours. D'après le soleil et les étoiles, la terre était au nord, ce ne pouvait être que l'Angleterre, du moins l'espéraient-ils.

C'était bien le cas et le capitaine reconnut enfin la Cornouailles. Deux jours plus tard, ils entraient dans le port de Portsmouth.

Ayant vendu une dizaine de tonneaux, ils repartirent sous un grain, mais le vent les portait en direction de la France.

Chapitre 22

Le dimanche 7 mai, ballottée depuis le matin par une méchante houle, la nef parvint à se mettre à l'abri dans l'anse de Mergate où les batels de pêcheurs étaient tous tirés haut sur la grève. Ce n'était qu'une médiocre protection, mais une fois les deux grosses ancres de pierre jetées au fond, la gigue folle du bateau se calma.

Depuis le début de l'après-midi, un vent du sud très violent s'était levé et, durant plusieurs heures, le capitaine avait dû se faire aider par deux hommes pour tenir la barre et éviter que la nef ne soit jetée sur la côte rocheuse. Après la grande tempête au large de la Bretagne, c'était la deuxième fois que les passagers avaient cru leur dernière heure arrivée, aussi, quand ils mirent pied à terre, transportés par la barcasse d'un pêcheur qui vint les chercher, Anna Maria et Jehan tombèrent à genoux pour une action de grâce.

Il y avait une maison, moitié ferme et moitié auberge, où ils purent avaler une grossière bouillie d'avoine et passer une nuit calme. Mais le lendemain, le vent n'ayant pas faibli, ils ne purent repartir au lever du jour. Vers midi, la mer étant étale, le capitaine vint enfin les chercher après avoir ravitaillé en eau et provisions. Venant du levant, les bourrasques restaient fortes mais, conjuguées avec le flux, elles les porteraient dans l'estuaire.

À l'aide des rames, la nef s'éloigna de la côte et, dès qu'il fut sous le vent, le capitaine largua la voile et y ajouta les bonnettes. Aussitôt la barque cingla à vive allure au plus profond de l'estuaire. Sur le château avant, le pilote criait sans cesse des alertes au capitaine qui tenait la barre, le danger venant des innombrables bancs de sable et des hauts-fonds qu'il distinguait d'après la couleur de l'eau.

Ils naviguèrent ainsi jusqu'à la nuit et jetèrent l'ancre dans une anse profonde tandis que le reflux commençait. N'ayant pas de moyen pour gagner la terre, ils restèrent à bord pour la nuit, dormant sur le pont et sous le château arrière. C'était une pénible promiscuité, mais ils commençaient à en avoir l'habitude.

Ils furent réveillés avant l'aube par la pluie. La marée remontait et le vent s'était calmé. Le capitaine fit allumer des lanternes et ils reprirent l'estuaire, avançant maintenant avec précaution en utilisant les rames. La marée les porta ainsi jusqu'au milieu de la matinée, ensuite une brise se leva à nouveau et la nef mit à la voile.

Désormais, ils apercevaient distinctement les berges. La nef jeta l'ancre en soirée et ce fut une nouvelle nuit à la belle étoile. La pluie n'avait pas cessé et ils se serrèrent sous le château arrière et dans une tente tendue entre les tonneaux qui restaient sur le pont.

Le mercredi, malgré les courants et la présence de bancs de sable, la nef continua à remonter le fleuve à bonne allure tant que le flux la porta. Mais au débouché d'une rivière – la Deptford – et comme la marée se mettait à descendre, les rameurs furent mis à la nage, car la barque devait emprunter un étroit chenal qui longeait la rive. Du doigt, Locksley montra les terres et les bois proches en expliquant avec amertume que c'était un ancien domaine saxon donné à l'église Saint-Peter de Gant. L'endroit s'appelait Greenwich. Les moines avaient édifié un moulin à eau un peu plus haut, sur la Deptford, après avoir chassé ou mis en servitude les Saxons qui occupaient les lieux les premiers.

Guidée par le pilote, la nef passa cette embouchure et regagna le milieu du fleuve qui faisait maintenant de vastes méandres. C'est à la sortie d'une de ces courbes qu'ils aperçurent, au-dessus des cimes des arbres, d'épaisses fumées ne pouvant provenir que d'une importante ville. Le flux de la marée continuait à descendre, laissant exposées de larges plages de vase le long des rives. Guilhem se demandait s'ils auraient assez d'eau pour continuer mais le capitaine le rassura, lui confirmant quand même que l'écart entre les hautes et les basses eaux pouvait atteindre trois toises.

Comme la ville était proche, Locksley proposa à Guilhem de monter sur le château avant pour être les premiers à l'apercevoir. Ils grimpèrent à l'étroite échelle et le pilote leur fit une petite place près de lui.

— Dans combien de temps serons-nous à Londres ? demanda Guilhem.

— Après cette courbe, vous verrez la Tour, juste avant la Cité, laissa tomber le marin.

Effectivement, le lit de la rivière s'élargit brusquement et ils aperçurent au loin un amoncellement innombrable et confus de maisons aux toits de chaume d'où dépassaient de grands clochers carrés. Un pont de pierre, précédé d'un pont de bois brisé, semblait barrer complètement la Tamise mais ce n'est pas lui que Robert de Locksley désigna à son compagnon, ce fut un mur d'enceinte crénelé qui protégeait un immense donjon blanc.

— La Tour, dit-il simplement.

Guilhem balaya la forteresse des yeux. Bornée par deux tours d'angle arrondies, la courtine n'avait aucune ouverture, sinon une sombre voûte fermée par une grille permettant d'embarquer à marée haute. Les toitures de quelques constructions intérieures dépassaient de la muraille, mais c'était l'immense donjon blanc qui attirait le regard. Une formidable tour carrée, renforcée de tourelles d'angle.

— J'ai l'impression qu'il y a une seconde enceinte à l'intérieur, autour du donjon, remarqua Guilhem en le désignant du doigt.

— C'est possible, je n'y ai jamais pénétré.

— Où est l'entrée ?

— Du côté de la ville, il y a un double pont séparé par une barbacane. Le premier surmonte un large fossé. C'est le seul passage, à part la voûte devant la rivière.

— Il y a une grille. Qui a la clef ?

— Sans doute le gouverneur.

— Et cette tour ronde ?

L'édifice se dressait à l'angle de l'enceinte et empêchait tout passage le long du fleuve.

— La tour de la cloche[1]. Elle est construite depuis peu.

Locksley avait eu raison en assurant qu'il était impossible d'entrer dans cette citadelle sans y être invité, songea Guilhem. Bien que la marée soit basse, il observa que ni les cygnes ni les canards ne s'aventuraient sur la rive boueuse. Il avait songé un instant pouvoir escalader le mur d'enceinte avec un grappin et une corde, mais c'était impraticable à cause de la tour ronde et de la vase. C'était encore moins possible quand les eaux étaient hautes.

Il devrait donc se faire inviter, comme il l'avait envisagé. Mais une fois à l'intérieur, comment trouverait-il un parchemin dans une si vaste forteresse ? Et ensuite, comment en sortir ?

Il resta silencieux, échafaudant vainement quelque ruse au fond de son esprit. Locksley devait se faire les mêmes réflexions, car il ne poursuivit pas ses

---

1. Bell Tower, construite par Guillaume de Longchamp dont nous parlerons plus loin.

explications. Les seules paroles que l'on entendait étaient celles du pilote qui lançait des avertissements au capitaine à la barre.

Celui-ci donna des ordres pour faire détacher les bonnettes et remit ses hommes à la nage. Sans doute allait-il y avoir des manœuvres.

Le navire longeait maintenant l'enceinte dans laquelle Guilhem ne trouvait pas le moindre défaut. Quant au grand donjon blanc, il suscitait chez lui un mélange d'admiration et de consternation. Deux ou trois cents personnes, seigneurs, serviteurs et domestiques devaient y loger. Il n'y avait certainement aucun moyen d'y circuler sans se faire repérer. De plus, quand la nef passa devant le fossé empli d'eau qui séparait l'enceinte de la ville, il le trouva excessivement large. D'ailleurs le pont de bois qui le surmontait reposait sur six grosses piles de chêne. Impossible de franchir ce passage sans se faire voir des chemins de ronde ou de la barbacane.

— Rejoignons les autres, proposa-t-il à Robert, jugeant qu'il en avait assez vu pour l'instant.

Locksley approuva de la tête. Il était inutile que le pilote entende la suite de leur conversation.

Ils retrouvèrent Anna Maria, Bartolomeo et les hommes d'armes sur le château de poupe où ils étaient montés pour mieux voir la ville.

Sur le gaillard d'arrière, Robert donna quelques explications sur ce qu'ils découvraient. Il désigna la Cité, avec ses maisons multicolores à hauts pignons et ses toits de chaume, la haute tour carrée de Saint-Paul, le grand pont en construction devant eux et, bien sûr, le donjon blanc et son enceinte que la nef était sur le point de dépasser.

— La Tour n'est pas construite sur une hauteur, remarqua Guilhem, qui se demandait s'il n'y avait pas des souterrains.

— Londres est dans une cuvette. Il n'y a aucune motte sur laquelle on aurait pu ériger un donjon, mais tu remarqueras quand même comme il est bien situé, à la fois dans l'enceinte de la cité et à l'écart de son cœur, avec une grande étendue de terres en friche entre le fossé et les premières habitations. Le roi Guillaume avait d'abord construit la tour blanche très à l'écart des maisons, juste à l'angle de l'enceinte romaine. Ce n'est qu'ensuite qu'on a édifié la grande courtine et creusé le fossé. La Tour défend la cité, mais elle la surveille aussi.

— Les habitants de Londres s'opposent-ils au roi ? demanda Bartolomeo.

— Beaucoup sont des Saxons et nous n'aimons guère les Normands qui nous ont pris nos terres.

— Se sont-ils opposés à Richard ? demanda Guilhem.

— Certains d'entre eux. Il y a neuf ans, quand le Cœur de Lion s'est absenté pour la croisade, il avait confié son royaume à l'évêque Guillaume de Longchamp, nommé chancelier et grand justicier d'Angleterre. Richard se défiait trop de son frère Jean auquel il n'avait laissé que le titre de comte de Mortain.

» Seulement Longchamp fut un mauvais maître. Il s'enrichit ignominieusement et commit d'insupportables exactions tant sur les Normands que sur les Saxons. Sous sa tyrannie, pas un chevalier ne pouvait garder un baudrier d'argent, ni un noble son anneau d'or, ni une femme son collier. Il affectait tellement les manières de la royauté qu'il scellait les actes publics avec son propre sceau et non avec le sceau d'Angleterre.

Locksley regarda Guilhem, puis Anna Maria et son frère en ajoutant :

— On m'a même dit qu'il faisait venir à grands frais de France des jongleurs et des trouvères pour chanter sa gloire sur les places publiques.

— Voilà un homme qui avait du goût ! s'exclama Guilhem.

— Le comte de Mortain voyait avec rage cette puissance et ce faste qui auraient dû lui revenir. Il s'allia donc avec ceux que les exactions de Guillaume de Longchamp indignaient et une lutte ouverte s'établit entre les deux rivaux. À la suite d'un tort fait à un de ses vassaux, Jean s'empara de Nottingham, puis se rendit à Londres pour y convoquer le conseil des barons et des évêques d'Angleterre. Devant eux, il accusa Longchamp d'avoir abusé du pouvoir. Guillaume avait mécontenté trop de gens pour que l'accusation soit rejetée. L'assemblée des barons le cita donc à comparaître. Il s'y refusa et, avec ses hommes d'armes, marcha sur Londres pour se réfugier dans la Tour.

Robert de Locksley désigna le donjon qu'ils venaient de dépasser.

— Mais pour destituer Longchamp, le comte de Mortain avait besoin du soutien des bourgeois de Londres. Pour cela, ses gens appelèrent les habitants à se rendre au parvis de l'église de Saint-Paul en faisant sonner la grosse cloche d'alarme. Là, les barons et les prélats normands firent bon visage aux bourgeois pourtant en majorité saxons, ce qui n'était pas habituel. Il y eut des harangues et l'assemblée proclama finalement que le chancelier était destitué. Seulement, en échange du soutien des bourgeois, Jean dut leur octroyer le droit de former une commune, ce que Richard leur avait toujours refusé. Les habitants de Londres purent dès lors choisir leur maire et voter leurs impôts au lieu d'être taillés haut et bas, comme des serfs. Le comte, les évêques et les barons jurèrent de maintenir cette commune tant qu'il plairait au roi.

— Et Longchamp ? demanda Guilhem, qui s'intéressait surtout à la Tour.

— Homme peu courageux, il capitula et s'enfuit en France. Là, il s'empressa d'écrire au roi Richard que son frère s'était emparé de ses forteresses et se disposait à usurper son royaume s'il ne revenait promptement. C'est à la suite de cet avertissement que Richard a quitté la Palestine. Mais son vaisseau, attaqué par des pirates, le débarqua en Italie et il dut regagner l'Angleterre par l'Autriche et l'Allemagne. En chemin il fut reconnu dans une auberge et livré à son pire ennemi, l'empereur, qui l'enferma dans une de ses forteresses.

— Où il est resté plusieurs mois prisonnier, poursuivit Guilhem, observant avec surprise que la nef se dirigeait vers le pont de pierre et non vers la rive proche où elle aurait pu facilement accoster.

— Oui, car dès que l'arrestation fut connue, Jean fit tout pour que la rançon ne puisse être rassemblée. Il s'allia aussi à Philippe de France qui soutint sa félonie puisqu'elle lui permettait de reprendre la Normandie. Philippe proposa d'ailleurs à l'empereur qu'il lui livre Richard, ce que la diète des princes allemands refusa. Pendant ce temps, notre roi souffrait dans sa prison. Il y avait d'ailleurs composé une triste chanson dans laquelle il se plaignait de l'abandon de ses barons.

— Je la connais ! intervint Guilhem qui se mit à chantonner d'une voix grave et émouvante :

J'ai beaucoup d'amis, mais petits sont leurs dons.
La honte sera pour eux si, faute de rançon,
Je reste ces deux hivers prisonnier
Ils le savent bien, mes hommes et mes barons,
Anglais, Normands, Poitevins et Gascons :
Je n'avais pas si pauvre compagnon
Que, faute d'argent, je laissasse en prison.
Je ne le dis pas pour faire aucun reproche
Mais je suis encore prisonnier.

— Chante cette ballade devant les fidèles de Richard, mon ami, et tu seras porté aux nues ! se mit à rire Locksley qui poursuivit :

» Néanmoins, le peuple d'Angleterre collectait sa rançon, moins par amour pour lui que pour éloigner Jean du trône, car le comte de Mortain poursuivait ses intrigues. C'est à cette époque qu'il obtint le soutien du commandeur du Temple de Londres, Albert de Malvoisin, et de Lucas de Beaumanoir, le grand maître de l'Ordre en Angleterre[1]. Il était même persuadé que son heure était arrivée, ignorant que sa mère Aliénor avait fait porter la monstrueuse rançon à l'empereur.

» Richard, qui s'était embarqué dans un port d'Allemagne, débarqua en Angleterre secrètement. Il rassembla les comtes et des barons normands restés fidèles et leur grand conseil déclara le comte de Mortain ennemi du royaume. Cela mit fin au complot de Jean et à la résistance de ses châteaux, à l'exception de celui de Nottingham. Le roi marcha donc sur cette ville. Ayant livré un premier assaut, il fit dresser un immense gibet où il pendit tous les prisonniers qu'il avait faits. Les assiégés se rendirent aussitôt.

» C'est après cette victoire qu'il se rendit dans ma belle forêt de Sherwood, jusque-là redoutée par les Normands, car j'en étais le roi avec mes fidèles yeomen, pauvres hors-la-loi saxons poursuivis et traqués comme des bêtes fauves. C'est là qu'il me pardonna d'avoir pris les armes contre le shérif de Nottingham et qu'il me rendit mes titres et mes domaines.

— Je composerai une ballade sur tes exploits, mon ami, lui promit Guilhem. Mais qu'est-il advenu de la commune de Londres ?

— Jean résolut d'obtenir le pardon de son frère en trahissant ses alliés qu'il fit arrêter et massacrer. Quant à Lucas de Beaumanoir et à ses complices, ils furent exilés en France, mais nous savons qu'ils étaient restés en relation avec leur maître. Cependant, malgré ses démonstrations de repentir, Richard

---

1. Voir : *Ivanhoé*, de sir Walter Scott.

n'accorda aucune confiance à Jean. Quant à la commune de Londres, sa liberté tomba en désuétude sans qu'il y eût besoin d'un acte formel. Hélas, Richard commença bien mal son nouveau règne en écrasant d'impôts son peuple pour soutenir la guerre contre le roi de France. À sa décharge, Jean avait laissé les caisses vides. C'est peu après que mon épouse Marianne est morte…

Il eut un long regard d'affection envers Anna Maria.

— … Et que je décidai de partir en Palestine avec un compagnon fidèle, Petit Jean, d'où je ne suis rentré qu'il y a deux ans.

Chapitre 23

La nef poursuivait sa course au milieu du fleuve, se rapprochant du grand pont de pierre érigé sur une vingtaine de piles. Plusieurs voûtes n'étaient pas terminées mais une passerelle permettait de la franchir, car on apercevait chariots, piétons et cavaliers qui circulaient d'une rive à l'autre. Quant aux voûtes existantes, elles étaient étroites et de médiocre hauteur. La nef ne pourrait les franchir et Guilhem s'interrogea sur ce qui allait se passer.

À chaque extrémité du pont s'élevaient des maisons de bois. Sur une des premières arches de la rive gauche se dressait une tour fortifiée. Vers l'autre rive, une forêt d'échafaudages reposait sur une pile plus large que les autres et une armée de maçons édifiait une église.

La nef dépassa un vieux pont de bois dont le tablier avait été rompu en son milieu pour laisser circuler les embarcations. À partir de là, les rameurs de l'*Anatasie* forcèrent la nage car le courant devenait de plus en plus puissant. En même temps, le capitaine manœuvrait pour amener la grande barque entre deux piliers. À cet endroit s'élevait une tour de bois avec une terrasse crénelée au sommet de laquelle étaient plantées de longues perches. Guilhem crut qu'elles servaient à attacher des étendards jusqu'à ce qu'il distingue des têtes humaines à leur extrémité.

— Des larrons ? demanda Bartolomeo qui venait aussi de les remarquer.

Cette exposition ne le rebutait pas, puisqu'il était habituel de démembrer les condamnés et de clouer mains et têtes sur les portes des villes ou des châteaux.

— Possible, répondit Locksley, regardant à son tour. Mais comme Jean fait subir à ses ennemis le sort réservé aux estropiats, il y a certainement là-haut quelques têtes de barons qui se sont opposés à lui. J'aurais pu y être, fit-il en tirant la langue d'un pendu, ce qui fit rire tout le monde sauf Anna Maria et Ranulphe.

Comme la nef se rapprochait des piliers du pont, Guilhem s'aperçut qu'ils étaient érigés sur des soubassements de pierre cerclés de pieux de chênes, ce qui réduisait encore l'espace sous les arches. Quant à la hauteur, elle était bien insuffisante pour le mât du navire. De plus, le courant puissant faisait tanguer la nef.

— Comment allons-nous passer ? s'inquiéta-t-il.

— Cette bâtisse en bois s'appelle Drawbridge Gate, mon ami, expliqua Locksley en désignant la tour aux têtes coupées. En langue d'oïl, on la nommerait la tour du Pont-levis.

La nef s'approcha encore et un homme descendit par une échelle sur le soubassement de la pile. Le pilote lui jeta deux pennies d'argent et l'autre cria un ordre en lui lançant des cordages. Immédiatement, dans un long grincement, une partie du tablier se releva, tiré par des chaînes accrochées à la tour. Les marins utilisèrent alors adroitement les cordes et leurs rames pour passer entre les piles sans que la coque heurte les bords, malgré la force du courant.

— Ce pont a dû coûter une fortune, s'inquiéta Jehan le Flamand qui savait ce que payaient les bourgeois parisiens pour les travaux de construction de Philippe Auguste.

— Certainement, mais il est indispensable, car c'est le seul qui existe pour traverser la Tamise. Les précédents ont tous brûlé, ou ont été détruits par les Vikings. Le dernier avait été construit par Peter de Colechurch. C'est celui-là (il montra le pont de bois, brisé, devant lequel ils étaient passés). Mais Colechurch n'en était pas satisfait et il a proposé au roi Henry un pont qui défierait les siècles. Pour le payer, le roi a créé une taxe sur la laine.

Ils descendirent du château arrière pour assister à l'abordage, car la nef virait maintenant vers la rive droite. Le capitaine, qui les avait entendus, précisa :

— Malgré cela, l'argent a toujours manqué. Richard voulait même abandonner les travaux et ce sont les marchands qui ont payé, obtenant en échange quelques avantages. On vient quand même de terminer la grande porte fortifiée du sud, Stone Gate, qu'elle s'appelle. Et on construit maintenant une chapelle pour saint Thomas, fit-il en désignant les échafaudages.

— Je suppose que Jean ne paye pas plus que son frère, ironisa Locksley.

— Pas tout à fait. On dit qu'il aurait emprunté à des marchands et à des juifs, et que pour se rembourser, il vendrait le droit de construire de nouvelles maisons et des boutiques sur le pont.

Le capitaine s'interrompit pour demander à ses marins de ramer plus vigoureusement, car le flux les faisait dériver.

Finalement, il parvint à mener sa nef là où il le désirait. Deux des rameurs jetèrent les ancres de pierre à quelques toises de la rive boueuse, juste à côté de deux autres grosses barques.

Devant eux s'étendait une palissade discontinue dont certaines portions servaient de murs de soutènement à des habitations ou des entrepôts. En amont, on apercevait aussi des maisons fortes et de petits ports aménagés dans des anses de la rivière ainsi qu'un grand château flanqué de tours rondes que Locksley montra à Guilhem.

— Il a été construit par le seigneur Baynard, un compagnon de Guillaume le Conquérant, et appartient maintenant à Robert FitzWalter, un grand baron du royaume.

Des chemins ravinés et des escaliers s'arrêtant dans la vase permettaient la circulation entre la rivière et la ville. À chaque ouverture dans la palissade, des gardes et des commis surveillaient et taxaient les marchandises portées par des crocheteurs et des débardeurs. Non loin de la nef, un large ponton de bois, érigé sur de gros pieux moussus, s'avançait dans la Tamise, mais ne pouvait être utilisé qu'à marée haute. Pour l'instant, des allèges à rames faisaient l'aller-retour entre les nefs et la grève. Un peu partout barques et canots traversaient la rivière ou la remontaient. Cygnes et canards nageaient autour sans s'inquiéter de leurs mouvements.

Après avoir vérifié que les voiles de sa barque étaient bien ferlées et les rames rangées, le capitaine s'approcha de Guilhem qu'il considérait comme le chef des voyageurs.

— Je dois attendre le flot pour sortir les tonneaux par l'embarcadère, dit-il, mais je vais faire venir une barquette pour vous conduire à terre. Vous voyez ce chemin qui monte, là où sont les commis et les gardes ? Vous n'aurez qu'à le suivre. À droite, avant la grande rue, qui s'appelle la rue de la Tamise, vous ne pouvez manquer la cour de l'hôtellerie du Vieux Cygne. C'est à eux que je vends mon vin. L'auberge est grande et propre, vous trouverez de belles chambres. De plus, l'aubergiste est un honnête Saxon.

Le regard de Guilhem croisa celui de Robert de Locksley qui eut un sourire approbateur.

D'un signe, le capitaine fit approcher une barque. Les hommes aidèrent Anna Maria à descendre, puis son mari la rejoignit avec Ranulphe, les bagages et les armes. L'embarcation étant petite, elle dut faire un second voyage pour les autres.

Faisant porter leurs affaires et leurs armes par des portefaix, ils payèrent deux deniers d'argent aux gardes, après avoir montré le sauf-conduit de la duchesse Aliénor et qu'un des commis eut examiné leurs mains et leur visage pour s'assurer qu'ils n'avaient pas la lèpre. Moins d'une heure après avoir jeté l'ancre, ils s'installaient dans trois belles chambres qui ouvraient sur une galerie extérieure, le long d'une grande cour.

L'auberge était un grand bâtiment à pans de bois, en torchis de terre et de paille avec sa façade sur la rue de la Tamise et sa cour à l'arrière. Le toit était fait de joncs et de chaume.

Il y avait deux grandes salles en bas, séparées par une cuisine et une pannerie, ainsi qu'un étage de chambres sans cheminées, surmonté d'un dortoir dans le solier. Autour de la cour, où erraient des chiens, des canards et quelques cochons affamés, se dressaient des celliers, une écurie, une grange, un poulailler et un pigeonnier. Enfin, dans de grandes caves voûtées, l'aubergiste gardait les fûts de vin qu'il faisait venir de Bordeaux et qu'il revendait aux bourgeois et aux seigneurs les plus riches ainsi qu'à l'intendant de la Tour.

Les chambres, plutôt propres, disposaient chacune d'un grand lit avec un matelas de plume, malheureusement infesté de puces et de punaises. Elles étaient meublées de coffres et de bancs ainsi que d'une chaise percée qu'on appelait ici un *launcet*.

Malgré des fenêtres sur la rue, l'endroit n'était pas bruyant. Mais il était continuellement enfumé par les foyers des maisons environnantes et surtout empuanti par le fumier qui s'accumulaient au pied des murs et par les effluves fétides de la Tamise.

Locksley prit la plus grande pièce et Anna Maria se fit porter des bassines et du savon de Marseille pour se laver. Les servantes prirent aussi leur linge sale pour le donner aux lavandières. Depuis leur départ, ils n'avaient lavé leurs chemises et leurs braies qu'à l'eau de mer et les étoffes étaient imprégnées de sel.

Guilhem réunit ensuite tout le monde dans sa chambre. Durant le voyage, il avait donné à Jehan, Cédric et Ranulphe quelques vagues explications sur les raisons de leur venue à Londres. Si tous savaient que le comte de Huntington venait chercher le bénéfice de la vente d'une terre, ils avaient aussi compris que le seigneur de Lamaguère avait un autre motif de l'accompagner, et que ce voyage était fait à la demande du roi Philippe Auguste puisqu'il avait été décidé après la visite d'un de ses chevaliers.

— Demain, le seigneur de Locksley se rendra chez le juif qui lui payera la vente de ses biens, annonça Guilhem. Quant à moi, je viens chercher un précieux document qui se trouve dans la Tour de Londres, la forteresse que nous avons longée en barque. Seulement, j'ignore dans quel endroit il est caché.

Il y eut un silence d'incompréhension, puis Cédric demanda :

— Quelqu'un doit-il vous le donner, seigneur ?

— Non. Je dois le découvrir, le prendre et le porter au roi de France.

— Mais comment ? interrogea Ranulphe qui ne comprenait pas.

— Je l'ignore, compaing ! plaisanta Guilhem. La première chose à faire est d'entrer dans la Tour. J'irai demain examiner ses abords avec Bartolomeo, ensuite, peut-être avec la comtesse de Huntington, nous nous ferons passer pour des jongleurs. Nous formons une fine troupe tous les trois et ce serait étonnant qu'on ne nous invite pas.

Sa remarque amena un sourire sur les lèvres d'Anna Maria et une évidente réticence chez Bartolomeo qui aurait préféré rester à Lamaguère.

— Rien ne dit qu'en faisant les jongleurs devant le porche, on nous fera entrer, remarqua Bartolomeo, boudeur. Et une fois dedans, on ne sera pas plus avancés.

— Pour l'instant, je n'ai pas d'autre plan, mon ami, grimaça Guilhem, mais les idées me viendront peut-être dans la nuit. Je vous propose plutôt de nous remplir la panse et de boire jusqu'à plus soif, car j'ai l'impression que cela fait des années que nous n'avons pas eu un bon souper et mes entrailles crient de malefaim. Voulez-vous qu'on nous porte à dîner ?

— Je préfère que nous soupions dans des salles de l'auberge, avec les marchands de passage et des voyageurs, intervint Locksley. J'ai quitté l'Angleterre depuis plus d'un an et il s'est passé tant de choses depuis mon départ que j'aimerais connaître le sentiment de la population. De plus, l'aubergiste nous apprendra qui se trouve dans la Tour, puisqu'il y porte du vin.

Comme ils s'apprêtaient à descendre, Guilhem s'adressa à son ami :

— Ta remarque m'a donné une idée, Robert. Si j'accompagnais l'aubergiste quand il portera ses tonneaux de vin ?

— Ce serait possible, reconnut Locksley après un instant de réflexion. Tu pourrais même te cacher dans une barrique. Mais si l'aubergiste refuse, on sera ensuite à sa discrétion, et il pourrait bien nous dénoncer, tout saxon qu'il est. Attendons de le connaître un peu.

La discussion en resta là et ils passèrent par la cour pour pénétrer dans la plus grande des salles. À l'entrée, ils furent accueillis par un chaleureux brouhaha de cris et de chansons avinées.

C'était une pièce noircie par la fumée, au sol en terre battue recouvert de paille boueuse. Sur leur droite se trouvait un immense foyer entouré de pierres plates et de fosses à feu servant de four pour cuire les pâtés. Il n'y avait pas de cheminée mais seulement un trou béant traversant la toiture en passant entre les chambres et le solier. D'un grand linteau de pierre noirci pendaient des crémaillères auxquelles étaient suspendus des chaudrons et des marmites. De l'autre côté de l'âtre, des marmitons surveillaient des broches sur lesquelles étaient enfilés canards et pigeons. D'autres remplissaient les écuelles et les poêles qui chauffaient sur les fosses à feu, d'autres encore plumaient des volailles. Dans la salle, les servantes se bousculaient dans un joyeux désordre pour porter plats, soupières ou remplir hanaps et pichets d'ale tiède.

Il y avait une dizaine de grandes tables couvertes de nappes dont l'une était occupée par quelques marchands. Les voyageurs s'installèrent avec eux.

L'aubergiste, qui les avait vus entrer, vint en personne les servir. Il venait de faire ses comptes avec le capitaine du navire, lequel lui avait dit que ses passagers connaissaient la duchesse Aliénor. Le marin avait ajouté qu'ils devaient être bien traités, car c'étaient de rudes combattants qui l'avaient sauvé des pirates. De plus, ils ne manquaient pas d'argent.

Locksley demanda à l'hôtelier ce qu'il avait de meilleur pendant qu'une souillon déposait sur leur table plusieurs pots d'ale, cette épaisse cervoise faite à partir d'orge. Cédric et Ranulphe vidèrent aussitôt leur hanap avec une visible satisfaction, mais Anna Maria, l'ayant goûtée, demanda du vin frais.

Autour d'eux, les marchands parlaient en langue anglaise et saxonne mêlée de quelques mots français. Guilhem ne comprenait pas tout, devinant quand même qu'ils tempêtaient contre les taxes du roi Jean qui les étouffaient. Mais c'étaient des récriminations de boutiquiers qu'on entendait partout, même en France.

Après avoir expliqué qu'il était saxon, mais pas ses compagnons, Locksley leur demanda en français si la situation était pire que sous le règne de Richard. Les marchands parurent alors en profond désaccord. Certains d'entre eux avaient dû débourser une forte somme pour payer la rançon du Cœur de Lion et juraient qu'elle les avait ruinés. D'autres assuraient que Richard n'avait jamais pressuré son peuple comme Jean le faisait, mais ceux-là venaient de Normandie.

La discussion s'arrêta quand on leur porta un potage de froment et d'œufs. Ensuite ce fut une soupe grasse aux poireaux avec de l'agneau bouilli servi sur d'épais tranchoirs de pain de seigle trempés dans du vin.

Ils avaient presque vidé leurs écuelles quand l'aubergiste vint les interroger pour savoir s'ils étaient satisfaits. Robert de Locksley en profita pour lui demander si le prince Jean était à Londres.

À ce nom, le cabaretier cracha par terre.

— Par la barbe de mon aïeul, que le ciel nous en protège ! Ce démon ne nous a apporté que la ruine et le malheur !

— Vous êtes saxon ! lui reprocha Locksley en plaisantant.

— Et j'en suis fier, seigneur ! Mais je vous jure par saint Dunstan que je n'ai rien contre les Normands tant qu'ils payent leur repas et qu'ils ne me rapinent pas.

— Je te crois, l'ami, je suis saxon aussi ! poursuivit Locksley dans un rire, mais dis-moi, qui est en ce moment à la Tour ? J'ai entendu dire que beaucoup de Normands étaient invités au mariage de la nièce de Jean, à la fin du mois.

— Je sais que le mariage aura lieu le 23 mai et que notre maire, Henry FitzAilwyn, s'y rendra. Quant aux seigneurs de la cour, j'ignore qui ira, mais comme il faut plusieurs jours pour se rendre en Normandie, ceux qui y assisteront partiront au plus tard lundi. En tout cas, dimanche dernier, à la messe de Saint-Paul, j'ai aperçu Geoffroi Fils-Pierre, le grand justicier, et Roger Fitz Renfred, le gardien de la Tour.

— Tu connais un nommé Guillaume de La Braye ?

— Oui, seigneur, c'est le lieutenant de Fitz Renfred. Le gouverneur ne s'occupe guère de sa charge et c'est en réalité La Braye qui l'exerce. La Braye est un homme dur...

Mais comme on l'appelait à une autre table, l'aubergiste s'interrompit et s'éloigna, promettant de revenir vite.

— Vous ne trouverez personne ici pour boire à la santé de Jean, expliqua alors en français un de leurs voisins, un homme à la belle barbe blanche et au chaperon de velours écarlate. Plus que sa conduite odieuse, qui pourtant suscite le dégoût, le peuple ne peut plus supporter ses promesses, ses vantardises, le luxe dans lequel il se vautre, ses vices et les cadeaux qu'il fait à ses amis, tout ça avec les impôts dont il nous accable.

— Qu'en disent les barons ? demanda Guilhem. Après tout, ce sont eux qui l'ont élu.

— Hélas, beaucoup partagent ses exactions, d'autres courbent l'échine, ne sachant comment le remplacer. Quant aux plus courageux, ou aux plus inconscients, ceux qui ont affiché ouvertement leur mépris et leur opposition à son arbitraire, Jean les a défiés en duel, demandant une ordalie pour départager leur désaccord. Mais il ne se bat jamais lui-même, il envoie toujours un champion à sa place.

— On peut battre un champion, remarqua Guilhem en jouant avec son gobelet.

— Pas le sien, seigneur ! Lackland a à son service un brigand d'une force colossale et, après l'ordalie, les têtes des vaincus décorent immanquablement Drawbridge Gate.

— Seule une insurrection du peuple le chassera, intervint un autre, mais même les Normands qui détestent Jean ne s'allieront jamais avec les pauvres Saxons qu'ils méprisent.

Comme une servante apportait un grand plat de morue frite dans de la graisse, que les Londoniens appelaient du *cod*, ils ne purent poursuivre la discussion. D'ailleurs, ayant terminé leur souper, les marchands se levèrent de table.

— Nous trouverons des alliés si nous avons besoin d'aide, remarqua Guilhem en les voyant s'éloigner. Au moins la population ne nous sera pas hostile.

— La population saxonne seulement, remarqua Robert de Locksley. C'est-à-dire les gens de basse condition. Ceux qui tiennent le pays par les armes sont tous normands, et ceux qui s'opposaient à Jean ont leur tête là-bas.

Il désigna la direction du pont.

— N'y a-t-il plus de nobles saxons, seigneur ? demanda Bartolomeo.

— Bien sûr qu'il y en a ! plaisanta Robert de Locksley en se frappant la poitrine, puis en désignant Ranulphe. Mais ils sont en fuite comme nous, ou ils se terrent dans leurs châteaux.

Le regard de Guilhem croisa celui de Ranulphe. Il crut y lire son désaccord et en ressentit une troublante impression. Mais il n'eut pas l'occasion de questionner l'écuyer, car la servante apportait un chapon enrobé d'amandes, farci de pois et d'oignons.

Le repas se termina un peu plus tard avec toutes sortes de fromages salés dont ils se coupèrent d'épaisses portions arrosées d'ale. Puis ils restèrent un moment silencieux, savourant la douce chaleur des lieux, n'ayant guère envie de retrouver leurs chambres froides et humides.

Mal éclairée par de rares torches et chandelles fumantes, la salle se vidait peu à peu. Non loin d'eux, un homme se leva et passa devant la cheminée pour regagner sa chambre. Dans la trentaine, il avait un visage fin et un corps plutôt frêle. Il était vêtu très simplement d'une aumusse de clerc. Robert de Locksley eut l'impression de l'avoir déjà vu, mais il était sorti de la lumière du foyer et le Saxon n'y pensa plus.

Chapitre 24

Le lendemain jeudi, accompagné de Ranulphe, Cédric et Jehan, Robert de Locksley quitta le Vieux Cygne après avoir avalé une épaisse soupe aux pois et aux fèves. C'est Guilhem qui avait insisté pour que Robert emmène avec lui une solide escorte. Aucun d'eux ne connaissait Nathan le Riche et il n'était pas rare qu'un prêteur ou un banquier demande à des truands de récupérer la somme qu'il venait de remettre.

D'ailleurs Guilhem aurait même souhaité accompagner son ami, mais comme Robert ne le lui avait pas demandé, il ne l'avait pas fait. Locksley aurait pu s'offenser qu'il le croie incapable de faire face à quelques larrons.

Coiffé de son bonnet à pointe, celui qu'on avait surnommé Robin Hood dans la forêt de Sherwood avait revêtu son habituelle cotte verte en drap de Lincoln serrée à la taille par un double baudrier d'où pendait son épée à large garde. Sur le flanc gauche, légèrement dans son dos, était attaché son carquois de flèches. Il faisait frais, aussi s'était-il couvert de son manteau écarlate. Ses trois compagnons, en cuirasse maclée, étaient pareillement armés.

Leur arc à la main, les quatre hommes se rendirent tout d'abord à une écurie voisine où l'aubergiste leur avait assuré qu'ils pourraient louer des chevaux. Il n'y en avait plus que trois, aussi Cédric et le Flamand montèrent-ils ensemble.

Locksley n'était venu qu'une fois à Londres et il connaissait mal l'immense ville. C'est donc un palefrenier qui lui expliqua comment se rendre à Aldersgate, l'une des portes de la ville[1]. Ils n'avaient qu'à rejoindre la rue de la Tamise et la suivre en remontant le fleuve jusqu'à l'église Sainte-Mary[2]. Là, ils ne pourraient manquer d'apercevoir l'immense église Saint-Paul[3] puisque c'était la plus grande d'Europe avec son clocher carré en construction, entouré d'échafaudages.

Ils n'auraient qu'à s'en approcher, puis suivre vers le nord la rue qui conduisait à l'église Saint-Martin-le-Grand, reconnaissable elle aussi à sa tour carrée crénelée. Ils arriveraient alors à Aldersgate.

Ils ne regrettèrent pas d'avoir pris des chevaux tant la rue de la Tamise était boueuse et pleine de fondrières. Les embarras et les encombrements ne cessaient jamais, car toutes les marchandises venant de la rivière passaient par cette vieille voie romaine bordée d'échoppes et de tavernes à pans de bois.

Comme à Paris, une badautaille se pressait tumultueusement et le vacarme était infernal. Les colporteurs de poissons vantaient la fraîcheur de leur pêche couverte de mouches, et partout des crieurs proposaient de l'ale, des pâtés, des gâteaux, des balais, du sable à récurer, du bois de chauffage et plus généra-

---

1. Aux premiers temps de la conquête normande, Londres ne comptait que trois portes dans le mur romain : Aldgate, Aldersgate, et Ludgate. Le roi Henri y ajouta Newgate.
2. Construite sous le règne de Richard et nommée aussi Sainte-Mary-Somerset, elle fut détruite durant le grand incendie puis reconstruite. Il en reste une tour.
3. Il s'agit de la quatrième église Saint-Paul qui remplaçait la précédente brûlée en 1087. Elle était alors en construction et avait une charpente de bois. Elle a brûlé durant le grand incendie.

lement toutes sortes de marchandises. Beaucoup lançaient leurs appels en français et Locksley se mit à rire en entendant l'un d'eux crier :

> *Artichaut !*
> *Pour réchauffer le corps et l'âme*
> *Et pour avoir le cul plus chaud !*

Plus loin, un autre vendait ainsi sa camomille :

> *Camomille est fort honnête,*
> *À mettre au bain de ses pucelles,*
> *Pour leur laver le cul et tête*
> *C'est une herbe, la nonpareille !*

Artisans ambulants, rémouleurs, cureurs de puits ou ramoneurs, ainsi qu'une foultitude de mendiants et de quêteurs religieux, tous plus bruyants les uns que les autres, se pressaient en interpellant les passants qui s'agglutinaient devant eux, tandis que mulets, chevaux, bœufs et ânes les bousculaient sans vergogne. Quant aux chiens, ils aboyaient et grognaient en se disputant des charognes pendant que poules et coqs caquetaient sur les tas de fumier.

Cédric aimait ce joyeux désordre. Il criait aux passants distraits de s'écarter et lançait des propositions graveleuses aux marchandes à son goût, riant aux éclats quand il se faisait rabrouer, attirant même parfois un sourire sur les lèvres de Locksley. En revanche, Ranulphe restait sombre et distant. Il n'avait jamais retrouvé le moindre entrain depuis la mort de Regun, ce qui ne manquait pas de préoccuper son seigneur. Quant à Jehan, silencieux, il s'inquiétait pour son âme, craignant d'avoir encore à se battre. Et à tuer.

Avant même d'arriver à Sainte-Mary, Locksley aperçut la tour de Saint-Paul qu'ils n'eurent aucun mal à atteindre, puis à contourner. La rue Saint-

Martin-le-Grand était presque droite et ils virent rapidement la porte fortifiée percée dans la muraille romaine.

Un petit marché se tenait devant la porte où se dressait un pilori avec un voleur dont le cou et les mains étaient serrés dans une planche. Son visage ensanglanté par les pierres que les enfants lui avaient lancées était couvert de mouches bourdonnantes. En posant quelques questions aux badauds, Robert de Locksley apprit que Nathan le Riche habitait un peu plus loin, dans Silver Street, une rue vouée aux banquiers et aux changeurs juifs.

Suivant les indications qu'on leur avait données, ils prirent la rue Sainte-Anne qui conduisait à l'église du même nom, puis, ayant longé l'enceinte romaine, ils arrivèrent dans une rue étroite bordée de maisons à colombages dont les étages en surplomb formaient un tunnel obscur.

D'après les enseignes en forme de balance, les maisons, étroites et serrées les unes contre les autres, semblaient n'être que des boutiques de changeurs ou de prêteurs sur gages, toutes activités interdites aux chrétiens. Mais si Silver Street était sombre, elle était étonnamment propre bien que la circulation des gens et des bêtes soit aussi importante que dans le reste de la ville. Quant aux maisons, toutes sans décoration apparente, elles étaient bien entretenues. De plus, il n'y avait ni mendiants, ni colporteurs, ni puterelles.

Du haut de son cheval, Locksley demanda au changeur d'une échoppe où se trouvait le logis de Nathan. Le prêteur, qui vérifiait le poids d'un vase d'argent sur une balance, lui indiqua une maison à deux étages en saillie, la seule dont les extrémités des colombages étaient sculptées de têtes de gargouilles. Le deuxième étage s'avançait tellement sur la rue qu'il se trouvait à moins de deux pieds du pignon de la maison d'en face.

Ils poussèrent leurs montures jusque-là et, après avoir longuement regardé autour de lui, Locksley mit pied à terre et demanda à Cédric et à Jehan de garder les chevaux, car il n'y avait pas d'écurie aux alentours.

Contrairement aux autres, la maison de Nathan n'avait pas de boutique mais seulement une fenêtre voûtée protégée par une grille. La porte, basse était entièrement ferrée et cloutée. Quant aux fenêtres d'étages, elles possédaient toutes, elles aussi, de solides grilles.

Il n'y avait pas de heurtoir, mais une chaîne pendait, d'un trou au-dessus du linteau. Ranulphe la tira et ils entendirent le son étouffé et lointain d'une cloche.

Ils attendirent un moment, et comme personne ne se présentait, Ranulphe frappa plusieurs fois sur l'huis avec la poignée de son épée. Pendant ce temps, Locksley examinait les alentours avec vigilance. On allait lui remettre mille cinq cents marcs d'argent et il n'avait aucune envie qu'on les lui vole.

Enfin un guichet s'ouvrit dans la porte. Ranulphe annonça son maître, le comte de Huntington, qui avait à parler affaires avec Nathan le Riche.

— Attendez ! lâcha une voix rauque.

Ils patientèrent donc encore un moment jusqu'à ce qu'ils entendent le bruit des verrous qu'on tirait et celui des chaînes qu'on détachait. Avec un sinistre grincement, la porte s'entrebâilla comme celle d'une prison, révélant une sorte de vestibule sombre et frais. Il y avait pourtant une fenêtre mais ses carreaux de verre dépolis étaient à peine translucides.

Celui qui leur avait ouvert était un homme de taille moyenne, à la peau mate, au nez busqué et aux cheveux noirs avec une barbe de plusieurs jours. Il portait une robe sombre qui lui descendait jusqu'aux pieds et un coutelas courbe en travers du torse, le genre d'arme que Robert de Locksley avait vue en Palestine.

— Mon maître vous attend, croassa-t-il.

Ils le suivirent. Le domestique ouvrit une autre porte et ils découvrirent un joli jardin où poussaient des fleurs. Ils le traversèrent, en passant par une galerie en arcades similaire à celle d'un cloître. À son extrémité, ils empruntèrent une autre porte de fer et un escalier en limaçon tournant à gauche, identique à ceux des forteresses, qui empêchait de monter en tenant une épée dans sa main droite. En haut, il y eut une autre galerie, plus courte, et ils pénétrèrent dans une grande pièce dont les deux fenêtres donnaient sur la rue. Un homme dans la force de l'âge, en aumusse avec un col de martre et coiffé d'un bonnet jaune, long et carré, les attendait. Il portait lui aussi une petite barbe.

À peine furent-ils entrés que le domestique referma la porte sur eux.

— Bienvenue dans mon humble demeure, comte de Huntington, fit le juif, ôtant son chapeau jaune avec beaucoup d'humilité.

— Êtes-vous Nathan le Riche ?

— Je le suis, répondit l'homme avec un sourire assez froid. Voulez-vous vous asseoir, seigneur comte ?

Il désigna des chaises recouvertes de cuir de Cordoue. Sur une table au plateau de cuivre se trouvaient quelques flacons, des coupes bleues et vertes et des hanaps.

Robert de Locksley balaya la salle des yeux. Les murs étaient entièrement tapissés de tentures et on ne pouvait deviner s'il y avait d'autres portes, ou si quelqu'un caché derrière les écoutait. Le sol était couvert de plusieurs épaisseurs de tapis de soie.

Nathan était riche. Mais, après tout, n'était-ce pas son patronyme ?

— Je préfère rester debout, répondit Locksley. Savez-vous ce qui m'amène, maître Nathan ?

— Je le sais. Même si je ne suis qu'un infidèle pour les chrétiens, je suis un ami de l'évêque de Hereford.

— Comment va-t-il ? demanda Locksley, un peu plus chaleureusement.

— Aussi bien qu'on puisse aller en ces temps difficiles.

— Par l'intermédiaire de l'abbé du Pin, je l'ai chargé de vendre quelques terres de mon domaine.

— Il l'a fait et en a tiré un bon prix.

— Mille cinq cents marcs d'argent, annonça Robert de Locksley.

— En effet. Mais, excusez mon audace, noble seigneur, je n'ai pas l'honneur de connaître le comte de Huntington.

Locksley fit glisser de son épaule une sorte de besace attachée dans son dos. Il en sortit le quaternion de l'abbé du Pin, la quittance de Nathan le Riche et le sauf-conduit d'Aliénor qu'il tendit au banquier.

L'autre les prit et s'approcha de la fenêtre pour déplier le quareignon et le lire, car la quittance, il l'avait reconnue.

— Comment voulez-vous votre argent ?

— Je l'emporterai maintenant. Si vous avez de l'or, ce serait moins encombrant.

— J'ai des sequins de Venise. Ces zeccas ont à peu près le même poids que les pennies d'or ou les sous parisis. Cela ferait un sac de cette taille, sept fois moins lourd que de l'argent.

Il fit un geste de contenance avec ses deux mains.

— Ce serait bien, approuva Locksley.

— Excusez-moi un instant, seigneurs.

Le juif les salua et sortit par une porte cachée sous une tenture.

En son absence, Locksley s'approcha d'une des fenêtres vitrées de petits carreaux sertis dans du plomb. Il voulait vérifier que Cédric était toujours à son poste.

Il ouvrait le battant quand il surprit un mouvement dans la maison d'en face, à peine à deux pieds de distance, comme si quelqu'un s'était brusquement reculé. C'était une fenêtre ouverte, mais comme elle n'était pas dans l'alignement de celle où il se trouvait, il ne pouvait pas voir dans l'autre pièce.

Ayant aperçu Cédric dans la rue, il referma la croisée et resta en retrait, provoquant un regard surpris de la part de Ranulphe. Il distingua alors parfaitement une ombre qui revenait vers la fenêtre d'en face.

Peut-être était-ce une femme curieuse ne souhaitant pas être vue, se dit-il. Il fut tenté d'ouvrir à nouveau, mais à ce moment Nathan entra avec une balance et plusieurs sacs de cuir de différentes couleurs.

Avant de s'asseoir, le préteur posa le tout sur une table couverte d'un épais tapis blanc brodé d'une étoile de David en fil d'or.

— Je n'aurai pas suffisamment de sequins, mais j'ai des sous d'or parisis et des bezans. Je vais les peser et les compter devant vous.

Il vida un premier sac de pièces. Robert de Locksley s'approcha : c'étaient des zeccas tous identiques, brillants et non rognés. Il se demanda comment le juif pouvait en avoir tant.

— Choisissez-en un pour que je le pèse, proposa le banquier.

Robert de Locksley en mit un sur la balance que Nathan tenait à la main. Il avait posé un poids de plomb de l'autre côté.

— Il pèse le juste poids. Me faites-vous confiance pour les autres ?

Robert de Locksley en prit un autre et le posa sur la balance, puis il fit de même avec un troisième. Tous avaient le même poids.

— Allez-y, vous pouvez compter.

Il fit signe à Ranulphe de surveiller le banquier et revint vers la fenêtre. L'ombre était toujours là.

— Qui habite en face, maître Nathan ?

— Un de mes parents, Zareth, répondit le changeur en mettant les pièces en tas. Je vais appeler Ruben pour qu'il vous serve du vin.

— Inutile, je peux me servir. Votre parent, Zareth, est aussi changeur ?

— Oui, seigneur.

Robert de Locksley remplit un hanap, le goûta et claqua de la langue pour marquer sa satisfaction.

— Sainte Vierge ! fit-il en reposant la coupe sur la table. Quel nectar ! Hier, je me suis contenté d'une ale qui était aussi épaisse que de la bouillie pour porc !

S'asseyant à son tour sur un banc, il ajouta :

— Vous n'avez rien remarqué d'anormal chez Zareth ?

— Rien, mais il a eu quelques ennuis, il y a deux jours, répondit le changeur sans lever les yeux de ses tas de pièces.

— Quel genre ?

— Ah ! J'en ai fini avec les sequins. Je vais ajouter des bezans.

Il vida un autre sac et fit signe à Locksley de choisir une pièce. Le Saxon tendit la main, en prit une, la donna au prêteur et eut un hochement de tête approbateur après que l'autre l'eut pesée.

Le juif reprit ses calculs, faisant de nouveaux tas en murmurant des paroles incompréhensibles chaque fois qu'il en avait terminé un.

— Vous ne m'avez pas dit quel genre d'ennuis a eus votre voisin... insista Locksley.

— Rien qui vous intéresserait, seigneur. Simplement la vie est devenue bien difficile pour nous depuis l'avènement du roi Jean.

Locksley comprit que le changeur se méfiait de lui et ne voulait pas en dire plus.

— J'ai eu aussi maille à partir avec Jean. C'est d'ailleurs la raison pour laquelle j'ai été contraint de vendre des terres. Je peux donc comprendre les ennuis des autres…

Le juif resta un instant silencieux avant de raconter :

— Ma famille est de Rouen, seigneur. C'est le roi Guillaume qui nous avait encouragés à nous installer à Londres. Il savait que si les marchands de Rouen étaient si prospères, c'était grâce à nous, car nous facilitons les échanges. Mais après des années fastes, notre situation s'est détériorée avec le début des croisades, car on a commencé à nous juger comme des infidèles. Malgré cela, mon cousin Yosi Isaac a gardé la faveur des premiers Plantagenêts et nous avons supporté sans nous plaindre les taxes très lourdes que nous imposait le roi Henri. Mais tout s'est détérioré avec l'avènement de Richard.

Comme Robert de Locksley ne disait rien, observant apparemment la maison d'en face de sa place, le juif poursuivit :

— Au couronnement du roi Richard, des centaines de mes frères étaient venus assister à la cérémonie, mais on les a chassés. Ensuite, il y a eu des émeutes, tant à Londres que dans d'autres villes, et des dizaines d'entre nous ont été massacrés. Ainsi, à York, les juifs n'eurent d'autre choix que d'accepter la mort pour éviter la conversion de force. Depuis, tout est fait pour nous dépouiller sous des prétextes futiles. On nous impose des amendes et des taxes nouvelles, et nous devons supporter toutes sortes d'humiliations.

Il désigna son chapeau jaune.

— Nous ne pouvons sortir sans le porter sous peine de punition et même de confiscations de nos biens.

En l'écoutant, Locksley songeait que, même dépouillés, les juifs d'Angleterre disposaient encore d'énormes fortunes. Il venait d'en avoir la preuve.

— Je sais ce que vous pensez, seigneur, mais ces sommes, nous les gagnons honnêtement et durement par les risques que nous prenons et la confiance que l'on porte à notre communauté.

Il montra la quittance sur la table.

— Personne ne peut faire circuler la richesse comme nous le faisons, avec de simples lettres. Cela a un prix, car nos pertes sont parfois très importantes.

— Les templiers y parviennent aussi.

— C'est vrai, mais vous êtes alors à leur merci. Mais pour répondre à votre question, des gardes et un sergent aux ordres du grand justicier sont venus chez Zareth, l'accusant d'être sorti sans son chapeau jaune. Il avait été dénoncé, ont-ils dit, bien que ce soit faux. Il a dû payer dix marcs d'argent d'amende.

En parlant, le banquier poursuivait son travail jusqu'à ce qu'il déclare :

— Voilà, seigneur ! Le compte y est !

Il poussa les tas de pièces vers Robert de Locksley.

— Tout ceci est à vous.

Locksley ôta sa sacoche et entreprit de la remplir. Elle pesait fort lourd[1]. Pleine, il la fit glisser en travers de son épaule mais ne reprit pas tout de suite son manteau posé sur une chaise.

— Contre un de ces beaux sequins, votre domestique, Ruben, accepterait-il de me rendre un service ?

— Un sequin ? s'étonna le banquier. Certainement, seigneur !

— Appelez-le.

Ils repartirent peu après. Ranulphe sortit le premier, suivi de son maître qui avait profondément incliné son bonnet à pointe sur son visage. Cédric eut une expression de surprise en le voyant mais, d'un regard autoritaire, Ranulphe lui fit signe de se taire.

Ils montèrent sur les chevaux et reprirent le chemin d'Aldersgate, puis de Saint-Paul.

---

1. Une dizaine de kilogrammes.

À présent, ils avançaient lentement tant la rue Saint-Martin était encombrée, car tout le trafic entre la porte et la rivière se faisait par cette voie. De nouveau, ils contournèrent Saint-Paul mais empruntèrent une autre rue qui descendait vers le fleuve, en direction d'une forteresse dont on apercevait le donjon et les tours. C'était le château Baynard.

Ils traversèrent la rue de la Tamise à proximité de ce château et descendirent jusqu'à la grève. Ils passèrent un portail ouvert dans une vieille palissade et se retrouvèrent sur la berge. C'était le reflux. Un ponton de bois branlant, posé sur des pieux de chêne, s'avançait dans le fleuve. Deux barquettes y étaient amarrées et une multitude de cygnes blancs et noirs nageaient autour d'elles. Sur la grève, des pêcheurs étalaient un filet et quelques miséreux ramassaient du bois flotté.

À droite se dressaient les hautes tours et les massives murailles du château Baynard. Devant le fossé, une poignée d'arbalétriers s'entraînaient sur des cibles de paille, veillant aussi à qu'aucun navire ne débarque frauduleusement de la marchandise. Non loin d'eux, une potence avec un corps séché rappelait la haute justice du maître de Baynard.

Les deux chevaux se dirigèrent vers le ponton et leurs cavaliers mirent pied à terre.

L'homme qui logeait chez Zareth et qui les suivait depuis la maison de Nathan hésita à franchir le portail. Il y avait peu de monde sur la grève et on allait le remarquer, jugea-t-il. Peut-être même le reconnaître...

— Avance, compaing ! retentit une voix glaciale derrière lui.

En même temps, l'aviseux[1] recevait un violent coup de pied dans le dos.

---

1. Espion, en normand.

Il trébucha, tomba sur un genou, mais se releva aussitôt, mains écartées, prêt à se battre avec le gueux qui l'interpellait ainsi.

Il ne put dissimuler sa surprise en reconnaissant Robert de Locksley. Involontairement, il se retourna brièvement vers le ponton pour s'apercevoir que Locksley y était aussi, vêtu de son grand manteau écarlate, avec son bonnet pointu et son arc.

Son regard hésitant revint aussitôt vers le second Locksley.

— Avance vers mes compagnons, l'ami ! ordonna le Saxon en lui faisant signe, cette fois avec son épée. Nous avons à parler.

L'aviseux n'avait d'autre arme qu'un couteau dissimulé sous son hérigaud. Il devinait qu'il n'aurait aucune chance s'il tentait de fuir ou de se défendre, aussi prit-il un air craintif avant d'obéir.

— Qui es-tu, l'ami ? s'enquit Locksley en le faisant avancer, l'épée dans les reins. J'ai l'impression de t'avoir déjà vu.

En même temps, il se demandait si ce garçon n'était pas un simple d'esprit. Il avait un air niais et visiblement plus de muscles que de tête.

— Personne, seigneur ! Je ne sais pas ce que vous me voulez. Je ne suis qu'un pauvre homme… Je venais ramasser du bois… Je vous en supplie, laissez-moi partir…

— On va voir ça. Avance, te dis-je.

L'aviseux obéit et marcha vers les quatre hommes près des chevaux. À quelques toises, il vit qu'il s'était trompé. Celui qui portait un manteau rouge et un bonnet vert était brun comme Locksley mais plus petit. En vérité, il ne lui ressemblait guère. De plus, il n'avait pas d'épée mais un simple bâton à la taille. Comment Locksley avait-il découvert qu'il le surveillait ?

— Ruben, rends-moi mon arc, mon carquois, mon manteau et mon bonnet, dit Locksley en s'adressant à l'homme brun.

Le serviteur de Nathan le Riche déboucla la ceinture qui tenait le carquois. Les hommes de Locksley étaient derrière lui. Jugeant l'instant favorable, le suiveur se jeta sur Ruben, écrasant son poing sur son nez. Le domestique tomba en arrière, bousculant Jehan et entraînant Cédric et Ranulphe dans sa chute. Déjà l'aviseux avait détalé sur le ponton.

Locksley ramassa l'arc que Ruben avait lâché, mais le carquois était sous le corps du domestique.

— Par saint George ! Tirez ! Tirez sur lui ! cria-t-il aux autres, tandis qu'il tentait de dégager une flèche.

Finalement il parvint à l'encocher. Jehan bandait son arc. Ranulphe s'était relevé et faisait de même, mais l'aviseux était déjà au bout du ponton.

Le vacarme devint infernal : les oies, les canards et les cygnes étaient affolés. Déjà plusieurs palmipèdes déployaient leurs ailes dans une grande confusion. À l'instant où les flèches partirent, l'homme se jeta à l'eau au milieu des cygnes qui s'envolèrent bruyamment, dans une immense nuée piaillante.

L'avaient-ils atteint ?

Ne distinguant rien, Locksley saisit une autre flèche, tandis que Ranulphe courait sur le ponton avec Jehan. Cédric n'avait pas encore réussi à se dégager de Ruben tombé sur lui.

En s'envolant, les oiseaux avaient lâché un nuage de plumes blanches qui retombait en flocons. À travers cette neige, Ranulphe aperçut l'homme nageant vigoureusement en s'éloignant vers le milieu du fleuve. Il l'ajustait quand il entendit crier :

— Toi, là-bas, arrête ! Que fais-tu aux cygnes du seigneur FitzWalter[1] ?

Ranulphe retint son tir et tourna la tête.

Sur la grève, les arbalétriers le menaçaient de leurs armes.

---

1. FitzWalter prit part à la révolte des barons contre Jean qui aboutit à la Grande Charte.

Il baissa son arc, devinant que, s'il résistait, il était mort. Déjà Robert de Locksley intervenait :

— Ce n'est pas aux cygnes que nous en avons, sergent, mais au voleur qui nous a attaqués !

— Quel voleur ? aboya le sergent.

Ruben s'était enfin relevé, le nez en sang. Ruben, qui pour un sequin avait accepté de raser sa barbe afin de ressembler à Robert de Locksley, mais qui n'avait pas imaginé qu'on le frapperait ainsi.

— Voyez ce qu'il a fait à mon serviteur, poursuivit Robert de Locksley ! Le fourbe nous suivait depuis un moment pour nous voler. Je l'ai empêché de nous poignarder.

— Il y a bien quelqu'un qui nage là-bas, William ! déclara un arbalétrier en désignant la rivière.

— Tout ça n'est pas clair ! Venez avec nous au château pour vous expliquer avec le lieutenant.

Locksley fouilla dans son escarcelle et sortit un penny d'argent.

— Cela servirait à quoi ? Ce bandit est loin et je n'ai pas de temps à perdre ! Tenez, voici pour boire à notre santé !

Le sergent hésita à peine et prit la pièce. Après tout ces trois-là portaient des épées et semblaient être des seigneurs normands. Et puis, il avait soif.

— Que le Seigneur vous protège, remercia-t-il en maugréant.

Les arbalétriers s'éloignèrent et Locksley donna un autre penny à Ruben en lui disant qu'il n'avait plus besoin de lui.

Les quatre hommes prirent alors le chemin du Vieux Cygne.

Locksley était préoccupé. Son suiveur l'attendait-il, ou n'était-il qu'un officier du grand justicier installé chez le voisin de Nathan et décidé à voler ceux qui en sortiraient avec une grosse somme ?

La seconde proposition était invraisemblable, donc l'homme l'attendait. Or, Nathan avait bien dit que son voisin avait reçu la visite d'hommes d'armes, deux jours plus tôt. Le suiveur savait donc qu'il allait venir. Seule Aliénor connaissait le but de son voyage. De plus, il y avait les soupçons de Guilhem, qu'il partageait, au sujet de la mort de Mathilde et de Mercadier. Cela signifiait qu'ils avaient en ce moment des ennemis à Londres. Mais que savaient ces gens-là sur leur véritable mission ? Connaissaient-ils la requête du roi de France ?

Comment savoir désormais ?

Il se morigéna pour avoir été trop confiant. Quand il avait vu l'ombre derrière la fenêtre, il avait pensé à un espion et avait expliqué à Ranulphe le piège qu'il voulait tendre. Il avait choisi la grève près du château Baynard, persuadé qu'il n'y aurait personne et qu'il pourrait surprendre un éventuel suiveur. Il aurait mieux fait de choisir un autre endroit.

En même temps, il songeait que le visage de l'aviseux ne lui était pas inconnu. Quand l'avait-il déjà vu ? Était-ce au Vieux Cygne ?

Il en était là de ses réflexions quand Ranulphe s'adressa à lui d'une voix agitée.

— Seigneur comte, j'avais l'impression d'avoir déjà vu cet homme, je viens de m'en souvenir…

— Quand l'as-tu vu ?

— Je l'ai croisé dans le corridor de nos chambres, à l'auberge du Chapeau Rouge, le matin où on a tué Mathilde.

Chapitre 25

Revenons à Bordeaux, un mois plus tôt.

Après la mort de dame Mathilde et le départ des chevaliers pour leur expédition vengeresse chez Mercadier, l'aubergiste du Chapeau Rouge avait exigé le silence de ses domestiques. Le sénéchal arriverait dès qu'il apprendrait le crime et s'il y avait querelle avec ce comte de Huntington et ce Guilhem d'Ussel, il y aurait bataille, ce qui provoquerait le pillage de son hostellerie.

Mieux valait attendre que ces redoutables clients soient partis.

L'aubergiste avait donc donné des ordres pour qu'on s'occupe de Mathilde, comme il l'avait promis. Les domestiques avaient aidé Anna Maria à laver le corps de la femme assassinée et à l'habiller. Puis il avait fait porter les bagages des voyageurs à l'embarquement.

Peu de temps après, le serviteur qui avait accompagné les voyageurs était revenu lui dire que les seigneurs venaient d'arriver au port. Leurs vêtements étaient rouges de sang et ils avaient embarqué en toute hâte sur l'*Anatasie*. Sans chercher à en apprendre plus, l'aubergiste s'était rendu au château de l'Ombrière où il avait demandé à rencontrer le prévôt ou le sénéchal de Guyenne.

Mais en ce lundi de Pâques, l'un et l'autre étaient attablés avec la cour d'Aliénor. L'hôtelier du Chapeau Rouge avait dû insister auprès du chambellan, expliquant l'importance de ce qu'il avait à dire au sujet d'un crime.

Finalement, le prévôt s'était déplacé, très mécontent. L'aubergiste lui racontait ce qui s'était passé quand, dans un grand tumulte, des prélats, des écuyers et des gardes étaient entrés entourant l'archevêque Hélie qui voulait être conduit immédiatement auprès de la duchesse Aliénor.

Hélie avait alors raconté au prévôt, effaré, la mort de Mercadier et le massacre commis dans sa maison.

Apprenant cette incroyable nouvelle, le prévôt était retourné dans la salle du banquet avec l'archevêque et l'aubergiste. Stupéfaite, la duchesse avait écouté Hélie avant de quitter la table avec le sénéchal et ses grands officiers.

Dans ses appartements, Hélie lui avait expliqué qu'il n'était pas venu immédiatement après l'agression de Locksley et de ses séides, car il avait d'abord fait chercher son frère Morève afin de rattraper les assassins. Celui-ci avait rassemblé une troupe de Brabançons et s'était précipité au port, mais les criminels étaient déjà sur une barque et leur avaient échappé. Pour l'heure, ils voguaient sur une nef chargée de tonneaux de vin, l'*Anatasie*, en route vers l'Angleterre.

Quant au récit de l'assassinat de Mathilde par l'aubergiste du Chapeau rouge, personne ne comprenait comment il s'insérait dans l'histoire. Le sénéchal suggéra même qu'il s'agissait d'un quiproquo : une des femmes qui accompagnaient Robert de Locksley avait dû être tuée par quelque rôdeur et les voyageurs avaient cru que Mercadier était l'assassin.

— Le seigneur Mercadier n'était pour rien dans cette mort, assura Hélie, car il était à la messe que j'ai célébrée. Il a même reçu le saint sacrement avec une grande dévotion envers Notre Seigneur.

À force d'explications, chacun devina que Locksley et ses gens avaient sans doute été abusés. Ils avaient cru Mercadier coupable, s'étaient précipités chez lui et avaient commis l'effroyable massacre.

Oui, tout reposait sur une erreur ! approuvèrent les conseillers, et Aliénor elle-même reconnut le bien-fondé de cette explication.

Mais quelle que soit la raison de l'agression de Mercadier et de ses gens durant la trêve, il était impossible que ces crimes restent sans punition.

— Combien d'hommes avait Robert de Locksley ? demanda Aliénor.

— Quatre ou cinq, duchesse, répondit Hélie. L'un d'eux est mort. J'ai fait jeter con corps aux pourceaux !

— Ce n'était pas Locksley ?

— Non, vénérée duchesse. Vous m'aviez montré le comte de Huntington hier soir, aussi je l'ai reconnu quand il est parti après le massacre. Il avait avec lui un compagnon aussi féroce qu'un démon. Un homme brun, avec une barbe noire. C'est celui-là qui a tué Mercadier après l'avoir roué de coups de pied alors que votre noble serviteur était blessé et, à terre, demandait merci.

— C'est certainement Ussel ! gronda-t-elle. Vous irez chercher celui que vous avez donné aux cochons. Je veux le voir, s'inquiéta-t-elle en songeant à Ranulphe.

Elle resta ensuite silencieuse, personne n'osant l'interrompre.

Que devait-elle faire maintenant ? Une telle impudence, surtout pendant la trêve pascale, devrait connaître une punition exemplaire. Mais comment faire puisque Ussel voguait vers l'Angleterre ? Devait-elle demander à son fils d'intervenir, ou s'adresser directement au grand justicier ?

— Allez me chercher Étienne de Dinant, ordonna-t-elle finalement.

Dans la chambre du deuxième étage du donjon où il logeait, Dinant avait écouté Mauluc lui raconter à voix basse ce qu'il avait fait au Chapeau Rouge. Après quoi, il l'avait longuement questionné. Apparemment son serviteur n'avait commis aucune erreur, mais il restait la possibilité que l'aubergiste se souvienne de lui, aussi le serviteur du roi Jean avait-il décidé que Mauluc quitterait Bordeaux au plus vite.

Dinant brûlait de savoir ce qui s'était passé ensuite, mais il n'osait se rendre dans la grande salle, craignant que Locksley, n'ayant pas découvert ou reconnu la dague de Mercadier, ne soit au palais pour réclamer justice et le rencontre.

C'est alors qu'il entendit des éclats de voix, puis des interjections de colère et de bruyantes exclamations.

Les étages du donjon communiquaient par des échelles et chaque salle était cloisonnée par des parois de bois. Dinant occupait la partie la plus éloignée de l'échelle et sa chambre bénéficiait même d'une porte. Mais en ce lundi après-midi, comme l'étage était vide, il l'avait laissée ouverte pour ne pas être surpris si quelqu'un venait s'en prendre à lui.

Vaguement inquiet du tumulte, Mauluc et lui se saisirent d'une hache et s'approchèrent de l'échelle. Un jeune clerc tonsuré apparut. Dinant reconnut un domestique d'Aliénor.

— Sei... Seigneur ! balbutia le clerc, très agité, il s'est produit un... grand malheur !

— Quoi donc ?

— Le seigneur Mercadier... vient d'être tué ! Notre vénérée duchesse vous mande près d'elle... tout de suite.

— Tué ? Mais comment ? Par qui ?

— Je ne sais pas, seigneur, mais... mais voici ce que j'ai entendu : Un seigneur de passage, présent hier au banquet, nourrissait une violente haine envers le noble Mercadier. Ce seigneur a cru que Mercadier avait tué une de ses domestiques. Il a voulu se venger et, avec des comparses, ils se sont rendus chez le seigneur Mercadier qui dînait avec monseigneur l'archevêque. Il y a eu bataille et le noble Mercadier a été tué.

— Quoi ! Et les autres ?

— Je ne sais pas, seigneur, l'un est mort, semble-t-il, les autres ont fui.

— J'arrive. Mauluc, attends-moi ici !

Que lui voulait la duchesse ? s'inquiétait Dinant. Avait-elle des soupçons ? Et si quelqu'un avait reconnu Mauluc au Chapeau Rouge ? On savait qu'il était dans sa suite. Un homme perspicace pouvait-il avoir percé son entreprise et l'avoir dénoncé ?

Il se promit de tout nier si on l'accusait. Si c'était nécessaire, il dirait que Mauluc avait agi de son propre chef, par haine envers Mercadier. Au pire, il demanderait à être jugé par Jean qui le sauverait.

Du moins l'espérait-il.

En même temps, il s'efforçait de se rassurer. Si la duchesse le soupçonnait, ce n'est pas par un clerc qu'elle l'aurait fait chercher mais par son capitaine des gardes ou par le prévôt de l'Ombrière. Malgré cela, c'est un homme livide de terreur qui entra dans les appartements d'Aliénor.

Celle-ci mit sa pâleur sur le compte de la peine qu'il éprouvait en ayant appris la mort du fidèle Mercadier. Le sénéchal était toujours là et fit un nouveau récit de ce qui s'était passé, récit qui rassura l'âme damnée du prince Jean. On n'avait même pas découvert la dague de Mercadier ! Donc personne ne soupçonnait Mauluc.

Dinant ressentit un profond soulagement, puis une immense satisfaction. Non seulement il avait accompli ce que voulait le roi Jean, c'est-à-dire faire disparaître Mercadier, mais il avait fait accuser Locksley, son ennemi. C'était un double coup de maître qui mériterait certainement une belle récompense !

Le sénéchal ayant terminé, Aliénor prit la parole :

— La mort de Mercadier ne doit pas rester impunie. Je veux que son assassin, Guilhem d'Ussel, soit pris et pendu.

Dinant approuva fermement de la tête.

— Il vient de partir pour l'Angleterre, et il est encore temps de le rattraper, ajouta-t-elle.

— Pour l'Angleterre ? s'étonna Dinant. Mais j'avais cru comprendre qu'il tenait un fief du comte de Toulouse…

Jusqu'à présent, le prévôt de l'Ombrière, le sénéchal et l'archevêque Hélie ne s'étaient posé aucune question sur ce départ en nef. Ils savaient que Huntington était anglais, et donc ils avaient trouvé naturel qu'il regagne l'Angleterre. Ce Guilhem l'avait seulement accompagné.

— Je sais pourquoi Robert de Locksley va à Londres. Ussel est avec lui non seulement parce qu'il est son ami, mais aussi pour une autre raison que j'ignore.

— Dans ce cas, noble duchesse, il suffit d'envoyer un messager au grand justicier qui les saisira, proposa Dinant.

La vieille femme secoua la tête.

— Ce n'est pas ce que je veux. Robert de Locksley a toujours été un loyal sujet de mon fils qui l'aimait grandement. Je l'interrogerai avant toute décision à son égard. Mais il en est autrement de Guilhem. Je sais qu'il protège les hérétiques, ceux qu'on appelle les cathares… C'est un démon.

Hélie blêmit et se signa.

— De plus, je devine qu'il trame quelque complot avec le roi Philippe. Je veux qu'il soit saisi et qu'il parle, avant d'être puni. J'ai besoin de quelqu'un de sûr à Londres pour traiter cette affaire. D'un homme fidèle et habile. Vous, Étienne de Dinant !

— Moi ? Mais c'est impossible, dame Aliénor ! Votre fils, notre roi vénéré, m'attend !

— Je lui écrirai et il comprendra, répliqua-t-elle avec froideur. Faites ce que je vous demande, Dinant, et vous n'aurez pas à le regretter. Je vous promets dès à présent de vous confier un des comtés du Poitou ou d'Anjou confisqué aux partisans d'Arthur.

— Un comté... chancela Dinant.

Il était cadet de famille et à part son rôle de conseiller officieux, il n'avait qu'un maigre fief et peu de fortune. En un instant, il comprit que c'était la chance de sa vie.

— Si c'est votre volonté, ma duchesse vénérée, je m'y plierai. Mais comment pourrais-je retrouver Guilhem d'Ussel ?

— Je l'ignore, mais je sais où doit se rendre Robert de Locksley. Je vais vous l'indiquer. Il faut juste que vous arriviez avant lui à Londres. Quand vous l'aurez retrouvé, vous n'aurez qu'à le suivre, il vous conduira à Guilhem. Vous livrerez alors le protecteur des hérétiques au grand justicier, vous le ferez parler et vous le ferez exécuter. Quant à Robert de Locksley, qu'il ne lui soit fait aucun mal mais qu'on me l'amène à Fontevrault.

Dans la soirée, le sénéchal réquisitionna une nef qu'il fit mettre en état et approvisionner. Dinant et ses gens partirent le lendemain avec la première marée.

Le serviteur de Jean était d'autant plus satisfait de sa mission qu'il avait appris d'Aliénor que Locksley allait chercher mille cinq cents marcs d'argent chez un juif. Il avait décidé de s'approprier cette somme, et pour s'assurer la fidélité de Mauluc, qui allait prendre tous les risques dans l'entreprise, il lui en promit un tiers.

Leur nef suivit à peu près le même trajet que celle de l'*Anatasie*. Ayant aussi échappé à la tempête, Dinant et ses hommes se firent débarquer dans un port de Cornouailles. Ils y trouvèrent des chevaux à prix d'or et partirent pour Londres où ils arrivèrent quelques jours avant Robert de Locksley. À la Tour, Dinant fut reçu par le grand justicier.

Geoffroi Fils-Pierre était un magnifique seigneur au maintien majestueux et au bel embonpoint. La lourde robe brodée d'or serrée à la taille par une triple ceinture à laquelle pendait une magnifique épée dans un fourreau tressé lui conférait un indéniable air d'autorité. Son visage était remarquable à cause d'un front proéminent, d'épais sourcils sur de lourdes paupières et d'une belle chevelure bouclée. Ceux qui le connaissaient savaient combien il était prudent, modéré, porté au soupçon et difficile à tromper. Il parlait peu et pesait chaque mot, comme si ce qui sortait de sa bouche avait un prix excessif.

Étienne de Dinant lui remit une lettre d'Aliénor et le sauf-conduit qu'il avait de Jean, des documents demandant à tous les seigneurs d'Angleterre de lui apporter l'aide qu'il jugeait nécessaire.

Il expliqua ensuite qu'il était à la poursuite de Robert de Locksley, que Fils-Pierre connaissait de réputation du temps où le comte de Huntington n'était que le hors-la-loi Robin Hood, Robin au Capuchon.

— Notre noble et vénéré roi Jean veut que le comte de Huntington soit saisi et lui soit livré, insista Dinant. Ce Locksley l'a trop souvent bravé et, dernièrement encore, il a fait échouer une importante entreprise que je conduisais pour l'Angleterre.

Geoffroi Fils-Pierre méprisait Jean pour sa lâcheté, ses mensonges et son libertinage sans bornes. S'il avait accepté de l'élire, comme la plupart des grands barons, c'est parce qu'il n'avait pas eu le choix. Bien sûr, il n'ignorait rien de la situation en Anjou où les partisans d'Arthur, même en déroute, étaient encore nombreux. De plus Arthur avait le soutien du roi de France et seul le mariage qui aurait lieu à la fin du mois était susceptible d'éviter une nouvelle guerre.

Le grand justicier craignait par-dessus tout que le conflit en Normandie et en Anjou s'étende en Angleterre. Or, Robert de Locksley était saxon et du lignage des rois d'Écosse. Son arrestation ne pourrait qu'entraîner des troubles tant la coexistence des Saxons et des Normands était difficile. Que se passerait-il si une révolte éclatait à la suite de l'emprisonnement de Locksley ? Le roi Jean était un débauché vain et fourbe qui avait déjà entraîné nombre d'honnêtes barons dans ses turpitudes avant de les abandonner au bourreau. Fils-Pierre ne tenait pas à ce que sa tête soit un jour exposée en haut de Drawbridge Gate et il écartait l'idée de devoir s'enfuir comme son prédécesseur Guillaume de Longchamp. Aider ouvertement Étienne de Dinant, créature de Jean, l'entraînerait immanquablement dans une entreprise qui ne lui apporterait que des déboires.

— Je vais faire appeler le gouverneur de la Tour, proposa-t-il prudemment.

Après quelques coupes de vin, Roger Fitz Renfred, le constable gouverneur de la Tour, et Guillaume de La Braye, son lieutenant, entrèrent dans les appartements du grand justicier.

Roger Fitz Renfred avait un visage enjoué avec un front bien fait et des joues vermeilles dont le bas était couvert d'une barbe noire, longue et frisée. Il accepta immédiatement une belle coupe de vin qu'il but d'un trait, tandis que Dinant expliquait une nouvelle fois son affaire.

— Les gens d'armes de la Tour sont à votre disposition, assura Guillaume de La Braye quand Dinant eut terminé.

La Braye était un homme de haute taille, maigre et musculeux. La quarantaine passée, la frugalité, l'abstinence de vin ou d'ale et l'exercice journalier des armes avaient réduit son corps à l'état d'os, de muscles et de tendons. Il avait le visage froid et indifférent de celui qui fait pendre les gens sans en éprouver la moindre émotion. Vêtu sans ostentation de rustiques étoffes anglaises, il portait pourtant sa lourde et large épée bien en vue comme pour dissuader quiconque de le défier.

— Guillaume a bien parlé ! approuva le gouverneur en se servant une nouvelle coupe de vin.

— Vous aurez donc les gens que vous voulez, mais ce sera vous et vous seul qui conduirez cette affaire, laissa alors tomber le grand justicier.

Dinant hocha la tête en dissimulant un sourire. Cette réponse lui convenait.

— Voulez-vous que je fasse surveiller les arrivées des nefs ? demanda Guillaume de La Braye.

— Non, ce serait inutile, car Locksley peut avoir fait comme moi et avoir débarqué dans un port de la côte. Mais je sais où il doit se rendre : chez un juif, Nathan le Riche.

— Nathan le Riche est important ici, intervint Geoffroi Fils-Pierre, légèrement inquiet. Il a prêté de l'argent pour les travaux du pont et, même s'il est un infidèle, vous ne pouvez le maltraiter. Les conséquences pourraient en être incalculables.

— Je ne le ferai pas, rassurez-vous. Locksley va se rendre chez Nathan. Un homme à moi surveillera sa maison et suivra Huntington.

— Comment fera votre homme pour ne pas être repéré ?

— Un sergent à vous n'aura qu'à accuser un des voisins de Nathan d'une faute imaginaire, suggéra Dinant, jamais en manque d'imagination dans la fourberie. Ce voisin devra ensuite loger mon espion, et garder le silence sous la menace d'être pendu.

Chapitre 26

Après six semaines de promiscuité en mer dans un bateau infesté de puces et de poux, Anna Maria n'avait qu'un désir : se laver. À son lever – son mari était déjà parti pour Aldersgate –, elle remercia le Seigneur de l'avoir menée à bon port puis se fit porter une soupe, du miel et des confitures. Ensuite, elle demanda à la domestique qui la servait si on trouvait des étuves pour femmes à proximité du Vieux Cygne.

Il y avait d'anciens bains romains au nord du Vieux Cygne, lui répondit la servante. Les femmes pouvaient s'y baigner dans d'antiques cuves de marbre emplies d'eau chauffée[1], mais comme une dame de qualité ne pouvait s'y rendre seule, Bartolomeo accepta de l'accompagner.

C'est pourquoi Guilhem partit seul à la découverte de la Tour de Londres.

Sorti de l'auberge, il suivit un moment la bruyante rue de la Tamise bordée de boutiques de bouchers, de poissonniers et de rôtisseurs. Une foule bigarrée s'y pressait au milieu de poules, canards, chiens ou porcs errants se vautrant dans les tas de fumier accumulés un peu partout. Comme dans toutes les villes,

---

1. Ces bains ont été découverts dans Cheapside.

auvents et étals des boutiques gênaient la circulation des chariots et des charrettes.

Beaucoup de monde passait par là pour sortir de la ville et éviter les encombrements car, une fois en face de la Tour, on débouchait sur une prairie où paissaient des moutons. De là, par un chemin, on pouvait poursuivre jusqu'à Aldgate, une des portes de Londres.

Longeant le fossé entourant la forteresse, Guilhem arriva devant le grand pont de bois, seule entrée de la forteresse. Aux alentours se dressaient quelques baraques de planches où des colporteurs, des marchands de pâtés chauds et des vendeurs de vin ou d'ale proposaient leurs marchandises aux gens de passage.

Quelques jongleurs en cottes bariolées faisaient des cabrioles et jouaient de toutes sortes d'instruments pendant que des charlatans vendaient des potions miracles, des sachets d'orviétan, des opiats pour les coliques, des électuaires et des onctions contre la gale. D'autres proposaient de fausses reliques et des images saintes peintes sur parchemin ou sur des planchettes. L'un d'eux haranguait ainsi la badautaille, faisant rire les gens à gorge déployée :

*J'apporte ici les oreilles de saint Couillebault,
    confesseur,
Et de sainte Velue, sa sœur !*

Plus loin, un dresseur de chiens faisait marcher ses animaux sur les pattes de derrière en jouant du fifre et un briseur de chaînes gonflait ses énormes muscles, écartant continuellement les mêmes anneaux de fer tendre.

S'étant fait servir une ale très épaisse à un étal, Guilhem se mêla aux coquards convaincus par les boniments des uns et des autres. En même temps, il observait ceux qui passaient par la barbacane. C'étaient surtout des serviteurs, des marchands ou des gardes. Plus rarement c'était un digne prélat sur une mule aux harnais décorés de sonnettes d'argent ou un riche seigneur sur son palefroi, accompagné de ses écuyers et de ses gens. Arrivés à la barbacane, ceux qui voulaient entrer étaient arrêtés et interrogés avant de la traverser. Ils passaient ensuite le second pont avant de pénétrer dans le corps de garde, où ils étaient ensuite sans doute à nouveau contrôlés.

Il était impossible de tromper une telle surveillance, jugea Guilhem.

Il songea un instant à interroger les jongleurs. L'un d'eux était peut-être déjà entré dans la Tour. Puis il se dit qu'il avait le temps pour le faire. Il était inutile qu'il se fasse déjà remarquer.

Il ne termina pas son ale, trop amère, et reprit le chemin qui s'écartait du fossé pour passer à proximité d'une église, au débouché d'une rue parallèle à la rue de la Tamise[1]. L'édifice religieux était entouré de plusieurs bâtiments dont une auberge à l'enseigne de sainte Catherine. Guilhem observa que, de là, on voyait parfaitement ceux qui passaient sur le pont de la Tour.

D'une charrette attelée à une mule, des frères lais déchargeaient des tonneaux et des ballots de laine. Le moine qui dirigeait la manœuvre parut intrigué par cet homme armé qu'il ne connaissait pas et qui examinait les alentours. Il s'approcha de lui.

— Dieu vous garde, mon père, lui sourit aimablement Guilhem.

— Voulez-vous prier dans notre église, seigneur ?

— Je viendrai dimanche, mon père. J'accompagne un noble baron qui arrive de Normandie.

— Avez-vous connu le roi Richard ?

— Oui-da, mon père.

— Cette chapelle (il désigna un édifice accolé à l'église) a été construite par Richard. L'église de Tous

1. Tower Street.

les Saints dépend de l'abbaye de Barking[1] dont je suis le frère tourier.

— Que le Seigneur protège Richard dans son paradis, fit Guilhem, qui n'en pensait pas un mot.

— Qu'il le protège ! conclut le moine en se signant et en retournant à son chargement.

Guilhem poursuivit jusqu'au vieux mur romain ponctué de tours rondes. Il passa non loin d'un gibet, sur les bois duquel se tenaient de voraces corbeaux dévorant avec appétit les visages d'un couple de pendus, et parvint à une vieille porte romaine fortifiée par un corps de garde. C'était Aldegate qui marquait aussi le début d'une grande rue marchande.

Jugeant inutile de sortir de la ville et de longer l'enceinte par l'extérieur, il rentra au Vieux Cygne.

En arrivant, il chercha l'aubergiste qu'il trouva dans son cellier avec maître Berthomieu. Les portefaix terminaient la livraison des tonneaux de l'*Anatasie*. Prenant à part l'hôtelier, Guilhem lui demanda comment les tonneaux de vin étaient portés dans la Tour.

— Avec mon chariot, j'en transporterai douze demain, seigneur.

— Vous les livrez où ?

— Dans la cour, devant la tour blanche, répondit l'aubergiste, surpris par la question.

— Ils sont entreposés dans la Tour ?

— Je ne crois pas, seigneur. J'ai vu une fois qu'on les emmenait dans la deuxième enceinte. Il y a là un grand hall avec des celliers, mais je n'y ai jamais pénétré.

Guilhem le remercia et revint dans sa chambre en méditant. S'il accompagnait l'aubergiste pour faire sa livraison, il ne serait guère avancé. Tout au plus pourrait-il reconnaître les lieux. Quant à se mettre dans un tonneau, c'était courir le risque, bien réel, d'être

---

1. L'abbaye se trouvait dans l'Essex.

ensuite enfermé dans un cellier, peut-être durant des semaines, et d'y mourir de soif et de faim !

Il rencontra alors Bartolomeo qui le cherchait. Robert de Locksley était revenu et réunissait tout le monde dans sa chambre.

Comme on n'attendait plus que lui, Locksley commença. Il raconta sa visite au banquier juif et comment il avait eu des soupçons en voyant une ombre disparaître derrière une fenêtre.

— Ruben, le domestique de Nathan le Riche, avait à peu près mon allure. Pour un sequin, je l'ai convaincu de se raser la barbe, de mettre mon bonnet et mon manteau et de partir avec Ranulphe et Cédric. Nathan était aussi d'accord, car il s'inquiétait à l'idée qu'un espion le surveillait. Quand de sa fenêtre j'ai vu quelqu'un quitter la maison du voisin, je suis sorti à mon tour derrière lui. J'avais expliqué à Ranulphe où aller. Si un espion nous suivait, je pensais qu'on serait tranquilles sur la grève pour le faire parler.

Locksley poursuivit jusqu'à la fuite de l'aviseux et termina par le témoignage de Ranulphe.

— Tu es certain que tu l'avais vu dans l'hôtellerie ? demanda Guilhem à l'écuyer.

— Certain, seigneur.

Guilhem remarqua le visage défait d'Anna Maria. Son amie avait été assassinée à sa place, et l'assassin – car on ne pouvait douter que l'aviseux soit le tueur de Mathilde – était maintenant sur les traces de son mari. Quelle créature diabolique était derrière tout cela ?

— Qui, à part Aliénor et l'abbé du Pin, savait que tu viendrais chez Nathan le Riche ? demanda-t-il à Robert.

— Personne, à ma connaissance, mais il a dû y avoir des domestiques, un notaire, des clercs aussi…

— Et un de ceux-là aurait affrété une nef, serait arrivé avant nous en Angleterre et aurait convaincu le grand justicier d'envoyer des gardes chez le voisin de Nathan où, après l'avoir accusé d'être sorti sans sa marque de juif, il lui aurait imposé la présence d'un espion ? Le même homme que Ranulphe a vu au Chapeau Rouge juste avant qu'on assassine Mathilde avec le couteau de Mercadier ? persifla Guilhem.

Il secoua lentement la tête, tandis que Locksley faisait une mimique montrant qu'il n'y croyait pas plus que lui.

— Donc les choses sont simples. L'espion – appelons-le ainsi – est venu au Chapeau Rouge dans le dessein de tuer Mathilde, ou plus certainement Anna Maria, avec l'arme de Mercadier qu'il avait volée, car si Mercadier voulait nous faire savoir qu'il était l'assassin, il nous aurait attendus, et ce n'était pas le cas. De plus, Mercadier nous a bien dit qu'on lui avait pris son couteau. Ensuite l'espion est venu à Londres, et ce ne peut être qu'Aliénor qui l'a renseigné sur Nathan le Riche.

Locksley était parvenu aux mêmes conclusions, aussi opina-t-il avant de demander :

— Mais pourquoi dame Aliénor nous aurait-elle envoyé l'assassin de Mathilde ? Pourquoi aurait-elle monté cette manigance contre nous ?

— Tout n'a été que piperie et menterie ! répondit Guilhem en secouant la tête. Celui qui a tué Mathilde a déposé une fausse preuve accusant Mercadier. Soit pour que nous vengions Mathilde, soit pour le faire condamner. Dans les deux cas, Mercadier aurait été puni. Or, que nous a dit le capitaine de Richard avant de mourir ? Qu'il s'attendait à ce que le roi Jean lui envoie un assassin. Cette intrigue était donc conduite par une créature de Jean.

— Dame Aliénor aurait-elle avalisé une telle abjection, seigneur Guilhem ? s'inquiéta Ranulphe qui ne savait plus que penser au sujet de la duchesse.

— Nous ignorons ce qui s'est passé. Par quelque fourberie, ce serviteur de Jean a dû convaincre la duchesse d'Aquitaine de notre culpabilité. Après tout, nous avons fui après avoir débarrassé la terre de ce maudit Mercadier… expliqua Locksley pour défendre la mère de Richard Cœur de Lion.

— Quoi qu'il en soit, nous sommes désormais des hors-la-loi ici… dit Bartolomeo.

— Si fait. L'aviseux n'a pu agir qu'avec l'accord du grand justicier.

— Il faut disparaître ! décida Bartolomeo, apeuré.

— Notre adversaire doit penser que Robert a déjà quitté Londres, le rassura Guilhem. Pour l'instant, soyons seulement prêts à disparaître.

Robert de Locksley secoua la tête en grimaçant.

— L'espion aurait pu me faire saisir chez Nathan, or, il ne l'a pas fait. Il m'a seulement suivi. Il voulait donc que je le conduise jusqu'à toi. La créature de Jean doit connaître ou se douter de la véritable raison pour laquelle nous sommes là… Cela change tout. Envisages-tu toujours de pénétrer dans la Tour ? Parce que si l'aviseux ne s'est pas noyé, il pourrait bien t'attendre à l'intérieur.

Guilhem se mordilla les lèvres de contrariété.

— Je reviens de la Tour et je n'ai trouvé aucun moyen facile d'y entrer, soupira-t-il.

— Que faire alors ? Abandonner ?

— Pas encore. Demain, j'irai faire le troubadour avec Anna Maria, si vous êtes toujours d'accord, mais par prudence je couperai ma barbe et Bartolomeo nous grimera. Je connais son talent. Le visage glabre et enfariné, personne ne reconnaîtra Guilhem d'Ussel ; d'ailleurs je prendrai un autre nom. Quant à toi, Robert, je te propose de rester à proximité, mais à une distance suffisante. Si cela tourne mal, nous filerons.

Ayant parachevé un plan pour le lendemain, ils partirent souper dans la salle de l'auberge. Comme la veille, le cabaretier les soigna mais Robert de Locksley ne l'écouta guère, restant vigilant durant tout le repas.

C'est ainsi qu'il remarqua à nouveau l'homme en aumusse de clerc qu'il avait vu la veille.

Il n'était pas très loin de leur table et il put l'observer discrètement. À force de le regarder, la mémoire lui revint et il expliqua à voix basse à ses compagnons qui il était.

— Il s'appelle Randolf de Turnham, c'est le demi-frère du shérif du Surrey, Robert, le sénéchal d'Anjou qui a pris le parti de Jean et lui a remis Chinon. Son oncle, Stephen de Turnham, est le shérif de Lancastre. Son père l'a eu avec une servante et on l'appelle parfois Randolf le Bâtard. En l'absence de son demi-frère, Robert, c'est lui qui s'occupe des terres de Turnham.

— En es-tu certain ? Le frère du shérif du Surrey serait ici en aumusse de clerc et sans écuyer ou compagnon ? s'étonna Guilhem, incrédule.

— C'est singulier, je te l'accorde. Peut-être est-il ici secrètement. Mais sois certain que c'est bien lui !

— Il possède peut-être un sauf-conduit permettant d'entrer dans la Tour, remarqua Guilhem.

— À vérifier, reconnut Locksley.

Aussi, quand Randolf de Turnham eut fini son repas, ils se levèrent pour le suivre.

Le frère du shérif du Surrey logeait au bout de la galerie. Quand il fut dans sa chambre, Anna Maria frappa à sa porte.

— C'est Margaret, seigneur, la servante qui vous a servi à table. On vient de me remettre un message pour vous, fit-elle en mélangeant français et saxon, langue dont elle possédait quelques rudiments.

Il s'écoula un certain temps avant que la porte ne s'ouvrît, mais à peine fut-elle entrebâillée que Guilhem avait saisi le jeune homme par la gorge, l'empêchant de crier. Immédiatement, Cédric et Jehan le garrottèrent avec une ceinture et Ranulphe lui enfonça une étoffe dans la bouche.

Il fut jeté sur le lit, tandis que Locksley mettait la pièce à sac, cherchant des papiers ou des parchemins.

En fin de compte, seulement un sauf-conduit signé de l'archevêque de Rouen fut découvert. Le document ne portait aucun nom.

— Que fait-on ? demanda Locksley, embarrassé.

— Désolé pour toi, compaing, mais on ne peut te laisser vivant, dit Guilhem au prisonnier avec un sourire sans joie.

Le jeune homme était frêle, mais vigoureux, aussi en se débattant parvint-il à recracher l'étoffe et à articuler du fond de la gorge :

— P... ourquoi ?

— Disons que vous payerez ainsi les trahisons de votre frère, répliqua sèchement Locksley.

— Je vais te pendre à cette poutre, mais rassure-toi, tu ne souffriras pas, lui promit Guilhem, lui enfonçant à nouveau l'étoffe dans la gorge.

Randolf le Bâtard se débattit encore plus, secouant la tête en tous sens comme un fou furieux.

Cette résistance troubla Anna Maria qui intervint :

— On dirait qu'il veut parler... peut-être a-t-il une ultime volonté...

— Il va crier si je lui enlève son bâillon, répliqua Guilhem qui avait trouvé un cordon pouvant servir de corde.

Non, promit silencieusement le jeune homme en secouant la tête.

Guilhem échangea un regard avec Robert qui opina. Il sortit sa miséricorde :

— Crie et je te saigne. Maintenant, si tu as quelque chose à dire, dis-le vite !

Il tira le chiffon de la gorge.

— Quelle trahison ? Je n'ai pas de frère ! lança le jeune homme à Locksley.

— Qui espérez-vous abuser, Randolf ? Votre maudit frère Robert de Turnham a remis Chinon et le trésor de mon roi à Jean sans même attendre que ce fourbe soit comte d'Anjou, alors que son suzerain était le duc de Bretagne ! s'exclama Locksley.

— Je ne suis pas le frère de Robert de Turnham ! glapit l'autre en essayant de se dégager de la poigne de Cédric. Son père était seulement mon oncle !

— Votre oncle ?

— Êtes-vous des féaux d'Arthur de Bretagne, seigneurs ? Si oui, je le suis aussi. Je suis ici pour mon duc.

— Qui êtes-vous, alors ? demanda Guilhem, brusquement intéressé.

— Thomas de Furnais.

— L'ancien gouverneur d'Angers ? s'enquit Guilhem, faisant signe à Cédric de lâcher le prisonnier.

— Oui.

— Que faites-vous céans ?

— Je ne peux vous le dire.

— Préférez-vous être pendu ?

— Dites-moi d'abord qui vous êtes…

— Je suis le comte de Huntington, et mon compagnon est Guilhem d'Ussel.

— Huntington ? Locksley ? Celui qu'on appelait Robin Hood ?

— Votre serviteur ! fit Locksley en s'inclinant, sourire aux lèvres et ôtant son bonnet vert.

Le prisonnier parut déconcerté.

— Je suis ici pour retrouver un document qui pourrait faire gagner le trône d'Angleterre à mon suzerain, laissa-t-il tomber.

— Un testament, par exemple ? s'enquit narquoisement Guilhem.

— Comment le savez-vous ?

— Le roi de France nous a envoyés ici pour la même raison.

— Quoi ? Vous connaissez Philippe de France ?

— Je crois bien lui avoir sauvé la vie ! plaisanta Locksley.

— Seigneurs ! Serions-nous donc alliés ? s'exclama Furnais.

— Si vous ne nous mentez pas ! nuança Guilhem avec une ombre de méfiance.

— Vous aussi vous pouvez mentir !

— C'est vrai, approuva Locksley, mais nous sommes du bon côté de la corde !

Furnais eut un sourire. Le premier depuis qu'ils étaient entrés.

— Je peux vous raconter toute l'histoire, si vous avez un peu de temps avant de me pendre. Je doute que vous la connaissiez complètement.

Locksley jeta un bref regard à Cédric, Ranulphe et Jehan qui écoutaient. Il aurait préféré qu'ils n'apprennent pas si tôt la vérité, mais il était trop tard.

— Vous trois, leur dit-il. Si vous répétez ce que vous venez d'entendre, je vous tuerai de mes propres mains. J'en fais le serment.

— Seigneur, ma fidélité vous est acquise, protesta Cédric.

— Moi de même, seigneur, dit Ranulphe d'une voix morne.

— Racontez donc, Furnais, ordonna Robert de Locksley.

L'ancien gouverneur d'Angers parla donc du testament écrit en Sicile et de la façon dont il avait appris qu'Hubert de Burgho l'avait conservé au lieu de le détruire. Il ajouta qu'il avait ensuite découvert que Burgho l'avait confié à Guillaume de La Braye, dans un coffret, sans lui dire de quoi il s'agissait. Après en avoir informé le roi de France, et ne pouvant supporter de rester sans rien faire, il était retourné en Angleterre pour tenter de pénétrer dans la Tour et prendre le coffret à Guillaume de La Braye.

Si Guilhem ou Robert de Locksley avaient observé le visage de Ranulphe pendant que Furnais parlait, ils y auraient lu la surprise, puis le trouble et enfin un surprenant mélange d'intérêt et d'excitation, mais la nuit approchait, la pièce était dans la pénombre et ils n'avaient aucune raison de regarder l'écuyer.

L'esprit de Ranulphe était maintenant en désordre. Tout se mélangeait. La foi qu'il avait jurée à son seigneur, la mort de son cousin, les promesses que lui avait faites Aliénor. Il avait enfin l'occasion de servir la duchesse, et de devenir chevalier. Mais le prix à payer serait la forfaiture.

— Avez-vous découvert un moyen d'y parvenir ? demanda Guilhem, plein d'espoir.

— Non, hélas, répondit Furnais. Par un clerc d'Hubert de Burgho, grassement payé, je sais où se trouve le parchemin et j'ai eu une bonne description de la Tour. Depuis quelques jours, je rôde autour en cachant mon visage sous un capuchon, espérant reconnaître quelqu'un qui me ferait entrer.

Robert de Locksley grimaça.

— Vous feriez mieux de retourner en France. Si un proche de Jean vous reconnaît, votre tête ornera la porte du pont, dit-il.

— Je ne crains pas la mort, et le péril est le même pour vous.

— Je parviendrai à pénétrer dans la Tour, dit alors Guilhem. Expliquez-moi où est le testament.

— Comment ferez-vous ?

Guilhem lui lâcha quelques mots de son plan.

— C'est une entreprise habile, reconnut Furnais, mais je ne vois pas comment vous arriverez au parchemin. Vous allez comprendre : on pénètre dans la tour blanche par une unique entrée, au nord, à partir d'une haute estacade d'une quinzaine de pieds. Ce passage débouche dans une salle des gardes mitoyenne de la grande salle. C'est là que se tiennent les banquets et la cour quand elle se réunit.

» De la salle des gardes part un escalier en limaçon situé dans la tour nord. Il dessert un étage supérieur et un étage inférieur. En haut se trouvent l'appartement du grand justicier et ceux des autres grands officiers, ainsi que la chapelle. En bas, il y a l'appartement du gouverneur, une autre salle des gardes et une petite chambre voûtée. C'est dans cette chambre que loge Guillaume de La Braye.

— Il doit y avoir plusieurs passages, les tours d'angle contiennent certainement des escaliers, intervint Robert de Locksley.

— En effet. De la grande salle partent deux escaliers qui communiquent avec les appartements du grand justicier. Il y a aussi un passage vers la chapelle. Mais l'étage inférieur n'est desservi que par le grand escalier dont je vous ai parlé.

— Je parviendrai à m'y rendre, assura Guilhem.

— Il faut ensuite traverser une autre salle des gardes pour arriver dans la chambre de La Braye.

— Pas d'autres entrées ? Pas de souterrain ?

— Non, et les murs ont huit à dix pieds d'épaisseur avec seulement des meurtrières. Le testament est dans un gros coffre de fer où La Braye garde ses biens les plus précieux.

— Il sera certainement fermé à clef, remarqua Anna Maria. La porte de la chambre aussi.

— Je verrai à ce moment-là, répliqua Guilhem.

— Autre chose : le lieutenant de la Tour est aussi le gardien des prisonniers. Dans la chambre de La Braye se trouve l'entrée d'un petit cachot. C'est là qu'on enferme ceux dont la tête décore ensuite Drawbridge Gate.

— Et dessous cet étage ? demanda Bartolomeo.

— Un cellier accessible uniquement par le grand escalier.

Robert de Locksley regarda Guilhem en grimaçant. L'entreprise était impossible.

Chapitre 27

Le vendredi matin, l'aube naissait, pure et sans nuages, tandis que Bartolomeo rasait son maître devant une fenêtre. Quand sa barbe eut disparu, Guilhem se passa sur le visage une lotion achetée la veille chez un apothicaire pour calmer les irritations des piqûres de poux qui le défiguraient.

Ils préparèrent ensuite leurs instruments de ménestrels jusqu'à ce que Robert et Anna Maria les rejoignent. Un peu plus tard, arrivèrent Cédric, Ranulphe et Jehan. Thomas de Furnais fut le dernier.

Armés et équipés, ils sortirent par la cour au moment où le soleil apparaissait au-dessus des toits. Le groupe ne prit pas la direction de la Tour, mais remonta Water Lane, le chemin qui partait de la Tamise et passait devant leur auberge.

Raviné, boueux et bordé d'échoppes d'artisans, ce passage conduisait à la rue de la Tour, Tower Street, comme l'appelaient les habitants de Londres. De part et d'autre de la ruelle s'ouvraient d'étroits culs-de-sac bordés de masures en bois et torchis avec des galeries branlantes reliant les étages. Arrivés dans Tower Street, ils prirent sur la droite, passèrent devant l'église de Barking, que Guilhem avait vue la veille, et s'arrêtèrent à l'auberge de Sainte Catherine.

Là, s'étant revêtu de sa cotte mi-partie verte et violette, et coiffé de son bonnet à grelots, Bartolomeo couvrit de farine le visage de son maître, puis, avec sa sœur, ils se maquillèrent mutuellement avec des fards de couleurs.

Ils auraient pu partir du Vieux Cygne ainsi affublés, mais sachant que leur ennemi mystérieux, qui les connaissait sans doute, était peut-être à la Tour, Guilhem ne voulait laisser aucune trace derrière eux. S'ils devaient s'enfuir, il ne fallait pas qu'on puisse rapidement découvrir qu'ils venaient du Vieux Cygne afin qu'ils aient le temps de récupérer leurs affaires et de disparaître en barque.

Laissant leurs compagnons à l'auberge, les trois jongleurs se dirigèrent vers la Tour. Anna Maria portait son psaltérion, Guilhem avait la boîte de sa vielle à roue à la main et Bartolomeo un sac contenant toutes sortes d'objets et de déguisements pour faire rire le public. Les deux hommes avaient aussi gardé une longue dague à leur ceinture.

Les marchands ambulants étaient déjà arrivés et les étals se garnissaient. En grognant, les chiens du dresseur se goinfraient d'une bouillie d'abats dans une grande auge. Un funambule négociait avec les gardes pour tendre une corde entre la barbacane et un arbre afin de faire des pirouettes au-dessus du fossé plein d'eau. Enfin, un marionnettiste installait un théâtre de toile.

À un jet de pierre du pont, Anna Maria prit le sac de son frère et Bartolomeo donna sa dague à Guilhem avant de se mettre sur les mains. Il avança ainsi, faisant tintinnabuler son bonnet à clochettes. En même temps, Guilhem jouait un air entraînant sur la vielle et Anna Maria tirait des sons joyeux du psaltérion.

Ce tintamarre attira tous les regards. Quand le groupe de badauds rassemblés autour d'eux fut suffisant, Bartolomeo se remit sur ses jambes et fit quelques pirouettes avant d'annoncer le Gggggrand spectacle de chants et jongleries des troubadours du Limousin venus par-dessus les mers rencontrer les habitants de la Gggggrande ville de Londres.

Séduite par la nouveauté de ces jongleurs qu'elle n'avait jamais vus, la badaudaille s'agglutina, tandis que cruches de cidre et d'ale s'emplissaient pour se vider dans les gosiers. Même quelques serfs, anneau de fer au cou, se joignirent à la foule pour jouir du spectacle gratuit.

— Oyez, oyez, oyez ! Compères et compagnons, voulez-vous entendre, de la plus aimable des jongleuses de la ménestrandie de France, la triste complainte des ducs de Normandie ? lança Guilhem à grand renfort de pincements de cordes de sa vielle.

— Oui ! cria la foule, bouillant de curiosité.

Anna Maria salua plusieurs fois avec grâce et le silence eut du mal à revenir tant les vivats admiratifs se prolongeaient.

Elle commença enfin son aubade :

> *Por l'amor e por l'aliance*
> *Que li dux out al rei de France,*
> *Qu'à lor voleir fust-il murdriz,*
> *Mult le haeient veirement,*
> *Mais ceo esteit occultement.*
> *Quant ne li peussent forfaire*
> *Ne voleient grant semblant faire*
> *Mais l'amonestere infernal,*
> *Par qui sunt engendré li mal,*
> *Par qui sunt faiz les granz desleiz,*
> *Les traïsons e les reneiz,*
> *Les murdres, les dissensions*
> *E les granz persecutions...*

— Damnés pourceaux ! l'interrompit soudain une voix chargée de colère.

Tout le monde se retourna dans la direction d'où venait l'injure. C'était le briseur de chaînes qui arrivait, le visage écarlate.

— Croyez-vous pouvoir prendre ma place ainsi ? menaça-t-il, fendant la presse en agitant sa chaîne.

— L'ami, laisse-les tranquilles ! lui lança un marchand de vin. Depuis trois jours, tu n'as attiré personne et nous ne faisons pas d'affaires. Au moins ceux-là font remplir les pots et les hanaps !

— Mais c'est ma place ! protesta le colosse, dépité par la remarque du tavernier qui déchaînait les rires de l'assistance.

Guilhem tendit sa vielle à roue à Bartolomeo et, s'approchant du colosse, il le prit amicalement par l'épaule pour l'entraîner à l'écart.

— Tu vois ce penny d'argent, compaing ? Je te l'offre si tu nous laisses ta place pour quelques jours.

— Je peux gagner bien plus, maugréa l'autre.

Guilhem lui serra l'épaule et, de la main droite, il tira à moitié la miséricorde pendue à la taille, à côté de son escarcelle.

— Tu vois ce couteau, compaing ? Je te l'enfonce dans ta grasse bedaine si tu ne nous laisses pas ta place quelques jours.

La pression sur l'épaule fut soudain si forte que le briseur de chaînes entendit son articulation craquer.

— D... d'accord... balbutia-t-il.

Guilhem remit le couteau en place et revint en souriant. Il reprit sa vielle à roue et se mit à fredonner d'une voix guillerette :

> Si m'excuse de mon langage,
> Rude, malotru et sauvage,
> Car né ne suis pas de Paris[1]...

1. Ces paroles sont de Jean de Meung (1240-1305).

La matinée s'écoula sans autre événement remarquable. Comme la veille, toutes sortes de gens entraient et sortaient du château : des marchands avec leurs charrettes, leurs chariots ou leurs ânes bâtés, des gardes porteurs d'arcs et de boucliers, des religieux souvent sur des mules et des seigneurs aux escortes plus ou moins importantes. Tous s'arrêtaient pour écouter les ménestrels venus de France, certains restaient même un long moment, vidant force pichets de vin ou hanaps d'ale. À none, Anna Maria avait même récolté une jolie somme, mais personne ne les avait invités à se rendre dans la Tour.

Guilhem s'interrogeait sur l'intérêt de continuer ainsi quand il vit un cortège arriver depuis Aldgate. Il aperçut d'abord, portés par des écuyers, des oriflammes et des pennons avec une étoile argentée à cinq branches sur un fond écarlate. Derrière suivaient des cavaliers en cotte de cuir treillissée, casque pointu et long bouclier normand avec la même étoile argentée peinte. Derrière encore, sur un palefroi revêtu d'une housse flottante en cuir et en toile, se tenait un grand seigneur en long haubert couvrant ses cuisses, avec un surcot rouge à l'étoile argentée.

Autour de lui, pages et écuyers portaient son épée, sa hache et son écu. Un peu plus loin suivaient deux clercs et enfin une dizaine d'archers à pied avec carquois à la ceinture, courte épée, casque rond à nasal et camail.

Guilhem devina qu'il s'agissait d'un important baron et tenta le tout pour le tout. Quand la troupe fut à portée de voix, il déclama :

— Oyez, oyez, braves gens ! Tous vous savez combien votre grand roi Richard, celui au Cœur de Lion, a souffert dans sa prison où le gardait l'empereur félon. Il était seul alors, et croyait qu'on l'avait oublié, aussi composa-t-il ce chant...

L'escorte était à quelques pas et le seigneur qui la commandait la fit arrêter.

Guilhem tourna la manivelle de sa vielle et commença :

> Ja nuls hom pres non dira sa razon
> Adrechament, si com hom dolens non,
> Mas per conort deu hom faire canson,
> Pro n'ay d'amis, mas paure son li don[1],
> Ancta lur es, si per ma rezenson
> Soi sai dos yvers pres.
> Or sapchon ben miey hom e miey baron,
> Angles, Norman, Peytavin e Gascon,
> Qu'ieu non ay ja si paure compagnon
> Qu'ieu laissasse, per aver, en preison,
> Non ho dic mia pernulla retraison,
> Mas anquar soi ie pres.

En chantant de sa voix grave, il observait le baron. Avec son camail et son casque à nasal, seule une partie de son visage apparaissait. On voyait surtout des yeux de braise et une profonde cicatrice sur une joue qui donnait à son porteur un aspect féroce et une expression sinistre.

Guilhem lui fit une gracieuse révérence et poursuivit :

> Car sai eu ben per ver, certanament,
> Qu'hom mort ni pres n'a amic ni parent
> Et si m laissan per aur ni per argent,
> Mal m'es per mi, mas pieg m'es per ma gent,
> Qu'apres ma mort n'auran reprochament,
> Si sai mi laisson pres.
> No m meravilh s'ieu ay lo cor dolent,

---

1. *Jamais prisonnier n'exprimera sa pensée*
Exactement s'il ne parle comme un homme affligé,
Mais pour se réconforter il peut faire une chanson
J'ai beaucoup d'amis, mais petits sont leurs dons.
Nous avons donné la traduction de ce qui suit un peu plus loin dans ce récit.

Que mos senher met ma terra en turment,
No li membra del nostre sagrament
Que nos feimes el Sans cominalment,
Ben sai de ver que gaire longament
Non serai en sai pres.

Mes compaignons, cui j'amoie et cui j'ain,
Ceus de Cahen et ceus dou Percherain,
Me di, chançon, qu'ils ne sont pas certains,
Qu'oncques vers eus nen oi cuer faus ne vain.
S'ils me guerroient, ils font moult que vilain,
Tan con je serai pris.
Ce sevent bien Angevin et torain,
Cil bacheler qui or sont riche et sain
Qu'encombrez sui loing d'aus en autrui main.
Forment m'amoient, mais or ne m'aimment grain.
De beles armes sont ores vuit li plain
Por tant que je suis pris.
Suer comtessa, vostre pretz sobeiran
Sal dieus, e gard la bella qu'ieu am tan,
Ni per cui soi ja pres.

Le chant du royal prisonnier avait attiré encore plus de monde. Une foule enthousiaste se pressait maintenant autour de Guilhem et quand il eut lancé un dernier son en pinçant une corde, les vivats crépitèrent et les pièces tombèrent en pluie autour de lui.

Le seigneur aux yeux de braise dit quelques mots à un de ses pages et celui-ci, après avoir fouillé dans une escarcelle, s'approcha et lança un penny d'argent.

Puis il donna l'ordre aux oriflammes d'avancer et le cortège prit le chemin du pont qu'il traversa, sans que personne ne dise mot aux ménestrels.

Bartolomeo ramassa les pièces et proposa à son maître d'acheter quelques pâtés chauds et des pâtisseries. Ils s'installèrent sur une souche avec Anna Maria, rejoints bientôt par des admirateurs car, comme

chacun sait, celui qui fait un spectacle ne peut empêcher son public de venir lui parler.

— Tu as captivé le seigneur comte d'Oxford !
s'exclama l'un d'eux à Guilhem. Peu de jongleurs y
sont parvenus !

— Ce seigneur était le comte d'Oxford ? interrogea
Anna Maria. Le grand chambellan d'Angleterre ?

— Oui, gente dame. C'était Aubrey de Vere qui ren-
trait d'une cour de Justice[1].

Guilhem apprécia, mais il n'en était guère satisfait.
Qu'il ait captivé l'un des barons qui logeaient dans la
Tour, c'était bien, mais cela n'avait pas fait avancer
ses affaires. Il lança plusieurs regards vers l'auberge
de Sainte Catherine. Robert de Locksley et ses compagnons étaient attablés dehors et les surveillaient. Il
soupira et, quand ils eurent fini de manger, il proposa
à Anna Maria et à son frère de ne reprendre leur spectacle que dans une heure ou deux. Il avait besoin
d'une sieste.

C'est dans l'après-midi que Ranulphe, qui s'était
éloigné de l'auberge pour mieux surveiller les allées
et venues depuis la Tour, remarqua la troupe de seigneurs qui sortait du corps de garde et s'engageait
sur le pont conduisant à la barbacane. Ils étaient à
pied, armés et nombreux. L'écuyer prévint immédiatement son seigneur et ses compagnons, qui se levèrent.

Devaient-ils s'inquiéter ? Observant le groupe de
nobles qui franchissait le second pont, Robert de
Locksley remarqua qu'ils étaient en robes et manteaux. Armés, certes, mais sans haubert, écu ou casque. Il n'y avait avec eux qu'une dizaine de gardes en
salade et camail avec des arcs et des lances. Malgré

---

1. Le grand chambellan contrôlait les shérifs, chargés de collecter
l'impôt.

cela, il décida de s'approcher, restant cependant à une distance telle qu'on ne puisse le reconnaître, car il pouvait bien y avoir parmi eux quelque Normand qu'il ait rançonné à Sherwood ou connu en Palestine.

Allongé dans l'herbe, Guilhem se reposait. Non loin de lui, Anna Maria plaisantait avec son frère. Leurs instruments étaient sur leurs manteaux, à côté de quelques flacons de vin et des reliefs de leur repas.

Dès qu'il entendit la troupe, car les seigneurs parlaient bruyamment entre eux, Guilhem se leva, brusquement sur ses gardes. Il lança un regard vers l'auberge et constata que Robert de Locksley était aussi aux aguets.

De nouveaux badauds s'étaient rassemblés mais ils restaient à une distance respectueuse, simplement curieux de savoir ce que voulaient les barons.

Les écuyers et les pages, en tête du cortège, s'écartèrent, laissant la place à trois hauts seigneurs. Tous avec des ceinturons aux boucles ciselées et de larges et lourdes épées.

Parmi eux, il y avait le grand chambellan, Aubrey de Vere, qui avait donc changé son haubert pour une robe brodée à ses armes. Il fit quelques pas lents et imposants vers Guilhem.

— La paix de Dieu soit avec toi, jongleur. Ta ballade m'a étrangement ému, lança-t-il d'une voix grave et majestueuse.

Son compagnon, un seigneur à la barbe noire, longue et frisée et dont la rougeur des joues trahissait le goût pour la dive bouteille, demanda d'une voix avinée :

— Quel est ton nom, gentil jongleur ?

— Guilhem Adémar, nobles seigneurs. Je viens d'Albi.

— Que viens-tu faire ici ? s'enquit le troisième, sévèrement.

À son maintien hautain, c'était visiblement un homme qui ne savait parler que sévèrement.

Grand, maigre et musculeux, les deux mains posées sur la garde de son épée, il avait le visage dur et dédaigneux de celui pour qui la vie humaine n'avait aucune valeur.

— Je suis pauvre, seigneur, et je parcours l'Europe. J'étais, il y a peu, en Allemagne.

— Es-tu allé à Paris ? demanda celui à la barbe noire et frisée.

— Non, seigneur, je n'aime guère le roi de France.

— Tu préfères Richard ! semble-t-il, fit celui qui avait écouté son chant avec un sourire bienveillant.

— En effet, seigneur. Je ne m'en cache pas.

— Es-tu féal serviteur de son frère, notre roi ? demanda le musculeux avec une sorte de dédain.

— Je suis féal serviteur du roi d'Angleterre, du duc de Normandie et du duc d'Aquitaine, messire.

La réponse ambiguë dut leur convenir, car tous trois hochèrent la tête.

— Et eux, qui sont-ils ? s'enquit le grand chambellan en désignant Anna Maria et Bartolomeo qui s'étaient agenouillés.

— Mon frère et ma sœur, nobles seigneurs.

— Présente-toi à la barbacane après vêpres, avec ton frère et ta sœur. Tu nous distrairas ce soir, pendant le souper, annonça l'homme à la barbe frisée.

Il s'adressa au musculeux :

— Guillaume, tu préviendras le sergent de garde qui les conduira dans la grande salle.

Guilhem comprit que l'entretien était terminé et s'agenouilla, baisant le bas de la robe de celui qui les avait invités, certainement le plus important des barons.

Celui-ci parut satisfait. Sans un regard pour la badaudaille, il se retourna dignement et se dirigea vers le pont. La troupe le suivit.

Quand ils eurent passé la barbacane, Guilhem et ses compagnons se relevèrent, dissimulant un regard satisfait. Plusieurs des badauds se pressèrent alors autour d'eux pour les féliciter.

— Compère, tu as une sacrée chance ! s'exclama le dresseur de chiens avec une ombre d'envie.

— Qui étaient-ils ? demanda Guilhem autour de lui.

— Celui qui t'a invité est Roger Fitz Renfred, le constable gouverneur de la Tour, répondit le marchand de vin.

— Et ce Guillaume ? demanda Anna Maria.

— Son lieutenant, Guillaume de La Braye. Un homme craint ici, autant qu'un vieux loup affamé en janvier !

Chapitre 28

Préférant se reposer, ils ne reprirent pas leur spectacle, car ils devinaient que la soirée serait épuisante. D'ailleurs, pourquoi l'auraient-ils poursuivi puisqu'ils avaient obtenu ce qu'ils souhaitaient ? Ils restèrent donc seulement à regarder les autres jongleurs, le dresseur de chiens et le briseur de chaînes.

Quant au funambule, qui avait enfin obtenu le droit de tendre sa corde, il traversa plusieurs fois le fossé, faisant des sauts de plus en plus périlleux jusqu'à ce qu'il tombe dans l'eau croupie sous les rires de la foule.

Guilhem, Anna Maria et son frère en profitèrent pour s'éclipser et rejoindre leurs compagnons à l'auberge Sainte Catherine où ils racontèrent la venue du gouverneur et son invitation. Furnais leur décrivit alors, une nouvelle fois, l'intérieur de la tour blanche et la salle où ils allaient jouer. Quand Guilhem fut certain de pouvoir s'y retrouver, il songea à l'aviseux de Locksley qui pourrait bien être présent à son spectacle.

— Vous ne m'avez pas décrit ce pendard. À quoi ressemblait-il ?

— Jeune, pas très grand, plutôt trapu, répondit Ranulphe.

— C'est surtout son expression qui m'a frappé, ajouta Locksley après un instant de réflexion. Il avait un air de sottard, un vrai balourd. Quand j'ai vu son visage, j'ai pensé que je m'étais trompé, que ce n'était pas un espion mais un coquard qui me suivait par hasard.

— Moi, c'est sa vigueur et sa force qui m'ont pris de court ! intervint Cédric.

— C'est vrai qu'il paraissait balourd, reconnut Ranulphe. Ça a endormi ma méfiance. Je ne m'attendais pas à ce qu'il réagisse si vite.

Jehan le Flamand ne prit pas la parole, mais approuva de la tête.

— Un portrait inquiétant, grimaça Guilhem. Qui diable peut être cet homme ?

Peu avant vêpres, ils reprirent le chemin du château avec leurs instruments. Guilhem et Bartolomeo avaient gardé leur dague.

À la barbacane, un sergent, prévenu de leur arrivée, les accompagna au corps de garde où se tenaient une dizaine d'archers qui firent toutes sortes de manières à Anna Maria pour qu'elle s'intéresse à eux. Elle les ignora, aussi les fit-on passer rapidement dans la cour où le sergent les conduisit jusqu'à une estacade en grosses poutres à l'intérieur de laquelle grimpait un escalier de bois de deux bonnes toises. Ils l'empruntèrent et, par une ouverture sous une arche, ils pénétrèrent dans une salle sombre où brûlaient des torchères de joncs.

Quelques chevaliers se trouvaient là. En particulier celui qui paraissait si craint des gens de Londres : le lieutenant du gouverneur, Guillaume de La Braye.

— Vous voilà enfin ! aboya-t-il d'un ton désagréable en les voyant entrer. Je vais vous montrer la salle du banquet mais, jusqu'au souper, vous resterez ici avec les gardes. Tentez de sortir et je vous fais pendre ! Vous commencerez immédiatement après le son du cor.

Sans leur accorder plus d'attention, il se dirigea vers l'une des lourdes tentures brodées du léopard d'Angleterre qui séparaient la pièce de la grande salle. Il la franchit. Les trois ménestrels le suivirent.

Le mur de séparation faisait au moins sept pieds d'épaisseur. De l'autre côté, Guilhem découvrit une immense salle rectangulaire sombre et enfumée dont le plafond était soutenu par une double rangée de poteaux de bois. Entre eux étaient dressées trois tables en forme de U. La plus courte était près de la grande cheminée où s'activaient cuisiniers et marmitons devant des pots, des poêles et des broches suspendus à des crémaillères. Sur les murs étaient accrochées des tapisseries noircies par le suif et des panoplies de vieilles armes. Le sol en pierre était couvert d'herbe fraîche. Des groupes de seigneurs en robe et des templiers en manteau blanc conversaient bruyamment en vidant de grands gobelets d'ale.

Un peu partout, bouteillers, celleriers, panetiers et sommeliers s'activaient, posant pots de vin et gros pain sur les huchoirs et les dessertes. Dans une autre cheminée rôtissait un chevreau.

— Pourrons-nous prier avant le spectacle, noble seigneur ? demanda timidement Anna Maria. Nous avons l'habitude de le faire pour que saint Julien nous inspire.

La Braye parut contrarié par cette demande inattendue, mais il agréa.

— Renaud ! se tourna-t-il vers l'un des gardes, conduis-les à la chapelle de César, mais ne les quitte pas. Tu les ramèneras ensuite dans la salle des gardes.

Le lieutenant du gouverneur rejoignit alors un groupe de chevaliers.

Le nommé Renaud leur fit signe de les suivre. Ils se dirigèrent vers la grande cheminée. À gauche, un passage conduisait à un escalier et à un couloir. Furnais ne leur avait pas parlé de cet escalier, remarqua Guilhem. Conduisait-il à la chambre de La Braye ?

Au bout du couloir, ils entrèrent dans une chapelle à l'extrémité semi-circulaire. Guilhem leva les yeux. Sa hauteur était telle qu'elle communiquait par une galerie avec l'étage supérieur, là où logeaient le grand justicier et le grand chambellan. Anna Maria s'avança avec son frère jusqu'à l'autel situé entre deux rangées de grosses colonnes. Ils s'agenouillèrent.

— Jules César n'était pas chrétien, il n'a jamais construit de chapelle, chuchota Guilhem à son guide.

— On dit pourtant que c'est lui qui l'a bâtie, donc ce doit être vrai, répliqua sèchement le sergent. Depuis, la chapelle est consacrée à saint Jean.

Il se signa et Guilhem fit de même. Puis il rejoignit les autres pour faire semblant de prier saint Julien.

Comme ils revenaient de la chapelle, ils virent La Braye se diriger vers eux accompagné d'un jeune homme blond à la démarche affectée. Sur sa robe de laine, il portait une chasuble sans manches en soie doublée de fourrure et bordée d'un passement de petites tours crénelées. Par-dessus, un double baudrier d'argent serrait sa taille où pendait une courte épée à la poignée dorée. À quelques pas derrière lui suivait un jeune homme trapu à l'expression de benêt.

Avec stupéfaction, Guilhem reconnut les deux invités présents à la table d'honneur, lors du banquet de Bordeaux. Le jeune homme blond était celui au couteau à manche d'argent et qui demandait régulièrement une aiguière pour garder les mains propres. Quant à son compagnon à l'air balourd, il était évident que c'était l'aviseux qui avait suivi Locksley. Celui qui avait tué Mathilde.

Il s'était complètement trompé sur eux lors du banquet. Il saisit la main d'Anna Maria et la serra de toutes ses forces pour qu'elle se tienne sur ses gardes.

— Ce sont eux, Dinant ! lança La Braye avec rudesse en les désignant.

Guilhem s'inclina pour dissimuler son trouble.

Dinant ! Ce ne pouvait être que le Dinant dont lui avait parlé Malvoisin à Paris[1] ! L'âme damnée du roi Jean, celui qui avait préparé la mort du roi Richard en la camouflant sous un tir de carreau d'arbalète à Châlus ! Celui qui avait tenté de faire tuer le roi de France à Notre-Dame !

C'était lui leur mystérieux ennemi ! Il se sentit soulagé d'avoir au moins percé une partie du mystère. Quoi qu'il advienne, être venu dans la Tour n'aurait pas été inutile.

— Vous venez du Limousin ? m'a dit La Braye, s'enquit Dinant d'un ton dubitatif très déplaisant.

— Oui, noble seigneur, mais nous étions ces derniers temps en Allemagne.

— Je ne vous ai jamais vus, remarqua le jeune homme avec une ombre de soupçon. Avez-vous joué en Normandie ?

— Rarement, noble seigneur, nous ne connaissons personne qui pourrait nous faire inviter chez de nobles seigneurs ou à la cour du roi Jean.

Pris d'une idée, il ajouta avec servilité :

— Mais j'ai appris que la duchesse Aliénor était à Bordeaux, noble seigneur. Quand nous quitterons Londres, nous partirons là-bas, car on dit qu'elle aime les troubadours.

— Elle n'y sera plus ! laissa tomber Dinant. Elle en est déjà partie.

— En êtes-vous certain, noble seigneur ? demanda Guilhem, se forçant à prendre un air navré.

— Certain, balandeur[2] ! J'ai quitté Bordeaux il y a un mois et elle devait partir le surlendemain du jour où ma nef a mis les voiles.

---

1. Voir : *Paris, 1199* (Éditions J'ai lu).
2. Faiseur de tours.

— Oserais-je vous supplier, vénéré seigneur...
Puisque vous connaissez la mère du roi... Accepteriez-
vous de nous introduire à la cour ?

— Peut-être, mais j'attendrai d'abord de voir ce que
vous savez faire et comme je pars dans quelques
jours, vous devrez venir à Rouen, nous en reparlerons
là-bas...

— Voici le grand justicier, Dinant, l'interrompit
La Braye, allons le saluer. Quant à toi, jongleur,
prépare-toi. Le souper va commencer.

— Et pour nos gages, seigneur... s'enquit humblement Guilhem.

— Renaud, dit La Braye au sergent, trouve le bayle.
Qu'il leur donne trois pennies d'argent.

La Braye, Dinant et son compagnon s'éloignèrent,
tandis que le sergent les raccompagnait dans la salle
des gardes où il leur demanda d'attendre pendant
qu'il partait chercher le bayle.

— C'est Dinant notre homme, souffla Guilhem à
Anna Maria et à Bartolomeo. C'est lui qui a fait tuer
Mathilde. C'est lui aussi qui a fait assassiner Richard.
Plus un mot maintenant !

Ils s'assirent sur une banquette. Peu après, le sergent revint avec un clerc en garde-corps gris perle.
De mauvaise grâce, l'homme leur remit les pièces et
repartit.

— Ce seigneur de Dinant semble être un homme
important, déclara Guilhem au sergent d'une voix
admirative.

— Il l'est ! Il est arrivé il y a trois jours et a été aussitôt reçu par le grand justicier.

— Il venait de Bordeaux ?

— Oui, en nef, avec ses hommes.

— J'aimerais bien entrer au service d'un tel seigneur ! soupira Guilhem. Je suppose qu'il a une nombreuse suite.

— Pas si nombreuse que ça. Il n'a qu'un écuyer, le
sottard qui était avec lui.

Guilhem eut un sourire complice.

— Comment s'appelle-t-il ?

— Peter Mauluc.

Guilhem se jura de ne jamais oublier ce nom. Le nom de l'assassin de Mathilde.

D'autres seigneurs arrivaient et traversaient la salle des gardes en se pressant, sachant que le grand justicier était déjà là. Guilhem vit passer le grand chambellan, qui le salua d'un geste amical, puis les gardes se rassemblèrent le long des tentures d'où ils pouvaient voir l'avancement du dîner et le spectacle qui allait se dérouler.

Guilhem et Anna Maria prirent leurs instruments et s'installèrent aussi à une tenture, prêts à sortir à tour de rôle.

Dans la salle régnait une grande agitation. Chacun s'asseyait soit à sa place habituelle, soit à celle que lui indiquait le chambellan chargé du protocole. Près de la cheminée, au haut bout, étaient déjà assis le grand justicier, le grand chambellan, quelques templiers, un évêque, le gouverneur de la Tour et d'autres seigneurs que Guilhem ne connaissait pas. Dinant était parmi eux, signe de son importance. Par contre il y avait peu de femmes et celles qui étaient présentes se trouvaient aux extrémités des tables, loin du foyer.

Les panetiers coupaient et distribuaient les tranches de pain pour les soupes pendant que des serviteurs plaçaient des volailles, du daim, du chevreuil, des lièvres et toutes sortes de poissons sur les tables. De leur côté, les échansons disposaient les vins et emplissaient coupes et hanaps. Les plus nobles seigneurs avaient près d'eux un gobelet d'argent, les autres de simples cornes ou des gobelets qu'ils se partageaient à trois ou quatre.

Quand tout le monde fut assis, un héraut sonna plusieurs fois du cor. L'évêque prononça alors une courte bénédiction, puis les valets apportèrent les soupières.

Tandis que les convives se servaient la soupe sur leur tranchoir de pain et que les écuyers tranchants coupaient les viandes, Bartolomeo entra sur les mains en sifflant comme un merle. Il s'arrêta au milieu des tables et, comme il en avait l'habitude, il se mit à jongler avec les coupes, puis avec les couteaux des convives.

Ce n'était bien sûr qu'un prélude, car après qu'il eut provoqué rires et exclamations de surprise et d'admiration, Guilhem entra à son tour, faisant tourner la manivelle de sa vielle.

Un silence plein de curiosité s'installa.

— Mes seigneurs, lança-t-il, j'ai choisi ce soir de vous chanter une ballade composée par un noble et valeureux chevalier, Bertrand de Born, seigneur de Hautefort, qui était vassal de Richard Cœur de Lion et l'aimait beaucoup.

Malgré la pénombre, Guilhem observa que Dinant fronçait le front, tandis que le grand justicier et le grand chambellan affichaient un sourire bienveillant.

— Bien me plaît le doux printemps qui fait renaître feuilles et fleurs.

Bien me plaît d'ouïr les oiseaux faire retentir leurs chants dans le bocage.

J'aime à voir dans les prairies s'élever tentes et pavillons et mon cœur s'anime en regardant, rangés au loin dans les campagnes, les cavaliers sur leurs chevaux armés.

Grande et vive est mon allégresse quand je vois castels assiégés, murs brisés et démantelés, armée campée sur le rivage entouré de larges fossés, hérissé de fortes palissades. Avant tout j'aime le noble chef qui, le premier, vole à l'attaque, sans pâlir, sur son coursier fougueux.

Nul homme n'est digne d'estime s'il n'a reçu et donné maints coups de lance.

Ces fortes et belliqueuses paroles, interprétées avec une âpre et violente musique, provoquèrent des murmures approbateurs de la part des chevaliers, et des mimiques de désaccord de la part de certains prélats. Guilhem poursuivit, chantant de plus en plus fort et engendrant, avec sa vielle, des sons rappelant les hennissements des chevaux dans les combats.

— *Quand s'engage la mêlée, nous voyons de toutes parts lances et glaives, et boucliers solides et casques*

Et les vassaux s'entre-tuant avec rage, et les chevaux des mourants mêlés à ceux des morts. Car, au plus fort de la lutte, nul homme de noble sang n'aura d'autre pensée que de fendre têtes et bras.

Beaucoup mieux vaut mourir que de vivre sans gloire. Le manger, le boire, le sommeil me flattent bien moins, je vous le jure, que d'entendre crier : Sus ! sus ! et hennir les chevaux et les hommes s'écrier : Au secours ! et de voir le long des fossés tomber sur l'herbe petits et grands, et leurs corps transpercés par des tronçons de lances !

Barons, mettez en gage châteaux, fermes et cités, avant qu'on ne vous fasse la guerre !

Il s'inclina pour saluer le grand justicier, provoquant un tumulte de vivats et d'applaudissements.

Jetant un coup d'œil rapide vers les tentures qui séparaient la grande salle de la salle des gardes, il vit que la plupart des gardes étaient passés de l'autre côté, pour mieux entendre. C'était ce qu'il espérait.

Profitant de l'intermède, les valets et les pages servirent aux convives de petits oiseaux sauvages en brochettes pour qu'ils en coupent la quantité qui leur convenait. Pendant ce temps, Anna Maria rejoignit Guilhem et ils jouèrent ensemble une douce musique afin de faire revenir l'attention.

Un certain calme s'étant installé, Guilhem proposa aux barons du haut bout le chant que lui avait appris

Gaucelm Faydit quelques semaines auparavant, à Toulouse. Une fois encore, un chant en l'honneur de Richard.

— *C'est chose cruelle qu'il faille entendre, le plus grand malheur et la plus grande douleur que vous puissiez jamais avoir.*

Celui qui était le chef et le père, le puissant et le vaillant roi des Anglais, Richard est mort.

Hélas ! Mon Dieu, quel deuil et quelle perte ! Quelle nouvelle pénible à entendre ! Il a le cœur bien dur l'homme qui peut la supporter. Le roi est mort, et mille ans se sont passés sans qu'il mourût un homme dont la perte fût aussi grande.

Jamais il n'a eu son pareil !

Jamais personne ne fut aussi loyal, aussi preux, aussi hardi, aussi généreux ! Alexandre, ce roi qui vainquit Darius, ne donna jamais davantage.

Je ne crois pas que Charlemagne ni Arthur le valussent.

Pour dire la vérité, il se fit, partout, redouter des uns et chérir des autres. Voilà qui m'étonne bien, c'est qu'en ce monde si pervers ne puisse subsister un homme libéral et courtois !

La mort vient de nous montrer ce qu'elle peut faire de pis en nous enlevant d'un seul coup tout le mérite, toute la gloire, tout l'esprit, toute la joie de ce siècle.

Hélas ! Vaillant seigneur, que deviendront désormais les belles passes d'armes et les grands tournois à l'épaisse mêlée, et les brillantes cours, et les belles et grandes largesses, maintenant que vous n'êtes plus là, vous qui en étiez le chef et la source ?

Que deviendront, abandonnés au malheur, ceux qui s'étaient mis à votre service, et qui attendaient que la récompense arrivât ?

Que deviendront, réduits à se donner la mort, ceux que vous aviez fait parvenir au faîte de la richesse ? Ils traîneront dans de longs ennuis une pénible existence.

Les dernières strophes furent prononcées avec une extrême affliction, assortie de sons si mélancoliques et lancinants qu'ils ressemblaient à des pleurs, aussi, quand il eut terminé, le silence tomba dans la salle. Nombreux étaient les chevaliers, pourtant tous plus cruels et féroces les uns que les autres, qui essuyaient des larmes.

Une nouvelle fois, Guilhem salua avant d'annoncer la plus connue et la plus talentueuse des ménestrelles de France.

Anna Maria entra, joyeuse et souriante, pinçant les cordes de sa petite harpe, et commença aussitôt une vieille ballade anglaise apprise à Huntington et que tout le monde connaissait dans l'assistance :

— Je te donnerai, bonhomme, une année ou deux
Pour chercher à travers l'Europe, depuis l'Espagne jusqu'à Byzance,
Et tu ne trouveras jamais, quelque étendue que soit la revue,
Un homme aussi heureux que le carme déchaussé.
Le monarque, bah ! le prince a été connu
Pour avoir changé sa robe contre le froc et le capu-chon ;
Mais lequel d'entre nous a jamais eu le vain désir
De troquer contre une couronne le capuchon gris du carme déchaussé.

Pendant qu'elle chantait ainsi, la chanson ayant plusieurs couplets, Bartolomeo jonglait avec les gobelets et lorsqu'elle parla du *capuchon gris du carme déchaussé*, refrain de la ballade, il le fit répéter en chœur par toute l'assistance.

Guilhem franchit la tenture et vit qu'il n'y avait plus aucun garde. Tous étaient de l'autre côté pour voir et entendre Anna Maria.

Il attendit un instant, observant le banquet en écartant une tenture. On servait le chevreau et toutes sortes de rôts. Le vin avait déjà embué bien des esprits.

Anna Maria salua et remercia son public avant de commencer une nouvelle ballade dont Bartolomeo devait mimer grotesquement les personnages.

Tandis que s'élevait la voix cristalline de la comtesse de Huntington, Guilhem s'éclipsa, sachant qu'elle et son frère parviendraient à retenir l'attention des hommes d'armes pendant un moment. En s'éloignant, il entendit :

— La garde d'une fille est chose mal aisée,
Instruisez-la, vous la rendrez rusée.
Sans peine à vous tromper, elle réussira.
Rendez-la sotte, hélas ! Simple sans artifice,
Par ignorance, elle fera
Ce que fait l'autre par malice...

Il se précipita dans l'escalier qu'il descendit quatre à quatre, évitant quand même de faire du bruit, car il ignorait si des hommes se trouvaient en bas.

Il déboucha dans une salle identique à la salle des gardes, mais encore plus sombre, car à peine éclairée par une lanterne à huile. Elle était meublée d'un grand lit fermé et de coffres massifs.

L'obscurité n'embarrassait pas Guilhem car, grâce aux indications de Furnais, il se repérait parfaitement. Il distingua la porte en face de lui et s'y dirigea. Elle n'était pas fermée à clef. Les gonds grincèrent légèrement quand il entra dans la chambre voûtée, là où habitait La Braye.

C'était une salle de petite taille tant les murs devaient être épais. La lumière pénétrait par des meurtrières profondément enfoncées dans des embrasures. Il y avait un lit, un grand coffre de bois, une table et un banc ainsi que deux tabourets.

Et près du lit, un gros coffre de fer au couvercle triangulaire renforcé de pentures rivetées. Il s'y précipita pour l'ouvrir, écartant l'escarcelle posée dessus.

Il était fermé à clef.

— Qui êtes-vous ?

La voix résonna dans son dos. Il se figea un instant avant de se retourner lentement.

C'était un domestique en aumusse, mais pas un clerc, car il n'était pas tonsuré. Il devait avoir la trentaine et le visage méfiant de celui qui détient l'autorité. Un valet de chambre ?

— Le seigneur de La Braye m'a demandé de lui apporter cette escarcelle, répondit Guilhem d'une voix égale.

— Qui êtes-vous ? Je ne vous connais pas.

— Je suis au comte d'Oxford, je suis arrivé tout à l'heure, assura Guilhem, prenant l'escarcelle comme si ces questions l'importunaient.

Il s'approcha du domestique, le sourire aux lèvres.

Peut-être convaincu, l'autre parut hésiter à poser une autre question.

Promptement, Guilhem sortit sa dague et la lui enfonça sous la côte, transperçant le cœur. Le domestique s'affala. Guilhem le soutint par le dos, essuyant la dague à l'aumusse avant de la rengainer.

Vérifiant qu'il n'y avait pas de sang sur le sol, il regarda autour de lui pour cacher le corps. C'est alors qu'il vit l'autre porte. Une porte ferrée avec de grosses pentures et un verrou.

Il se souvint que Furnais avait parlé d'un cachot.

Posant le cadavre, il s'y précipita et tira le verrou. C'était une basse-fosse d'où remontait une odeur de pourriture. Il alla chercher le mort et le tira jusqu'au cachot où il le poussa au fond, dans l'obscurité. Puis il sortit, ferma la porte et tira le verrou. Il vérifia rapidement qu'il n'y avait aucune trace de son crime avant de revenir au coffre, essayant de forcer la serrure avec sa dague. Il comprit très vite que c'était impossible. Il passa rapidement en revue la chambre, cherchant la clef qui aurait pu être cachée, vérifiant même sous le lit et le matelas. Rageant, il abandonna. Il n'avait plus le temps.

Il sortit, ferma la porte derrière lui et remonta lentement l'escalier. La salle des gardes était toujours déserte et il entendit le chant d'Anna Maria.

Saisissant sa vielle posée sur un coffre, il souleva la tenture et entra dans la salle. Anna Maria avait terminé et Bartolomeo s'apprêtait à faire quelques tours de magicien quand il se mit à tourner la manivelle de l'instrument de musique et commença gravement le chant composé par le roi Richard, alors qu'il était prisonnier.

— *Maintenant je sais parfaitement*
Que mort ou prisonnier n'ont amis ni parents,
Puisqu'on m'abandonne pour de l'or ou de l'argent.
C'est grave pour moi, mais plus encore pour mes gens,
Qui après ma mort seront déshonorés
Si longtemps je reste prisonnier.
Il n'est pas étonnant que j'aie le cœur affligé
Puisque mon seigneur malmène mes terres.
S'il se souvenait de notre serment
Que nous fîmes tous deux d'un commun accord,
Je suis bien certain qu'ici je ne serais pas
Longtemps prisonnier.

Presque tout le monde l'écoutait religieusement. Il joua un instant le refrain, sans prononcer une parole, et observa que Dinant s'était plongé dans le contenu de son assiette, tandis que ses voisins avaient cessé de manger.

— *À mes compagnons que j'aimais et que j'aime,*
À ceux de Caen, à ceux du Perche,
Dis pour moi, chanson, qu'ils ne sont pas fidèles

*Et que jamais mon cœur ne fut pour eux faux ni
volage.
Ils se conduisent en vilains s'ils me font la guerre
Tant que je suis prisonnier !*

Il lança un dernier accord avant de s'incliner.

— Par ma foi ! s'écria le grand justicier en se
levant, tu as chanté juste et vaillamment, l'ami !

Plusieurs voix se levèrent pour approuver.

— Viens donc parmi nous partager ce repas ! Vous
autres (il désigna quelques pages et quelques sergents
en bout de table), faites de la place pour le gentil troubadour qui nous a rappelé combien nous regrettons
le valeureux Richard au Cœur de Lion.

Guilhem s'exécuta et un valet lui tendit une tranche de pain avec un morceau de chevreau. Anna
Maria et Bartolomeo n'avaient pas été invités, mais
eux n'avaient pas chanté la gloire du Cœur de Lion.

Chapitre 29

Les gardes leur ayant ouvert la porte, ils descendirent l'escalier de bois jusqu'à la cour, à peine éclairée par quelques flambeaux. Un sergent les précédait, aussi n'échangèrent-ils pas une parole.

Le souper s'était terminé un peu plus tôt. Plusieurs chevaliers s'étaient écroulés sous la table, assommés par les viandes et les vins. D'autres étaient encore à leur place, les yeux hébétés et l'esprit embrumé par l'alcool, songeant au roi Richard dont le troubadour avait si bien chanté la gloire. Rares étaient ceux toujours lucides. Ceux-là parlaient entre eux du roi Jean, du prochain mariage entre Blanche et Louis, et des difficultés qu'ils avaient pour encaisser les taxes que leurs paysans et leurs serfs leur devaient.

Dinant avait quitté la table parmi les premiers. Dans la salle des gardes, Anna Maria et Bartolomeo, à qui on avait porté à manger quelques restes, l'avaient vu sortir avec son écuyer. Ils ne logeaient donc pas dans la tour blanche.

Peu après, Guilhem s'était levé à son tour pour aller saluer le grand justicier et le grand chambellan. Ce dernier lui avait demandé de revenir dimanche après la messe. Il y aurait un grand banquet, avant le départ de ceux qui se rendaient au mariage entre la nièce du roi Jean et le fils du roi de France, et il voulait un beau spectacle.

Dans la cour, Bartolomeo alluma la petite lanterne qu'il avait pris la précaution d'apporter. Guilhem avait hâte d'être hors de la Tour. Jusqu'à présent, il n'avait rien dit à ses compagnons et l'inquiétude le rongeait. Lorsqu'il était parti, Guillaume de La Braye était encore à table, dans combien de temps la quitterait-il pour se rendre dans sa chambre ? Quand s'apercevrait-on qu'un domestique avait disparu ? Le chercherait-on dès ce soir ? Fouillerait-on alors le cachot ?

Au début de l'aventure, Guilhem était persuadé que prendre le testament de Richard serait tâche impossible et c'est ce défi qui l'avait séduit. Puis il avait fini par croire qu'il y parviendrait et lorsqu'il avait pénétré dans la chambre de La Braye, il était persuadé d'avoir réussi. La désillusion était à la mesure de ses espérances et la mort du domestique condamnait toute nouvelle tentative.

C'était un échec. Ils n'avaient plus d'autre choix que celui de s'enfuir. Guilhem décida qu'ils achèteraient des chevaux dès l'aurore et qu'ils quitteraient Londres immédiatement. En galopant sans cesse et en changeant de montures, ils pourraient être dans un port en soirée et embarquer très vite pour la France.

En se dirigeant vers le châtelet d'entrée, le sergent d'armes posa quelques questions à Anna Maria auxquelles elle répondit par des mots d'italien. Dépité, il décida de l'ignorer et, à peine entré dans le corps de garde, il donna des ordres pour qu'on les fasse sortir.

Leurs instruments sur les épaules ou à la main, ils traversèrent la petite salle au sol couvert de paille où sommeillaient quelques soldats couchés sur des bancs ou simplement par terre. On leur ouvrit l'autre porte du châtelet et on les abandonna sur le pont dormant.

Ils passèrent le pont de bois. Devant le fossé, les baraques étaient fermées, la seule lumière était celle du corps de garde et, plus loin devant eux, celles de la ville d'où provenaient de sourdes et lointaines rumeurs. Autour d'eux, les crapauds coassaient lugubrement. Il n'y avait personne pour les écouter.

— Y êtes-vous parvenu, Guilhem ? demanda alors Anna Maria.

— Non. Je suis arrivé dans la chambre de La Braye, j'ai vu le coffre mais il était fermé et je n'ai pu l'ouvrir.

— Que la peste emporte cet homme trop méfiant ! ragea Bartolomeo.

— Il y a plus grave, amis. Un homme m'a surpris, un domestique. J'ai dû le tuer et j'ai mis son corps dans un cachot. Quand on le découvrira, ce sera la curée. On comprendra vite que c'est nous. Surtout avec Dinant dans la Tour.

— Dieu tout-puissant, nous sommes perdus ! murmura Anna Maria.

— Nous partirons demain matin. Pour l'instant, le grand justicier et La Braye ignorent où nous logeons. Pour rentrer à l'auberge, passons par la rue de la Tour et Water Lane. Si quelqu'un nous observe depuis le corps de garde, il n'imaginera pas un instant que nous logeons près de la Tamise alors que nous partons dans la direction opposée.

Tandis qu'ils se dirigeaient vers l'église de Barking, une nuée de corbeaux qui sommeillaient sur l'herbe s'envola, provoquant un cri de frayeur d'Anna Maria. Ils n'avaient pourtant ressenti que le souffle des ailes et entendu que leurs battements, mais cet envol faisait immanquablement penser à celui des démons.

Eux pouvaient entrer et sortir librement de la Tour, songea Guilhem avec une sombre ironie.

Sortir…

Ce mot le frappa comme l'aurait fait un violent coup d'épée sur son écu.

Sortir ! Pourquoi n'y avait-il pas pensé plus tôt ?

Une plume tombée d'un des oiseaux effleura son visage. Il la rattrapa d'un geste et sut qu'il tenait la solution. La Tour de Londres n'avait jamais été l'endroit pour voler le testament.

Il y avait un moyen très simple de se saisir de ce précieux document. Le procédé serait habile et élégant, mais difficile à mettre en œuvre, car il faudrait tromper Dinant.

Dans certains de ses tours, Bartolomeo parvenait à faire croire qu'une illusion était la réalité. Était-il possible de concevoir une mystification qui abuserait les barons de Jean ?

L'esprit fertile de Guilhem se mit en action et les éléments d'un subterfuge se précisèrent peu à peu. Il les passa en revue sans y trouver de faille et sentit l'excitation monter en lui. Il était possible de manipuler Dinant, le grand justicier et La Braye, mais pour éviter leur défiance, il fallait leur faire avaler une histoire irréfutable. Le seul moyen d'y parvenir était qu'une mort abominable attendrait ceux qui y participeraient. Le prix de cette illusion serait donc cruel. Ses compagnons accepteraient-ils d'en être ?

Dans la rue de la Tour, il y avait un peu de clarté, car des coupelles de fer où brûlait du suif ou de la graisse étaient suspendues devant quelques maisons. Ils entendirent des éclats de voix venant d'une taverne et se pressèrent. Guilhem craignait par-dessus tout une altercation avec la ribaudaille, surtout en compagnie d'Anna Maria. Heureusement la rue était vide. Ils tournèrent à gauche dans le chemin qui conduisait au Vieux Cygne, mais à partir de là, c'était l'obscurité.

Guilhem jeta sur une épaule la lanière de la boîte à vielle et tira la dague qu'il portait à sa ceinture. Bartolomeo fit comme lui, ayant donné la lanterne à sa sœur.

Ils allaient atteindre sans encombre la rue de la Tamise quand des voix avinées les interpellèrent. Guilhem poussa Anna Maria dans le retrait d'une maison à colombages et ils se mirent devant elle pour la protéger.

— Cache ta lame, souffla Guilhem à Bartolomeo.

— Compaing, c'est une putain ! cria une voix en apercevant la robe d'Anna Maria.

Ils parlaient un patois normand. C'étaient sans doute des marins.

Ils s'approchèrent en titubant, ils étaient trois. Bartolomeo n'en menait pas large et Guilhem n'avait pas envie de perdre son temps. Tant pis pour ceux-là qui ne reverraient jamais la Normandie, se dit-il.

Les trois brutes avinées tenaient de longs bâtons menaçants.

— Écartez-vous, compaings ! lança le plus audacieux. Après notre affaire, on vous la rendra !

Menaçant, il leva son bâton en voyant que les deux hommes ne bougeaient pas.

Guilhem lui lança sa lame dans le ventre. La lourde lame y pénétra avec un floc écœurant et le sang jaillit. L'homme se plia en deux, ne comprenant pas immédiatement d'où venait sa douleur. En même temps, Guilhem attrapait sa perche et la lui arrachait des mains. D'un violent coup latéral, il brisa la mâchoire de celui qui était juste derrière son adversaire, puis il frappa avec l'extrémité du bois dans le ventre du troisième, lui éclatant plusieurs organes.

— Déguerpissons ! lança-t-il en jetant le bâton et en récupérant la lame dans le ventre de celui qui agonisait.

Anna Maria et Bartolomeo étaient terrorisés par ce brusque accès de violence qui n'avait pas duré le temps d'une patenôtre. Ils obéirent en silence.

À proximité du Vieux Cygne, Guilhem retrouva son calme, mais resta furieux contre lui-même. Il aurait dû se retenir et éviter de tuer ou de blesser gravement ces trois pauvres marins, se morigéna-t-il. Il s'interrogea une fois de plus sur la violence qui le dominait si souvent.

« Je suis au Diable, et j'y reviendrai », disait Richard Cœur de Lion. Guilhem songeait qu'il était le même genre d'homme que le roi d'Angleterre. Sanceline aurait pu le sauver, mais elle l'avait quitté.

Ils passèrent par la cour déserte, à peine éclairée par des lueurs vacillantes venant de l'auberge, et s'arrêtèrent près d'un sombre cellier. Là aussi, personne ne pouvait les entendre.

— Anna Maria, Robert doit t'attendre, tu lui raconteras ce qui s'est passé. Parle-lui de Dinant, il comprendra. Comme je vous l'ai dit, on doit partir, mais finalement on ne le fera que dimanche.

— Pourquoi ? glapit Bartolomeo, pris de peur. On va nous chercher, demain !

— Rien ne dit qu'on trouvera si vite celui que j'ai tué, et il y a des centaines d'auberges à Londres. Pourquoi nous chercherait-on ici ?

— Ils nous trouveront ! insista Bartolomeo, buté.

— J'ai besoin de la journée de demain, l'ami. Je viens de trouver un moyen pour obtenir le testament. J'aurais dû y penser plus tôt. Voilà ce qu'on va faire…

Il expliqua son plan. Comme il faisait nuit, il ne put voir les expressions des visages d'Anna Maria et de Bartolomeo. Mais il devinait qu'ils étaient horrifiés par son idée.

— Anna Maria, parle de ça ce soir à Robert. Bartolomeo, veux-tu vider une pinte d'ale avec moi ?

— Merci, seigneur, mais j'ai besoin de dormir, répliqua l'Italien d'une voix sans chaleur.

Guilhem n'insista pas. Il savait depuis longtemps que les entreprises reposant sur la trahison étaient peu appréciées, surtout si elles étaient proposées par des mécréants comme lui.

Il entra dans la grande salle où restaient encore quelques hommes jouant aux cartes ou sommeillant devant le feu presque éteint. Parmi eux, il y avait Ranulphe, les yeux dans le vague.

Cédric n'était pas là, peut-être était-il avec quelque puterelle qui parlait sa langue. Le Flamand non plus n'était pas là, mais lui devait déjà dormir.

C'était bien que Ranulphe soit seul. Il allait enfin avoir une explication avec lui. Ce qu'il allait lui dire n'allait pas lui plaire.

L'autre se raidit en le voyant approcher.

— Ranulphe, nous avons à parler !

Le lendemain, il ne faisait pas encore jour quand Guilhem et Bartolomeo furent réveillés par Robert de Locksley qui tambourinait à la porte de leur chambre.

— Je croyais que le temps nous manquait ! ironisa-t-il.

Guilhem sortit du lit en se frottant les yeux.

— Anna Maria m'a tout raconté et je viens de parler à Ranulphe, ajouta-t-il d'un ton plus sombre.

— Je l'ai vu hier soir. Cela n'a pas été facile.

— Je m'en doute bien. Anna Maria m'a dit que Dinant était à la Tour, et qu'il arrivait de Bordeaux.

Guilhem dormait en chemise et en braies. Tout en parlant, il enfila ses chausses de laine et serra les jarretelles à la taille. Puis il mit son doublet de lin et passa sa robe avec l'aide de Bartolomeo.

— Oui, ce ne peut être que lui qui a manigancé la fin de Mercadier et qui a fait tuer Mathilde. Il était avec son écuyer, un nommé Mauluc qui ressemblait parfaitement à ton aviseux et à l'assassin de Mathilde.

— C'est la deuxième fois que nous trouvons ce Dinant sur notre chemin, remarqua Locksley.

— Nous l'avons déjà vaincu, mon ami, et l'heure du châtiment approche pour lui, gronda Guilhem.

— Mais à quel prix ? grimaça le Saxon.

Il fit silence un instant tandis que Guilhem attachait les boucles de ses heuses.

— Je n'aurais jamais proposé un pareil subterfuge, tu t'en doutes. Dieu sait ce qui va se passer là-bas, dimanche. Crois-tu que Furnais fera illusion longtemps ?

— Certainement pas ; d'ailleurs, il n'en est pas capable, répliqua Guilhem brutalement. Mais ce n'est pas important !

Il serra les boucles des ceintures que lui avait tendues Bartolomeo, puis attacha son escarcelle et ceignit son épée.

— Ranulphe n'est pas plus adroit, il aura sans doute sa tête accrochée au pont, dimanche, dit Locksley en désignant la direction de la Tamise. Quant à Furnais, Jean le fera écorcher.

— Je sais tout cela, Robert, répliqua Guilhem, mal à l'aise, mais pour ces raisons, personne ne se doutera que tout est faux.

En le regardant finir de se préparer, Robert de Locksley se posait bien des questions. Du temps où il était Robin Hood, Robin au Capuchon, le shérif de Nottingham le craignait pour sa ruse, son habileté et son audace. Mais il avait toujours agi avec honneur et loyauté. Or, Guilhem n'appliquait pas de telles règles. Bien qu'il soit l'homme le plus droit et le plus fidèle qu'il connaisse, il n'hésitait pas à utiliser la forfaiture comme une arme. Aux Baux, déjà, il s'était fait passer pour un félon et il allait recommencer. Les lois de la chevalerie autorisaient-elles de telles fourberies ?

Il s'en était ouvert à Anna Maria. « Peut-être les cathares ont-ils raison, Robert », lui avait-elle tristement. « Si nous vivons dans un monde créé par le

Mal, alors Guilhem ne fait qu'utiliser les forces obscures pour que le Bien triomphe. »

L'entretien avec Furnais fut bref et presque insupportable. Mais contre toute attente celui-ci accepta, bien que Guilhem l'ait prévenu qu'il serait sans doute mort dimanche.

— Je donnerai ma vie pour mon duc, dit simplement l'ancien gouverneur d'Angers.

Ensuite Guilhem et Robert retournèrent parler à Ranulphe, qui leur confirma qu'il accompagnerait Furnais. Il est vrai qu'il risquait moins que lui, seulement personne ne se doutait des véritables raisons de son accord.

Furnais et Ranulphe partirent ensemble peu après. Le samedi, les échoppes étaient ouvertes, même si elles fermaient plus tôt. L'aubergiste leur avait indiqué le meilleur tailleur du quartier. Ils choisirent les étoffes chez un voisin drapier et le tailleur coupa les vêtements demandés sur-le-champ, leur essayant les pièces au fur et à mesure. Ensuite, Furnais lui décrivit les armes à broder et à coudre sur les cottes. Le tailleur leur promit de tout faire porter avant la nuit au Vieux Cygne.

Pendant ce temps, Cédric et Bartolomeo partaient choisir chevaux et harnachement chez un sellier, tandis que Locksley et Jehan se rendaient chez un fourbisseur, puis chez un heaumier, un haubergier et un escuier à qui ils demandèrent de faire peindre des léopards d'or sur deux écus. Le sellier s'était aussi engagé à faire des housses de palefrois brodées de ces mêmes léopards.

Guilhem, lui, était allé sur l'*Anatasie*, toujours à quai. Il avait trouvé le capitaine sur le pont de la nef, en compagnie de son cousin, le pilote. Tous deux surveillaient les marins qui nettoyaient la cale, car on y chargerait des ballots d'étoffes la semaine suivante.

— Maître Berthomieu, êtes-vous toujours prêt à m'aider ? demanda Guilhem.

— Je n'ai qu'une parole, seigneur.

— Je n'en ai jamais douté, sourit Guilhem. Voici l'équivalent de vingt livres en pièces d'argent.

Il lui remit un petit sac de toile.

— Cet après-midi, je veux que vous m'achetiez une barque avec une voile. Si vous n'avez pas assez, je vous payerai la différence. Je veux que cette barque soit à l'endroit nommé Greenwich demain soir, avec deux de vos marins. À l'embouchure de la rivière Deptford.

— Ils y seront. Ensuite ? demanda le capitaine sans poser d'autres questions.

— J'aurai besoin de la barque et des marins seulement lundi. Ils pourront rentrer le soir même. Ensuite, vous revendrez la barque et partagerez l'argent avec eux.

— Ce sera dangereux ? demanda le pilote.

— Peut-être, mais vos marins n'auront qu'à ramer. Et jusque-là, personne ne doit savoir que je suis venu vous voir.

— Vous pouvez compter sur moi, dit le capitaine.

Ils se retrouvèrent tous au cours de l'après-midi dans une chambre. Guilhem parla longuement de Dinant à Furnais. Il lui confia quel genre d'homme il était, et combien il devrait s'en méfier, ainsi que de son domestique, le nommé Mauluc. Puis il lui fit répéter son rôle et lui décrivit longuement Roger Fitz Renfred, Guillaume de La Braye, Aubrey de Vere, Geoffroi Fils-Pierre.

Ranulphe, Cédric et Jehan écoutaient sans intervenir. Ils avaient désormais un nom pour l'assassin de Mathilde : Peter Mauluc.

Chez un apothicaire, Anna Maria avait fait acheter une de ces teintures que les femmes utilisaient pour masquer leurs cheveux blancs. Elle colora les cheveux et la barbe de Furnais, car son cousin Randolf était un peu plus brun que lui. Il ignorait en revanche s'il portait une barbe, aussi tailla-t-il la sienne assez court.

Un peu plus tard, le tailleur vint avec les vêtements qu'il avait cousus et Furnais et Ranulphe les essayèrent. Leurs cottes étaient parfaitement brodées aux armes des Turnham : un léopard d'or sur un fond cramoisi entre deux losanges d'argent.

Auparavant, le sellier avait porté les houses des palefrois, et les fourbisseur, heaumier et haubergier leur avaient livré harnois et écus aux armes des Turnham.

Servi dans la chambre, le souper fut morose. Chacun pensait aux risques effroyables qu'allaient prendre Furnais et Ranulphe, et à leur honteuse fuite du lendemain.

Vaincue par la crainte qu'elle éprouvait, Anna Maria fondit en larmes à la fin du repas. Son mari tenta de la consoler mais c'est à Guilhem qu'elle s'adressa :

— Croyez-vous qu'ils vont réussir ? demanda-t-elle entre deux sanglots.

— Demain sera le dimanche des rogations, répondit-il, mal à l'aise.

Les rogations étaient les trois jours précédant l'Ascension. *Rogare* signifiant demander en latin.

— Vous savez comme moi quel Évangile est lu ce jour-là... poursuivit-il.

Anna Maria s'arrêta de pleurer. Les autres regardèrent Guilhem avec stupeur. Ce dimanche-là, le prêtre lisait l'Évangile de Jean, le chapitre 15 et le verset 7.

— *Demandez ce que vous voudrez et cela vous sera accordé*, dit Jehan le cathare qui connaissait les Évangiles par cœur.

— C'est donc à nous de demander ce soir, fit Guilhem en hochant la tête.

— Il est dit plus loin dans l'Évangile de Jean : *Il n'y a pas de plus grand amour que de donner sa vie pour ses amis*, ajouta tristement Furnais.

— Il est dit aussi : *Vous êtes mes amis, si vous faites ce que je vous commande*, conclut Guilhem en écartant les mains, avec un sourire plein d'espoir.

Chapitre 30

Le lendemain dimanche au début de l'après-midi, un chevalier et son écuyer, avec un cheval de bât en longe, se présentèrent devant le pont conduisant à la Tour. Il pleuvait, comme c'est souvent le cas à Londres.

Même trempés, les cavaliers avaient fière allure avec leurs palefrois couverts de houses brodées de léopards. À leur selle étaient attachés un écu et une hache. Le chevalier était en haubert et tous deux portaient une cotte sur laquelle étaient cousues les armes des Turnham. Les mêmes étaient peintes sur les écus.

— Mon maître, Randolf de Turnham, se rend en France pour les noces royales et demande l'hospitalité pour la nuit au gouverneur de la Tour ! lança Ranulphe.

Immédiatement, les gardes de la barbacane firent entrer le seigneur, s'étonnant seulement qu'il n'ait pas une suite plus nombreuse.

Les deux cavaliers passèrent de même le châtelet et la salle des gardes, puis, un palefrenier les ayant aidés à descendre de leurs chevaux, on les fit attendre dans la cour, tandis qu'un sergent allait prévenir le lieutenant du gouverneur.

Guillaume de La Braye arriva bien vite.

— Randolf ! s'exclama-t-il. Que Dieu te conserve en sa sainte et digne garde ! J'ignorais que tu te rendais aux noces !

Donc il me connaît, se dit Furnais en gratifiant La Braye d'un chaleureux sourire avant de se jeter dans ses bras.

— Ça fait combien de temps ? s'enquit La Braye.

— Trop longtemps, mon ami !

— Je n'ai jamais vu ton écuyer…

— Regun, noble seigneur, se présenta Ranulphe en s'inclinant. Mon père était au service du frère de mon seigneur.

— De Stephen ou de Robert ?

— De Stephen, seigneur.

— Mais vous n'êtes que deux ? s'étonna soudain La Braye.

— La peste, Guillaume, la peste ! s'exclama Furnais. La veille du jour de notre départ, l'un des quatre sergents que j'avais choisis est tombé malade, et le lendemain les autres n'étaient pas mieux. J'ai préféré partir sans attendre !

— Tu as bien fait ! Viens, je vais te montrer ma chambre, tu dormiras avec moi cette nuit. On trouvera une place à ton écuyer. Quelqu'un va prendre tes bagages. Je t'aurais volontiers laissé mon domestique, mais ce coquin a disparu !

— Disparu ?

— Oui, d'après un sergent, il a dû partir dans l'après-midi sans qu'on s'en rende compte. Mais je le fais chercher et dès qu'on l'aura trouvé, je le ferai pendre pour l'exemple.

Ils gagnèrent la salle des gardes et descendirent l'escalier à vis. Furnais et Ranulphe reconnaissaient le chemin suivi par Guilhem, et Furnais se disait qu'il allait peut-être avoir la possibilité de prendre lui-même le testament.

La Braye les conduisit dans sa chambre, mais pendant que Ranulphe aidait son maître à enlever son haubert et à passer une robe sortie des bagages, il resta avec eux, aussi ne purent-ils s'intéresser au coffre.

342

— Veux-tu écouter la messe ? Nous l'avons entendue dans la chapelle Saint-Jean, là-haut (il désigna la voûte de la chambre), mais notre chapelain la célébrera à nouveau à vêpres.

— Volontiers, j'ai grand besoin des conseils de Notre Seigneur en ce moment.

— Je te conduis dans la grande salle. Le dîner est terminé mais on pourra te servir si tu le désires. Tous les chevaliers de la Tour qui ne sont pas de service sont là-haut (il leva à nouveau un doigt), à cause de la pluie. Pour ma part, je ne resterai pas, car je dois préparer les départs pour demain. Mais tu connais tout le monde ici ! (la remarque fit frémir Furnais). Nous souperons après vêpres.

Ranulphe s'étant aussi changé, ils remontèrent à l'étage avec La Braye qui les laissa dans la salle des gardes après leur avoir montré où aller.

Empreints d'inquiétude, ils écartèrent une tenture et pénétrèrent dans la grande salle pleine de chevaliers et de seigneurs en robes ou longs manteaux aux riches couleurs. Il y avait également quelques dames splendidement vêtues de cramoisi et d'or.

Balayant la sombre pièce du regard, Furnais chercha un visage connu. Il n'y en avait pas. C'était à la fois un avantage, car personne ne reconnaîtrait l'ancien gouverneur d'Angers, et un inconvénient, car plusieurs de ceux qui étaient là devaient avoir rencontré Randolf de Turnham.

Il voulait au moins repérer ceux que Guilhem lui avait décrits mais la salle était si vaste et si sombre qu'il ne découvrit personne. Il restait indécis quand un homme à la belle barbe et au maintien majestueux l'aperçut. Vêtu d'une chasuble rouge carmin doublée de vert et coiffé d'une mitre aux fanons frangés de vermillon, il tenait une crosse de la main gauche et ne portait aucune arme, contrairement aux autres gentilshommes, tous avec des épées.

À l'une de ses mains gantées de chevreau, Furnais distingua le large anneau d'or surmonté d'un gros saphir, symbole du mariage avec l'Église.

C'était un évêque.

Le prélat s'approcha lentement, l'œil terne et les sourcils lourds. À quelques pas, il écarta les bras pour l'accoler.

Furnais devina que le religieux le connaissait, mais qui pouvait-il être ? Il mit un genou à terre pour cacher sa confusion et embrassa l'anneau. Puis il se releva quand le prélat lui prit la main.

Pendant ce temps, un seigneur corpulent en manteau à capuchon du plus beau drap de Flandre avait rejoint l'évêque. Lui avait une épée courte à son baudrier et une barbe aussi épaisse que celle de l'évêque.

— Connais-tu Randolf de Turnham, Raoul ? s'enquit l'évêque.

— Non, Guillaume, mais j'étais avec ses frères à Chypre. Robert commandait la flotte. Comment va-t-il ?

— Je ne l'ai pas vu récemment, seigneur, répondit prudemment Furnais.

Ainsi l'évêque s'appelait Guillaume. Ce devait être le nouvel évêque de Londres qui venait d'être consacré par Hubert, l'archevêque de Cantorbéry. Il en avait entendu parler en ville.

Guillaume fit avancer Furnais vers le groupe avec lequel il conversait, Ranulphe restant en arrière.

— Geoffroi ! s'exclama-t-il en s'adressant à un seigneur dont la tunique brodée d'or représentait les léopards d'Angleterre. Sur le coup, je n'ai pas reconnu Randolf, à cause de sa barbe, mais les armes des Turnham ne m'ont pas trompé, malgré ma mauvaise vue !

Furnais n'hésita guère. Ce noble seigneur s'appelait Geoffroi. Il avait de l'embonpoint, un air de hauteur impérieuse, un front proéminent et d'épais sourcils. Sa tunique était brodée des triples léopards et ses baudriers portaient une épée à la garde luxueusement tressée. Ce ne pouvait être que Geoffroi Fils-Pierre, le grand justicier.

À nouveau, il mit un genou au sol et plaça ses mains dans celles que lui tendait le plus haut baron d'Angleterre.

— Randolf ! Votre frère Robert est-il en Angleterre ? demanda Geoffroi Fils-Pierre sans s'intéresser plus que ça à la réponse.

— Je le rejoins en Normandie, très haut et vénéré grand justicier.

Il se releva mais déjà Fils-Pierre parlait avec quelqu'un d'autre.

Furnais transpirait abondamment et s'essuya discrètement le front. Pour l'instant, personne ne faisait attention à sa présence. Et s'il s'éclipsait ? se dit-il. La Braye lui avait dit avoir à s'occuper du départ de ceux qui partaient pour la Normandie. Il n'y aurait donc personne dans sa chambre et il pouvait justifier qu'il y logeait. Avec sa dague et l'aide de Ranulphe, il parviendrait peut-être à forcer la serrure du coffre.

Il allait faire signe à Ranulphe de le suivre quand il fut abordé par un autre chevalier. Celui-là avait une balafre et un regard sinistre.

— Par saint Dunstan, Randolf, j'attendais que tu t'approches, mais tu demeures sur place comme une statue de bois ! lui reprocha-t-il.

C'était Aubrey de Vere, le grand chambellan, devina Furnais.

— Excusez-moi, seigneur comte, mais je ne vous avais pas aperçu. J'ai la vue qui baisse un peu en ce moment, et cette salle est si sombre.

— C'est vrai ! Roger ! interpella-t-il un seigneur aux joues couperosées qui tenait un grand hanap de vin à la main. Fais allumer des flambeaux, on n'y voit rien ici !

Il se tourna à nouveau vers Furnais :

— J'ai failli m'arrêter au château des Turnham durant mon dernier voyage, fit-il, mais j'avais trop de shérifs à rencontrer pour vérifier leurs comptes.

— Je le regrette sincèrement, seigneur comte, fit Furnais. Mais vous n'auriez rien trouvé à redire dans les comptes de mon frère. Ce n'est pas sans raison que le roi Richard avait pris les Turnham comme trésoriers !

— Je le sais, Randolf, je le sais ! fit chaleureusement le grand chambellan. Mais dis-moi, tu ne connais certainement pas Étienne de Dinant...

Il désigna un jeune homme aux manières affectées, en chasuble de soie doublée d'hermine bordée d'un passement de petites tours crénelées. Il parlait avec une femme brune, d'un certain âge, aux cheveux repliés sous un bonnet turquoise. Entendant son nom, Dinant s'approcha, un sourire glacial aux lèvres, tandis que Furnais essayait de garder son sang-froid.

C'était donc lui l'ennemi qu'ils devaient craindre !

— Randolf est le frère du sénéchal d'Anjou, que vous connaissez certainement, sire Dinant, expliqua le comte d'Oxford.

— En effet, répondit Dinant, dévisageant un peu trop longuement Furnais.

— Que nous vaut donc l'honneur de ta visite, Randolf ? demanda le comte d'Oxford.

— Je rejoins mon frère en France pour le mariage, expliqua Furnais. Je suis venu demander l'hospitalité pour une nuit ou deux, le temps de trouver une barque qui me conduira en Normandie. Guillaume de La Braye m'a offert de partager sa chambre.

— Inutile de chercher une nef, Randolf ! lui dit le grand chambellan.

Il se tourna vers l'homme aux joues d'ivrogne, tandis que Dinant s'éloignait.

— Roger ! l'interpella-t-il à nouveau.

Furnais avait deviné qu'il s'agissait de Roger Fitz Renfred, le constable gouverneur de la Tour.

— Randolf est le frère de Stephen et de Robert de Turnham, Roger.

— Je l'avais reconnu, répliqua l'autre, maussade, car son hanap de vin était vide et il avait besoin de s'en faire servir un autre.

— Dieu vous bénisse, seigneur constable, dit Furnais en s'inclinant.

— Randolf se rend au mariage de Blanche de Castille et a besoin d'embarquer pour la Normandie. Avec toutes les barques qui partent demain, il y aura certainement de la place pour lui…

— Combien… d'hommes avez-vous avec vous ? demanda Roger Fitz Renfred d'une voix vacillante.

— Seulement mon écuyer. La peste a éclaté la veille de mon départ et ceux qui devaient m'accompagner ont été atteints.

— Vous avez bien fait de les laisser là-bas ! s'exclama le gouverneur. Mais trêve de plaisanterie, si vous n'êtes que deux, vous pourrez embarquer demain dans une des nefs.

— Arriverons-nous à temps ? s'inquiéta Furnais.

— Largement ! Le mariage n'aura lieu que le 23. Je vous verrai plus longuement au souper.

Il s'éloigna pour faire emplir son hanap de vin tout en évitant de trop chanceler. Entre-temps, le comte d'Oxford était retourné près du grand justicier et Furnais se retrouva seul.

L'occasion était favorable. Il se tourna vers Ranulphe mais son écuyer n'était plus là !

Furnais hésita un instant à le chercher dans la salle. Il était parvenu à tromper tous ceux qui l'avaient abordé mais il était inutile de trop solliciter la chance. Quant à aller seul chez La Braye, c'était impossible. S'il parvenait à prendre le testament, il lui faudrait partir sur-le-champ. Or, il ne pouvait abandonner Ranulphe.

Maudissant l'insouciance de l'écuyer qui ne lui avait pas dit où il allait, il passa dans la salle des gardes. Ranulphe n'y était pas non plus.

Avait-il décidé de faire cavalier seul ? Était-il sorti ? Serait-il descendu dans la chambre de La Braye ?

Angoissé en songeant à ce qui allait arriver, Furnais revint à la grande salle. Se plaçant dans l'ombre d'un passage, il la balaya longuement des yeux. Quand il fut certain que son écuyer n'y était pas, il revint dans la salle des gardes et le vit arriver par la porte d'entrée.

— Où étais-tu ? gronda-t-il à haute voix.

— J'ai eu du mal à trouver les latrines, seigneur, répondit Ranulphe, penaud. Finalement, on m'a dit d'aller dehors.

En entendant ces mots, Furnais sentit un froid glacial l'envahir et se retint de trembler. Il eut du mal à articuler :

— Reste avec moi désormais !

Il retourna dans la grande salle et se remit au même endroit, un des passages parmi les plus sombres, entre les deux pièces.

— Attendons que La Braye revienne, fit-il calmement. Tout va vite se terminer.

Il avait repris son sang-froid.

Ranulphe le regardait avec un mélange d'admiration et de tristesse.

Chapitre 31

Quand Dinant avait quitté la grande salle avec Mauluc, Ranulphe l'avait suivi.

Ayant traversé la salle des gardes, ils sortirent et se dirigèrent vers un châtelet qui faisait communiquer la grande cour avec une autre, plus petite, entourée d'une seconde enceinte. Dans cette deuxième cour se dressaient des logis, un grand hall, des celliers et des granges.

C'est au châtelet que Ranulphe rattrapa Dinant. La bruine avait cessé.

— Noble seigneur ! l'interpella-t-il, puis-je vous parler ?

Dinant se retourna et reconnut l'écuyer de Turnham.

— Que veux-tu ? s'enquit-il, hautain.

— Je ne suis pas l'écuyer de Randolf de Turnham, seigneur, haleta Ranulphe, je me nomme Ranulphe de Beaujame et je suis l'écuyer du comte de Huntington.

Déconcerté par cette déclaration, Dinant écarquilla les yeux de surprise et resta un instant sans voix.

— Répète ce que tu viens de dire ! fit-il quand sa stupeur fut dissipée.

— Je suis l'écuyer du seigneur de Locksley. J'arrive de Bordeaux avec lui ! paniqua Ranulphe en regardant vers l'estacade de la tour, craignant de voir apparaître Furnais.

— Pourquoi cette imposture ? demanda Mauluc sans perdre son expression stupide.

— Parce que Randolf de Turnham n'est pas Randolf de Turnham mais Thomas de Furnais, un de ses cousins, et que nous sommes entrés dans la Tour pour voler un document.

— Qu'est-ce que c'est que cet embrouillamini ? murmura Dinant. Viens avec moi !

Ils passèrent le châtelet, traversèrent la petite cour jusqu'à un corps de logis en colombages où se trouvaient des chambres pour les hôtes de passage.

Une fois dans le logement, Mauluc poussa le verrou.

— Raconte-moi, l'ami, ordonna sèchement Dinant.

— Avez-vous entendu parler d'un testament du roi Richard en faveur d'Arthur de Bretagne, seigneur ?

— Bien sûr, le testament sicilien. Mais Richard l'a détruit.

— Pas exactement, seigneur : il a seulement demandé qu'il soit détruit. En vérité, Hubert de Burgho, qui l'avait en sa possession, l'a conservé.

— Burgho, le chambellan du roi ?

— Oui, seigneur, mais comme Burgho craignait qu'on ne lui vole ce précieux document, il l'a confié à son ami, Guillaume de La Braye, pour qu'il le garde dans son coffre de la Tour.

— Ce testament serait ici ?

— Oui, seigneur, c'est Furnais qui a découvert tout cela. Il l'a dit au roi de France qui a chargé Guilhem d'Ussel de venir le voler.

— Par le cul de Dieu ! C'est incroyable ! Je comprends enfin pourquoi Ussel est à Londres ! s'exclama Dinant, échangeant un regard avec Mauluc. Mais pourquoi Furnais se fait-il passer pour son cousin ?

— Pour pouvoir s'introduire dans la Tour ! laissa tomber Mauluc sans perdre son air stupide.

— C'est cela ! Guillaume de La Braye vient d'ailleurs de nous proposer de loger dans sa chambre. Furnais aura ainsi toutes les facilités pour ouvrir son coffre en lui prenant sa clef pendant la nuit.

— Le maraud ! Je le ferai étriper et pendre avec ses boyaux !

— Mais pour l'instant, il doit me chercher, seigneur ! Laissez-moi retourner près de lui, sinon, il pourrait bien avoir des doutes et disparaître.

— Attends un instant, l'ami ! fit Dinant, brusquement méfiant. Qui me dit que tu n'es pas en train de me conduire dans quelque habile chausse-trappe ? Pourquoi dénonces-tu ainsi celui à qui tu as donné ta foi ?

— C'est Guilhem d'Ussel et ses manigances que je vous livre, seigneur, et non mon maître, protesta Ranulphe avec arrogance. Le seigneur d'Ussel n'est rien pour moi, tandis que j'ai donné ma foi à la duchesse Aliénor. Je suis son homme lige et elle m'a fait promettre que si je découvrais qu'Ussel agissait contre elle, ou contre le roi Jean, je l'empêcherais de leur nuire. Que si je découvrais qu'Ussel protégeait Arthur de Bretagne, ou manigançait pour le roi de France, j'agirais dans l'intérêt de l'Angleterre.

Dinant fit une moue dubitative, accompagnée d'un haussement de sourcils.

Devinant qu'il n'était pas cru, Ranulphe poussa donc l'ignominie jusqu'au bout :

— Je vois bien que vous ne me croyez pas, seigneur, aussi laissez-moi vous dire qu'Ussel a tenté de voler le testament hier, devant vous, et que vous n'avez rien remarqué.

— Quoi ? Qu'oses-tu insinuer, félon ? s'écria Dinant devant le ton insolent du garçon.

— Oui, ici. Il était grimé en troubadour ! Il est venu faire le jongleur dans la grande salle, avec la femme de Huntington et son beau-frère. Vous avez dû l'entendre chanter la ballade de Richard ! ajouta Ranulphe, de plus en plus sarcastique.

— Que dis-tu ? La femme de Huntington ? Les ménestrels d'hier ?

Cette fois Dinant avait perdu toute superbe. Il eut un instant l'impression que la pièce tanguait et tenta de se remémorer les visages du jongleur et de la fille, ainsi que ceux d'Ussel et de la duchesse lors du banquet de Bordeaux.

Graduellement, il lui revint qu'ils avaient la même taille, les mêmes yeux et la même bouche. Il resta pétrifié, comme anéanti. Quant à Mauluc, qui avait dû faire le même effort, il cracha une suite d'ignobles jurons faisant appel à tous les démons des ténèbres.

— Par le sang de Dieu ! Ce Guilhem n'est pas une créature de chair et d'os, c'est un suppôt de Satan, murmura Dinant. Je veux bien donner tout ce que j'ai pour l'avoir entre mes mains…

— Dans ce cas, seigneur, je vous le livre, fit froidement Ranulphe. Vous le trouverez en ce moment à l'auberge du Vieux Cygne, près de la Tamise. Mais faites vite, il va partir !

Dinant avait retrouvé son sang-froid.

— Tu as entendu, Mauluc ? Raccompagne ce brave écuyer et trouve-moi La Braye. Je serai chez le grand justicier ! Retrouve-nous dans la tour blanche.

— Très haut et gracieux seigneur, fit Dinant en s'inclinant devant le grand justicier, dans la grande salle. Puis-je vous parler en privé ?

Il ajouta un ton plus bas :

— Il s'agit d'une affaire capitale pour la Couronne.

Geoffroi Fils-Pierre abaissa ses lourdes paupières, signe de sa profonde contrariété. Que lui voulait le séide de Jean ? Rien de bon, certainement !

— Venez avec moi, soupira-t-il, jugeant que trois mots étaient bien suffisants pour cet individu.

Il sortit et passa dans la salle des gardes. Devant l'escalier qui conduisait à son appartement, il découvrit Mauluc et La Braye. Ce dernier affichait une expression grave et désemparée qu'il ne lui avait jamais vue et qui le troubla.

Des ennuis en perspective, songea-t-il, maussade. Et cela juste avant le mariage de Blanche de Castille !

L'étage supérieur de la Tour avait la même disposition que le premier sauf que la salle située au-dessus de la grande salle était découpée en appartements. On accédait à chacun d'eux, et à la chapelle, par une galerie aménagée dans l'épaisseur des murs.

Dans son appartement, le grand justicier fit sortir les domestiques et s'installa sur sa chaise haute. Alors, il fit signe à Dinant de parler.

— Noble et vénéré grand justicier, vous avez parlé tout à l'heure à Randolf de Turnham, le bâtard du noble Robert de Turnham.

Geoffroi Fils-Pierre hocha la tête, jugeant inutile d'ouvrir la bouche.

— Grand justicier, ce n'était pas Randolf, mais un imposteur : son cousin Thomas de Furnais, le gouverneur qui a livré Angers à ce félon d'Arthur.

Les sourcils de Fils-Pierre affichèrent son incrédulité.

— Furnais est entré ici par félonie pour voler un document dans le coffre du seigneur de La Braye, poursuivit Dinant.

Cette fois le grand justicier ne put se retenir :

— Quoi !

Il regarda La Braye et ne vit que la gêne et la colère sur le visage du lieutenant du gouverneur.

— C'est vrai ? demanda-t-il.

— Oui, seigneur… déglutit La Braye.

— Quel document ?

— Le testament de Richard confiant le royaume d'Angleterre à Arthur, laissa tomber Dinant. C'est Burgho qui le lui a donné.

— Par les ossements de saint Thomas ! s'exclama le grand justicier, abasourdi. Est-ce la vérité, La Braye ? Avez-vous ce testament ?

— Je... je l'ignore, noble sire, mais effectivement Burgho m'a remis un coffret à conserver précieusement.

— Va le chercher !

La Braye sortit. Pendant son absence, Dinant raconta ce qu'il avait appris, c'est-à-dire la vraie raison de la venue à Londres de Robert de Locksley et de Guilhem d'Ussel, en mission pour Philippe Auguste afin de voler le testament. Il révéla ensuite leur audace de la veille, quand Ussel et la femme de Locksley s'étaient fait inviter dans la Tour en se faisant passer pour des jongleurs.

Cette incroyable impudence stupéfia plus encore le grand justicier, tant il avait apprécié les (faux) ménestrels. Comment avait-il pu se faire berner ainsi, alors qu'il était réputé pour sa méfiance ?

Il se sentit tellement embarrassé qu'il ne posa aucune question, s'efforçant de garder un visage impénétrable jusqu'au retour de La Braye.

Celui-ci tenait un petit coffret de merisier fermé d'un gros sceau de cire verte. Il le tendit au grand justicier qui brisa le sceau, l'ouvrit et en sortit un parchemin plié. Il le lut par deux fois, avant de le tendre à Dinant, le visage toujours aussi impassible.

Le document était explicite. Richard, roi d'Angleterre, reconnaissait Arthur, duc de Bretagne, fils de Geoffroi, son frère, et de Constance de Bretagne, comme son héritier s'il mourait sans enfants. Signé de l'évêque de Messine, de Tancrède de Lecce et de Richard, il portait son sceau, ainsi que celui d'un légat du pape.

Dinant lut à son tour le parchemin avant de s'approcher de la cheminée, s'apprêtant à le jeter dans les flammes.

— Que faites-vous ? lui cria le grand justicier.

— Ce testament doit disparaître ! répliqua Dinant.

— Certainement, mais si le roi Jean ne le voit pas de ses yeux, nous croira-t-il, quand vous ou moi lui raconterons ce que vous avez fait ?

Dinant hésita un instant. Le grand justicier était dans le vrai. De plus, en remettant lui-même le parchemin à Jean, il s'assurerait de sa reconnaissance éternelle.

— Vous avez raison, dit-il en le repliant. Puisque je pars demain, je l'emporte et je le donnerai moi-même au roi.

— Vous l'assurerez de notre fidélité ! insista La Braye. J'ignorais tout de ce parchemin, je vous supplie de me croire.

— N'ayez crainte, je lui rapporterai votre soutien et votre loyauté. Mais avant toute chose, il faut saisir Robert de Locksley et Guilhem d'Ussel.

— Savez-vous où ils se terrent ?

— Oui, à l'auberge du Vieux Cygne, près de la Tamise. La connaissez-vous ? Je vais envoyer Mauluc, avec les gardes que vous lui confierez.

— Je connais l'hôtellerie, dit La Braye, mais c'est moi qui saisirai la bande. Je n'ai nul besoin de votre écuyer.

Ce n'était pas ce que Dinant désirait. Robert de Locksley avait avec lui les mille cinq cents marcs qu'il voulait s'approprier !

— Mauluc est le seul à pouvoir reconnaître Locksley et ses gens, insista-t-il. De plus, je veux que ce soit lui, et lui seul, qui fouille les bagages de Huntington et d'Ussel, car ils pourraient avoir des documents ou des objets incriminant le roi Philippe.

— Comme vous voulez ! maugréa La Braye qui savait ne pouvoir contrarier Dinant, maintenant que l'homme de main du roi Jean connaissait ses torts.

— Partez donc, moi, je reste avec le noble grand justicier. Je veux être là pour l'arrestation de Furnais.

— Ce félon sera exécuté ce soir, décida le grand justicier.

— Je veux qu'il soit écorché vif devant ses amis, ce sera le début de leur châtiment.

Immédiatement Guillaume de La Braye et Mauluc partirent pour le Vieux Cygne avec une trentaine d'hommes d'armes et de sergents.

Devant l'auberge et dans la cour, ils placèrent des sentinelles aux portes de l'établissement avant d'y pénétrer. Pendant que Mauluc, accompagné de deux douzaines d'archers, traversait les deux salles, Dinant et le lieutenant trouvèrent l'aubergiste dans la cuisine et le saisirent sans ménagement.

Terrorisé, l'homme répondit aux questions sans qu'il fût besoin de le rouer de coups.

— Oui, sire lieutenant, un seigneur Guilhem d'Ussel, venu de France, logeait chez moi depuis trois jours avec un comte de Huntington et son épouse. Mais ils viennent de partir...

— Quand ? cria Mauluc en soufflétant l'aubergiste pour le dissuader de mentir.

— Ce matin, seigneur ! pleurnicha le cabaretier. Ils ont acheté des chevaux à l'écurie d'à côté, ont chargé leurs bagages et ont filé par le pont. Tout le monde ici pourra en témoigner.

Un sergent attrapa une servante par son corsage et la gifla à son tour.

— C'est vrai ?

— Oui, seigneur ! sanglota-t-elle. Leur chambre est vide... Demandez aux palefreniers qui ont préparé leurs montures...

La Braye envoya des gens vérifier et interroger les garçons de la cour qui tous confirmèrent les départs de ceux qu'ils recherchaient.

Mais peut-être était-il encore temps de les rattraper puisqu'ils avaient pris le pont seulement quelques heures plus tôt. Encore fallait-il savoir où ils étaient allés. De nouveau, La Braye interrogea ceux qui avaient approché les espions et l'un d'eux avoua avoir entendu dire qu'ils se rendaient à Portsmouth, pour embarquer vers l'Aquitaine.

Pendant ce temps, Geoffroi Fils-Pierre était revenu dans la grande salle après avoir fait vérifier que le pseudo-Randolf de Turnham et son écuyer s'y trouvaient encore. Il avait immédiatement donné des ordres pour faire venir de nouveaux gardes et empêcher la sortie de l'usurpateur.

Une fois dans la salle, le grand justicier eut un aparté avec l'évêque de Londres, Roger Fitz Renfred et Aubrey de Vere. Puis des écuyers et des sergents, discrètement prévenus par le gouverneur de la Tour, firent sortir les femmes et tous ceux dont la présence n'était pas nécessaire.

S'étant approché de l'embrasure d'une fenêtre, Furnais avait parfaitement observé ces manœuvres. Quant à Ranulphe, qui avait aussi remarqué le regroupement des barons, il était resté à distance de son maître, bourrelé de honte et de remords. Il éprouvait un tel mépris envers lui-même, une telle peur quant à ce qui allait se passer qu'il songea un instant à quitter la salle, gagner les remparts et se jeter dans la Tamise.

Mais il savait qu'il n'en avait pas le droit.

Enfin le moment tant redouté arriva. Dinant entra dans la salle avec quelques gardes. Le grand justicier lui fit signe et s'avança lentement vers Furnais. Les plus sages et les plus puissants seigneurs du royaume suivaient à quelques pas.

— Randolf de Turnham, une grave accusation vient d'être portée contre toi.

— Laquelle ? répliqua Furnais avec calme.

— Tu ne serais pas Randolf de Turnham mais son cousin, Thomas de Furnais.

— C'est vrai ! répliqua fièrement Furnais. Qui m'a reconnu ?

— C'est ton écuyer qui t'a dénoncé.

Furnais se tourna lentement vers Ranulphe, les yeux écarquillés de surprise.

— Félon ! Sois damné ! cria-t-il soudain.

En un éclair, il sortit son épée et s'élança sur Ranulphe, mais avant qu'il ait franchi la distance qui les séparait, un garde lui avait lancé une chaîne entre les jambes. Cette chaîne, lestée de deux boules de fer aux extrémités, s'enroula autour de ses mollets et il s'écroula, sans cependant lâcher son épée.

Immédiatement, Dinant lui lança un violent coup de pied dans le bras, faisant sauter la lame de sa main, puis il lui en envoya un second dans la poitrine. Il s'apprêtait à sortir sa propre épée pour le navrer quand le comte d'Oxford intervint :

— C'est une insulte sans nécessité, seigneur de Dinant !

Le ton était si péremptoire que l'âme damnée de Jean se retint.

— Croyez-vous, très honoré seigneur ? répliqua-t-il. Vous sous-estimez cet homme et ses complices. Savez-vous qu'ils étaient ici hier ? Dans cette salle, et que vous et les plus grands barons d'Angleterre les avez complimentés ?

— Qu'insinuez-vous ? lança l'évêque Guillaume.

— Les ménestrels d'hier n'étaient autres que ses complices ! Ils étaient parvenus à se faire inviter (il planta son regard dans celui du comte d'Oxford pour que celui-ci prenne conscience de sa responsabilité) dans le but de s'introduire chez le seigneur de La Braye et de le voler. Est-ce exact, Ranulphe ?

— Oui, seigneur. Guilhem d'Ussel est allé dans la chambre du sire de La Braye pendant que la duchesse de Huntington chantait ici, mais il n'a pu parvenir à ouvrir le coffre.

— Judas ! sanglota Furnais en tentant de se relever tandis qu'un garde l'en empêchait de la pointe de son épée.

Dinant se tourna vers lui.

— Tu te lèveras, chien, quand je te le commande-rai ! dit-il avec méchanceté.

L'ignorant, Furnais se redressa malgré tout, les jambes sanguinolentes. Le garde n'osa le blesser davantage. Cette audace rendit Dinant furieux et, cette fois, il tira son épée :

— Maudit traître, je te garantis que tu ne vas pas mourir de vieillesse !

Le grand justicier s'était mis en retrait, comme si l'affaire ne le concernait pas, aussi Aubrey de Vere s'interposa-t-il entre Dinant et Furnais.

— Par la lance de saint Jacques, sire de Dinant, j'ignore comment se passe la justice en Normandie, mais en Angleterre tout homme, même un serf, a le droit de se défendre devant une cour !

Il y eut un brouhaha d'approbation autour de lui, et même quelques grondements.

Conciliant, Dinant rengaina son épée et écarta les mains :

— Un jugement ? Parfait ! Présidez donc la cour, grand chambellan ! fit-il d'une voix hachée. Voulez-vous que je décrive les faits ? Les voici : Thomas de Furnais, associé à Robert de Locksley, déjà plusieurs fois félon à la Couronne quand il rançonnait les Normands dans la forêt de Sherwood sous le nom de Robin Hood, se sont associés avec un espion de Philippe Auguste, un nommé Guilhem d'Ussel, pour voler un précieux docu-ment dans le coffre de Guillaume La Braye. Pour ces crimes de vol et de félonie, ils méritent la mort.

— Que contenait ce document ? demanda l'évêque de Londres.

— Vous n'avez pas à le savoir, il appartient au roi.

— Vous avez le droit de le savoir ! cria Furnais. Il s'agit du testament de Richard confiant le trône à son neveu Arthur, duc de Bretagne !

Une nouvelle fois, il y eut un murmure de surprise.

— Est-ce vrai ? demanda Roger Fitz Renfred, quand le silence revint.

— C'est en partie vrai, mes seigneurs, reconnut Dinant d'un ton faussement affable, mais ce testament est sans valeur, car ce n'était qu'une promesse faite à Tancrède de Lecce que Richard a révoquée peu après. En revanche, il pourrait relancer inutilement la guerre civile.

Il se tut un instant et passa en revue les visages tendus des barons, observant avec satisfaction qu'ils baissaient tous les yeux.

— Mais puisque plusieurs d'entre vous vont à Rouen, ne vous gênez pas pour en parler au roi, si vous pensez que ce testament doit être remis au roi de France, persifla-t-il.

— J'aimerais pourtant entendre la défense de Robert de Locksley, remarqua posément le comte d'Oxford.

— Le seigneur de La Braye est allé le chercher, ainsi que ses complices et la comtesse de Huntington que j'interrogerai personnellement ! Ton écuyer m'a tout dit, tu vois, ironisa Dinant en s'adressant à Furnais.

— Renégat ! lança Furnais à l'intention de Ranulphe. Que la peste t'emporte et que tous les démons de l'enfer te torturent jusqu'à la fin des temps !

À ce moment, La Braye entra avec Mauluc.

— Ah ! La Braye ! Les ramenez-vous ?

— Hélas non ! Ils ont fui, mais nous savons où ils sont allés : Portsmouth.

Dinant fronça le front et s'approcha de Ranulphe :

— Tu m'avais assuré qu'ils seraient au Vieux Cygne...

— Je savais qu'ils devaient partir, seigneur, je vous l'avais dit ! protesta Ranulphe. Ussel voulait rentrer à Bordeaux, mais avec le sire de Furnais nous devions retrouver le seigneur de Locksley à Boulogne.

— Où ?

— Chez un drapier, il se nomme Martin. Tout le monde le connaît, paraît-il.

Dinant l'examina longuement, cherchant à deviner s'il lui mentait. Mais pourquoi ce renégat mentirait-il après sa dénonciation ?

— D'accord. Nous embarquerons demain et nous irons à Boulogne. Tu iras chez ton drapier et tu lui diras que Furnais l'attend là où je te l'indiquerai. Locksley tombera dans la souricière !

— Ranulphe ! S'il te reste un soupçon d'honneur, ne livre pas ton seigneur ! Tu lui as donné ta foi ! hurla Furnais.

Il tenta de se précipiter vers le félon mais l'épée du garde l'en empêcha.

C'était la preuve que Dinant attendait. Satisfait, il se tourna vers Geoffroi Fils-Pierre :

— Très haut et gracieux seigneur, pouvez-vous envoyer un messager à Portsmouth ? Il est impossible qu'Ussel puisse embarquer dès son arrivée, donc le gouverneur du port devrait facilement le saisir.

— Vous avez raison, je vais donner des ordres, approuva le grand justicier.

Dinant s'adressa alors au comte d'Oxford.

— Il est temps de prononcer le jugement, noble grand chambellan. Je pars demain et je souhaite que tout soit réglé ce soir.

— Vous pouvez me tuer, je mourrai pour ma foi, lui lança fièrement Furnais.

— Qui parle de te tuer, damné pourceau ? répliqua Dinant avec un rire sinistre. Songe plutôt à ta peau qui va quitter ta chair !

Il se tourna à nouveau vers Oxford et martela d'un ton n'acceptant aucune réplique :

— Je veux que Furnais soit écorché ce soir. Que tous les Londoniens l'entendent hurler toute la nuit et que demain sa tête soit accrochée à la tour du Drawbridge Gate pour que personne ne croie que le roi Jean peut se laisser voler sans réagir. Si certains d'entre vous sont opposés à cette décision, qu'ils le disent maintenant, je le rapporterai au roi qui leur proposera un combat avec son champion pour que Notre Seigneur tranche afin de savoir qui a raison.

Oxford lança un regard au grand justicier, mais celui-ci, les lèvres pincées, se détourna. Jusqu'à présent, les barons qui s'étaient opposés à Jean avaient eu leur tête plantée en haut du pont.

Vere allait pourtant protester quand Ranulphe intervint :

— Noble seigneur de Dinant, puisque vous partez demain, pourquoi ne pas emmener le seigneur de Furnais à Rouen ? Qui s'intéresse à lui ici ? Le supplicier ne servira à rien, tandis que son exécution publique à Angers arrêtera immédiatement la rébellion et satisfera autrement le roi Jean. De plus, notre roi aura certainement envie de l'interroger, pour savoir ce qu'il a révélé au roi de France, et pour dénoncer ses complices.

Dinant resta silencieux et immobile un instant. Ce que disait Ranulphe n'était pas sot. Il était très simple d'enchaîner Furnais au fond de la cale. Il offrirait ainsi à Jean à la fois le félon gouverneur d'Angers et le testament de son frère. Le roi lui devrait son royaume. Aliénor lui avait déjà promis un comté. Jean ne pourrait que confirmer cette promesse, et même lui offrir plus. Pourquoi ne briguerait-il pas ensuite la charge de grand justicier ? Il avait trouvé Fils-Pierre bien terne quant à la défense des droits de Jean.

— Tu es décidément de bon conseil, Ranulphe. Où peut-on enfermer ce félon ? s'enquit-il.

— Il y a un cachot dans ma chambre, gronda Guillaume de La Braye, ainsi je le surveillerai personnellement.

Chapitre 32

Vaincu, Furnais se laissa faire.

Guillaume de La Braye lui enleva la dague qu'il portait encore et le fit conduire dans sa chambre. Là-bas, il ouvrit lui-même la porte du cachot et recula aussitôt, saisi par la puanteur. Certes, l'endroit sentait toujours mauvais à cause de l'humidité et des excréments qu'y laissaient les prisonniers, mais jamais à ce point.

— Par le cul de Dieu, il y a une charogne là-dedans ! s'exclama-t-il.

Furnais resta impassible, même s'il s'inquiétait fort de ce qui allait se passer. Un des gardes alla chercher une lanterne et entra dans le cachot. La cellule était minuscule et l'homme découvrit immédiatement le cadavre. Il recula à son tour, surpris et effrayé.

— Seigneur, c'est Hubert ! balbutia-t-il.

La Braye comprit aussitôt. Il saisit la lanterne et pénétra à son tour dans la basse-fosse. Hubert reposait sur le dos, le visage blanc comme du plâtre, les yeux ouverts avec une expression horrifiée. Quelques morceaux de boyaux sortaient de son ventre couvert de sang séché.

Le lieutenant du gouverneur resta figé un instant, avant de comprendre. Alors il sortit et gifla Furnais à la volée.

— Chien ! Qui a tué Hubert ? aboya-t-il, les yeux pleins de rage.

Entouré de lames d'épée, Furnais hésita à réagir. Se défendre, c'était être tué ici, et éviter bien des souffrances. Mais ce n'était pas ce à quoi il s'était engagé. Il se retint, essuya sa bouche ensanglantée et cracha seulement au visage de son agresseur.

— Tu vas payer ça ! rugit La Braye en s'essuyant avec le coude. Jetez-le là-dedans !

Il désigna le cachot. Furnais comprit qu'on allait l'enfermer avec le mort. Il frissonna, mais s'efforça de dissimuler sa peur.

— Tu vas passer la nuit avec la charogne ! Tu la veilleras et elle te racontera ce qu'on va te faire ! J'espère que tous les démons de l'enfer te tiendront aussi compagnie ! hurla La Braye.

Furnais lui lança un regard de mépris infini avant d'entrer dans le sépulcre.

La porte se referma et il resta dans le noir avec le cadavre et sa peur.

Après le départ de Furnais, Dinant ignora les barons et s'adressa seulement à Ranulphe :

— Tu passeras la nuit chez moi, Mauluc te surveillera. Nous partons demain. Une fois que tu m'auras livré Robert de Locksley, tu pourras aller te faire pendre ailleurs, lui fit-il avec mépris. Mauluc, emmène-le.

Blême de honte, Ranulphe se laissa conduire, comme l'avait déjà fait Furnais.

L'épreuve était terminée, se dit-il pour se réconforter. L'heure de la revanche viendrait, se rassurait-il, mais il se demandait s'il pourrait un jour effacer son déshonneur.

Ignorant désormais le félon, Dinant se tourna vers les barons :

— Le roi sera satisfait de votre fidélité, mes seigneurs, ironisa-t-il.

Il tourna les talons sans même les saluer.

La Tour et la ville de Londres vivaient séparément. Les habitants de la cité n'apercevaient les grands barons normands que lors des processions, ou quand ils se rendaient à la messe, aussi leur départ pour la Normandie à l'occasion du mariage devait-il attirer une foule curieuse.

Le lundi avant l'aube, tandis que le flux de la marée montait, des centaines de badauds se pressaient déjà au bout de la rue de la Tamise, aux fenêtres des maisons proches et sur la rive pour assister à l'embarquement des plus grands seigneurs du royaume.

Nous l'avons dit, près de la tour de la Cloche, le mur d'enceinte de la Tour était percé d'un étroit passage voûté fermé par une épaisse grille de fer. Pour le départ des barons, on y avait dressé un ponton de bois sur lequel attendaient chevaliers, archers, serviteurs et chevaux.

En face, sur la rivière, les nefs arrivées la veille attendaient elles aussi, ayant jeté leurs ancres dans le courant.

Quand la marée fut suffisamment haute, un héraut sur le ponton leva une oriflamme blasonnée et l'une des nefs, qui portait la même oriflamme, fit rame vers le débarcadère pour accoster à son extrémité. Hommes et chevaux qui attendaient sur le ponton montèrent à bord.

Non loin des nefs, l'ancien pont de bois, brisé en partie pour laisser le passage libre vers le pont de pierre, n'était pas abandonné. Certes, l'endroit n'avait plus la commodité d'antan, puisque pour se rendre à Londres il fallait désormais retourner sur la rive sud et emprunter le nouveau pont, donc payer le péage. Malgré tout, pour ceux qui possédaient une barque, le vieux pont était commode, aussi la plupart des maisons étaient-elles occupées par des gens qui vivaient de la rivière : pêcheurs et bateliers.

Ce matin-là, plusieurs d'entre eux remarquèrent avec étonnement l'homme en surcot vert qui attendait à l'extrémité du tablier brisé, près de son cheval, un beau palefroi de couleur bai. L'inconnu n'avait pas de chapeau mais un capuchon lui cachait en partie la tête et les traits. Il tenait un grand arc gallois. Un carquois plein de flèches était à sa ceinture ainsi qu'une courte épée. Attendait-il une barque ? Mais alors que ferait-il de son cheval ? s'interrogeaient les curieux.

Avant de venir sur le pont de bois, l'homme, arrivé par la route de Greenwich, était allé sur le pont de pierre, jusqu'à Drawbridge Gate, pour rester un moment à examiner les têtes coupées. Il y en avait toujours six, comme la veille. Toutes séchées, et aucune n'était celle de Furnais. Soulagé, il avait fait demi-tour pour se rendre sur le pont de bois.

Maintenant, il observait les nefs situées à trois cents pieds de lui. Chaque fois que le héraut agitait un gonfanon blasonné, la nef qui portait une oriflamme avec les mêmes armes avançait à force de rames vers le ponton. Dès qu'elle avait accosté, un seigneur, ses chevaux et sa suite embarquaient, puis la barque s'éloignait et prenait le cours de la rivière. Immédiatement, une trompette retentissait et un nouveau gonfanon était présenté, pour faire venir le bateau suivant.

Comme l'embarquement était assez rapide, les nefs se suivaient de près dans la Tamise.

Dix heures étaient passées et le reflux se faisait sentir quand on chargea les coffres d'un seigneur dont les armes portaient des tours crénelées. Celles d'Étienne de Dinant.

L'homme au surcot vert observa qu'un prisonnier enchaîné et maltraité était traîné à bord. Il ne put voir son visage mais il reconnut près de lui l'aviseux au visage balourd qui l'avait suivi depuis Nathan le Riche : Peter Mauluc. L'assassin de Mathilde avait avec lui une douzaine d'hommes d'armes en cuirasse, gambison ou haubert.

Le cœur gonflé de haine, Locksley envisagea un instant de le tuer d'une flèche. La distance était grande, mais il pouvait y parvenir. Pourtant il se retint, car cela aurait mis inutilement en péril le malheureux Furnais.

La nef partit, et la suivante, dont l'oriflamme portait un léopard écarlate debout sur ses pattes de derrière, s'ébranla depuis le milieu de la Tamise.

L'homme au surcot vert avait déjà enfilé son gant et encoché une flèche qu'il tenait prête. Il tira presque sans viser.

Atteint au torse, l'homme de barre de la nef au léopard écarlate s'écroula. Presque aussitôt, le pilote reçut une seconde flèche dans le dos.

Sans guide, le bateau partit à la dérive.

Mais déjà l'archer était monté sur son cheval et galopait vers la rive bordée de peupliers, bousculant sans ménagement ceux sur son chemin.

Il avait quatre miles à parcourir jusqu'à Greenwich. Moins d'une heure de cheval. La nef de Dinant mettrait beaucoup plus de temps à cause des méandres du fleuve. Il y serait bien avant elle.

Surtout, elle serait la dernière du convoi, car, à la Tour, tout devait maintenant être désorganisé. On chercherait à comprendre ce qu'il s'était passé. On donnerait des ordres pour qu'on trouve le tireur et il faudrait envoyer une barque pour prévenir les capitaines que l'ordre d'embarquement allait être modifié. D'ici là, le flux de la marée serait trop bas pour faire aborder les nefs au ponton.

Chapitre 33

Le dimanche matin, après avoir franchi le pont de Londres, ils avaient filé tout droit vers Greenwich.

Robert de Locksley connaissait à peu près le chemin, les autres le suivaient. Les montures marchaient au trot. Ils ne se pressaient pas, car personne ne pouvait être sur leurs traces. Si des sergents de la Tour venaient fouiller l'auberge, ils apprendraient qu'ils étaient partis pour Portsmouth.

Pourtant, aucun ne parlait. Locksley songeait à la trahison de Ranulphe et à la détresse qu'il devait éprouver. Guilhem s'inquiétait plus pour Furnais. Sa tête ornerait-elle Drawbridge ce soir ? Anna Maria pensait à Mathilde et priait pour elle. Jehan le Flamand espérait pouvoir rentrer vite chez lui et oublier. Quant à Cédric, il passait en revue ce qu'il avait vécu depuis des mois, durant le voyage de Poitiers à Albi, puis à Lamaguère, et enfin depuis qu'ils avaient quitté Bordeaux. Le destin lui faisait un signe. Le joueur qu'il était se demandait s'il aurait l'occasion de piper la partie.

L'exigu chemin qu'ils suivaient aurait à peine permis à une étroite charrette de passer. Ils n'en croisèrent pas mais rencontrèrent un muletier, un âne avec des paniers, et bon nombre de paysans ou de voyageurs à pied qui s'écartaient, effrayés, en découvrant ces farouches cavaliers.

Autour d'eux s'étendait une épaisse forêt d'ormes et de châtaigniers. Ils traversèrent à gué quelques cours d'eau et aperçurent plusieurs fois dans des clairières des cerfs, des daims ou des chevreuils paissant tranquillement. En les voyant, les animaux relevaient la tête, le regard inquiet, les suivant des yeux, prêts à s'enfuir.

Ils arrivèrent à Greenwich, none venait de sonner à la chapelle érigée non loin du moulin des moines de Gant. Ils étaient trempés, car la pluie s'était mise à tomber.

Malgré cet inconfort, ils longèrent un moment les méandres de la Deptford bordée de saules et de peupliers. Quelques barques de pêcheurs y étaient amarrées mais ils ne virent pas ceux qu'ils attendaient.

Déçus, ils revinrent vers le moulin. Une haute construction carrée, en bordure de la rivière, avec une grande roue à eau moussue qui tournait dans un perpétuel clapotis.

Il n'y avait aucune ouverture apparente dans le bâtiment principal, hormis une voûte fortifiée à deux toises du sol que l'on empruntait uniquement par un pont dormant en bois. Deux échauguettes d'angle, avec des archères, couvraient la campagne alentour.

Plus loin, sur la rive, se dressaient des granges où travaillaient quelques frères lais. Une cloche d'alerte retentit comme ils s'approchaient.

Ils avancèrent avec prudence et sans agressivité. Les religieux avaient certainement leurs propres gardes et un carreau d'arbalète était vite parti. Un moine, jeune et vigoureux, sortit par le pont dormant et vint au-devant d'eux. Tonsuré très court, en aumusse sombre avec une simple corde à la taille, il tenait un bâton noueux.

— Loué soit Jésus-Christ, mon père, le salua Robert de Locksley.

— Dieu soit avec vous, seigneurs, répondit l'autre prudemment.

— Nous arrivons de Hereford et nous poursuivrons demain jusqu'à la mer, mon père, mais il pleut trop pour continuer. Nous offrez-vous l'hospitalité dans une de vos granges ? Nous payerons notre écot et nous avons nos provisions.

— Nous avons une salle pour les voyageurs et les pèlerins, seigneurs. Vous y serez au sec, je vais vous conduire.

C'était le dernier bâtiment. Une salle basse à la charpente de grosses branches à peine dégrossies couverte de paille et de joncs. Les fumées du foyer central s'évacuaient par un trou dans le toit. Le sol était en terre et le moine chassa les poules qui s'étaient installées. Les araignées avaient tendu leurs toiles partout. Robert de Locksley donna un penny d'argent au religieux. Hommes et chevaux passeraient la nuit ensemble.

Pendant que Cédric et Bartolomeo s'occupaient des montures et que le Flamand allumait un feu avec des fagots entreposés dans un coin, Locksley prépara avec des couvertures un endroit où sa femme pourrait se changer.

Guilhem, lui, ressortit à cheval. Empruntant un sentier entre les aulnes et les peupliers, il gagna l'embouchure de la Deptford avec la Tamise. La rive était assez haute. Il la suivit jusqu'à un vieux chêne dont le lierre et les lichens couvraient le tronc noueux.

Ayant attaché son cheval à une branche, il grimpa sur une branche basse et aperçut des barques et des nefs, à rames ou à voile, qui montaient ou descendaient, observant que toutes devaient passer devant la Deptford à cause du banc de sable. Au bout d'une heure, il entendit des chevaux. C'était Locksley accompagné de Cédric. Bartolomeo était resté avec sa sœur.

— Sont-ils là ?

— Non, j'espère que le capitaine de l'*Anatasie* ne nous aura pas oubliés, dit Guilhem, plus soucieux qu'il ne voulait le paraître. Sinon on prendra une barque des moines.

Ils mangèrent un morceau de pain de seigle et burent une gourde d'ale. Le reflux se faisait sentir quand ils aperçurent une embarcation qui s'approchait à la rame. Un homme était debout à l'avant. À un jet d'arbalète, Guilhem reconnut Castets, le pilote de l'*Anatasie*, puis Lopès et Ydron qui ramaient. Soulagé, il leur fit signe.

La barque s'approcha de la rive.

— Voulez-vous qu'on rentre dans la Deptford, seigneur ? demanda le pilote à Guilhem.

— Oui, maître Castets. Il y a une crique bien dissimulée plus loin. Vous y passerez la nuit…

Il ajouta :

— Vous n'étiez pas obligé de venir vous-même. Lopès et Ydron étaient suffisants.

— J'ignore ce que vous voulez faire, seigneur, mais je peux être utile. Moi aussi, je vous dois la vie.

Les marins conduisirent la barque à l'endroit que Guilhem avait choisi, une anse ombragée de saules et de peupliers où se dressait la hutte d'un pêcheur. Ils amarrèrent la barque et le rejoignirent sur la berge. Là, Guilhem leur expliqua ce qu'il attendait d'eux.

Locksley repartit le matin vers Londres alors que l'aube perçait.

Quand il revint, après avoir désorganisé le convoi qui partait pour la France et vu la barque de Dinant s'éloigner, Locksley retrouva ses compagnons et les marins de l'*Anatasie* près du grand chêne. Équipés et armés, ils regardaient passer les nefs qui descendaient le cours du fleuve.

— La barque de Dinant venait de partir quand j'ai quitté Londres, annonça Locksley. Elle sera là dans moins d'une heure.

— Celle-là est la troisième qui passe, dit Guilhem en désignant une grande nef à la voile rouge, à trois cents pieds d'eux.

On apercevait les palefrois attachés sur le pont et les hommes d'armes appuyés aux rambardes. Des chevaliers en haubert se tenaient sur le château arrière.

— Cédric, viens avec moi. Nous allons nous mettre plus haut, dit Locksley. Guilhem, la nef de Dinant porte une oriflamme avec des tours crénelées. Au demeurant, on ne peut se tromper car il n'y en aura pas d'autres derrière.

Les Saxons s'éloignèrent et Guilhem resta sur la rive avec Bartolomeo et le Flamand. L'ancien tisserand avait peur, mais il essayait de ne pas le montrer. Quant à Bartolomeo, il espérait que Robert de Locksley et Cédric feraient tout le travail.

Sur les nefs qui passaient, quelques passagers leur faisaient des signes amicaux, pensant qu'ils étaient là par curiosité.

Là où ils s'étaient placés, Locksley et Cédric pouvaient voir jusqu'au premier méandre. Le temps était clair. Ils virent enfin arriver la nef à l'oriflamme aux tours crénelées. Elle était précédée d'une autre barque qu'ils laissèrent passer.

À moins de deux cents pieds, alors que la nef de Dinant entrait dans le chenal, Locksley lâcha la première flèche qui atteignit le pilote.

Puis ils tirèrent sans se presser, visant les hommes d'armes et les seigneurs à bord, mais évitant celui qui tenait le gouvernail et les rameurs. Ils touchèrent en premier ceux qui se trouvaient sur le château arrière. Très vite, ce fut la terreur sur le bateau. Saisis d'effroi devant ces ennemis invisibles, incapables de riposter, plusieurs hommes se jetèrent à l'eau et se noyèrent. Les hurlements et les cris provoquèrent la panique des chevaux. Bien qu'attachés, certains brisèrent leurs entraves et franchirent les plats-bords, tombant dans la rivière. Quant aux fuyards qui parvenaient à la rive, les deux Saxons les abattaient comme dans une chasse au canard.

L'affolement était tel qu'à leur tour les rameurs abandonnèrent leur banc de nage sous le château arrière, mais ils furent aussitôt atteints par des flèches.

Entraînée par le courant, la nef était complètement désemparée. Arrivée devant la Deptford, la barque à voile conduite par le pilote de l'*Anatasie* sortit et s'approcha du grand bateau. Elle fut à couple rapidement et Guilhem grimpa le premier à bord.

Un homme blessé se précipita avec une hache. Il le frappa d'un coup de taille. Rouge de sang, le pont était couvert de cadavres et de blessés agonisants. Bartolomeo et Jehan rejoignirent leur seigneur mais n'eurent pas à se battre.

Maître Castets monta derrière eux et prit la barre pour éviter un échouage. Pendant ce temps, Guilhem avait désigné l'écoutille qui conduisait à la cale pour que Bartolomeo et Jehan aillent voir à l'intérieur, puis il avait grimpé sur le château arrière,

Un homme se relevait, s'appuyant sur le plat-bord. La flèche dans son torse avait percé son haubert. Sa cotte, brodée d'une tour crénelée, était tachée de sang.

Guilhem reconnut Étienne de Dinant.

L'âme damnée de Jean l'avait aussi reconnu. Son visage douloureux trahit la surprise, puis l'épouvante.

— Vous ! murmura-t-il.

Guilhem d'Ussel s'approcha et arracha l'épée à la garde argentée pendant à sa taille pour la jeter dans la rivière. Dinant n'essaya même pas de se défendre. Les yeux vitreux, sa vie s'échappait.

— Nous les avons trouvés dans la cale, seigneur, s'exclama Bartolomeo, grimpant à son tour sur le gaillard arrière. Ils sont vivants, mais le seigneur de Furnais porte des chaînes aux pieds. Le Flamand cherche la clef.

À ces paroles, Guilhem ressentit un immense soulagement. Puis il aperçut la chaînette et la clef attachées à la ceinture de Dinant.

— Elle est là, Bartolomeo, dit-il.

L'écuyer s'approcha du Normand qui la lui laissa prendre.

— Comment avez-vous fait ? demanda Dinant.

À ce moment, Ranulphe monta à son tour sur le château, brandissant une épée. Guilhem surprit un éclair d'espoir dans le regard de Dinant et se retourna.

— Ranulphe ! C'est à toi que nous devons cette victoire, sourit Guilhem.

— Merci, seigneur, fit Ranulphe d'une voix morne, baissant les yeux.

— Vous paraissez ignorer qui est Ranulphe ! grinça Dinant avec un regard mauvais.

Ranulphe s'approcha de lui.

— Sachez, seigneur de Dinant, que je n'ai agi qu'à la demande de mon maître.

— Q… Quoi ?

— Tout n'était qu'illusion, Dinant, sourit cruellement Guilhem. Et vous avez avalé la mer et les poissons.

— Je… je ne comprends pas… murmura Dinant.

Mais en vérité la lumière se faisait dans son esprit.

— J'ai essayé de prendre ce testament dans la Tour, et j'ai échoué devant le coffre, lui expliqua Guilhem. En se faisant passer pour son cousin, le sire de Furnais aurait pu aussi parvenir à la chambre de La Braye, mais il n'aurait jamais pu ouvrir son coffre. Seulement, si le testament était hors d'atteinte à l'intérieur de la Tour, il n'en était pas de même s'il en sortait. Et j'étais certain que vous voudriez le porter à Jean si vous appreniez son existence. Alors, pour vous convaincre de le faire, quoi de mieux qu'un traître ? J'ai persuadé Ranulphe de jouer le rôle d'un écuyer félon. Quant à Furnais, il a accepté de risquer sa vie et une mort effroyable pour son maître, le duc de Bretagne. Comment auriez-vous pu imaginer que tout était faux ?

Dinant était pétrifié, ayant du mal à croire qu'il avait été joué.

— Nous avons en effet un rude compte à régler, Dinant, lança une voix.

C'était Furnais, enfin libéré, qui montait à l'échelle du château arrière en boitillant.

— Vous avez menti, Ranulphe ! accusa Dinant qui ne savait plus que dire.

— La vérité est si précieuse qu'elle doit parfois être entourée d'un rempart de mensonges, plaisanta Guilhem.

— C'est une histoire insensée ! balbutia la créature du roi Jean dans un râle.

— Une histoire incroyable racontée avec assurance passe facilement pour une vérité, ironisa encore Guilhem.

— Vous saviez que Ranulphe allait vous dénoncer, et vous êtes resté dans la Tour... J'aurais pu vous faire mettre à mort immédiatement ! bredouilla Dinant à l'intention de Furnais, espérant encore que l'ancien gouverneur d'Angers allait reconnaître que tout ce que disait Ussel n'était que mensonge.

— Je le savais. C'était le prix à payer et je l'avais accepté. Nous avions même convenu de certaines phrases pour communiquer entre nous sans que l'on puisse nous comprendre. Ainsi, après m'avoir dénoncé auprès de vous, Ranulphe devait me dire qu'il avait eu du mal à trouver les latrines. Je reconnais que je me suis mis à prier quand il a dit ces mots.

D'un doigt accusateur, Ranulphe désigna Dinant à Guilhem.

— Il a voulu faire écorcher le seigneur de Furnais. Aussi, comme vous me l'aviez suggéré, j'ai insinué que le roi Jean préférerait l'interroger et le torturer lui-même. J'ai aussi inventé que nous devions vous retrouver à Boulogne. C'est grâce à votre idée qu'il a accepté de nous prendre à bord !

— Seigneur Guilhem, intervint sombrement Furnais, j'ai le droit de faire justice après ce que j'ai subi. Je n'ai été blessé qu'aux jambes, mais j'ai passé la nuit dernière dans un tombeau.

— Où ?

— Dans le cachot de la chambre de La Braye. On m'y a enfermé avec celui que vous aviez tué.

— Avant qu'on vous le laisse, je veux l'interroger, intervint Ranulphe. Je dois savoir... Pour Mathilde et Regun.

— Il vous faudra faire vite, compaings, persifla Dinant, livide, en se cramponnant à la rambarde pour ne pas tomber, tandis que la tache de sang s'élargissait sur sa poitrine.

La nef heurta alors la rive et Locksley et Cédric montèrent à bord.

— Tout va bien ! leur cria Guilhem en les apercevant.

Cédric resta avec Bartolomeo et le Flamand qui avaient rassemblé quatre prisonniers trouvés dans la cale, tandis que Locksley grimpait vivement sur le château arrière.

— Où est Mauluc ? furent les premiers mots du comte de Huntington.

— Sans doute parmi eux, répondit Guilhem en montrant les corps percés de flèches.

— Ranulphe, cherchez-le ! J'espère qu'il n'est pas parvenu à fuir. Dinant, c'est la fin du voyage pour vous, il y a un grand chêne sur la rive et j'ai préparé une corde. Vous allez danser la giguedouille à votre tour.

Dinant réprima une douleur en disant d'une voix affaiblie :

— Je vous en prie, faites-moi soigner par les moines du moulin, et je payerai rançon. La somme que vous voudrez...

— Où est le testament ? lui demanda Guilhem sans répondre.

— Dans mon coffre... dans la cale.

Il perdit connaissance et s'écroula.

Les prisonniers, ainsi que deux soldats blessés mais encore valides, avaient transporté des pierres de la rive jusqu'au bateau, tandis que Jehan et Cédric avaient brisé le bordage à coups de hache. Ayant ainsi construit un passage, ils avaient fait descendre les deux chevaux restant : deux magnifiques palefrois.

Tandis que Robert de Locksley et Furnais transportaient Dinant, Guilhem retourna sur le pont où le pilote attendait les ordres.

— Pouvez-vous faire remonter la nef jusqu'à la Deptford et la camoufler ? lui demanda Guilhem.

— Oui, seigneur. Je la ferai tirer par les prisonniers, puis je les mettrai à la rame.

— Faites-le. Essayez de la conduire jusqu'à la crique où vous aviez mis votre barque. Sous les saules, elle sera invisible de la rivière. Pendant ce temps nous avons un homme à interroger et à juger. Ensuite, on enfermera les prisonniers dans la cale et vous rentrerez à Londres.

Il alla à l'écoutille de la cale arrière, l'ouvrit et descendit dans la petite cabine. Il y avait quelques armes, des vêtements et plusieurs coffres. L'un d'eux, en bois, était peint d'une tour crénelée. Il le brisa à coups d'épée et en vida le contenu. C'étaient de riches vêtements et des bijoux, ainsi qu'un coffret dont le sceau brisé représentait un cavalier tenant une épée et un écu sur lequel on reconnaissait trois lions.

Guilhem l'ouvrit et déplia le parchemin se trouvant à l'intérieur. Il était écrit en latin mais il en savait assez pour être certain qu'il avait trouvé le testament.

Il le glissa dans la sacoche, sous sa cotte, où se trouvait le sauf-conduit du roi de France, puis il rassembla les bijoux dans une pièce d'étoffe, fit un nœud et remonta. Les prisonniers étaient déjà encordés pour tirer la nef.

Dinant avait été étendu sur la rive, inconscient. Guilhem s'approcha de Locksley.

— Mauluc n'était pas à bord, lui dit le Saxon en grimaçant.

Guilhem regarda Dinant, inanimé.

— Et lui ?

— Il passera sous peu.

— Transportons-le jusqu'à nos chevaux.

Les montures et les bagages attendaient près de l'embouchure de la Deptford ainsi qu'Anna Maria.

Dans ses bagages, Anna Maria avait toujours une flasque d'*aqua ardens*, un élixir de longue vie distillé dans un monastère italien par les Jésuates, des religieux nommés aussi *padri dell'acquavita*. C'était une distillation de vin mélangée à des herbes que l'on utilisait pour soigner les graves maladies.

Elle en fit avaler plusieurs gorgées à Dinant. Au bout d'un instant, ses joues redevinrent roses et il reprit conscience.

— Suis-je mort ? murmura-t-il.

— Pas encore. Mais si vous nous répondez franchement, nous vous conduirons peut-être auprès d'un prêtre pour éviter de partir avec une âme trop sale.

Dinant cligna des yeux, pour faire signe qu'il acceptait.

— Pourquoi Mauluc a-t-il tué Mathilde ?

Avant de commencer, Dinant inspira longuement, provoquant un long sifflement dans ses poumons.

— Mon roi voulait que j'écarte Mercadier qui le gênait... Les fêtes de Bordeaux étaient une occasion inespérée. J'ai fait voler sa dague... Je voulais tuer la femme du sénéchal et le faire accuser du crime. Puis dame Aliénor m'apprit votre présence... Elle voulait vous empêcher d'aller en Angleterre, Ussel...

— Pourquoi ? Comment savait-elle que j'y allais ?

— Elle m'a juste dit que vous étiez au service du roi de France... Que vous pouviez nuire à son fils.

Pendant que Dinant se confessait, Guilhem et Locksley ne le quittaient pas des yeux. S'ils avaient observé Ranulphe, ils auraient vu combien l'écuyer était pâle. Il suffisait d'un mot de Dinant pour que son maître découvre qu'il était vraiment un félon.

— J'ai dit à Mauluc d'aller plutôt tuer votre femme, Locksley. La duchesse vous aimait et aurait châtié Mercadier, quand on aurait retrouvé sa dague, et vous ne seriez pas partis.

— Mais Mauluc a tué Mathilde...

— Oui, il s'est trompé, et vous avez reconnu la dague... Vous avez tué Mercadier... Je ne l'avais pas prévu, mais c'était satisfaisant pour moi. J'avais fait ce que mon roi m'avait demandé...

Il parut à nouveau perdre conscience et Anna Maria lui fit avaler quelques gorgées supplémentaires d'*aqua ardens*.

— Vous avez fui dans la nef, tandis que le frère de l'archevêque Hélie vous poursuivait. Dame Aliénor m'a alors fait chercher. Elle m'a ordonné de vous rattraper, de vous empêcher d'agir contre son fils, mais comme j'ignorais où vous trouver, elle m'a dit que vous iriez chez Nathan le Riche.

— C'est pourquoi vous avez installé Mauluc chez son voisin ?

— Oui.

Tout s'expliquait à peu près comme il l'avait supposé, songea Guilhem. Il restait encore à parler de la mort de Richard[1].

— Maurice de Bracy m'a dit que c'est vous qui lui avez demandé de préparer la mort du roi Richard et de Philippe de France.

— Non ! protesta Dinant dans un sourire livide... J'ai juste dit à Bracy, à Malvoisin et à Lucas de Beaumanoir... que Jean leur rendrait ses faveurs s'ils le faisaient... Ce sont eux qui ont tout fait...

— Nous en savons suffisamment, dit Robert de Locksley. S'il ne s'est pas noyé, Mauluc est en chemin pour prévenir La Braye et le grand justicier. Nous n'avons plus de temps à perdre. Laissons-le mourir ici.

— Il lui reste un souffle de vie, dit Furnais avec un regard dur et impitoyable. Je vais le pendre moi-même.

Robert de Locksley hocha la tête et lui montra le chêne proche et la corde à la selle du cheval.

Ranulphe ressentit un immense et lâche soulagement. Dinant n'avait pas dit qu'il avait donné sa foi à Aliénor, qu'il avait juré d'empêcher Ussel de lui nuire, qu'il s'était engagé à agir contre Arthur de Bretagne et contre le roi de France.

Sans doute avait-il cru que c'était un autre mensonge et pourtant c'était la vérité. Il était un félon.

Furnais avait déjà attrapé les pieds de Dinant et, aidé de Cédric, il le tirait vers le chêne sans ménagement. Ranulphe alla prendre la corde.

Mais comme ils allaient la serrer au col d'Étienne de Dinant, Furnais s'aperçut que l'âme damnée de Jean avait rejoint les enfers.

Sa haine s'évanouit.

— Il est passé, fit-il en s'adressant à Robert de Locksley.

---

1. Voir : *Paris, 1199*, même auteur, même éditeur.

— Partons ! répliqua seulement le comte de Huntington.

Alors qu'ils montaient sur leurs chevaux, Guilhem s'adressa à Ranulphe en plaisantant :

— Savoir jouer au félon te sera utile, Ranulphe, tu peux me croire ! Cela m'a bien souvent sauvé la vie !

La saillie ne fit pas rire l'écuyer.

Chapitre 34

Ils chevauchaient depuis un moment au milieu de taillis quand le chemin commença à grimper. Le sol devint rocailleux. La forêt, sombre et épaisse, s'étendait de toutes parts. Robert de Locksley, en tête, fit arrêter la petite troupe.

— C'est ici que nos routes se séparent, annonça-t-il à Ranulphe.

La surprise puis le désespoir voilèrent le visage de l'écuyer. Ne comprenant pas, il jeta un regard interrogateur vers Guilhem, mais celui-ci paraissait indifférent aux paroles de Locksley. C'était donc une décision qu'ils avaient prise ensemble, sans lui en parler. Se méfiaient-ils ?

Locksley voulut le rassurer.

— Mauluc et ceux qui ont fui la nef doivent être sur le chemin de la Tour. Dans deux heures, La Braye apprendra ce qui s'est passé. Il devinera que c'est nous. Il comprendra qu'il a été joué et qu'on a le testament. Il ne lui faudra pas plus d'une heure pour être à Greenwich avec tous les chevaliers et les sergents d'armes qu'il aura pu rassembler. Même s'il ne découvre pas la nef tout de suite, ses gens trouveront nos traces. Quelles sont nos chances d'échapper à cinquante hommes décidés à se venger ?

— Nous pouvons galoper jusqu'à Fulcestane[1], seigneur. Ils ne nous rattraperont pas !

— Sans doute, mais nous arriverions à la nuit, et encore si aucune bête ne se blesse. Or, aucun marin ne voudra sortir en mer dans l'obscurité, et La Braye arrivera avec ses hommes bien avant l'aurore.

— Nous sommes donc perdus, seigneur ? s'inquiéta Cédric.

— Non, rassure-toi ! répliqua Locksley dans un rire. J'attendais qu'on traverse une portion de terrain sèche et rocheuse pour nous séparer. C'est chose faite. Ranulphe et toi, Cédric, vous connaissez un peu le pays. Vous guiderez Guilhem et Bartolomeo. Vous prendrez les deux palefrois de Dinant comme chevaux de rechange et vous filerez droit vers Hastings. Et surtout, vous ferez tout ce qu'il faut pour qu'on vous remarque.

Ranulphe commençait à comprendre.

— C'est vous que La Braye va poursuivre. À la nuit, vous serez à Hastings. Là, vous vous ferez discrets et vous passerez la nuit quelque part dans un bois. Le lendemain, vous suivrez la côte. Guilhem sait nous retrouver. Un pêcheur nous conduira en Flandre.

On le voit, Robert de Locksley ne leur donnait pas le nom du port ou du village où il les attendrait.

— Si nous perdons le seigneur d'Ussel, remarqua Cédric, nous ne saurons pas où aller.

— Vous ne me perdrez pas, lui assura Guilhem.

— Et si c'est vous qu'on pourchasse, seigneur comte ? demanda Ranulphe. Vous n'aurez personne pour vous défendre.

— Je serai avec lui, intervint Furnais, et même blessé aux jambes, je peux encore manier une épée.

— Jehan sera aussi avec moi, et rassure-toi, Ranulphe, les gens du shérif de Nottingham n'ont jamais

---

1. Folkestone.

découvert mes traces à Sherwood, ce n'est pas ici que les lourdauds de La Braye vont les trouver !

Sur ces dernières paroles, ils se séparèrent.

Ils pénétrèrent dans les sous-bois les plus touffus de la profonde forêt, évitant le grand chemin vers Maidstone. Locksley suivait des sentes d'animaux, souvent sinueuses, avançant très lentement. Par moments, il faisait descendre tout le monde de cheval pour une marche à pied, même Furnais qui boitait. Ils étaient si silencieux qu'ils découvraient parfois des biches et des chevreuils à portée de main.

Cela dura des heures et des heures, sans échanger un mot. Entendant sonner vêpres dans un village lointain, Furnais se demandait s'ils passeraient la nuit dans la forêt quand ils débouchèrent sur une rivière. Ils suivirent sa rive jusqu'à un moulin.

— Nous sommes à Eynsford, leur expliqua doucement Robert de Locksley. Wilfrid, le meunier, était avec moi à Sherwood. Quand Richard nous a graciés, il est revenu chez lui. Guillaume de Eynsford, le shérif du Kent, qui possède le château là-bas (il désigna une tour éloignée qui dépassait de peupliers), s'est réconcilié avec lui. Mais je ne tiens pas à ce qu'on sache qu'il a reçu des visiteurs.

Au moulin, le meunier fut stupéfait de découvrir son ancien chef arrivant ainsi des bois, mais ne posa aucune question. Il fit rapidement entrer les chevaux dans une grange et leur laissa sa chambre pour la nuit, lui-même allant dormir avec ses ouvriers.

Ils repartirent le lendemain, avant le lever du soleil.

Ils prirent la route de Maidstone, car désormais il était peu vraisemblable que les gens d'armes de la Tour aient retrouvé leurs traces. Maidstone était un village saxon d'une centaine de feux qui appartenait à l'archevêque de Cantorbéry. C'était un endroit prospère avec plusieurs moulins à eau, un marché et une grande foire.

Ils s'arrêtèrent chez un forgeron pour faire soigner un cheval qui boitait puis poursuivirent jusqu'à Fulcestane où ils furent peu avant la nuit.

Fulcestane, ou Folkestone, était une baronnie estimée à une centaine de livres. Elle possédait cinq églises et moins d'un millier d'habitants. Le port, petit mais bien protégé, faisait partie de ce qu'on appelait l'union des cinq ports. Situé juste en face de Boulogne, encadré par deux grandes falaises blanches qui permettaient de le retrouver facilement quand on venait de Normandie ou de Flandre, il assurait une importante partie du trafic entre l'Angleterre et la Flandre.

Ils se rendirent directement au prieuré de Sainte-Mary et Sainte-Eanswythe érigé près de la plage et du petit port où les pêcheurs avaient leurs barques. On l'apercevait de loin avec son église au clocher carré. Le prieuré ne comptait que quelques moines et avait d'abord été un monastère de religieuses, avant d'être ravagé par des maraudeurs puis reconstruit par Guillaume d'Averanches, le baron normand qui possédait le château sur une hauteur proche.

Il y avait toujours beaucoup de visites à l'église et au monastère. D'abord des pèlerins, parce qu'on pouvait y prier les saintes reliques d'Eanswythe, une princesse saxonne, et ensuite parce que le prieuré possédait une hôtellerie pour les voyageurs. Ce n'était qu'une salle basse mais elle offrait un abri contre la pluie et permettait de se réchauffer autour de son foyer. Surtout, elle coûtait moins cher qu'une nuit dans l'auberge du village.

En arrivant, Locksley alla voir le prieur. Il savait que le prieuré faisait aussi commerce de chevaux et de mules. Les moines achetaient les montures à ceux qui s'embarquaient et qui ne pouvaient les emmener. Inversement, ils en vendaient aux voyageurs qui arrivaient. Mais, en général, ceux qui partaient n'avaient guère le choix, aussi le prieur leur achetait les montures à bas prix. Robert de Locksley accepta la somme qu'on lui proposa, mais obtint qu'ils soient logés et nourris gracieusement. Le prieur lui promit aussi d'envoyer un moine au port leur réserver une barque dès l'aurore.

Malgré les bénéfices que les moines faisaient sur la vente des chevaux, le souper ne fut guère plantureux. On leur servit une épaisse soupe aux fèves et au lard avec une tranche de pain de seigle et une ale bien amère. Ils mangeaient à la table commune quand arrivèrent trois cavaliers. C'étaient Guilhem, Bartolomeo et Ranulphe.

Ayant aussi vendu leurs chevaux, ils s'installèrent à l'autre bout de la table en s'ignorant. Ce n'est qu'en allant dans le dortoir commun que Robert de Locksley demanda où était Cédric.

Guidés par Ranulphe et Cédric, et galopant sans interruption, Guilhem et Bartolomeo arrivèrent à Hastings avant la nuit. Ils avaient tout fait pour qu'on les remarque : s'arrêtant dans les fermes en chemin pour faire boire les chevaux, ou demandant souvent la route d'Hastings.

— Où allons-nous maintenant, seigneur ? s'enquit Ranulphe quand ils furent dans la rue unique du petit village.

— Nous avons le temps de souper, ensuite nous sortirons avec le couchant.

— Le couchant ? s'étonna Ranulphe, mais le seigneur Robert de Locksley nous attend de l'autre côté.

— Nous contournerons le village. J'ai vu une butte en arrivant, avec un petit bois d'où on voit bien le chemin. Nous y passerons la nuit. J'ai besoin de savoir si La Braye nous suit.

Ils firent comme Guilhem avait dit. Après un excellent repas de poissons, ils suivirent un chemin le long de la mer et, dès qu'ils furent hors de vue du village, ils le contournèrent et revinrent jusqu'au bois. Le soleil avait disparu et le ciel s'assombrissait. Ils s'installèrent sous un grand chêne et y construisirent une hutte de branches pour la nuit. Le temps était clair et il ne pleuvrait pas. Ils auraient aimé faire un feu, mais ce n'était pas possible.

L'obscurité s'étendait quand ils entendirent une galopade. Dissimulés derrière les taillis, ils virent passer la troupe : trente ou quarante hommes harnachés, avec lances et gonfanons qui portaient les léopards d'Angleterre.

Était-ce les gens du grand justicier ?

Chacun prit un tour de garde mais la nuit s'écoula calme et sans incident. Ils sellaient leurs chevaux pour partir quand Cédric proposa à Guilhem.

— Je pourrais aller à Hastings…

— Pourquoi faire ?

— Savoir s'ils sont là, qui ils sont, et vers où ils vont.

— Un cavalier qui arriverait maintenant serait immédiatement repéré et saisi. Et sous la torture, tu parleras vite, répliqua Guilhem sévèrement.

— Je laisserai mon cheval et mes armes ici, seigneur, j'irai à pied, en cotte. Je ne serai qu'un paysan pour eux.

— Nous ne pouvons attendre, surtout si tu es retenu, refusa Guilhem en secouant la tête.

— Vous n'avez qu'à partir, je vous rejoindrai !

Cette fois, Guilhem ne répondit pas. C'était tentant, car il était toujours bon de savoir ce que faisaient ses adversaires.

— Qu'en penses-tu, Ranulphe ?

— Cédric a une bonne idée, seigneur. On sera prévenus s'ils vont du même côté que nous.

— D'accord, tu nous rejoindras.

— Où vous retrouverais-je ?

— Robert m'a dit que tu connaissais le pays. Avant d'arriver à Fulcestane, Robert m'a dit qu'une rivière passe entre les falaises pour se jeter dans la mer.

— C'est l'Enbrook, seigneur.

— Nous serons sur la plage, une heure après le lever du soleil.

Cédric attacha son cheval à un arbre, accrocha ses armes, sa cuirasse et son camail à la selle, ne gardant qu'un couteau, puis il prit le chemin vers Hastings.

Les autres partirent peu après.

Le matin, ils se rendirent ensemble au port qui n'était qu'à un jet de flèche. Une barque de pêche, bien plus petite que l'*Anatasie*, les attendait. Ils seraient serrés à bord, mais la traversée ne dépasserait pas trois heures, leur assura le marin, car le vent était favorable.

Guilhem lui expliqua qu'ils voulaient être débarqués à Boulogne, mais qu'auparavant il devrait approcher la barque de l'embouchure de l'Enbrook, où un dernier passager embarquerait. Le pêcheur haussa les sourcils, mais il était payé six pennies d'argent et, pour ce prix, il aurait transporté le Diable en enfer.

Cédric attendait sur la plage avec son cheval. Locksley l'appela du bateau et le Saxon mit un moment à comprendre qu'on venait le chercher par la mer.

Il rassembla ses armes et ses bagages, puis laissa libre sa monture et s'avança dans l'eau. Pendant ce temps, Guilhem scrutait la mer à la recherche d'une voile ou de barques menaçantes. Il ne semblait pas plus y avoir de cavaliers dissimulés à terre. Il s'était donc inquiété à tort.

La mer n'était pas trop agitée, même si une écume blanche la recouvrait. La brise venait du couchant et la barque, toute voile tendue, filait à bonne allure vers la côte de Picardie.

À l'arrière, près du marin qui tenait la barre, Guilhem regardait les falaises blanches s'éloigner. Il apercevait plusieurs voiles du côté anglais, dont l'une, couleur grège, appartenait à une barque à la poupe peinte en rouge qui allait dans la même direction qu'eux. Il serait temps de s'en inquiéter quand ils arriveraient à Boulogne, se dit-il.

En même temps, il songeait à la loyauté. À ce qu'elle signifiait pour lui, à ce qu'elle impliquait, et à la façon dont les hommes la respectaient.

Avait-il été loyal avec Mercadier ? Le capitaine de compagnie franche ne l'avait pas écorché quand, jeune voleur et truand, il l'avait capturé. Au contraire, il lui avait appris le métier des armes, il l'avait armé chevalier et Guilhem lui avait prêté hommage.

Pourtant, il ne jugeait pas avoir été infidèle en tuant celui qu'il croyait être l'assassin de Mathilde. La mort de Mercadier était une malice de la Providence qui l'avait envoyé à Bordeaux au moment où le roi Jean voulait se débarrasser du capitaine de Richard Cœur de Lion. Il n'avait été qu'un instrument.

Mais l'instrument de qui ? De Dieu ou du Diable ?

Guilhem avait la réponse. Dans malice, il y avait le mot Malin.

Puis sa pensée vagabonda vers ceux qui les avaient accompagnés dans ce voyage. Trois hommes dont il avait douté, et dont l'un s'était rendu coupable de crime.

Pourtant Ranulphe, Jehan et Cédric n'avaient pas été infidèles. Aucun n'avait trahi, même Cédric qui pourtant leur avait dit avoir aperçu La Braye à Hastings. Le lieutenant du gouverneur de la Tour commandait bien la troupe à leur recherche.

Guilhem songea à nouveau au voyage de Poitiers à Albi. C'est là que tout avait commencé. Si ce voyage n'avait pas eu lieu, l'un d'eux n'aurait pas été un assassin. Mais était-ce important ? Ce n'était qu'une autre malice du Destin.

— Seigneur d'Ussel, je ne crois pas que ce soit une bonne idée de débarquer à Boulogne.

C'était Furnais qui, en boitillant, s'était approché de lui.

— Pourquoi ?

— Je n'ai aucune confiance dans le comte de Boulogne.

— Le comté de Boulogne ne dépend-il pas du baillage d'Amiens ? Nous montrerons au comte notre sauf-conduit et il nous protégera.

— Peut-être pas. La situation est compliquée, tant à Boulogne qu'en Flandre.

— Allons en parler avec Locksley. Vous nous expliquerez.

Ils traversèrent la barque. Robert était à l'avant avec Anna Maria. Douchés par les embruns, ils parlaient de l'avenir.

— Robert, Furnais pense qu'il ne faut pas débarquer à Boulogne. Ce serait trop périlleux.

— En quoi ? Renaud de Dammartin n'est-il pas vassal du roi de France ? s'étonna Locksley.

— Le comte de Boulogne a si souvent été parjureur que j'ignore s'il est toujours loyal, seigneur de Huntington.

Renaud de Dammartin, le comte de Boulogne élevé à la cour de France, avait été l'ami d'enfance de Philippe Auguste. Mais, au fil du temps, il s'était rallié aux Plantagenêts et avait combattu sous leur bannière avant de se placer à nouveau sous la suzeraineté du roi de France, puis de prêter foi et hommage à Baudouin, le comte de Flandre.

C'est ce que Furnais expliqua à Robert de Locksley.

— Mais je croyais que le comte de Flandre s'était définitivement réconcilié avec le roi de France ? s'enquit Locksley.

— Il y a huit ans, le comte de Flandre a dû céder l'Artois à Philippe Auguste. Baudouin a ensuite été contraint de lui prêter hommage. Mais, accusé de faiblesse par ses barons, il s'est finalement rallié à Richard Cœur de Lion en exigeant le retour de Lens et d'Arras à la Flandre. C'était il y a trois ans. Renaud de Dammartin, à qui pourtant le roi Philippe avait donné en mariage sa nièce, la comtesse de Boulogne, l'a suivi. La guerre a duré jusqu'à ce que la comtesse parvienne à réconcilier son oncle et son mari. C'était l'année dernière et Baudouin a recouvré Douai, Saint-Omer et Béthune. Mais peu après, le comte de Namur, frère du comte de Flandre, s'est attaqué à Philippe et a été fait prisonnier. Quand j'ai quitté Paris, le comte de Flandre avait décidé de partir à la croisade[1]. Qui dirige son comté en ce moment ? Je l'ignore. Son départ a-t-il changé quelque chose pour le comte de Boulogne ? Je l'ignore aussi. Ce qui est certain, c'est que si Renaud de Dammartin peut obtenir quelques avantages contre Philippe Auguste, il le fera. Dès que nous débarquerons, il le saura. Boulogne est une commune libre, mais il y fait régner la justice et il s'intéressera à sept hommes en armes qui débarquent d'Angleterre. Nous serons retenus, et sans doute fouillés. Après avoir réussi à retrouver ce testament, ce serait une triste ironie de se le faire voler par quelqu'un prêt à le monnayer au plus offrant.

— De plus, si Baudouin nous arrête, il te prendra les mille cinq cents marcs d'argent et tout ce que nous possédons, ajouta Guilhem.

---

1. Le comte et son épouse Marie de Champagne avaient pris la croix le 23 février 1200.

Robert de Locksley grimaça, reconnaissant le bien-fondé de leurs arguments.

— Que proposes-tu, alors ?

— Qu'on débarque sur une plage isolée, répondit Guilhem. Vous vous installerez dans les dunes et j'irai à pied à Boulogne avec le Flamand et Bartolomeo acheter des chevaux.

— Je suis désolé de vous contrarier encore, seigneur Guilhem, mais l'insécurité est grande dans cette partie de l'Artois convoitée par tous les barons. Le moindre seigneur un peu belliqueux y fait sa loi et une troupe de cavaliers sera vite repérée et arrêtée.

— S'ils nous cherchent, ils nous trouveront ! rétorqua Guilhem, menaçant.

— Mais nous aurons peut-être des pertes. En vérité, il suffirait de voyager discrètement jusqu'à Abbeville. Peut-être même à pied avec des mules, comme de simples colporteurs. À partir d'Abbeville, le bailli d'Amiens fait respecter la loi du roi de France.

— Je comprends, dit Guilhem après un instant de réflexion durant lequel Locksley n'avait rien dit, s'inquiétant en effet pour Anna Maria.

— À Boulogne, j'achèterai une charrette, une mule ou deux et seulement quatre chevaux, décida Guilhem. Nous voyagerons en deux groupes. Robert, tu resteras avec le seigneur de Furnais, Ranulphe et Cédric. Tu as toujours ta tunique de croisé ?

— Oui.

— Tu n'auras qu'à la mettre, et si on t'interroge, tu diras que vous partez à la croisade rejoindre le comte de Flandre. Que vous embarquez à Abbeville[1]. Même le plus belliqueux vous laissera tranquille.

» Moi, Anna Maria, Bartolomeo et le Flamand, nous serons des troubadours itinérants. Il y en a

---

1. Abbeville était à l'époque un port. C'est de là que s'était embarquée la première croisade.

beaucoup en Picardie. Nous cacherons nos armes dans la charrette et vous resterez derrière nous, à une portée de flèche.

— Ça me convient ! approuva Locksley.

Guilhem demanda donc au pêcheur de les laisser sur une plage. Tandis que la barque se rapprochait de la côte aride d'où dépassaient des dunes couvertes d'herbes, il revint à la poupe. Le navire rouge à la voile grège avait disparu. Il ne les suivait donc pas.

La barque se rapprocha lentement des dunes. La marée descendait.

— Il faut la tirer pour l'échouer, expliqua le pêcheur.

Son seul marin sauta dans l'eau. Elle lui montait au-dessus de la taille. Il prit une corde attachée à l'avant et s'efforça de marcher vers le rivage. Jehan le Flamand sauta à son tour pour l'aider.

Quand ils aperçurent le fond de sable, ils descendirent tous dans l'eau, lourdement chargés de leurs bagages et de leurs armes, et se dirigèrent vers la grève peu hospitalière. Il n'y avait pas le moindre arbre. Arrivés au sec, ils s'arrêtèrent un moment, tandis que Bartolomeo et Ranulphe partaient en exploration. La barque s'éloignait déjà. Aucun autre bateau ne se rapprochait.

Ranulphe ayant trouvé quelques arbres rachitiques sous lesquels ils pourraient s'abriter du soleil, ils s'y installèrent, tandis que Guilhem, Bartolomeo et le Flamand partaient pour Boulogne sans autre arme qu'un simple couteau.

Près de la ville, ils passèrent à proximité d'une ferme fortifiée où on accepta de leur vendre une charrette, une vieille mule et un maigre cheval à prix d'or. Bartolomeo les ramena sur la plage et seuls Guilhem et le Flamand entrèrent en ville.

À la porte fortifiée, on ne leur demanda pas de sauf-conduit. Ils achetèrent facilement quatre che-

vaux, des pains de seigle et de froment, des charcu-
tailles et des outres qu'ils emplirent d'eau et d'ale.

Ils retrouvèrent Robert de Locksley sur la plage en
fin d'après-midi. Bartolomeo venait d'arriver.

Ils ne repartirent que le lendemain et mirent quatre
jours pour gagner Abbeville, trouvant refuge dans des
monastères, comme à Longvilliers, ou passant la nuit
dehors. Une seule fois, ils furent arrêtés et interrogés
par une troupe armée envoyée par le sénéchal du
Boulonnais, Pierre de Bournonville. C'était justement
après Longvilliers.

La troupe comportait six hommes commandés par
un sergent. Ayant salué Locksley, elle rattrapa les
ménestrels et le sergent leur ordonna de les suivre.
Guilhem refusa, arguant qu'on les attendait à Abbeville car il était un ami de Raoul de Houdan, le plus
célèbre trouvère et jongleur de l'Artois. Robert de
Locksley les rejoignit et confirma que les ménestrels
devaient faire un spectacle lors du banquet de départ
des croisés.

Le sergent hésita à utiliser la force. Il repartit, assurant quand même qu'ils reviendraient plus nombreux,
mais les voyageurs ne les revirent plus.

Malgré cela, le soir, ils se préparèrent à soutenir
un siège dans le moulin de Tigny qui les avait abrités.

Enfin à Abbeville, ville libre très prospère et où les
tisserands étaient nombreux, ils abandonnèrent le
chariot et échangèrent leurs chevaux contre de plus
nobles palefrois. Ils étaient désormais dans le
baillage d'Amiens et le sauf-conduit du roi de France
les protégeait, comme il le fit ensuite dans le baillage
de Vermandois.

Ils furent à Paris en quatre jours, ils entrèrent dans
la ville le dernier dimanche de mai.

Chapitre 35

Ils passèrent devant l'abbaye Saint-Martin, étrangement silencieuse, et franchirent l'enceinte du roi Philippe par une porte protégée de deux tours.

En ce chaud dimanche après-midi, le chemin était presque désert et ils furent bien vite à l'Archet-Saint-Merry, l'ancienne porte du Monceau-Saint-Gervais, du temps où c'était une cité appartenant au comte de Meulan.

Guilhem observa que le talus supportant la vieille palissade de bois entourant le Monceau était presque entièrement arasé et que de nouvelles maisons s'édifiaient à la place.

En vue de l'église Saint-Merry, ils s'engagèrent dans la rue ravinée qui bordait l'ancienne fortification avant de s'arrêter devant la corne de métal suspendue à deux chaînes sous l'encorbellement d'une façade à pans de bois. C'était l'hôtellerie de la Corne de Fer où Robert de Locksley avait déjà pris chambre l'année précédente.

Les chevaliers descendirent de leurs palefrois et aidèrent Anna Maria à en faire autant pendant que Bartolomeo conduisait les autres à l'écurie proche où on s'occuperait de leurs chevaux et de leurs bagages.

Ayant passé la porte basse de l'auberge, Locksley aperçut l'hôtelier. Quand le gros homme le reconnut, sa bouche lippue s'ouvrit comme celle d'une carpe sortie de l'eau et ses épais sourcils s'arquèrent de saisissement, puis son triple menton se mit à trembloter de façon incontrôlable.

La dernière fois que cet homme avait logé chez lui, des chevaliers avaient ravagé sa chambre et avaient tenté de le jeter par une fenêtre. Quant à son compagnon à l'air féroce, il avait voulu lui trancher les mains[1] !

— Nobles... seigneurs... balbutia-t-il, que Dieu vous garde... bredouilla-t-il.

— Il m'a bien gardé, jusqu'à présent ! lança joyeusement Locksley. Nous voulons deux ou trois chambres. Les plus belles et les plus grandes.

— Je... je n'en ai qu'une de libre, seigneur...

— Débrouille-toi, gargotier ! Le roi nous attend demain. Tu n'aimerais sûrement pas que je dise du mal de toi au prévôt Hamelin ! conclut Locksley, faisant asseoir Anna Maria sur un banc, après avoir posé arc et carquois sur une table.

— Le... le roi ?

— Ne me fais pas tout répéter ! Conduis-nous à nos chambres...

Les autres entraient maintenant, précédés de quatre valets portant les bagages, les rondaches, leurs casques et les cuirasses, car ils voyageaient simplement en surcot depuis Senlis. En effet, l'ordre et la justice régnaient autour de Paris où les rares brigands étaient vite punis ; les corps séchés et mutilés pendus à des chênes le long du chemin en témoignaient.

À la vue de ces gens hirsutes, barbus, aux visages fatigués, porteurs de haches et d'épées, l'aubergiste se sentit perdu. Il jeta un regard affolé vers les clients dans la salle, cherchant une aide, mais il n'y avait que quelques marchands et ceux-ci, d'abord intéressés

---

1. Voir : *Paris, 1199*, même auteur, même éditeur.

par l'arrivée des voyageurs, plongeaient maintenant leur nez dans leur pot, par crainte d'être pris à partie.

— Seigneur, la chambre que vous occupiez au deuxième étage est libre, dit-il, la mine désolée en se tordant nerveusement les mains. Le solier sous le pignon du toit est vide aussi, mais je crains qu'il ne convienne pas à vos compagnons. Toutefois, si vous acceptiez ces deux pièces, je peux vous laisser ma chambre, je dormirai dans la salle du bas jusqu'à ce que des chambres se libèrent.

— Cela nous conviendra, intervint Anna Maria. Je suis trop lasse pour chercher une autre auberge et j'ai hâte de me reposer dans un vrai lit. Mais je me souviens que le solier est bien sale, vous le ferez nettoyer.

— Je prendrai donc votre chambre avec mon écuyer et le seigneur de Furnais, décida Guilhem. Fais-y porter nos bagages. Tu peux maintenant nous préparer ton meilleur souper. Nos estomacs gémissent de malefaim !

Au deuxième étage, Locksley retrouva son ancienne chambre avec un pincement de nostalgie. Rien n'avait changé. Le lit à rideaux et le coffre étaient toujours là avec le bougeoir, la bassine et le broc d'eau. Il y avait, en plus, une chaise percée. Le trou qu'il avait fait dans le mur de plâtre et de paille avait été réparé. Le sol couvert de gros carreaux de terre émaillés était propre et balayé même si des cafards s'y promenaient.

Anna Maria se coucha aussitôt, tant elle était fatiguée, et son mari resta près d'elle.

Par contre, sous le pignon du toit, Cédric, Ranulphe et Jehan découvrirent un grenier sale et puant où la chaleur était étouffante. Les poutres de la charpente étaient couvertes de toiles d'araignée. On y avait dressé un grand lit avec une paillasse de crin et installé un coffre vermoulu. La vermine courait sur le plancher plein de fentes. Ranulphe grimaça, mais les deux autres étaient satisfaits de pouvoir enfin disposer d'un lit.

Quant à Guilhem, Bartolomeo et Furnais, leur chambre était au premier étage. Petite, mais avec un lit où l'on pouvait dormir à quatre, elle contenait une chaise percée et un petit banc. L'endroit était propre et confortable. Il y avait aussi un vieux bahut vermoulu avec un gros coffre de fer à deux serrures posé dessus. Songeant qu'il pourrait y mettre le testament à l'abri, Guilhem essaya d'en ouvrir le couvercle. À sa surprise, il le fit sans difficulté car le mécanisme avait été forcé. Il était donc inutile qu'il en demande les clefs.

Peu après s'être installés, et comme le souper ne serait servi que deux heures plus tard, chacun partit de son côté.

Furnais se rendit au palais de l'Île de la Cité avec Guilhem et Bartolomeo, tandis que le Flamand guidait Cédric dans le dédale des ruelles du Monceau-Saint-Gervais.

Les deux hommes longèrent d'abord Saint-Merry par cette rue Saint-Merry que l'on appelait aussi la rue de la Verrerie à cause d'une verrerie installée là une dizaine d'années plus tôt, puis ils tournèrent à droite dans une rue fermée par une porte, chaque nuit. Une seconde porte se trouvait à son débouché dans la rue de la Tisseranderie. C'est à cet endroit que se dressait la taverne du Lièvre Cornu que le Saxon voulait tant connaître.

La sombre salle du cabaret était pleine. Elle puait le vin et les relents nauséabonds. Jehan n'y resta pas, reconnaissant à peine la vieille servante revêche qui ne fit pas attention à lui. Il se rendit seulement dans la cour de derrière pour parler un moment avec le neveu de Geoffroi qui avait repris l'auberge.

Quand il sortit de la cour par un passage entre des maisons, il rejoignit la rue de la Tisseranderie qu'il parcourut, jetant de mélancoliques regards aux maisons du gros Bertaut et de Noël de Champeaux, toutes deux occupées par de nouveaux tisserands. Il resta ensuite un long moment devant la sienne, attirant finalement l'attention du propriétaire qui sortit pour lui demander ce qu'il voulait.

Le Flamand ne le connaissait pas, et l'autre n'aurait pu se douter que cet homme d'armes roux, aux larges épaules et au cou de taureau, en surcot de toile rembourrée renforcé d'anneaux de fer sur la poitrine et porteur d'une large épée attachée à un double baudrier, était l'ancien tisserand dont il s'était approprié le logis.

Chassant les pensées qui le faisaient trop souffrir, Jehan s'éloigna. La vue de sa maison avait ravivé d'autres souvenirs qu'il préférait oublier. En particulier l'exténuant voyage jusqu'à Albi et les gens qu'il avait tués, alors que sa foi le lui interdisait.

Il s'arrêta devant la maison du pelletier Gilles de La Croix. Gilles était cathare, comme lui, mais emprisonné au Grand-Châtelet après la rafle conduite par le prévôt de Paris, un an plus tôt, avec sa femme, ses trois enfants et son ouvrier, il avait juré être bon chrétien pour être libéré.

Le Flamand frappa à la porte.

Ce fut Gilles qui lui ouvrit et, sur le coup, le pelletier ne le reconnut pas.

— C'est moi, Jehan.

Le visage du pelletier se décomposa de surprise. Puis il balaya la rue du regard et tira son ancien ami par le bras pour le faire entrer rapidement dans son atelier.

— Toi ! Que fais-tu ici ? Et cette cuirasse… cette épée… Tu n'es plus tisserand ?

— Non, Gilles, j'essaie seulement de rester un *bon homme*, même si je ne serai jamais Parfait.

— Tu es… avec les autres ?

— Non, je suis seulement avec mon seigneur… J'avais envie de te revoir, de savoir ce que vous deveniez.

Ayant entendu parler, la femme de Gilles descendait de l'étage et fut aussi stupéfaite que son mari. Mais très vite elle proposa à Jehan de s'asseoir et lui servit du vin d'Auxerre.

— Il vient du Lièvre Cornu, lui dit-elle avec un sourire chaleureux.

Jehan leur raconta leur voyage, leur parla de ceux qui étaient restés à Albi et des autres, comme lui, qui avaient choisi de suivre le seigneur qui les avait sauvés. Il dit quelques mots d'une expédition qu'il venait de faire avec d'autres seigneurs, mentionnant seulement Boulogne, et leur annonça qu'il repartirait dans un jour ou deux, après que son maître eut vu le roi.

Le pelletier était abasourdi, et sa femme admirative de ce qu'avait connu Jehan. Elle l'interrogea sur son épouse, ses enfants et prit des nouvelles de chacun, mais à aucun moment ils ne parlèrent de leur foi. Le pelletier fit juste une allusion à l'interdit prononcé par le pape : plus aucune messe n'était célébrée, et il s'en réjouissait, n'ayant plus à se forcer à prier devant des idoles.

Peu après, Gilles se leva et s'approcha d'un bahut qu'il ouvrit. Il en sortit un coffret dont il tira huit pièces d'or.

— C'est ce que j'ai pu obtenir de ta maison et de ce qu'elle contenait, lui dit-il.

Ému, Jehan le remercia avec chaleur. Mais le temps passait et il devait aller chercher Cédric. Il les serra tous deux affectueusement contre lui, sachant qu'il ne les reverrait plus, et repartit.

Il s'arrêta encore un instant au coin de la rue du Coq, devant l'ancienne boutique d'Aignan. D'après l'enseigne en forme de grande plume d'oie, on y vendait toujours des parchemins, mais comme les volets étaient clos, il ne put savoir qui l'occupait. Il retourna donc au Lièvre Cornu chercher Cédric.

Il s'en approchait quand, stupéfait, il reconnut le visage de celui qui en sortait.

L'individu suivit la rue de la Tisseranderie avant de descendre vers la place de Grève. Terrorisé, le Flamand n'envisagea même pas de le suivre. Il comprit seulement que rien n'était terminé.

Philippe Auguste n'était pas au palais, pas plus que frère Guérin. C'est ce qu'un sergent d'armes leur dit quand ils entrèrent par la porte fortifiée de la rue de la Barillerie, face à la rue de la Vieille Draperie.

Le roi et ses serviteurs étaient partis deux semaines auparavant pour le mariage de Louis et de Blanche et étaient encore en Normandie. Le sergent ignorait quand il rentrerait.

En revanche, Amiel de Châteauneuf était là, répondit-il quand Guilhem l'interrogea. Il logeait dans l'enceinte, dans une des maisons affectées aux serviteurs proches de frère Guérin, près de l'enceinte sud.

Prévenu, Amiel vint les chercher. Le chevalier fut d'abord interloqué de découvrir l'ancien gouverneur d'Angers avec Guilhem d'Ussel.

— Dieu vous bénisse, mes seigneurs, vous vous connaissiez donc ? D'où venez-vous ? demanda-t-il, agité.

— De Londres, où l'on s'est rencontrés. Où peut-on parler ? demanda Guilhem.

— Pas ici, certainement. (Ils étaient dans la cour.) Venez avec moi.

Mais en chemin, il ne put s'empêcher de questionner :

— Avez-vous réussi…

— Il est là ! répondit Guilhem dans un rire joyeux en frappant sa poitrine.

Amiel les fit entrer dans sa maison, un logis étroit à pans de bois appuyé contre l'enceinte et dont le pignon n'atteignait pas le chemin de ronde, car il n'avait pas d'étage. Il fit sortir ses deux domestiques et ferma soigneusement la porte.

— Comment avez-vous fait ? Comment vous êtes-vous rencontrés ?

— Avant de vous répondre, dites-moi quand le roi sera là ? s'enquit Guilhem.

— La veille du mariage de son fils, le jour de l'Ascension du Seigneur, le roi de France et le roi d'Angleterre ont conclu la paix... dit seulement Amiel.

— Vraiment ? s'inquiéta Furnais. Et Arthur ?

— J'y viens... Le traité a été signé au Goulet, près de Gaillon. Ensuite, le mariage célébré, notre roi Philippe est parti avec ses fidèles, dont frère Guérin, visiter plusieurs barons normands pour leur dire ce qu'il avait obtenu et surtout leur demander de le soutenir dans le conflit avec le Saint-Siège.

— En chemin, nous avons vu les églises fermées, et les cloches ne sonnent plus, remarqua Guilhem.

— C'est grande misère. Tant que le roi ne se sera pas séparé d'Agnès et n'aura pas repris Ingeburge comme épouse, Innocent III a interdit les sacrements dans le royaume, même le baptême des nourrissons et la pénitence pour les mourants. On ne célèbre plus aucun office depuis la Nativité et la plupart des églises sont fermées. Dans celles dont le peuple a exigé qu'elles restent ouvertes, le Christ des autels est couvert d'une bure noire et on a descendu dans les caveaux les corps saints et les images du Seigneur, de ses apôtres et de la Vierge. Il n'y a plus rien devant quoi on peut s'agenouiller le dimanche et les jours de fête. C'est terrible !

— Le roi ne fait rien ? demanda Guilhem.

— Il a bien sûr été pris d'une fureur extrême et a menacé les évêques et les clercs qui obéiraient aux volontés de Rome. Finalement seuls six évêques ont obéi à Innocent III, mais, parmi eux, il y avait celui de Paris qui a voulu appliquer l'interdit avec zèle, alors même qu'il était parent de notre roi. Philippe l'a donc convoqué pour le prévenir. Voici ce qu'il lui a dit : « Par la joyeuse de saint Charles le Grand, évêque, n'excitez pas ma colère. Vous et vos prélats ne faites attention à rien, pourvu que vous mangiez vos gros revenus et buviez le vin de votre clos, vous ne vous inquiétez pas de ce que devient le pauvre peuple ! Prenez garde que je ne frappe à votre mangeoire, et que je ne saisisse tous vos biens ! »

Guilhem hocha la tête, approuvant la fermeté royale.

— Mais comme Eudes de Sully[1] le suppliait d'obéir aux volontés du Saint-Père, le roi lui a rétorqué qu'il aimerait mieux perdre la moitié de ses domaines que de se séparer d'Agnès. Il a finalement bouté hors de leur siège tous les prélats du royaume qui avaient consenti à l'interdit et saisi leurs biens et leurs fiefs.

— Même ceux d'Eudes ?

— Même les siens ! L'évêque a été chassé de Notre-Dame, privé de ses biens, de ses meubles et de ses équipages et il a dû s'enfuir à pied comme un gueux. Mais pour mieux appliquer ces mesures rigoureuses, le roi a besoin de ses vassaux, car la révolte gronde dans le peuple et même parmi quelques barons. Certains d'entre eux ne veulent plus le servir, le jugeant relaps et rebelle aux lois de l'Église.

» Voilà pourquoi il n'est pas encore revenu. Bien sûr, s'il avait eu le testament avant l'Ascension, il n'aurait sans doute pas signé ce traité tel quel et il aurait exigé de meilleurs avantages.

— J'en suis désolé, mais je n'ai pu faire mieux ! ironisa Guilhem.

— Personne n'aurait pu faire mieux, seigneur de Lamaguère ! le rassura Amiel. Le roi ne croyait d'ailleurs pas que vous y parviendriez !

— Moi non plus ! Mais vous n'avez pas dit quand Philippe sera de retour.

---

1. L'évêque de Paris.

— Dans la semaine, certainement. Mercredi ou jeudi. Où logez-vous ?

— À la Corne de Fer, avec Robert de Locksley.

— Le comte de Huntington est avec vous ?

— Oui, avec sa femme.

— Sa Majesté vous recevra dès qu'elle arrivera, soyez-en sûrs. J'irai moi-même vous chercher...

Il déglutit et parut embarrassé :

— Pourrais-je voir le testament...

— Bien sûr ! Je le garde toujours par-devers moi. Mais je le remettrai uniquement au roi.

Il dénoua plusieurs aiguillettes de son gambison de cuir et sortit la fine sacoche serrée contre sa chemise en blanchet. Il l'ouvrit et en tira le parchemin plié qu'il tendit à Châteauneuf.

— Qu'a-t-il été décidé dans ce traité ? demanda à nouveau Furnais sans cacher son inquiétude. Met-il en cause les droits du duc de Bretagne ?

— Oui et non, répondit évasivement Amiel en parcourant le testament.

Il grimaça quand il l'eut terminé.

— Quel dommage que vous n'ayez pu être là il y a dix jours ! Tout aurait été différent !

— Que dit ce traité ? répéta Furnais, plus sèchement.

— Je vous l'ai dit, il est très avantageux pour le roi, mais s'il avait eu le testament, il aurait pu obtenir bien plus ! Philippe de France avait besoin de la paix, surtout à cause de l'interdit, mais Jean plus encore que lui, aussi notre roi a-t-il obtenu de larges concessions. Le traité nous donne définitivement Évreux, avec tous ses fiefs et domaines, ainsi que le Berry, mais surtout il affirme la subordination vassalique des rois d'Angleterre. Jean a enfin rendu hommage et a payé un droit de relief considérable. Pour la première fois les Plantagenêts ont reconnu la suzeraineté du roi de France !

— Mais l'Anjou et la Bretagne ?

404

— En contrepartie, Philippe a dû renoncer à ses droits sur la Bretagne.

— Quoi ? s'étouffa Furnais.

— Jean est reconnu duc de Normandie et d'Aquitaine, comte d'Angers et de Poitiers, mais il donne à Louis de France, pour son mariage avec la fille du roi de Castille, sa nièce, le fief d'Issoudun et vingt mille marcs.

— C'est impossible ! Pas la Bretagne ! Cela signifie que l'Anjou et la Touraine reviennent à Jean ! Tous ceux qui ont suivi Arthur sont perdus ! se lamenta Furnais.

— Rassurez-vous, cela ne changera rien ! Jean a reçu Arthur en homme lige et a consenti ce que ce soit lui qui lui cède la Bretagne. Il accepte l'hommage à des fidèles à Arthur. De la même façon, Jean a reçu l'hommage du comte d'Angoulême et du vicomte de Limoges et leur laisse leurs droits. Le traité prévoit que Jean ne peut rien retrancher des droits de ses fiefs sans un jugement légitime.

— Mais Jean n'a jamais respecté sa parole ! s'écria rageusement Furnais.

— Jean a juré devant ses barons d'observer de bonne foi et sans malice toutes ces conventions. Il y a eu un échange d'otages des deux côtés. Malgré tout, vous avez raison d'être méfiant, aussi ce testament permettra à notre roi de faire respecter sa parole au roi d'Angleterre, et même d'obtenir bien plus de lui, plus tard.

Furnais comprit qu'il ne servirait à rien de s'insurger plus avant, et il resta silencieux pendant que Guilhem reprenait le testament qu'il rangea dans la sacoche.

Quand ils se séparèrent, Amiel leur répéta qu'il viendrait les chercher dès que Philippe Auguste serait arrivé.

Chapitre 36

De retour à la Corne de Fer, Guilhem se rendit dans la chambre de Locksley à qui il raconta sa visite au Palais, puis ils descendirent ensemble pour le souper. Avant de se mettre à table, Guilhem se rendit aux latrines, dans la cour de l'auberge.

C'est là que quelqu'un le rejoignit pour lui apprendre une nouvelle à laquelle il ne s'attendait pas. Mais devait-il la croire ?

Ils s'installèrent dans la salle basse de l'hôtellerie, à la table la plus éloignée de l'entrée et de l'escalier qui conduisait aux chambres.

L'aubergiste avait demandé à la cuisinière de se surpasser et leur fit servir deux potages, l'un de chapons et l'autre d'écrevisses, avec du pain trempé dans du lait d'ânesse. Ensuite on leur porta des viandes de perdrix, de faisan et de mouton cuites de différentes façons, puis des perches farcies, le tout arrosé de vin frais de Montmartre et, pour terminer, des pommes cuites sucrées.

Curieusement, alors qu'ils auraient dû être soulagés d'avoir réussi la difficile mission confiée par le roi de France, et ce sans même avoir été meurtris, plusieurs étaient moroses et taciturnes. Mais peut-être étaient-ils seulement fatigués.

Aux autres tables, les convives étaient encore plus sombres. Les conversations étaient mornes et certains clients gémissaient ou même pleuraient. Chacun s'inquiétait de son salut si l'interdit se poursuivait. En les écoutant, Guilhem avait le sentiment que l'heure du Jugement dernier était proche.

Il interrogea l'aubergiste qui confirma que les fêtes et les processions étaient annulées. Pourtant l'interdit avait soulevé le peuple qui avait parfois forcé les portes des églises. Dans le quartier, les paroissiens avaient obtenu que Saint-Merry restât ouverte sauf quand les chanoines y célébraient le culte pour eux seuls, au moment de la messe, à none et à matines.

Dans la salle, Cédric était le seul à se réjouir, louant sans cesse le vin du Lièvre Cornu et assurant à tous que Geoffroi avait bien raison quand il disait que sa taverne était la meilleure de Paris. De plus, il avait appris qu'à quelques pas de l'auberge, quasiment dans le cloître des chanoines de Saint-Merry, se trouvait un lupanar avec de jeunes ribaudes auquel il s'était juré de rendre visite[1].

Ranulphe ne dit rien de ce qu'il avait fait et Jehan parla vaguement de ses visites. Guilhem l'interrogea pourtant sur ce qu'étaient devenues les échoppes des cathares installés à Lamaguère. Furnais n'écoutait guère, toujours contrarié par le traité signé par le roi de France. Quant à Anna Maria et Bartolomeo, ils parlaient à voix basse de leur prochaine séparation.

C'est à la fin du repas que Locksley interrogea Jehan sur les banquiers de Paris.

— Je veux mettre à l'abri l'argent que je rapporte de Londres. On m'a dit d'aller sur le pont au Change, fit-il. Connais-tu un changeur à qui faire confiance ?

---

1. Le cloître Saint-Merry était un pâté de maisons appartenant à des chanoines dans lequel on ne pouvait accéder que par deux portes, une près du porche de l'église et l'autre à l'arrière. Il y avait effectivement un lupanar dans la ruelle Bailleheu qui faisait partie de l'enclos.

Jehan parut embarrassé par la question. Il chercha son maître du regard, mais celui-ci était occupé à couper ses pommes cuites avec sa dague.

— Il y a surtout des orfèvres sur le pont au Change, seigneur, expliqua-t-il. Pour acheter des coupes d'or ou d'argent, des agrafes, des colliers ou des boucles, c'est bien là qu'il faut aller, mais pas pour y confier sa fortune. Les changeurs du pont sont des usuriers si durs qu'ils sont parfois pris à partie par leurs débiteurs. Il arrive alors qu'on pille leur échoppe et qu'on les jette dans la Seine. Vous pourriez ne plus revoir votre argent.

— L'un d'eux n'a-t-il pas une bonne réputation ? intervint Guilhem.

Jehan grimaça.

— Aucun, seigneur, ce sont tous des rapaces qui devraient passer par le carrefour Guigne Oreille.

La suggestion fit rire Anna Maria et Bartolomeo qui avaient entendu parler de ce carrefour, entre la place de Grève et Saint-Jacques de la Boucherie. L'endroit où l'on coupait les oreilles des voleurs.

— Pourtant les commerçants ont besoin de banquiers, comment font-ils, puisqu'il n'y a presque plus de juifs à Paris ?

— Il y a deux ans, le roi a autorisé les juifs à revenir, seigneur, mais ils sont encore peu nombreux. Par contre, il y a le Temple qui prête et qui peut conserver en sécurité l'argent qu'on lui remet.

— Je ne veux pas du Temple ! répliqua Locksley sèchement. Tu penses vraiment qu'il n'y a aucun honnête banquier dans cette ville ?

— Certains d'entre nous faisaient appel aux Lombards, seigneur. Ils viennent d'Italie et seraient, dit-on, d'une grande probité, car ils sont organisés en compagnie. Ils pratiquent le change, et ils prêtent sur gages, même parfois au Temple. Ils pourront vous verser un intérêt correct sur votre argent.

— En connais-tu un vraiment intègre ?

— Le plus riche et le plus respectable est Gandouffle le Lombard, rue du Temple, seigneur.

— J'irai demain avec mon épouse, décida Robert de Locksley. Puis nous nous rendrons dans la Cité, car Anna Maria a besoin de nouveaux vêtements. Tout ce qu'elle avait a été gâché par le voyage. Ranulphe, tu m'accompagneras avec Cédric.

— J'aurais aussi des visites à faire, intervint Guilhem, mais il ne serait pas prudent que je circule dans Paris en gardant le testament sur moi.

Il frappa sur sa poitrine, là où se trouvait la sacoche contenant le précieux document.

— Je le laisserai dans ma chambre où il y a un coffre. Seulement, il ne ferme pas à clef. Il faut donc qu'il y ait toujours quelqu'un pour le surveiller et le défendre si nécessaire. Je préférerais que tu emmènes Bartolomeo plutôt que Cédric, si tu es d'accord.

— Vous n'aurez pas besoin de mon frère ? demanda Anna Maria.

— Non, rassurez-vous.

— Cédric, tu resteras donc ici ! décida Locksley. Comment veux-tu organiser les tours de garde, Guilhem ?

— Seigneur de Furnais, pourrez-vous rester dans notre chambre jusqu'à tierce ?

— Certainement, ami Guilhem, je n'ai rien d'autre à faire.

— Jehan, tu prendras la suite de tierce à sexte, Cédric, tu le remplaceras jusqu'après none, puis Ranulphe, s'il est de retour, assurera la garde jusqu'à mon retour, avant vêpres.

— Mais les cloches de Saint-Merry sont silencieuses, seigneur, remarqua Jehan. Comment connaîtrons-nous l'heure ?

— Tu as dû remarquer que la cloche du cloître sonne les offices pour les chanoines. La fenêtre ouverte, vous l'entendrez.

Le lendemain, Locksley et sa femme, escortés par Ranulphe et Bartolomeo, se rendirent donc dans la rue du Temple, toute proche, juste après la porte Baudoyer.

La maison de Gandouffle le Lombard était une solide construction aux colombages multicolores sur un premier étage de pierre. Le banquier reçut immédiatement Locksley qui lui confia la lourde sacoche qui n'avait jamais quitté son épaule et qui lui pesait lourdement. Gandouffle compta et pesa longuement les sequins vénitiens et les bezans, avant de proposer à Robert de Locksley de lui verser le vingtième de la somme tous les ans à la Saint-Michel. Le comte de Huntington pouvant à tout moment reprendre son argent. La préparation de l'acte prit la matinée, car compte tenu de l'importance de celui-ci, le banquier Gandouffle appela un notaire pour le préparer et quatre autres changeurs de la compagnie des Lombards vinrent y apporter leur garantie et signer l'acte de leur sceau.

Robert de Locksley revint donc à la Corne de Fer juste avant none, à temps quand même pour que Ranulphe puisse remplacer Cédric. Avec surprise, Locksley y retrouva non seulement Guilhem et Furnais qui l'attendaient, mais aussi les deux frères Hamelin assis à une autre table.

Le matin, Guilhem s'était rendu très tôt dans la rue du Coq. Au coin de la rue de la Tisseranderie, l'ancienne boutique d'Aignan était ouverte. Le jeune clerc qui avait repris la boutique de parchemins l'écouta avec attention et lui fit sur l'heure ce qu'il demandait.

Quand il revint à l'auberge, Jehan attendait dans la salle pour prendre son tour de garde. Guilhem monta d'abord dans sa chambre, échangea quelques mots avec Furnais puis descendit prévenir Jehan le

Flamand de remplacer le sire de Furnais. Ensuite il partit pour le Grand-Châtelet où il voulait saluer le prévôt Hamelin et le remercier pour son aide, le jour où ils avaient quitté Paris, quand Lambert de Cadoc avait tenté de les dépouiller.

Philippe Hamelin, le prévôt de Paris, habitait en effet dans le Grand-Châtelet, tout comme la garnison à son service pour surveiller la porte de l'Outre-Grand-Pont et assurer le guet.

Hamelin le reçut avec un plaisir non dissimulé. Il ignorait tout de la mission de Guilhem, aucun baron n'en étant informé, mais il se doutait bien que si Ussel avait quitté sa seigneurie, c'était pour d'impératives raisons.

Guilhem répondit d'abord aux questions du prévôt de Paris qui voulait savoir ce qu'étaient devenus les cathares chassés de la capitale, puis, n'ayant guère de temps, il raconta brièvement sa vie à Lamaguère. Après quoi, comme l'avait fait Jehan le Flamand avec Gilles de La Croix, il dit seulement qu'il arrivait de Boulogne ; un voyage entrepris pour le roi de France qui le recevrait dès son retour de Normandie. Il lui dit aussi qu'il logeait à la Corne de Fer, avec Robert de Locksley et son épouse, et que tous deux seraient certainement ravis de le revoir, malgré ce qui s'était passé.

Philippe Hamelin resta réservé, n'étant nullement certain de l'affirmation de Guilhem. Après tout, il avait capturé Robert de Locksley et sa femme dans le but de pendre l'un et de brûler l'autre !

Guilhem en vint à la seconde raison de sa visite.

— M'accorderiez-vous votre aide, sire prévôt ?

— Vous l'avez, seigneur d'Ussel, ainsi que celle de tous les sergents et hommes d'armes du Châtelet.

— Seigneur de Lamaguère seulement ! Mon fief est à Lamaguère et Ussel n'est qu'un surnom de guerre ! plaisanta Guilhem. Mais en demandant votre aide, c'est de vous-même que j'ai besoin, pas de vos gens.

J'aurai aussi besoin de votre frère. C'est une affaire grave et vitale pour la Couronne, que personne ne doit connaître, donc il me faut des hommes de confiance.

Le frère cadet de Philippe Hamelin, Robert, était prêtre et docteur de l'Église. Il était surtout le prévôt de l'abbaye Saint-Éloi[1] qui avait en charge la justice ecclésiastique sur les fiefs de l'abbaye, dans le Monceau-Saint-Gervais.

— Je suis très honoré. Mon frère acceptera, n'en doutez pas, et nous pouvons aller le voir sur-le-champ, si vous voulez. Pouvez-vous m'en dire plus ?

— Oui.

Alors Guilhem raconta ce qu'ils avaient fait à Londres.

Il revint à la Corne de Fer avec les deux prévôts, mais en passant par la cour pour qu'on ne les voie pas. Dans la salle, ils trouvèrent Furnais qui leur raconta ce qu'il avait fait, car il savait pouvoir faire confiance aux frères Hamelin.

Peu après, ce fut Robert, Anna Maria et Bartolomeo qui arrivèrent avec Ranulphe. Ce dernier parut surpris de voir le seigneur d'Ussel qui avait pourtant assuré la veille avoir des visites à faire. Quant aux autres, ils furent encore plus étonnés de découvrir les deux frères prévôts à une table, d'autant que Robert, le prévôt de Paris, était vêtu d'une robe de bourgeois, tandis que son frère était en aumusse avec un capuchon lui couvrant la tête.

— C'est une bonne chose que vous arriviez maintenant, mes amis, lança Guilhem joyeusement.

---

1. L'abbaye, d'abord simple monastère autour de l'église Saint-Martial érigée par saint Éloi, évêque et ministre du roi Dagobert, était située dans la rue de la Vieille-Draperie. À cette époque, elle dépendait de l'abbaye de Saint-Maur-des-Fossés.

Ranulphe, va donc remplacer Cédric, car je dois parler avec ton seigneur et maître !

En même temps, Guilhem s'était levé, et comme Ranulphe s'éloignait, il ajouta à l'intention de son ami :

— Retrouvons-nous dans ta chambre, je ferai venir du vin car je meurs de soif !

Intrigué, Robert de Locksley hocha du chef et ils montèrent au deuxième étage.

C'est dans la pièce fermée que Guilhem leur expliqua ce qui se passait et la raison de la présence des frères Hamelin. Quand il eut terminé, Robert de Locksley lui assura qu'il était certain de la fidélité de Ranulphe.

Guilhem ne répondit rien et s'installa devant la fenêtre ouverte, mais à cause des encorbellements, il ne voyait pas grand-chose de ce qui se passait dans la rue.

Robert de Locksley parlait de ses projets. Guilhem écoutait vaguement, quand retentit un grand vacarme dehors. Ils reconnurent la voix d'un Saxon qui lançait :

— Par saint Dunstan, avance donc, immonde pourceau !

Immédiatement, ils se précipitèrent à la porte et descendirent au premier étage. Guilhem courut à sa chambre où aurait dû se trouver Ranulphe.

La pièce était vide.

L'écuyer avait donc abandonné son poste. Guilhem ouvrit le coffre, et comme il le craignait, le testament de Richard Cœur de Lion avait disparu.

— Tu avais donc raison ! laissa tomber Locksley qui était derrière lui. Je t'avoue que, jusqu'à présent, je ne voulais pas y croire.

Sa voix était d'une infinie tristesse.

— C'est un grand malheur et une immense déception, soupira Anna Maria. Après tant de temps passé ensemble !

Ils ressortirent pour voir arriver Furnais et les frères Hamelin qui entouraient Ranulphe, Jehan le Flamand, Cédric et un quatrième homme.

Dans celui-ci, Guilhem reconnut un des cathares qui avait été libéré du Grand-Châtelet, un an auparavant, après avoir abjuré sa foi. Ranulphe avait le visage dur et fermé, et Jehan avait perdu son teint cramoisi. Quant à Cédric, il paraissait hagard.

— Prévôt Hamelin, faites-les entrer dans ma chambre et fouillez-les, ordonna Guilhem.

— C'est inutile, laissa tomber Ranulphe, livide comme un trépassé, voici le testament du roi Richard.

Il sortit le parchemin de sa cotte.

Chapitre 37

— Je n'aurais jamais cru cela de toi, Ranulphe ! dit simplement Locksley.

Ranulphe posa un genou à terre.

— Je suis revenu librement, seigneur. Croyez-vous que ces deux-là, ou même le seigneur de Furnais, auraient pu me contraindre ? demanda-t-il d'une voix implorante, après avoir désigné les frères Hamelin.

Jehan le Flamand se jeta à son tour à genoux.

— Je suis le seul coupable, c'est moi qui ai entraîné le seigneur Ranulphe, sire comte, avoua-t-il d'une voix cassée par l'émotion. Hier, j'avais vu l'aviseux qui nous avait suivis depuis Nathan le Riche, celui qui se nomme Mauluc. Il sortait du Lièvre Cornu quand je venais chercher Cédric. Comment l'assassin de Mathilde pouvait-il être là ? Il n'y avait qu'une explication : il venait retrouver l'un d'entre nous, et ce ne pouvait être que Cédric qui avait tant insisté pour que je le conduise à la taverne. Le soir, je l'ai dit à mon seigneur, mais j'ai eu l'impression qu'il ne me croyait pas, qu'il me soupçonnait même, aussi, ce matin, j'avais décidé de suivre Cédric pour en avoir le cœur net.

Il lança un regard implorant à Guilhem qui restait impénétrable.

— Je suis allé demander l'aide de mon ami Gilles de La Croix. Il est fourreur, rue de la Tisseranderie, et je vous jure sur les Saints Évangiles qu'il n'est pour rien dans ce qui est arrivé.

— C'est la vérité, seigneur ! implora Gilles de La Croix, terrorisé et regrettant visiblement de s'être mis dans ce mauvais pas.

— Continue ! laissa tomber Guilhem en s'adressant à Jehan.

— J'avais demandé à Gilles de m'attendre dans Saint-Merry. Comme l'église est vide à cause de l'interdit, on ne l'aurait pas remarqué. Quand j'ai eu fini mon temps de garde, je l'ai rejoint. Je lui avais décrit Cédric et il est resté sous le porche, à surveiller l'auberge. Moi, j'étais à l'intérieur. Peu après que none eut sonné dans le cloître, Cédric est sorti de la Corne de Fer. Gilles m'a prévenu et on l'a suivi de loin. Il s'est rendu immédiatement au Lièvre Cornu... J'ai... J'ai pensé qu'il allait y retrouver Mauluc et lui vendre le testament. Pour en avoir le cœur net, j'ai laissé Gilles au cabaret et j'ai couru jusqu'à l'auberge où j'ai convaincu le seigneur Ranulphe de regarder dans le coffre. Le testament avait disparu, alors qu'il y était quand j'avais laissé la place à Cédric, car j'avais vérifié. Le seigneur Ranulphe m'a cru (il lança un bref regard à Guilhem qui ignora l'allusion) et il m'a accompagné. Au Lièvre Cornu, Cédric était attablé, seul. Ranulphe lui a demandé de le suivre dans la cour. Cédric a compris que nous savions et a tenté de fuir, mais, avec l'aide de Gilles, on l'a maintenu et le seigneur Ranulphe lui a repris le testament.

— Ça s'est bien passé comme ça au Lièvre Cornu, seigneur Guilhem ! intervint le prévôt de Saint-Éloi. Je n'ai pas quitté Cédric des yeux, comme vous me l'aviez demandé, et je l'avais suivi dès qu'il avait quitté la Corne de Fer.

— Et moi je m'étais attaché aux pas de Jehan, il était bien derrière Cédric avec celui-là, confirma Thomas de Furnais en désignant le fourreur. Et il est bien revenu à la Corne de Fer pour en repartir avec Ranulphe.

Jehan le considéra sans comprendre, l'esprit comme brouillé par ce qu'il venait d'entendre :

— Je… Je ne vous ai pas vu, seigneur…

— Quand je t'ai vu entrer dans Saint-Merry, je me suis caché derrière un pilier où j'ai vu ton compère sortir et s'installer sous le porche. J'ai compris qu'il surveillait l'auberge. J'ai pris la porte qui conduit au cloître et, pour quelques pièces de cuivre, un chanoine vous a surveillés et est venu me prévenir à la Corne de Fer quand vous avez suivi Cédric.

— J'ai suivi Ranulphe quand Jehan est venu le chercher, dit à son tour Robert Hamelin. C'était facile puisqu'il ne me connaissait pas. Simplement, je ne suis pas entré tout de suite au Lièvre Cornu. Le sire de Furnais, qui était avec moi, est resté devant la porte, et j'ai fait le tour par la cour pour être certain que personne ne puisse fuir par là.

Locksley tendit sa main à Ranulphe et lui fit signe de se relever, puis son regard sévère tomba sur l'archer saxon.

— C'est donc toi qui m'as trahi…

— Pitié, seigneur ! J'étais contraint ! glapit Cédric qui avouait ainsi son crime.

— Contraint à quoi, damné pourceau ? rugit Locksley.

— À Hastings, seigneur… Quand je suis allé en reconnaissance, Mauluc était dans la troupe de La Braye. Il m'a reconnu et ils m'ont attrapé. Il voulait m'écorcher ! J'ai dû lui promettre que je lui remettrai le testament au Lièvre Cornu, le seul endroit que je connaissais à Paris.

— Par l'épée de saint Pierre, Cédric, tu me prends pour un sottard ? Il aurait suffi que tu me le dises pour qu'on tende un piège à Mauluc et que je le saisisse. Je t'aurai royalement récompensé pour m'avoir livré l'assassin de Mathilde !

— Mais Mauluc t'avait promis autre chose, n'est-ce pas, Cédric ? intervint Guilhem. D'entrer au service du roi Jean, peut-être…

— Jamais ! J'ai toujours été loyal envers le comte de Huntington ! geignit le Saxon.

Avec son menton en galoche et sa tête de furet aux grandes incisives jaunasses, Cédric n'avait jamais été séduisant, mais la terreur qui l'avait envahi le rendait maintenant d'une incroyable laideur.

— Loyal envers lui, peut-être, mais pas envers Ranulphe que tu avais essayé de tuer à Lamaguère, laissa tomber Ussel.

— Quoi ? s'exclama Ranulphe. C'était toi, Cédric ?

— Non ! hurla l'archer, comprenant qu'il était perdu.

— Tu craignais que, tôt ou tard, Ranulphe ne découvre que tu étais celui qui lui avait tiré dessus. Il t'aurait fait pendre pour ton crime. C'est pourquoi la proposition de Mauluc avait tant d'attraits ! Non seulement tu aurais reçu de l'or pour ta trahison, mais tu aurais été à l'abri de la vengeance de Ranulphe.

— Explique-toi, Cédric ! lança sévèrement Robert de Locksley.

Mais comme l'archer restait pétrifié, muet d'épouvante en prenant conscience de ce qui l'attendait, Guilhem ajouta :

— Il faut remonter un peu plus loin dans le temps pour tout comprendre. C'est Cédric qui a tué Gilbert, et il craignait que Ranulphe ne le devine.

— C'est toi ! s'exclama Robert de Locksley.

Sous le regard terrible de son maître, Cédric s'était mis à trembler. Il embrassa la pièce d'un coup d'œil circulaire, allant de la porte à la fenêtre, évaluant ses chances de fuir.

— N'essaie même pas ! lui dit Guilhem en le prenant par l'échine et lui serrant la nuque.

— Qui est Gilbert ? demanda Hamelin.

418

— Un de mes archers, répondit Locksley. On a découvert son corps dans une crypte à Usarche.

— Je me doutais que c'était Cédric, mais je n'aurais jamais imaginé que c'était lui qui m'avait tiré dessus, intervint Ranulphe. Jusqu'à présent, j'étais persuadé que c'était mon cousin et j'en étais le plus malheureux des hommes.

— Tout cela à cause de votre dispute ? s'enquit Guilhem.

— Co… comment le savez-vous ? balbutia Ranulphe.

— Quelle dispute ? s'enquit Locksley.

— C'est Bartolomeo qui me l'avait dit, fit Guilhem. Mais raconte toi-même ce qui s'est passé, Ranulphe…

— Je m'étais une nouvelle fois disputé avec Regun au sujet de son mariage, seigneur, bredouilla l'écuyer. À ce moment-là, je voulais me persuader que Mathilde n'était qu'une paysanne qui aurait provoqué une mésalliance dans notre noble lignage. Je refusais cette flétrissure. J'étais en rage contre Regun et contre celle qui l'avait séduit. Je… Je ne savais plus ce que je disais, seigneur. La colère m'a dominé et je lui ai dit que je le tuerais, ou que je tuerais Mathilde, plutôt que de les voir unis…

Il tomba à genoux en réprimant des sanglots.

— Que le Seigneur en soit témoin, je ne l'aurais jamais fait ! C'était mon cousin, presque mon frère ! J'aurais donné ma vie pour lui. Aussi, quand j'ai reçu cette flèche, j'étais tellement certain que c'était lui que j'en suis resté désespéré. Jamais je n'avais voulu que notre chamaillerie nous conduise à cet affrontement. Je ne savais que faire… J'ai voulu lui parler, mais il m'a repoussé… Et nous ne nous sommes jamais expliqués… Et maintenant, je découvre que ce n'était pas lui…

Il se mit à gémir en se tordant les mains de désespoir.

— Pourquoi dis-tu que Mathilde n'était qu'une paysanne ? demanda sévèrement Anna Maria. Elle avait de l'éducation et ses parents avaient du bien.

— C'est seulement après sa mort que j'ai compris mon aveuglement, noble dame. En vérité, je n'en voulais pas à Mathilde... j'en voulais à Regun... Je le détestais parce qu'il m'abandonnait en l'épousant ! cria-t-il.

Il se couvrit le visage des mains et se mit à balbutier :

— J'aurais tant voulu lui parler avant... et me réconcilier. J'aurais accepté Mathilde, puisqu'il l'aimait... si j'avais su ! Mais je ne peux désormais... que leur demander pardon dans mes prières.

Profondément troublé, se sentant coupable de ne pas avoir deviné l'amour et la haine qui avaient déchiré ses deux écuyers, Locksley considéra sévèrement Bartolomeo.

— Comment savais-tu pour la dispute ?

Mais en posant la question, il en devina la réponse car il se tourna vers sa femme :

— Tu le savais, Anna Maria ! lui reprocha-t-il.

— Oui. C'est Mathilde qui me l'avait racontée.

— Pourquoi tu ne m'as rien dit ? demanda-t-il, contrarié de ce manque de confiance.

— C'était une trop grave accusation, Robert. J'en ai parlé à Bartolomeo qui m'a conseillé de demander l'avis de Guilhem. Et Guilhem m'a dit de ne pas t'en parler.

— Pourquoi ? s'enquit Locksley, de plus en plus irrité qu'on lui ait caché l'affaire.

— Je connaissais Regun moins bien que toi, Robert, mais j'étais certain qu'il n'aurait jamais lâchement tiré sur son cousin. Ce ne pouvait être lui, alors à quoi bon l'accuser ?

— C'est certain ! reconnut tristement Locksley après une hésitation. Regun était la loyauté même.

— J'ai cependant fait une petite enquête. En interrogeant à droite et à gauche, avec Bartolomeo, j'ai appris que Ranulphe posait aussi des questions. Il demandait à tous les cathares ce dont ils se souvenaient la veille de la mort de Gilbert, à Usarche. Or, sur cette journée, mon opinion était faite. Gilbert n'avait pas été tué le matin du jour où on l'avait trouvé, car personne ne l'avait vu sortir du logis. Quant à imaginer qu'un des cathares soit son assassin, c'était impossible. Comment l'un d'eux aurait-il pu le convaincre de l'accompagner dans la crypte ?

» Par contre, ce qui était certain, c'était que la veille les Saxons étaient réunis au cabaret du Coq, et qu'ils s'étaient disputés. Je m'étais donc rendu au cabaret et le cabaretier m'avait confirmé, non pas une dispute, mais deux. La première, à la suite des piperies de Cédric, puis une seconde querelle entre Cédric et Gilbert après le départ de Regun, de Ranulphe et de Godefroi. Le cabaretier les avait alors jetés dehors au moment du couvre-feu. Cédric avait donc menti. J'avais alors soigneusement refait le chemin du cabaret jusqu'à la tour. Tu te rappelles, Robert, combien les ruelles étaient sales et puantes, pourtant, contre un mur, j'ai vu du sang séché. Beaucoup de sang. Ce ne pouvait être que celui de Gilbert. Souviens-toi qu'il avait eu la gorge ouverte et pourtant il n'y avait presque pas de sang dans la crypte. On l'avait donc tué ailleurs.

— Pourquoi ne m'avoir rien dit ?

— J'ai hésité, je le reconnais, mais c'était une querelle entre Cédric et Gilbert. Elle ne me regardait pas. Si je l'avais fait avouer devant toi, tu l'aurais pendu. Ainsi, au lieu de perdre un homme, on en aurait perdu deux. Or on manquait de combattants. Quand j'étais chez Mercadier et Cadoc, je ne demandais pas à mes hommes d'armes d'être vertueux, j'exigeais seulement qu'ils soient loyaux et qu'ils n'aient pas peur de se battre. Cédric l'était et cela suffisait. Jusqu'à présent.

Après un instant de réflexion, Robert de Locksley approuva de la tête et Guilhem poursuivit :

— Seulement, quand Cédric a appris que Ranulphe posait des questions, à Lamaguère, il a pris peur et a décidé de le tuer. C'est cela, Cédric ?

Le Saxon baissa les yeux.

— Que s'est-il exactement passé à Usarche ? lui demanda durement Locksley.

— Ce n'est pas ma faute, seigneur, gémit Cédric. Après le départ de Godefroi et des écuyers, Gilbert m'a proposé que l'on rejoigne une compagnie franche pour nous enrichir de butin. J'ai refusé, seigneur. Je lui ai reproché son manque de foi... Et (il déglutit) il m'a dit... qu'il savait pour Perrine...

— C'est toi... qui as fait disparaître Perrine ? demanda Locksley, interloqué.

— Oui, seigneur, reconnut le Saxon qui préférait visiblement avouer un crime, de peu d'importance à ses yeux, pour justifier qu'il ait tué Gilbert.

— Comment ?

— Au Buis, comme les servantes rallumaient le feu avec les braises, j'ai vu Perrine se rendre au bûcher. Je l'ai rejointe pour jouer du serrecroupière, mais elle ne voulait pas... J'ai insisté et j'ai compris qu'elle allait crier... J'ai dû l'étrangler et je l'ai cachée sous les bûches.

— Perrine n'était-elle pas une des servantes cathares ? demanda Hamelin.

— Oui, seigneur, dit Jehan, horrifié par ce nouveau crime. C'était la servante de Noël de Champeaux... Ça s'est passé dans une ferme qui nous avait reçus...

— Tu es donc deux fois criminel, fit Robert de Locksley avec un profond mépris, et deux fois félon !

— Non, seigneur ! se défendit Cédric. Perrine n'était qu'une domestique, de plus elle était une hérétique, sa mort n'avait aucune importance. Quant à

Gilbert, il voulait vous trahir ! J'ai agi avec loyauté envers vous !

— Que s'est-il passé ensuite entre Gilbert et toi ? demanda Guilhem qui ne croyait guère à la félonie de Gilbert. À ses yeux, ce devait être Cédric qui avait proposé à Gilbert de fuir, et peut-être était-ce même Gilbert qui avait tué Perrine, auquel cas Cédric s'accusait d'un crime pour se défendre d'un autre. Mais qui saurait jamais la vérité ?

— On s'est disputés. Il a voulu se battre avec moi et le cabaretier nous a jetés dehors. Gilbert est parti devant, je l'ai suivi, mais je me méfiais. Il s'est jeté sur moi au recoin d'une rue. J'avais ma dague à la main. En me défendant, je lui ai percé le ventre. Je lui ai coupé la gorge pour qu'il ne crie pas et je l'ai laissé se vider de son sang. Ensuite, je l'ai porté au parvis, puis je suis allé dans la tour chercher la coupe de suif qui servait de lanterne. Je connaissais la crypte où j'étais allé le matin avec une puterelle. J'ai transporté le corps, et en cherchant où le cacher, j'ai découvert la porte du souterrain. Je l'ai jeté là, et pour qu'on croie qu'il avait fui, j'ai mis aussi son harnois.

Ainsi, tous les mystères de ces derniers mois étaient élucidés. Anna Maria songeait à la pauvre Mathilde, morte à cause d'eux, quant à Ranulphe, il priait silencieusement pour son cousin.

Guilhem s'adressa alors à Jehan.

— Hier soir, tu as pensé que je doutais de ce que tu me révélais, sache que c'est ce que je voulais. Accuser Cédric n'aurait servi à rien, car il aurait nié. Il fallait donc que je prépare un piège pour le prendre en flagrant délit. Simplement, je n'avais pas pensé que tu tenterais de le prendre toi-même. C'était folie ! Il t'aurait découvert, il t'aurait tué sans hésitation.

— Prévôt, saisissez-vous de lui ! ajouta-t-il en lâchant Cédric.

Hamelin avait une cordelette de chanvre toute prête. Aidé de son frère, il entrava les mains de Cédric qui se laissa faire.

Pendant ce temps, Guilhem s'était adressé à Locksley.

— Robert, donne-moi le testament.

Locksley le lui tendit. Guilhem l'ouvrit et en montra le contenu à tout le monde. La peau de porc n'était qu'un feuillet blanc.

— Qu'est-il arrivé au testament ? demanda Furnais, brusquement effrayé.

Guilhem eut un sourire amusé, puis défit deux aiguillettes de son gambison et sortit sa sacoche dont il tira un autre testament.

— Il ne m'a jamais quitté. Celui-ci (il tendit le parchemin vierge) a été fait ce matin par le clerc qui a repris la boutique d'Aignan. Il a eu un peu de mal à produire un sceau de cire ressemblant à celui de Richard ! Voilà pourquoi tu aurais mieux fait de ne pas t'en mêler, Jehan. Je me doutais que Cédric le volerait, et je savais qu'il n'échapperait pas aux frères Hamelin. Mais en vérité, tu n'as pas agi vainement, car j'ai découvert chez toi les qualités d'un écuyer, et je sais maintenant que tu m'es vraiment fidèle. Je ne l'oublierai pas.

— Pour ma part, Ranulphe, je te dois des excuses, dit solennellement Robert de Locksley. Cet après-midi, Guilhem m'avait tout raconté. Convaincu que Cédric nous trahissait, j'ai été d'autant plus affligé en découvrant que tu avais le testament. Sois certain que je ne douterai jamais plus de ta fidélité.

— Vous auriez tort, seigneur, murmura Ranulphe. Veuillez plutôt entendre ma confession.

Guilhem marqua sa surprise d'un haussement des sourcils. Robert de Locksley et sa femme firent de même.

— Vous vous souvenez qu'à Bordeaux, dame Aliénor a voulu me voir...

— Oui.

— Elle m'a interrogé et, sans penser à mal, je lui ai appris que nous allions à Londres. J'ai vu à son regard surpris qu'elle l'ignorait.

— Je ne le lui avais pas révélé, confirma Robert de Locksley. C'est elle qui m'avait dit m'y rendre pour chercher mon argent.

— Elle m'a alors demandé si le sire d'Ussel s'y rendait avec nous, et j'ai répondu oui, ajouta Ranulphe en baissant les yeux. Puis, comme elle continuait à m'interroger, j'ai dit qu'un messager du roi de France était venu à Lamaguère.

Guilhem hocha la tête. Il comprenait mieux maintenant comment Mauluc et Dinant les avaient retrouvés.

— Elle m'a demandé aussi si vous protégiez toujours les hérétiques, avoua Ranulphe en relevant les yeux vers Guilhem, et j'ai reconnu qu'il y avait des cathares à Lamaguère… Mais je ne pensais pas vous causer du tort, seigneur, supplia-t-il.

Personne ne parlait, et Ranulphe se contraignit à poursuivre sa confession.

— Elle m'a alors promis, si je lui restais fidèle, que je deviendrais son chevalier, quand elle serait de retour à Fontevrault… Elle m'a promis de m'équiper et de me donner un fief, et je suis devenu son homme lige… J'ai promis d'empêcher Guilhem d'Ussel de lui nuire ou de nuire à son fils.

N'en pouvant plus, il s'arrêta et un pénible silence s'installa.

Robert de Locksley méditait sur ce qu'il venait d'entendre et, curieusement, ce fut Guilhem qui parla le premier.

— Mais tu n'as pas respecté ce serment, Ranulphe. Tu as eu plusieurs fois l'occasion de satisfaire Aliénor. Je t'ai même donné le moyen de nous trahir, or, tu ne l'as jamais fait. Quelle plus grande preuve de fidélité aurais-tu pu donner à ton seigneur ?

— Tout homme peut prêter plusieurs hommages, Ranulphe, fit alors Locksley. Mais aux moments décisifs, il doit choisir quel maître il sert. Tu n'as jamais failli envers moi, tu as même accepté de passer pour un félon, un rôle que j'aurais eu du mal à jouer.

Ranulphe se remit à genoux.

— Je savais où se trouvait ma fidélité, seigneur, mais en vous restant fidèle j'ai quand même trahi la foi donnée à dame Aliénor.

— C'est elle qui t'a incité à trahir ta foi, tu ne lui devais donc rien, répliqua sèchement Guilhem.

Il ajouta, avec un sourire narquois :

— Tu découvres ainsi qu'il n'y a point de médaille qui n'ait son revers.

Robert de Locksley prit les mains implorantes de Ranulphe qui lui baisa les pouces en déclarant :

— Je suis votre homme et je me donne à vous.

Ce fut une brève cérémonie de renouvellement de l'hommage, mais elle était si sincère que chacun se rendit compte que Ranulphe serait éternellement fidèle à son seigneur. Locksley le fit se relever et lui sourit affectueusement.

— Seigneurs, intervint alors Hamelin, que voulez-vous que je fasse de Cédric ? Je souhaite l'emmener et le faire juger par le roi.

Robert de Locksley parut embarrassé. Livrer Cédric à la justice royale, c'était certainement le faire démembrer vivant ou écorcher au Trahoir[1], quand le roi apprendrait qu'il avait volé le précieux testament. Or, jamais il n'avait livré ses hommes.

---

1. Placette où se tenait un petit marché, au carrefour de la voie romaine qui traversait la rive droite et d'un des chemins qui venaient de la Seine. On l'utilisait pour écarteler les condamnés depuis que cette peine avait été appliquée à cet endroit-là à la reine Brunehaut, tirée par quatre chevaux à l'âge de quatre-vingts ans après avoir subi trois jours de tourments. L'endroit est devenu la Croix du Trahoir, au carrefour des rues Saint-Honoré et de l'Arbre-Sec.

— Prévôt Hamelin, intervint Guilhem, puis-je vous demander une faveur ?

— Elle est accordée.

— Cédric a tué Perrine, une femme libre de Paris. Il a reconnu son crime devant nous. Punissez-le seulement pour cela.

Le Saxon lui lança un regard de reconnaissance. Il savait qu'il allait mourir, mais au moins souffrirait-il moins s'il était seulement pendu comme un larron.

— Tu as de la chance, compère ! fit sévèrement Robert Hamelin à Cédric. Peut-être même trouverai-je un moine pour t'entendre et te pardonner avant de te faire donner la bénédiction des pieds et des mains[1] !

---

1. On le devine, cette bénédiction, c'étaient les convulsions des pendus au bout de la corde.

Chapitre 38

Cédric fut pendu le lendemain soir sur la place du Grand-Châtelet devant une foule nombreuse, car deux autres larrons furent suppliciés avec lui.

Locksley, Guilhem, Anna Maria et son frère, ainsi que Jehan se rendirent à l'exécution à la fin de laquelle Guilhem obtint que le Saxon soit mis en fosse et ne reste pas au bout de la corde, comme les autres condamnés, à nourrir les choucas qui nichaient dans les tours.

Ce même soir, Amiel de Châteauneuf vint les prévenir que le roi arriverait à Paris le lendemain. Effectivement, à la relevée, il revint chercher Locksley et Guilhem. Mais comme ils s'apprêtaient à partir avec Anna Maria, leurs écuyers et Jehan, Amiel protesta que frère Guérin n'avait mandé que les chevaliers. Ce fut en vain, car Guilhem ne se plia pas à sa demande.

Ils furent reçus dans la même salle des appartements du roi que l'année précédente, sauf que cette fois il n'y avait ni Lambert de Cadoc ni Simon de Montfort. Seuls frère Guérin, le comte de Meulan et Louis, le jeune fils du roi, étaient autour du monarque.

Philippe et Louis étaient revêtus d'une grande robe bleue semée de fleurs de lys dorées et le roi tenait son sceptre surmonté d'un lys d'or. Guilhem observa que ses cheveux étaient plus gris et plus rares sous sa couronne. Frère Guérin avait la robe noire des chevaliers hospitaliers et le comte de Meulan portait une riche robe incarnate avec un triple baudrier en peau de daim aux boucles d'or auquel pendait une courte épée à la garde couverte de fils d'argent. Il était le seul armé, si on exclut les douze sergents, de part et d'autre du trône, tous vigoureux et porteurs de masses d'armes en plomb ou de maillets d'airain à pointe.

C'étaient les massiers du roi, la garde personnelle de Philippe Auguste choisie par Lambert de Cadoc.

Robert de Locksley et Guilhem en tête, Thomas de Furnais juste derrière eux, ils traversèrent la salle pour s'arrêter à dix pas des trônes du roi et de son fils. Là, ils s'agenouillèrent. Meulan et Guérin siégeaient au pied de l'estrade royale, sur des chaises sans dossiers mais avec un coussin. La salle embaumait, car le sol de carreaux émaillés avait été couvert d'herbes odoriférantes.

— Que Dieu vous conserve en sa sainte et digne garde, mes seigneurs, déclara Philippe Auguste avec beaucoup de majesté. Amiel m'a prévenu hier de votre retour. J'ai voulu que vous soyez les premiers à être reçus. Qui sont vos compagnons ?

— L'épouse de mon ami le comte de Huntington, et nos écuyers, noble et vénéré roi, répondit Guilhem. Ils ont été à la peine, c'est bien raison qu'ils soient à l'honneur devant vous.

Impassible, le roi médita cette fière réponse un instant avant de l'approuver d'un hochement de tête.

— Ainsi vous avez retrouvé le testament du roi Richard.

— Le voici, sire roi, dit Guilhem en le sortant.

Frère Guérin se leva pour chercher le document et le porter au roi.

— Lis-le-moi ! ordonna le roi au chevalier hospitalier.

Après avoir examiné le sceau, Guérin déploya le parchemin et l'examina, puis il en fit une première lecture silencieuse pour lui-même avant de le traduire entièrement, sans omettre quoi que ce fût.

Philippe Auguste ne dit mot à la fin de la lecture, comme s'il avait besoin d'en digérer le texte.

Le silence s'éternisait, et devenait même pesant, quand enfin le roi demanda :

— Te semble-t-il que ce testament soit suffisant pour refaire l'élection d'Angleterre, frère Guérin ?

— Je ne pense pas, noble roi, mais il gênera considérablement Jean. Il faudrait connaître l'avis de l'évêque de Reims.

— Guillaume aux Blanches Mains n'a guère été adroit pour mon mariage et mon divorce, fit aigrement Philippe Auguste, et si le royaume est en interdit, c'est bien de sa faute, puisqu'il m'avait assuré que mon mariage avec Ingeburge n'était plus valide. Je ne sais si j'écouterai à nouveau ses conseils. Malgré tout, ce testament va être utile, et vous, mes fidèles serviteurs, vous avez droit à ma reconnaissance.

» Mais avant d'en parler, je veux que vous me racontiez comment vous avez procédé.

Guilhem fit signe à Robert de commencer. Le comte de Huntington raconta en premier lieu l'assassinat de Mathilde par un homme du prince Jean qui voulait faire accuser Mercadier, et la vengeance qu'ils avaient tirée – à tort – du chef des Brabançons.

Le roi marqua alors sa surprise en intervenant :

— J'avais appris la fin de Mercadier, mais j'ignorais que c'était vous qui aviez fait justice. On m'avait parlé d'inconnus, ou d'une révolte de bourgeois contre lui. Quoi qu'il en soit, vous avez débarrassé le monde d'un suppôt de Satan.

Robert de Locksley poursuivit rapidement par le voyage en bateau, la tempête, leur arrivée à Londres et comment ils avaient été suivis par un espion du prince Jean, le même qui avait tué la fiancée d'un de ses écuyers. Il ajouta que son chef était Étienne de

Dinant, celui qui avait déjà comploté contre Richard et contre lui, Philippe de France.

— Je le connais et je le retrouverai pour lui faire payer sa forfaiture envers Richard, qui était un loyal adversaire, assura le roi.

— Il a déjà payé, noble roi, intervint Guilhem. Il est mort à cette heure.

— Vous l'avez donc retrouvé ?

— Oui, noble roi. À dire vrai, tout habile qu'il était, il s'est livré lui-même, avec le testament.

Comme le roi manifestait sa hâte de connaître la suite, Guilhem raconta comment il s'était fait inviter dans la Tour avec Anna Maria et Bartolomeo, puis son échec devant le coffre fermé de La Braye. Il parla aussi de leur rencontre avec Thomas de Furnais dans leur auberge et de leur confusion entre Thomas et son cousin Randolf.

— En sortant de la Tour, j'ai compris qu'il serait impossible de voler de testament dans la chambre de La Braye, mais que si Dinant apprenait son existence, il l'emporterait en Normandie pour le remettre à Jean. Et une fois hors de la Tour, il serait facile de le prendre. La difficulté était cependant d'emberluco-quer cet homme qui avait prouvé combien il était habile, et forcément porté au soupçon. Pour le mys-tifier, il fallait lui faire croire à une histoire qui ait toutes les apparences de la vérité. Je n'y serais pas parvenu si le seigneur de Furnais et l'écuyer Ranul-phe de Beaujame n'avaient accepté de prendre des risques effroyables.

Il céda alors la parole à Furnais qui rapporta son incroyable imposture, et la façon dont Ranulphe l'avait faussement trahi. Ce récit provoqua une inter-jection de surprise et d'admiration du jeune Louis, tan-dis que le comte de Melun et frère Guérin étaient tout autant épouvantés par l'audace de la supercherie.

— Je ne crois que j'aurais eu votre courage, Fur-nais ! intervint le roi.

— En vérité, j'étais mort de peur, noble sire, s'excusa l'ancien gouverneur d'Angers avec un maigre sourire.

C'est Robert de Locksley qui raconta la fin de l'aventure, le départ de Dinant avec ses prisonniers, l'attaque de leur nef, puis leur fuite par Folkestone et leur retour à Paris.

— C'est une épopée incroyable digne des chevaliers de la Table ronde que vous m'avez comptée là, mes fidèles, et je devine que vous en avez volontairement omis quelques parties, car vous êtes trop modestes. Mais parlons de vos récompenses. Robert de Locksley, que souhaites-tu ?

— Je ne peux rentrer en Angleterre, et je vais donc m'établir ici, sire roi, où je veux vous servir.

Le roi lança un regard pénétrant à Meulan, comme s'il avait déjà préparé sa réponse.

— Simon de Montfort m'a cédé la tour de Houdan, à charge pour moi d'y laisser une garnison pour protéger la ville. J'y placerai cent sergents d'armes mais je veux un féal à qui confier ce fief, car les Montfort n'ont pas toujours été fidèles à la Couronne. Je veux aussi un homme habile, car Simon est un comte rude et intransigeant. Je crois pourtant qu'il t'acceptera, Robert de Locksley, même s'il exige un relief de rachat. De plus, la tour appartient pour un quart à Meulan.

Le comte de Meulan hocha la tête.

— De combien serait le rachat ? demanda Robert de Locksley.

— Tout au plus un millier de marcs d'argent, répondit frère Guérin.

— Je le payerai, sire roi, et je garderai le fief que vous me confierez.

— Comte de Huntington, tu es déjà mon homme lige. Je te revêts donc de ce fief. Frère Guérin, tu prépareras les actes et l'investiture qui aura lieu dans la chapelle Saint-Nicolas[1], puisque ce n'est pas possible dans la cathédrale.

» Et toi, Guilhem, veux-tu aussi être mon homme et recevoir un fief ?

— Je reste votre loyal serviteur et vassal, noble et vénéré roi, mais je souhaite pour l'instant rentrer à Lamaguère et retrouver mes gens qui m'attendent.

Le visage du roi s'assombrit, aussi Guilhem ajouta :

— Faites appel à moi, mon roi, et j'accourrai dès que vous me le commanderez.

Philippe Auguste réprima un soupir et accepta d'un signe de tête.

— Quant à toi, Furnais, je devine tes craintes. Par le traité du Goulet que j'ai signé, je garde Évreux et le Berry mais j'ai renoncé à la Bretagne. Je ne l'ai pas fait de bon cœur, mais j'ai besoin de la paix en ce moment. Comprends que Jean est désormais mon vassal. Il m'a rendu hommage. Cela signifie qu'à la première faute qu'il commettra contre moi, ou contre ses vassaux, je le convoquerai à la cour et je le jugerai.

— Excusez mon audace, grand roi, mais si vous convoquez Jean, il ne viendra jamais.

— Nous verrons. J'ai maintenant une solide alliance avec le comte d'Angoulême et le vicomte de Limoges. Quant à Arthur, il reste ici, à ma cour. Si Jean ne respecte pas sa parole, je sortirai ce testament, et Arthur fera valoir ses droits auprès du Saint Père.

Furnais s'inclina et Guilhem ne put s'empêcher d'admirer ce roi si subtil qui ne se limitait pas à des victoires ou à des conquêtes immédiates, mais qui avait de plus vastes desseins. Il devinait que Philippe Auguste finirait par disloquer le puissant empire construit par des Plantagenêts, car Lackland n'avait ni son ambition ni son imagination.

---

1. Qui se situait à l'emplacement de la Sainte-Chapelle actuelle.

L'investiture de Robert de Locksley eut lieu le dimanche en présence d'un grand nombre de barons. Ce jour-là fut jour de fête pour associer les Parisiens au mariage du fils du roi et au traité mettant fin à la guerre. Il y eut même un tournoi, bien que Philippe soit opposé à ces joutes, depuis la mort du père d'Arthur de Bretagne.

Malgré cela, beaucoup de jeunes chevaliers récemment adoubés voulurent rompre des lances pour obtenir parures ou rubans des dames qui y assistaient.

Ranulphe s'y distingua et obtint un ruban d'une jeune fille. Au contraire, Bartolomeo, lui aussi nouvellement chevalier, s'y refusa, tout comme Guilhem qui trouvait ineptes ces combats sans raison.

Car avant le tournoi avait eu lieu l'adoubement de plusieurs chevaliers, dont Ranulphe et Bartolomeo. Quant à Jehan, Guilhem reçut son hommage comme écuyer.

Plus tard dans la journée, dans la chapelle Saint-Nicolas le roi donna solennellement à Robert de Locksley un étendard fleurdelisé qui symbolisait la remise de son fief. Locksley rendit à nouveau hommage à Philippe Auguste, cette fois publiquement, en déclarant :

— Je deviens votre homme pour le fief que je tiens de vous.

Après un grand banquet où Guilhem et Anna Maria chantèrent des ballades qui charmèrent le roi de France, son épouse Agnès, son fils Louis, la jeune reine Blanche et toutes les gentes dames de la cour, ce fut la cérémonie des adieux. Anna Maria et Bartolomeo s'embrassèrent longuement sans retenir leurs larmes, ignorant s'ils se reverraient un jour. Guilhem et Locksley s'accolèrent aussi avec émotion, comme les deux frères d'armes qu'ils étaient devenus. Ranulphe lui-même, qui paraissait avoir retrouvé un peu d'enjouement, serra Jehan le cathare dans ses bras.

Non seulement Philippe Auguste avait remis à Guilhem un sauf-conduit, mais aussi une lettre demandant à ses vassaux de le recevoir comme s'il était un de ses parents. Frère Guérin et le comte de Meulan lui conseillèrent de passer par la Bourgogne, la vallée du Rhône et le Languedoc, des terres plus sûres que l'Anjou, la Touraine et le Limousin où ils auraient pu tomber entre les mains d'Aliénor.

Ils avaient peu de bagages et voyagèrent à grande allure avec des chevaux de remplacement qui portaient leurs armes et leur équipement, car ils faisaient si chaud qu'ils chevauchèrent sans casque ni haubert ou camail. Si Guilhem était impatient d'arriver dans son fief, ayant déjà oublié combien il s'y ennuyait, Jehan était encore plus pressé de revoir sa famille et Bartolomeo d'aller annoncer à Alazaïs de Lasseubes qu'il était chevalier.

Chaque soir, ils trouvaient logis et couvert dans des châteaux ou des monastères. Ils furent reçus avec d'immenses égards par Eudes, duc de Bourgogne, et par Hugues d'Anjou, l'abbé de Cluny, pourtant un Plantagenêt.

À Avignon, Guilhem envisagea de faire un détour par Marseille pour retrouver Constance Mont Laurier. Après tout, peut-être avait-elle changé et vaincu sa soif de vengeance et sa cruauté ? Pourtant, il surmonta cette tentation. La revoir serait inutile, elle était mariée et refuserait de le recevoir.

Plus il se rapprochait de Lamaguère, plus son esprit vagabondait, laissant remonter dans sa mémoire les plus troublants souvenirs sur ces trois femmes qu'il avait aimées : la fougue et la passion de Constance, la tendresse et la douceur de Sanceline, l'ironie et les désirs d'Amicie. Il songeait combien il serait doux de trouver une épouse en arrivant chez lui.

La solitude lui pesait. Passant à Béziers, il fut aussi tenté d'aller jusqu'à Albi pour Sanceline, puis il se dit qu'elle lui avait peut-être fait parvenir une lettre ou un message qu'il trouverait à Lamaguère. Il aurait bien le temps, dans les semaines à venir, d'aller la voir et de la convaincre de le rejoindre.

Ce fut en approchant de Toulouse qu'il ressentit à nouveau ce chagrin mêlé de jalousie éprouvé un an plus tôt en apprenant qu'Amicie de Villemur allait se marier. Elle était sa maîtresse à la cour de Saint-Gilles et il avait longtemps cru qu'il deviendrait son époux mais, riche héritière, elle ne pouvait s'unir à un pauvre chevalier. Que n'avait-elle attendu ! Sans être riche, il possédait des biens maintenant et son coffre était empli de pièces d'or. Mais comme pour Constance, c'était trop tard.

En chevauchant, les souvenirs des visages et des corps de ces femmes se mélangeaient. Constance aux longs cheveux noirs, aux yeux foncés, au visage sévère et à la peau ivoirine, Sanceline la brune aux yeux verts, au visage vif et doux, et Amicie, blonde comme les blés et au corps si plantureux.

Ils arrivèrent à Lamaguère aux premiers jours de juillet. Passé le prieuré de Sainte-Marie du Bon Lieu, ils forcèrent leurs montures et aperçurent enfin le donjon carré au sommet duquel flottaient les armes que Guilhem avait choisies : une vielle et une épée.

Les champs de blé ondulaient de part et d'autre du chemin. La moisson était proche. Soudain, ils entendirent le cor. On les avait aperçus et on prévenait les habitants de la venue de cavaliers. Arrivé aux maisons construites près de la rivière, Jehan aperçut une grande fille rousse apeurée qui courait se mettre à l'abri. Reconnaissant son aînée, il se mit à crier et à pleurer tout à la fois. Elle entendit sa voix, se retourna, effrayée et surprise, puis elle le reconnut à son tour. Immédiatement elle cria sa joie, appelant sa mère et sa sœur.

Déjà Jehan avait sauté de selle et la serrait dans ses bras.

Il l'embrassa à l'étouffer. Sa femme arrivait en courant et tomba en pleurs. C'est dans un mélange de joie et de larmes que le Flamand leur annonça que son maître avait fait de lui un écuyer.

Ayant mis son cheval au trot, Guilhem salua les femmes. Les autres habitants arrivaient maintenant, d'abord surpris, puis joyeux. Les vivats éclataient, chacun voulait offrir rafraîchissements et nourriture, mais le seigneur ne pouvait rester avec eux, il avait hâte de retrouver Geoffroi, Thomas et Aignan et de savoir ce qui s'était passé en son absence.

Laissant Jehan à sa famille, Guilhem et Bartolomeo galopèrent donc jusqu'au château. Leur arrivée était maintenant connue, car les guetteurs avaient vu combien ils étaient fêtés au village.

Quand ils entrèrent dans la basse-cour, tout le monde les attendait.

Aignan s'avança le premier pendant qu'Alaric aidait Guilhem à descendre de cheval.

— Jésus a exaucé nos prières, fit simplement l'ancien libraire en s'agenouillant, les larmes aux yeux.

— Mon bon Aignan, les terres sont magnifiques, tout s'est donc bien passé ? le félicita Guilhem en l'accolant.

— Oui, seigneur, répondit l'intendant.

Son ton légèrement réticent mit immédiatement Guilhem en alerte. Il s'aperçut alors que Geoffroi, Thomas et Alaric le considéraient avec une joie imperceptiblement teintée d'inquiétude.

— Il y a quelque chose que je dois savoir ? demanda-t-il.

— Nous ne savons pas si nous avons bien fait, seigneur, répondit Alaric.

— Parle !

— Une dame est arrivée il y a deux semaines. Elle venait pour vous. Nous lui avons dit que vous n'étiez pas là mais elle nous a répondu qu'elle n'avait nulle part où aller et qu'elle vous attendrait.

— Elle est toujours là ?

— Oui, seigneur, avec ses gens… Ne sachant où la loger, je lui ai donné la chambre du seigneur de Locksley, dit Aignan.

— Ce n'est pas Sanceline ? demanda-t-il, sachant bien malgré tout qu'Aignan lui aurait dit si c'était elle.

— Non, seigneur, elle n'a pas dit son nom.

Impatient d'en savoir plus, il se dirigea à grands pas vers l'échelle, la gravit, traversa la cour et prit l'escalier du donjon. Au deuxième étage, la porte était ouverte. Sans doute l'avait-elle vu arriver.

Il entra et la reconnut. Son cœur s'arrêta de battre.

C'était Amicie de Villemur.

Vrai ou faux ?

Il existe plusieurs versions de la mort de Mercadier à Bordeaux, à l'occasion de la fête de Pâques lors de la venue d'Aliénor et de Blanche de Castille. En voici quelques-unes :

Au passage des deux princesses à Bordeaux, un grand tumulte s'éleva contre Mercadier, qui était venu visiter Aliénor, et ce fameux chef des Brabançons, en exécration au clergé et au peuple, fut mis à mort par les bourgeois.

Les princesses s'étant arrêtées à Bordeaux, pour célébrer la solennité de Pâques, le 10 avril, Mercadier accourut pour saluer sa souveraine. C'est là qu'au lieu des fêtes, il trouva la mort : le lundi 10 avril 1200, en plein jour, le chef des routiers fut assassiné par un homme qui était aux gages du chef d'une autre bande de ces brigands : un nommé Brandin, chef de Cottereaux au service de Jean Lackland.

Ainsi périt le plus fameux des chefs des grandes compagnies, treize mois après la mort du roi puissant qu'il avait si bien servi et aimé, laissant la réputation d'avoir offert un mélange d'arrogance, de courage, de fidélité, de cruauté et de superstition, et réunissant en lui les bonnes et les perverses qualités des militaires de son temps.

En ce qui concerne la collusion entre Hélie, archevêque de Bordeaux, et Mercadier, elle est attestée par la lettre d'Innocent III demandant une enquête :

La caution qu'Hélie, archevêque de Bordeaux, avait donnée à son frère Morève faillit devenir fatale au prélat. On lui attribua une part directe dans les violences et les spoliations que la bande de Mercadier commit dans la province et les plaintes qui furent, à ce sujet, adressées au Saint-Siège, prirent un tel caractère de gravité qu'Innocent III crut devoir ordonner une enquête. Par une lettre du 28 janvier 1204, il en chargea l'archevêque, le doyen et l'archidiacre de Bourges et leur fit connaître en détail tous les crimes qu'Hélie était accusé d'avoir commis avec l'aide des routiers. Malgré cela Hélie conserva paisiblement son siège métropolitain jusqu'à sa mort, arrivée en 1206 (Mercadier, les routiers au treizième siècle).

Thomas de Furnais (ou de Furnes) est toujours présenté comme le neveu de Robert de Turnham. Or Robert de Turnham (dont le père s'appelait aussi Robert) avait une sœur, Mabel, née aux environs de 1174, et un frère, Stephen, né en 1171. Il était donc impossible que Thomas, adulte en 1199, soit un de leurs enfants. Thomas était donc plus probablement le fils de Michael de Turnham, frère de Robert de Turnham père.

Nous avons inventé Randolf de Turnham, fils naturel de Robert de Turnham père.

En 1203, après avoir enfin capturé son neveu Arthur, le roi Jean décida sa mort. Il en chargea d'abord un chevalier de sa suite, Guillaume de La Braye, qui répondit qu'il était gentilhomme et non bourreau. Jean s'adressa alors à Hubert de Burgho, son chambellan, devenu gouverneur du château de Falaise. Celui-ci voulut sauver le prisonnier et déclara qu'il se chargerait de l'exécution, alors qu'en réalité il éloignait l'assassin. Jean eut alors vent de sa trahison et appela un de ses écuyers : Peter Mauluc...

L'interdit dura jusqu'au 7 septembre 1200. À la Nativité de l'année 1201, le roi se résigna à écouter un nouveau légat envoyé par Rome. Il reçut alors en grâce la reine Ingeburge, éloignant pour quelque temps Agnès de Méranie qui venait de lui donner un fils.

En avril 1201, à Soissons, les légats du Siège apostolique convoquèrent un concile auquel assistèrent le roi ainsi que les archevêques, les évêques et les princes du royaume. Agnès de Méranie venait de mourir en couches. Après bien des débats et des disputes, le roi laissa là les cardinaux et les évêques et partit avec Ingeburge, sans avoir seulement salué le concile.

Philippe Auguste rétablit alors l'évêque de Paris et, pour le dédommager, il l'exempta de l'obligation de suivre ses armées, service auquel les évêques de Paris étaient alors tenus.

Près de la Tour, l'église de Tous les Saints existe toujours. C'est la plus vieille de Londres.

Bibliographie

Britton John, Edward Wedlake Brayley, *Memoirs of the Tower of London*, Hurst, Chance and Co., 1830.

Capefigue Jean Baptiste, Honoré Raymond, M., *Histoire de Philippe-Auguste*, Duféy, 1829.

Dubois Gaston, *Recherches sur la vie de Guillaume des Roches, sénéchal d'Anjou, du Maine et de Touraine*, Bibliothèque de l'école des chartes, Volume 30, numéro 30, 1869.

Jackson, Peter, *London Bridge*, Historical Publications, 2002.

Ganshof F.L., *Qu'est-ce que la féodalité ?* Tallandier, 1982.

Géraud Hercule, *Mercadier, les routiers au treizième siècle*, Bibliothèque de l'école des chartes, 1842.

Goldsmith Oliver, Charles Coote, *Histoire d'Angleterre*, Volume 1, Houdaille, 1837.

Legrand H., *Plans de restitution : Paris en 1380*, Imprimerie impériale, 1868.

Malivoir Cristofe, Émile Morice, *L'historial du jongleur : chroniques et légendes françaises*, Galerie de Bossange Père, 1829.

Paris Matthieu, *La grande chronique d'Angleterre, tome 4, Jean sans Terre 1199-1216*, Paleo Éditions, collection Sources de l'histoire d'Angleterre, 2004.

Rigord, *Vie de Philippe Auguste*, J.-L.-J. Brière, 1825.

Roland Pauline, *Histoire d'Angleterre depuis les temps les plus reculés*, Volumes 1-2, Desessart, 1838.

Saint-Prosper Augustin, A. Houzé, *Histoire d'Angleterre : depuis les temps les plus reculés jusqu'en 1838*, Duménil, 1838.

Sivéry Gérard, *L'économie du Royaume de France au siècle de Saint Louis*, Presses universitaires Septentrion, 1984.

Thierry Augustin, *Histoire de la conquête de l'Angleterre par les Normands, de ses causes et de ses suites jusqu'à nos jours*, A. Sautelet, 1826.

La Tour au XIIᵉ siècle

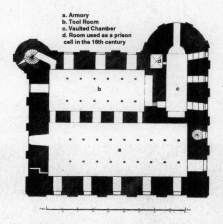

a. Armory
b. Tool Room
c. Vaulted Chamber
d. Room used as a prison
   cell in the 16th century

Rez-de-chaussée de la Tour de Londres

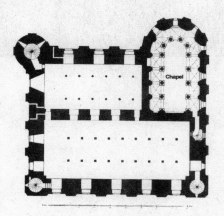

Chapel

Premier étage (Grande salle)

Remerciements

Je remercie Caroline Lamoulie, mon éditrice, pour les excellentes relations depuis le début des Aventures de Guilhem d'Ussel, et Louise Danou, qui a pris la relève ces derniers mois pour faire un travail remarquable lors de la préparation de ce livre.

J'ai toujours beaucoup de gratitude envers Jeannine Gréco qui accepte si volontiers de relire et de corriger le premier manuscrit.

Enfin, je dois remercier mon épouse et mes filles qui restent les plus sévères juges… sans oublier mes lectrices et mes lecteurs auxquels rien n'échappe !

Aix, juillet 2010

Vous pouvez joindre l'auteur :
aillon@laposte.net
http://www.grand-chatelet.net
http://grand-chatelet.voila.net/

9551

Composition
NORD COMPO

Achevé d'imprimer en Espagne
par ROSÉS
le 2 février 2011.

Dépôt légal février 2011.
EAN 9782290031551

EDITIONS J'AI LU
87, quai Panhard-et-Levassor, 75013 Paris

Diffusion France et étranger : Flammarion